호메로스의
일리아스,

신들의 전쟁과
인간들의 운명을 노래하다

Junior Classic

호메로스의 일리아스,

신들의 전쟁과 인간들의 운명을 노래하다

16

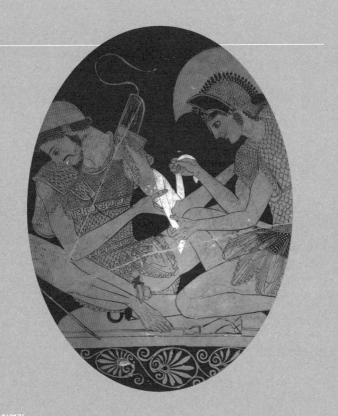

장영란
지음

사계절

고전이란 무엇일까? 그것은 인류의 보편적 사유를 보여 주는 일종의 거울이라 할 수 있다. 우리의 고전 읽기는 다양한 동기에서 시작된다. 처음 '고전'이라는 이름을 마주했을 때는 '누구나 읽어야 하는 책', '교양 있는 사람이 되기 위해 필요한 책', '모든 사람이 공감하는 책'이라 막연히 생각되었다. 당시에는 누군가의 도움을 체계적으로 받을 상황이 아니었던 터라 세계 명작 전집을 사다가 닥치는 대로 읽기 시작했다. 그러나 이것이 오히려 고전을 멀리하는 이유가 되었다. 한국에서 태어나 한국에서만 자랐던 사람이 아무런 준비 없이 서구 고전을 읽었을 때 느꼈던 충격이 잊히지 않는다. '아니 전혀 감동적이지 않아!' 분명히 시공간을 뛰어넘어 수많은 사람들에게 잊히지 않는 고전이고 명작이라는데……. 모든 사람이 좋다고 말하는 책이 내게 주었던 이질감과 모욕감이 한동안 지속되었다.

사실 이뿐만이 아니었다. 더욱 절망적인 일이 많았다. 세계 명작은 차치하고 한국 명작도 마찬가지였기 때문이다. 가만히 생각해 보면 중·고등학생 때 한국 문학 또는 고전 문학이라고 하면서 학교에서 배웠던 국내 작가의 작품도 솔직히 별로 공감되지 않았다. 분명히 시기적으로 멀지 않은 국내 작품인데도 읽으면서 등장인물들이 낯선 타국에 사는 이방인같이 느껴졌던 기억이 난다. 왜 나는 그에게 또는 그녀에게 공감되지 않는지, 왜 나는 전혀 이해되지 않는지, 무언가 내게 문제가 있지 않은지 등으로 혼란스럽던 시기였다. 언어적 문제가 전혀 없는 한국 문학이나 고전을 이해하지 못한 경우는 우리나라의 특수한 역사와 밀접한 관계가 있어 보인다. 한국의 근대는 일제 강점기를 거치면서 역사 속에서 특정 시기를 싹둑 잘라 낸 듯이 망각되고 단절되어 버렸다. 시간이 흘러가지 않은 것도 아닌데 시간이 존재하지 않은 듯이 전혀 의도되지 않은 '망각'이 우리 역사 속에 존재한다. 그래서 도대체 한국인이 누구이며, 한국이란 어떤 나라이며, 한국 문화는 무엇인가를 되물으면 할 말을 잃던 시대를 살았던 것이다. 당연히 한국 문학이나 고전 작품도 읽을 수는 있지만 이해하거나 공감하기는 어려웠다.

더욱이 서구 고전이나 명작의 경우에는 언어적 차이에서 오는 높은 벽이 가로막고 있기 때문에 상황이 더 심각할 수밖에 없다. 중·고등학교 시절 누군가 내가 읽었던 '고전' 또는 '명작'이란 작품이 너무나 감동적이라고 말하기라도 할 때면, 나는 추락하는 자존심과 자괴감에 시달릴 수밖에 없었다. 아마도 그 후로 한참 동안 고전을 멀리했던 것 같다. 특히 문학 고전에 훨씬 공감하기 어려웠던 이유는 물론 언어 차이로 인한 번역 문제도 있지만, 역사·문화적 차이로 인한 괴리 때문이었던 것 같다. 아무래도 문학 작품에서는 타문화에 속한 사람은 구체적으로 경험하기 어려운 특정 거리나 장소 또는 식물이나 동물 등의 묘사가 자주 등장한다. 이로 인해 감정이 툭툭 끊어지면서 지속적으로 몰입되지 않는 일이 허다했기 때문에 등장인물에 감정 이입이 되지 않았다.

철학 고전도 일종의 암호 해독이나 마찬가지였다. 처음에는 무슨 말인지 전혀 알 수 없는 단어들이 나열되어 있어 하나하나 잘라서 생각하고 다시 이어서 생각하고 끊어지는 부분들은 상상력을 총동원해서 메우는 일을 반복했다. 더욱이 사상이나 가치 등에 관한 입장도 현격하게 차이 나는 경우가 흔해서 낡은 개념이나 주제로 생각되는 '사랑'조차도 참으로 낯설게 느껴졌다. 그럼에도 불구하고 철학이나 사상의 경우에는 문학과 달리 인류의 보편적 주제에 대해 보편적 개념으로 설명하기 때문에 차라리 문화적 차이는 훨씬 덜하다는 생각이 들었다.

지금 되돌아보면 이 모든 것은 고전에 대해 사람들이 쉽게 가지는 오해 때문이다. 고전은 누구나 읽을 수 있고 즐길 수 있다는 생각 말이다. 일단 고전은 누구나 맘만 먹으면 읽을 수 있는 것이 아니다. 인류의 보편적 사유에 접근하기 위해서는 상당한 노력이 필요하다. 작품 배경이 되는 지역의 지리, 역사, 문화, 종교, 철학 등에 대한 전반적 이해가 동반되어야 즐길 수 있는 경지에 올라갈 수 있다. 우리가 사람을 만날 때도 마찬가지이다. 처음 보는 사람은 낯설고 이질적이다. 어색한 분위기를 무마해 보려고 대화를 하려 해도 할 이야기가 별로 없다. 서로 엉뚱한 소리만 하다가 마는 아주 불편한 자리가 되고 만다. 물론 가끔 처음 만나도 통하기 쉬운 사람도 있지만 서로 비슷한 환경에서 자라나거나 살지 않은 한 쉽지 않다.

고전을 읽는 것은 좋은 사람을 만나는 것과 비슷하다. 내가 누군가와 친해지고 싶다면 서로를 알아 가려는 노력이 필요한 것처럼, 고전과 친해지기 위해서도 알아 가려는 노력이 필요하다. 물론 고전의 경우는 말이 아닌 글을 통해 소통하기 때문에 우리가 좀 더 많은 노력을 기울일 필요가 있다. 대부분의 고전은 알아 갈수록 우리를 실망시키지 않는다. 늘 배울 것이 많기 때문이다.

첫 번째로 중요한 것이 고전과 친해지려는 마음을 먹는 것이라면, 다음으로는 내가 친해지고 싶은 고전을 찾는 것이다. 인류 역사를 보면 수많은 고전들이 흩어져 있다. 그리고 고전이 반드시 정해져 있는 것은 아니다. 각 시대마다 각 지역마다 고전이라 불리는 것들이 조금씩 다르다. 그럼에도 불구하고 늘 '고전' 하면 떠오르는 작품이 있으며 항상 포함되는 작품이 있다. 특히 서구 고전을 말할 때 어김없이 첫 번째로 등장하는 작품이 『일리아스』이다. 사실 고전이 가진 맹점이 누구나 아는데 실제로 읽은 사

호메로스의 일리아스,
신들의 전쟁과 인간들의 운명을 노래하다

람은 별로 없다는 점이다. 그냥 들어 보기만 했거나 읽어 보려 한 적만 있는 책일 뿐이다.

『일리아스』는 서구 정신의 근원과 원형을 담고 있다. 서구 문학이나 예술 및 문화에서 호메로스의 세계는 2천 년 이상 다양한 변형을 거쳐 왔지만 항상 원형적 사유를 보여 주고 있다. 그래서 그것은 현대인에게도 여전히 '살아 있는' 이야기로 남아 있다. 『일리아스』는 인간의 삶에서 자주 마주치는 분노, 갈등, 전쟁, 명성, 운명, 시련, 고통, 오만, 미망, 사랑, 우정, 용기, 죽음, 영혼, 신 등의 주제를 통해 삶에 대한 깊이 있는 통찰력과 이해력을 보여 준다. 나아가 『일리아스』는 서구 상상력의 원천이 되고 있다. 이 고전이 펼치는 상상력의 세계는 우리의 예상을 뛰어넘는다. 그것은 고대로부터 현대에 이르기까지 우리 삶 속에도 깊이 침투해 있어 베르길리우스, 오비디우스, 단테, 셰익스피어, 예이츠, 키츠, 횔덜린 등 수많은 예술가의 영혼을 타오르게 하고, 소크라테스, 플라톤, 니체, 소로, 푸코 같은 사상가의 영혼을 사로잡았다. 호메로스의 『일리아스』는 트로이에서 전쟁을 하는 영웅들에 대해 이야기한다. 하지만 그것은 우리 삶의 실존적 한계 상황을 일반화하여 보여 주고 있다. 인생이라는 전투에서 끊임없이 밀려오는 시련과 역경을 극복하고 우리 스스로 영웅이 되어 갈 수 있는 길을 드러내고 있다. 이제 호메로스와 함께 『일리아스』를 어떻게 읽을지 알아 가 보도록 하자.

차례

일러두기

1. 이 책의 본문에 인용된 『일리아스』 구절들은 다음 편집본을 사용하여 필자가 번역한 것이다. Homeros, *Homeri Opera*, David B. Munro & Thomas W. Allen(eds.), Oxford University Press, 1920.

2. 그리스 원어는 로마식으로 표기했다. 가령 ἀγαθὸς는 agathos로, μῆνις는 menis로, θυμός는 thymos 로, φίλος는 philos로 표기했다. 또한 그리스어 κ는 영어권에서 c로 번역되기도 하나 그리스어에 c 는 없기 때문에 원칙적으로 k로 표기하고, 그리스어 χ는 ch로 표기한다.

3. 그리스어 발음을 한국어로 표기할 때 모음의 경우에 단음과 장음을 우리말로는 구분하여 표시하 기 어려워 동일하게 표기했다. 또한 그리스어 υ는 y로 표기하며 '위'로 발음을 표기했다. 예를 들 어 Ολυμπος, Olympos를 올림포스로, Ὀδυσσεύς, Odysseus를 오뒷세우스로, ψυχή, psyche를 프쉬 케로 표기했다.

4. 『일리아스』에서 필자가 해설할 때는 독자의 편의를 위해 일부 명칭은 현대어로 통일해서 부른다. 특히 그리스인을 부르는 방식이 다양하기도 하고 현대어와 많이 달라서 현대인에게 친숙한 '그리 스인'이나 '그리스군' 등으로 표기를 통일하고, 트로이인을 부르는 방식은 고대와 별반 다르지 않 은 '트로이아인'이긴 하지만 그리스와 마찬가지로 현대어로 통일하여 '트로이인', '트로이군'으로 표기한다.

5. 『일리아스』의 각 권별로 주요 사건이나 내용을 확인하고자 하는 독자를 위해 텍스트 내용을 인 용하면서 괄호 속에 권수와 행수를 표기하였다. 예를 들어, "아이아스의 '탑과 같은 방패'이다 (7.219)"는 『일리아스』의 7권 219행을 가리킨다.

프롤로그

일리아스 알아보기

『일리아스』를 읽기 위해 미리 알아 두어야 할 것들이 있다. 만약 누군가와 전쟁을 벌인다면 우리는 먼저 적절한 무기를 찾아볼 것이다. 아무것도 없이 전쟁터에 들어가면 단칼에 죽을 수 있기 때문이다. 누구도 전쟁터에 나가면서 아무런 무기 없이 가지는 않는다. 이와 마찬가지로 '고전'을 읽는 것은 일종의 전투를 치르는 것이다. 내 영혼의 어느 곳에서 영토를 확장하기 위해 새로운 세계와 치열한 전쟁을 하는 것으로 생각해야 한다. 아무런 노력이나 대가 없이 단지 글자를 안다는 이유만으로 뛰어드는 경우에는 백전백패한다.

처음으로 『일리아스』를 읽다 보면 수많은 암호들이 마치 바닷속 암초처럼 즐비하게 늘어선 듯이 다가온다. 아무런 대책 없이 나서면 싸워 보기도 전에 암초에 부딪혀 완전히 파선되고 만다.

대부분의 사람들이 원전을 읽기 시작할 때, 제1권은 억지로 참고 읽다가 제2권에서 인내심의 막바지에 이르는 경우가 많다. 결국 어느 날 갑자기 『일리아스』라는 책이 아무도 모르게 실종되고 만다. 그러므로 최소한 『일리아스』라는 새로운 영토에 접근하기 위해 우리가 준비해야 하는 기본적인 무기들을 몇 가지 소개한다.

호메로스는 누구인가?

우리가 『일리아스』라는 책을 알기 위해 가장 먼저 찾아볼 것은 바로 호메로스라는 작가이다. 호메로스는 그리스 시인이다. 서구 문학이나 예술에 접근할 때 가장 먼저 등장하는 인물이 호메로스이다. 흔히 영어식으로 호머Homer라는 이름으로 불리기도 하지만 아무래도 그리스식으로 호메로스라고 부르는 것이 좋다. 각 나라마다 자신들의 방식으로 부른다면 전혀 다른 이름으로 불릴 수 있기 때문이다. 호메로스Homeros라는 이름은 '눈먼 사람'을 의미한다. 그리스어 호로스horos가 본다는 뜻이고 부정어 '메'me가 붙어 '보지 못한 사람'을 뜻한다. 호메로스는 조각상이나 회화에서 통상적으로 눈먼 사람으로 나타난다. 고대 그리스 시인은 종종 눈이 먼 것으로 표현되는데, 그것은 보통 인간들이 알 수 없는 신들의 세계에 대해 이야기할 능력을 지녔음을 상징적으로 표현하기 위해서이다.

나아가 워낙 『일리아스』가 유명하기 때문에 그리스에서는 호메로스를 그 지역 출신이라고 주장하는 도시가 많다. 호메로스

〈호메로스〉
장 바티스트 오귀스트 를루아르, 1841

호메로스는 조각상이나 회화에서 눈먼 사람으로 나타난다. 그것은 인간이 알 수 없는 신의
세계에 대해 이야기할 능력을 지녔음을 상징적으로 표현하기 위해서이다.

의 고향은 정확히 알려져 있지 않다. 대표적으로 키오스, 스미르나(이즈미르), 콜로폰, 살라미스, 로도스, 아르고스, 아테네 총 7개 지역이 서로 호메로스의 고향이라고 다투고 있다. 이 모든 지역은 고대 그리스에서 유명한 도시 국가였다. 우선 키오스섬이 고향이라는 주장은 가장 오래된 전승에서 나왔다. 특히『일리아스』에 쓰인 언어가 소아시아의 이오니아 방언이라서 더욱 의심하지 않는 경향이 있다. 현재 키오스섬은 히오스섬이라 불리는데 하늘이 맑은 날 터키에서 보일 정도로 그리스보다는 터키 쪽에 가깝다. 그리스에서 보면 너무 멀리 있고 터키 쪽에서 보면 아주 가까이 있다.

아직도 호메로스의 고향이 어디인가에 대해서는 의견이 분분하다. 그리스 주요 도시들이 서로 다투어 호메로스의 고향이라 주장하는 것은 얼마만큼 호메로스의 명성이 높은지를 방증한다. '호메로스'라는 인물과 관련해서 그 어원이나 고향을 찾아보아도 『일리아스』 자체에 대해서는 별다른 정보가 되지 않는다. 도대체 호메로스는 어떤 인물일까? 여기서 우리의 상식을 뒤흔들 만한 몇 가지 사실이 있다.

우선 너무나 유명한 '호메로스'라는 이름이 실제로 존재했던 특정 인물을 가리키지 않을 수 있다는 사실이다. 고대 그리스인은 호메로스가 실존했다는 사실을 추호도 의심하지 않았던 것 같다. 기원전 5세기 역사가 헤로도토스는 물론이고 그리스 비극 작가들은 호메로스의 추종자였다.[1] 나아가 소크라테스와 플라톤 역시 호메로스를 여러 번 언급한다. 플라톤이 쓴 『변론』에서 소크라테스는 사형 선고를 받고 죽음에 대해 말한다. 만약 죽음이 이곳에서 다른 곳으로 이동하는 것이라면, 미노스, 오르페우스, 호메로스, 헤시오도스 등과 같은 사람들을 만날 수 있을 것이라고 이야기한다.[2] 『국가』에서는 호메로스와 헤시오도스가 신들의 본성에 대해 말한 것을 비판하긴 하지만 기본적으로 플라톤이 호메로스에 대해 가진 존경심은 변함이 없다.[3]

호메로스의 일리아스,
신들의 전쟁과 인간들의 운명을 노래하다

그렇지만 호메로스 같은 사람은 아예 존재하지 않았을 수 있다. 고대 그리스에 호메로스라는 이름을 가진 사람은 수없이 많았겠지만 『일리아스』를 쓴 호메로스는 존재하지 않았을 수 있다는 말이다. '호메로스'란 이름을 단지 상징적으로 사용했을 것이라는 뜻이다. 최근에는 고대 그리스인들은 편의상 호메로스라는 이름을 썼을 뿐이며 실재하는 인물을 가리키지는 않을 수 있다는 주장에 훨씬 무게가 실리고 있다.[4] 호메로스가 『일리아스』와 『오뒷세이아』를 썼다는 주장은 일반적으로 잘 알려진 사실이지만 그가 저자가 아닐 수 있다는 주장도 지속적으로 제기되고 있다는 말이다. 실제로 두 작품을 쓴 호메로스가 실존 인물이라는 객관적 증거는 없다. 단지 호메로스라는 이름으로 불려 왔기 때문에 일반화되었을 뿐이다.

나아가 우리는 호메로스를 『일리아스』와 『오뒷세이아』와 분리해 생각할 수 없을 뿐만 아니라 각기 다른 작가의 작품이라고 여기지 않는다. 하지만 두 작품은 문체나 내용 분석을 통해 신관이나 운명관 등이 아주 다르게 나타나기 때문에 동일한 작가의 작품으로 보기 어렵다는 주장이 일반적이다. 현대인이 언뜻 보기에는 별다른 차이를 알아차리지 못할 수 있지만 문헌학자의 입장에서 본다면 상당히 다른 가치관을 보여 주고 있다. 한마디로 『일리아스』와 『오뒷세이아』는 서로 다른 작가가 각기 쓴 작품이라는 주장이다. 그럼에도 불구하고 두 작품의 작가가 모두 호메로스라는 이름으로 불리게 된 이유는 무엇일까? 첫째, 그리스 암흑기 동안 구

전되던『일리아스』와『오뒷세이아』를 문자로 기록하는 일에 착수
했던 사람의 이름을 붙였을 가능성이다. 둘째, 호메로스라는 사람
이 둘 중 하나 또는 둘 다를 최종적으로 편집하여 그의 이름으로
전해 내려왔을 가능성이다.[5]

　그렇다면 우리가 알고 있는 호메로스의『일리아스』와『오뒷
세이아』를 도대체 어떻게 정리해야 하는가? 이제부터는 이 두 작
품의 저자를 정확히 모르니 호메로스라는 이름을 버리고 전혀 알
수 없는 이름, 모르는 작가의 작품이라고 다시 역사를 써야 하는
가? 그러나 대부분의 경우에 여전히 두 작품은 호메로스의 작품
으로 이야기되고 있다. 호메로스가 실제로 존재했던 인물인지도
알 수 없고, 실제로『일리아스』와『오뒷세이아』를 썼는지도 알 수
없고, 또한 각 작품의 작가가 누구인지도 알 수 없는 상태라 통상
적으로 '호메로스'라는 이름을 사용하도록 허용하기 때문이다.

『일리아스』의 배경과 문화

　우리는『일리아스』가 '언제' 쓰였고 '무엇'을 말하고 '어떻게'
이야기하는지 알 필요가 있다. 고대 그리스에는 어느 날 갑자기
'문자'가 없어졌던 아주 특별한 시기가 있다. 처음부터 없었다면
별로 놀랄 일이 아니지만 특정 시기에 감쪽같이 사라진 것이다. 그
것도 잠시 순간적으로가 아니라 500년이나 되는 긴 세월 동안 말
이다. 고대 그리스는 기원전 1200년경 이후에서 기원전 약 750년
까지 문자가 없어졌던 '암흑시대'를 겪었다. 현대 역사학자들도

기원전 1200년경에 갑작스럽게 그리스의 주요 도시들이 멸망했고, 그리스의 이전 문자도 없어졌던 이유에 대해 의견이 분분하다. 실제로 우리의 흥미를 끄는 것은 바로 이때가 유명한 트로이 전쟁이 끝난 시기와 거의 일치한다는 사실이다.

일반적으로 트로이 전쟁이 일어난 시기는 기원전 1250년경으로 추정된다. 그리스 주요 도시들이 조용히 멸망하기 시작하여 역사 속에서 사라졌던 때가 기원전 1200년경이다. 그렇다면 대충 트로이 전쟁이 끝나고 불과 몇십 년 안에 그리스의 주요 도시들이 모조리 멸망했다는 말이 된다. 과거 역사학자들은 도리아인의 침공이 고대 도시가 멸망한 원인이라 추측했다. 그렇지만 도리아인의 남하는 대규모 단위로 이루어진 것은 아니고 상당 기간에 걸쳐 소규모로 이루어졌다고 추정된다. 따라서 이것이 그리스 주요 도시들이 멸망한 직접적인 원인이라 할 수는 없다는 반론도 만만치 않다.

암흑시대가 약 450-500년간 지속되는 동안 그리스 문화를 지배한 것은 글이 아닌 말이었다. 그리스의 구전 문화는 단지 그리스의 암흑시대뿐만 아니라 그리스 상고기와 고전기 및 헬레니즘 시대 전체를 지배했다. 그것은 그리스 서사시와 비극 및 철학 등에 상당한 영향을 미쳤다. 기원전 약 750년을 전후로 페니키아의 알파벳 발명에 영향을 받아 고대 그리스어가 생겨났는데 첫 번째로 기록된 작품이 『일리아스』로 알려져 있다. 그렇다면 이토록 오랫동안 문자도 없이 이야기를 보존할 수 있었던 방법은 무엇인가? 그것은 바로 '기억'이라는 인간의 능력이다. 그러므로 단지 문자가 없었다고 해서 암흑기라 단정 짓기는 힘들다. 왜냐하면 인간 정신이 끊임없이 역동적으로 살아 움직이던 시기라고 하지 않을 수 없기 때문이다. 그리스 암흑기에 음유 시인들은 모든 이야기를 기억에 의존하여 다양한 방식으로 표현하였을 것이다. 따라서 우리가 알고 있는 방식과 다른 방식으로 문화를 꽃피웠을지 알 수 없는 일이다.

우리는 『일리아스』에 기록된 엄청난 분량의 내용을 인간이 기억 속에 모두 담아낼 수 있었다는 사실에 경탄을 금치 못한다. 고대 그리스의 음유 시인들은 기억이라는 놀라운 능력에 기대어 트로이 전쟁이라는 트라우마를 수많은 이야기로 변형시켜 들려주면서 사람들의 마음을 치유하는 역할을 했을 것이다. 『일리아스』의 마지막 장에서 트로이의 왕 프리아모스와 아킬레우스는 전쟁을 통해 사랑하는 사람들을 잃게 된 사건들로부터 나아가 인간의 비참한 삶과 운명을 슬퍼하며 눈물을 흘린다. 그것이 단순히 전쟁 이야기라면 서구 사상 전반에 그렇게 많은 반향을 불러오지는 않았을 것이다. 호메로스는 트로이 전쟁이라는 특수한 사건을 통해 인간을 둘러싼 세계와 신들의 본질 및 인간의 운명에 대한 깊은 통찰과 반성을 보여 준다.

사실 트로이 전쟁을 대략 기원전 1250년경으로 추정한다면 『일리아스』는 문자로 기록되기까지 약 400-500년 동안은 음유 시인들의 기억을 통해서만 노래되었다고 할 수 있다. 그동안 일

호메로스의 일리아스,
신들의 전쟁과 인간들의 운명을 노래하다

리아스 이야기는 기본적 줄거리를 어느 정도는 유지할 수 있었지만, 어떤 부분은 늘어났거나 줄어들었을 수도 있으며, 때로는 새로운 이야기가 추가되었을 수도 있다. 현존하는『일리아스』는 총 24권 15693행으로 이루어져 있으며 하루에 모두 노래하기는 물리적으로 어려운 분량이라 할 수 있다. '일리아스'Ilias라는 이름은 '일리온Ilion의 노래'를 의미하며, '일리온'은 현대인이 흔히 말하는 트로이Troy를 가리키는 옛 이름이다. 따라서 '일리아스'는 트로이의 노래를 의미한다.

『일리아스』가 우리가 알고 있는 트로이 전쟁에 관한 내용을 모두 담고 있다고 생각하는 사람이 많다. 그러나 정작『일리아스』를 읽어 보면 트로이 전쟁의 시작부터 이야기하고 있지 않다. 약 10년이라는 트로이 전쟁 기간 중에서 막바지 9년째 어느 날로부터 출발한다.『일리아스』에서 실제로 다루는 날은 약 50일 동안이다. 이미 제1권에서 약 20일 이상이 소요되었다. 아폴론 신이 아가멤논에게 분노하여 그리스 진영에 역병이 창궐하였던 기간이 9일이고, 올림포스 신들이 아이티오페스족의 잔치에 가 있던 기간이 11일이며, 아킬레우스가 헥토르를 죽인 후에 시신을 끌고 와서 프리아모스왕이 되찾아 갈 때까지의 기간이 12일이고, 트로이에서 헥토르의 화장을 위해 장작더미를 쌓는 데 9일이 걸렸다. 여기에『일리아스』전체 이야기의 발단이 된 회의를 아킬레우스가 소집하여 해결책을 논의하다가 아가멤논과 다툰 날과 아가멤논이 밤에 꿈을 꾸고 승리를 확신하며 아킬레우스 없이 트로이로 진격한 날 등과 같은 막간이 포함된다. 실제로 호메로스가 『일리아스』에서 그리스군과 트로이군이 전투를 벌인 것으로 설명하는 기간은 총 4일이다. 나아가 『일리아스』의 마지막 부분은 독자 입장에서 본다면 아주 특이한 지점에서 끝나 버린다. 호메로스는 트로이 전쟁을 마무리하고 싶은 생각이 전혀 없었던 듯하다. 만약 트로이 전쟁의 마지막이 어떻게 끝나는지를 볼 수 있으리라 기대하면 오산이다. 최소한 그리스 최고 영웅 아킬레우스의 죽음까지라도 이야기해야 하지 않을까 하는 막연한 추측도 완전히 빗나가고 만다. 『일리아스』는 트로이 영웅 헥토르의 죽음으로 대단원의 막을 내린다. 일반적으로 『일리아스』의 해설은 각 권별로 설명하는 것이 가장 편리하다. 하지만 이 책은 『일리아스』 전체의 주요 내용과 핵심 문제를 모두 담기 위해 주제별로 장을 다시 구성하여 총 12장으로 정리했다. 그렇지만 각 권별로 주요 사건이나 내용을 확인하고자 하는 독자를 위해 텍스트 내용을 인용하면서 권수와 행수를 표기하였고, 다음의 표를 통해 훨씬 정확하게 권수를 확인할 수 있다.

『일리아스』의 암호 해독

『일리아스』는 서사시이다. 현대인은 서사시 형식에 익숙하지 않기 때문에 서사시로 텍스트를 읽기 어려워한다. 더욱이 그리스의 독특한 표현들이 한국어로 번역되었을 때 나타나는 이질감도 이 어려움에 한몫을 한다. 모든 언어가 번역이라는 반역을 시도

호메로스의 일리아스,
신들의 전쟁과 인간들의 운명을 노래하다

	주제와 분류	권
1	아킬레우스의 분노	1
2	아가멤논의 꿈	2
3	파리스의 결전	3, 4
4	신들의 보호와 상처	5
5	헥토르의 사랑과 전쟁	6, 7, 8
6	아가멤논의 후회와 사절단	9, 10
7	신들과 영웅들의 전쟁	11, 12, 13, 14, 15
8	파트로클로스의 죽음	16, 17
9	아킬레우스의 비탄	18, 19
10	아킬레우스의 참전	20, 21
11	헥토르의 죽음과 영혼의 제의	22, 23
12	인간의 비극과 운명	24

할 때 동일한 상황에 처하겠지만, 특히 고대어를 현대어로 번역하기란 시대적으로나 문화적으로 더더욱 어렵다. 그래서 『일리아스』 내용을 읽으면서 자연스럽게 흐름을 타기는 쉽지 않다. 『일리아스』를 읽어 내기 힘든 또 다른 이유는 텍스트 자체가 갖는 특수성과 연관된다. 바로 고대 그리스 암흑기로 인한 구전 문화의 특징 때문이다. 이로 인해 『일리아스』는 다음과 같은 독특한 몇 가지 특징을 보인다.

첫째, 호메로스의 서사시를 읽기 위해 첫 장을 넘기는 입문자가 가장 힘들어하는 부분은 엄청난 양의 그리스 이름이 쏟아져 나온다는 점이다. 거의 처음 보는 이름을 속사포처럼 쏟아 내는 제1권을 읽으면 기가 질리기 시작하고, 억지로 참고 겨우겨우 제2권을 넘겨도 책장을 덮는 경우가 대부분이다. 따라서 처음부터 모든 등장인물을 외워야 한다는 강박 관념은 버려야 한다. 또한 작품을 한 번에 끝까지 읽어 나가겠다는 목표도 버려야 한다. 이러한 야망은 지나친 욕심이라 생각하고 초반에는 모르는 이름을 대충 넘기며 이야기의 흐름을 탈 필요가 있다. 그럼에도 불구하고 이야기의 전체 구조를 이끌어 가는 주요 등장인물이 있다. 사실 이들 중에는 독자가 이미 들어 본 이들도 분명히 있을 것이다. 따라서 『일리아스』를 읽기 전에 반드시 알아야 하는 최소한의 신과 영웅의 이름과 별칭은 인지해 둘 필요가 있다.

둘째, 호메로스는 때로는 시대에 맞지 않는 내용이나 물건을 설명한다. 기본적으로 『일리아스』의 내용은 오랜 세월 동안 '구전'되어 오던 과정에서 트로이 전쟁이 일어나던 당시가 아닌 음유 시인이 노래하던 시대의 관습이나 물건 등을 묘사한 경우가 많다. 실제로 호메로스가 설명하는 물건 중 어떤 것은 트로이 전쟁 시기로 추정되는 기원전 1200년 전후에는 나타나지 않은 것이고, 때로는 『일리아스』가 기록된 기원전 7-8세기에 사용하던 물건이 기록된 경우도 종종 발견된다. 『일리아스』에는 전쟁과 관련된 무기에 대한 묘사가 많이 등장한다. 특히 인상적인 무기 중 하나는 아이아스의 '탑과 같은 방패'이다(7.219). 그것은 아이아스의 발에서 목에 이르는 크기로 말 그대로 탑과 같아서 방패 뒤에

호메로스의 일리아스,
신들의 전쟁과 인간들의 운명을 노래하다

만 숨어 있으면 누구도 해를 입힐 수가 없다. 그런데 호메로스는 두 가지 종류의 방패를 혼동한 것처럼 보인다.[6] 트로이의 헥토르가 들고나오는 둥근 형태의 방패는 청동기 말에 사용되던 형태이지만, 그리스의 아이아스가 들고나오는 탑처럼 높고 넓은 방패는 그 이전에 나타난다. 또한 제10권 '돌론의 이야기'에서 멧돼지 투구가 나온다. 메리오네스가 오뒷세우스에게 쇠가죽으로 만든 투구를 씌워 주는데, 바깥쪽은 하얀 엄니를 가진 멧돼지의 번쩍거리는 이빨들이 정교한 솜씨로 촘촘하게 박혀 있다. 그것은 기원전 16세기에서 17세기에 주로 등장하며 기원전 1200년 전후에는 결코 없던 스타일이다.

셋째, 호메로스는 틀에 박힌 상투적 형용사나 형용구를 반복적으로 사용한다. 이러한 상용구는 일단 서사시의 운율에 맞게 노래하기 위해 필요하기도 하며, 아주 긴 이야기를 할 때 정해진 표현을 머릿속에 축적하여 자유로이 구사할 능력을 키우는 데 필요했을 것이다. 호메로스가 특히 신들에 대해 자주 사용하는 상용구는 다음과 같다. 헤라에 대해서는 달의 여신의 특징을 보여 주는 '흰 팔의', 대지의 여신으로서 면모를 보여 주는 '암소 눈의', 권력과 관련된 특징을 보여 주는 '황금 옥좌의' 같은 상용구를 사용한다. 아테나에 대해서는 지혜와 관련하여 '빛나는 눈의', 출생지와 관련하여 '트리토게네이아', 위상을 보여 주는 '제우스의 가장 영예로운 딸', 상징과 특징을 보여 주는 '아이기스를 가진 제우스의 지칠 줄 모르는 자식' 등을 사용한다. 아프로디테에 대해서는 '웃음을 좋아하는', 아르테미스에 대해서는 '떠들썩한 사냥꾼인 활의 여신' 등을 사용한다. 포세이돈에 대해서는 바다의 신이며 지진의 신으로서 면모를 보여 주는 '대지를 떠받치는', '대지를 흔드는', '검푸른 머리의' 등을 사용하며, 하데스에 대해서는 '지하 세계의 왕'이라 한다. 헤파이스토스에 대해서는 대장장이 신의 면모를 보여 주는 '힘이 뛰어난', '솜씨 좋기로 유명한' 등을 사용한다. 아폴론에 대해서는 태양신의 면모를 보여 주는 '멀리 쏘는 자', '머리털을 자르지 않는', '날개 달린 화살을 가진' 등을 사용한다. 헤르메스에 대해서는 영리하고 행운을 주는 측면과 관련하여 '남달리 마음이 영리한 행운의 신', '구원자이며 행운의 신'이라 부른다. 아레스에 대해서는 전쟁의 신으로서의 면모를 보여 주는 '투구를 번쩍이는', '불굴의 전사', '도시의 파괴자' 등을 사용한다. 이러한 용어는 각 신의 특징과 본성을 아는 데도 도움이 된다.

'그리스인'은 없다

현대인이 그리스인이라 부르는 사람들은 당시에는 그리스인으로 불리지 않았다. 『일리아스』의 어느 곳을 읽어 봐도 '그리스인'이라는 표현은 없다. 그렇다면 우리가 알고 있는 그리스인은 도대체 어디 갔는가? 사실 우리가 그리스인이라 부르는 명칭은 현대적 관점에서 지칭하는 이름일 뿐이며, 당시 트로이 전쟁에 참여했던 그리스인들은 자신들을 다르게 부른다. 우리가 아는 그

호메로스의 일리아스,
신들의 전쟁과 인간들의 운명을 노래하다

리스인에 대한 또 다른 호칭은 '헬레네인'이다. 그리스의 최고 전성기라 할 고전기와 헬레니즘 시대에 그들은 자신들을 헬레네 민족이라 불렀다. 그 외 다른 사람들을 '바르바로스'라고 불렀다. 그리스어를 하지 않아 알아들을 수 없는 말을 하는 사람을 가리킨다. 그리스인은 그리스인으로 태어나는 것이 아니라 그리스인으로 되는 것이라고 말한다. 그것은 바로 교육phaideia으로 인해 가능한 것이다.[7] 여기서 '헬레네인'은 우리가 잘 아는 그리스 신화에 등장하는 시조와 관련해서 불렀던 명칭이다. 그리스의 유명한 홍수 신화에 등장하는 프로메테우스의 아들 데우칼리온과 에피메테우스의 딸인 퓌라가 대홍수에서 살아남아 결합하여 직접 낳은 자식들 중에 헬렌이라는 인물로부터 유래되었다.

그렇지만 기원전 약 750년경에 기록된 『일리아스』에는 여전히 헬레네라는 명칭도 찾을 수가 없다. 그렇다면 트로이 전쟁이 일어났다고 가정되던 시대에 그리스인은 과연 자신들을 어떻게 불렀을까? 그들은 자신들을 아르고스인들Argives, 아카이아인들Achaioi, 다나오스인들Danaoi이라 불렀다. 우선 아르고스인은 그리스에 별로 많지 않은 평야 지대인 아르고스Argos에서 살았던 민족들로부터 유래되었다. 그리스 땅은 매우 척박하여 농경 생활을 할 수 있는 곳이 많지 않아 그리스인들은 자급자족하지 못했다. 그리스 초기에는 아무래도 농경 생활이 가능한 지역을 중심으로 사람들이 많이 모여 살았을 것이기 때문에 상당수가 아르고스인이라 불렀을 것이다.

다음으로 다나오스인들은 다나오스의 이름으로부터 유래되었다. 이집트의 신화적인 왕 벨로스에게는 쌍둥이 아들 다나오스와 아이귑토스가 있었다. 아이귑토스는 자신의 50명의 아들을 다나오스의 50명의 딸과 결혼시켜 다나오스의 유산을 뺏으려 했다. 다나오스는 딸들을 결혼시키는 대신에 아르고스로 도망간다. 당시에 아르고스는 그리스의 원시 민족인 펠라스고스왕의 지배를 받았다. 원시 아르고스인들은 신의 전조를 보고 다나오스를 받아들이고, 다나오스는 나중에 아르고스를 지배하게 된다. 따라서 『일리아스』에서 그리스인은 아르고스인 또는 다나오스인이라 불리게 된다.

마지막으로 아카이아인들은 펠로폰네소스반도의 북부 아카이아Achaea 지역의 거주민들을 가리킨다. 그들은 시조인 아카이오스의 이름에서 유래되었다. 일반적으로 아카이아인은 기원전 1600년에서 1100년까지 아카이아 지역에 살았던 사람을 가리킨다. 아카이아인에 대한 언급은 기원전 2000년 말에 소아시아 히타이트족의 문헌에 나와 있다.[8]

트로이 전쟁의 전면전

『일리아스』의 주요 내용은 '전투'일 수밖에 없다. 전체 내용에서 실제 전투 일자는 4일에 불과하다. 제1권에서 아킬레우스가 아가멤논과의 싸움으로 전쟁에 참여하지 않았다고 하지만, 파트로클로스가 죽은 후 넷째 날 전투에는 참여했기 때문에 실제로는

호메로스의 일리아스,
신들의 전쟁과 인간들의 운명을 노래하다

3일의 전투에만 참여하지 않은 것이 된다. 그러나 제1권부터 제 18권까지 내용이 워낙 길기 때문에 아킬레우스가 상당히 오랫동 안 전쟁에 참여하지 않은 것처럼 느껴질 수 있다.

1. 첫째 날 전투 (제3권-제7권) — 그리스군과 트로이군의 접전

- 파리스와 메넬라오스의 일대일 결투 [제3권]

- 디오메데스와 판다로스의 결투 [제5권]

- 디오메데스와 아이네이아스의 결투 [제5권]

- 사르페돈과 틀레폴레모스의 결투 [제5권]

- 디오메데스와 아레스의 결투 [제5권]

- 헥토르와 아이아스의 일대일 결투 [제7권]

2. 둘째 날 전투 (제8권) — 트로이군의 승리

- 그리스군의 패주

- 그리스군의 반격 — 디오메데스와 테우크로스의 활약

- 트로이군의 재공격과 그리스군의 패주

3. 셋째 날 전투 (제11권-제17권) — 트로이군의 승리

- 오뒷세우스와 소코스의 결투 [제11권]

- 파트로클로스와 사르페돈의 결투 [제16권]

- 헥토르와 파트로클로스의 결투 [제16권]

4. 넷째 날 전투 [제19권-제22권] — 그리스군의 승리

- 아킬레우스와 아이네이아스의 결투 [제20권]

- 아킬레우스와 스카만드로스의 결투 [제21권]

- 아킬레우스와 헥토르의 결투 [제22권]

호메로스의 일리아스,
신들의 전쟁과 인간들의 운명을 노래하다

1

아킬레우스의 분노

1. 아폴론의 진노와 역병

〔제1권〕

『일리아스』의 첫 장면은 매우 독특하게 시작한다. 고대 그리스 암흑기에 음유 시인들은 문자가 없었기 때문에 단지 기억에만 의지하여 노래했다. 현존하는 『일리아스』의 전체 내용은 고대 음유 시인들이 통째로 외워서 이야기하던 것을 문자가 생긴 이후에 기록한 것이다. 그렇기 때문에 '기억'이란 인간의 능력을 넘어서는 신적인 능력이라 생각될 수밖에 없었다. 고대 음유 시인들은 항상 기억과 관련이 있는 특정한 신에게 기도하면서 이야기를 시작한다.

분노를 노래하소서, 여신이여, 펠레우스의 아들 아킬레우스의 분노를.
아카이아인들에게 이루 헤아릴 수 없는 고통을 주었고
수많은 영웅들의 강한 영혼들을 하데스에 내려보내고

그들 자신의 [몸]들은 개들과 모든 새들의 먹이로 되었도다.

그리하여 제우스의 뜻은 이루어졌도다.

인간들의 왕 아트레우스의 아들과 신적인 아킬레우스가

처음에 서로 싸우고 헤어졌던 날부터.

(1.1-7)

호메로스가 트로이 전쟁을 이야기하면서 처음으로 불러내는 신은 누구일까? 바로 학문과 예술을 관장하는 무사 여신들로, 올림포스 신화로 넘어가면서 아폴론과 함께 등장한다. 올림포스 신화에서 무사 여신들은 제우스와 결합한 므네모쉬네의 자식들이다.[9] 그리스어로 므네모쉬네는 '기억'을 의미한다. 므네모쉬네 여신은 가이아와 우라노스의 자식인 티탄족 신들 중 하나이다. 티탄족 전쟁 이후에 올림포스에서 사라질 운명이었지만 제우스와의 결합을 통해 올림포스 신화에 남게 된다. 고대 그리스인은 기억이 학문과 예술의 어머니라고 생각하였기 때문에 므네모쉬네와 무사 여신들을 어머니와 딸의 관계로 설정했다.[10]

그리스 서사시는 기억의 산물인 무사 여신들에 대한 칭송으로 시작한다. 호메로스의 『일리아스』와 『오뒷세이아』뿐만 아니라 헤시오도스의 『신들의 계보』도 마찬가지다. 실제로 그리스의 서사시나 찬가 속 무사 여신들에 대한 칭송은 관습적으로 이루어졌다. 이러한 전통은 서구 문학의 전통에 여전히 남아 있다. 그런데 제1권 첫 부분에서 호메로스는 "여신"에게 "노래하소서"[aeide]라

호메로스의 일리아스,
신들의 전쟁과 인간들의 운명을 노래하다

고 말한다. 이것은 여신이 부르는 노래를 시인이 따라 부른다는 것을 의미한다. 실제로 호메로스 같은 음유 시인들은 그리스어로 '노래하다'에서 나온 '노래하는 사람' 또는 '음유 시인'을 뜻하는 아오이데스^{aoides}라 불렸다. 고대 그리스에서 『일리아스』는 음유 시인이 부르는 노래라 할 수 있다. 고대 그리스의 암흑시대에 구전되던 노래는 특정한 '운율'을 가졌다. 그것은 음유 시인이 훨씬 더 기억을 잘 할 수 있도록 도와준다. 나아가 고대 사회에서 특정한 형태의 노래는 일종의 주술적 의미로 마법의 힘을 가진다고 생각되었다.[11] 고대인은 무사 여신들의 도움을 받아 과거 영웅의 활약을 노래하는 음유 시인의 이야기를 들으면서 마치 그때, 그곳에 있는 것과 같은 마법에 걸리게 된다.

호메로스는 『일리아스』의 전체 주제를 첫 구절에서 한마디로 설명하고 있다. 그것은 바로 "아킬레우스의 분노"이다. 그것이 『일리아스』 속 모든 사건의 발단이 된다. 호메로스가 아킬레우스의 "분노"라고 말할 때 사용한 그리스어 'menis'는 주로 신들에게 쓰던 표현으로 신적인 '진노'를 의미한다.[12] 이것은 아킬레우스의 분노가 일반 사람들과는 비교할 수 없을 만큼 엄청나게 컸다는 사실을 보여 준다. 사실 우리말로 단순히 '분노'라고 번역해 놓으면 그 정도를 가늠할 수 없다. 그런데 여기서 그리스어 'menis'는 아가멤논과의 언쟁 이후에 아킬레우스의 행동을 이해하는 중요한 단초가 된다. 그렇지 않으면 아킬레우스가 전쟁에 참여하지 않는 이유를 과소평가할 수 있기 때문이다. 고대 그리스의 최고 서사시 『일리아스』는 아킬레우스의 신적인 분노로 시작하며, 고대 로마의 최고 서사시 『아이네이스』는 아이네이아스의 분노ira 로 끝난다.[13]

호메로스가 트로이 전쟁을 노래하면서 아킬레우스의 분노로 시작했다는 것은 매우 압축적이며 은유적이다. 분노는 사적 영역에서든 공적 영역에서든 인간의 삶을 전복시키는 기제를 가진다. 『일리아스』에서 도대체 누가 아킬레우스의 분노를 일으켰는가? 바로 그리스 동맹군의 총사령관인 아가멤논이다. 호메로스는 아가멤논과 아킬레우스가 서로 싸우고 갈라선 이후로 "제우스의 뜻"이 이루어졌다고 한다. 아킬레우스는 그리스 진영에 번지는 역병을 진압하기 위해 나섰지만 아가멤논에게 부당한 모욕을 당했다. 그는 놀라운 인내심을 발휘하여 최악의 상황으로 치닫지는 않았지만 끓어오르는 분노를 견딜 수 없었다. 테티스 여신은 단명할 운명을 지닌 아들 아킬레우스의 명예를 회복시켜 달라고 제우스에게 부탁했다. 제우스의 뜻은 아킬레우스가 빠진 그리스군이 트로이군에게 전쟁에서 밀려나 결국 아킬레우스가 명예를 회복하는 것이었다(1.524-530).[14] 그런데 호메로스는 아킬레우스의 분노가 왜 수많은 아카이아인들에게 고통을 가져다주고 그들을 죽음으로 이끌었다고 말하는가? 아킬레우스가 분노한 결과는 잔혹하고 파괴적이다. 호메로스는 그것이 무수한 고통을 주고 수많은 사람을 죽음으로 몰아넣어 시신을 개와 새의 먹이가 되게 만들었다고 한다.

호메로스의 일리아스,
신들의 전쟁과 인간들의 운명을 노래하다

『일리아스』의 전체 이야기는 현재 시점에서 마지막 원인에 대한 설명으로 시작하여 최초의 원인에 대한 설명으로 거슬러 올라가는 방식으로 전개된다. 나아가 그것은 트로이 전쟁의 원인을 설명하는 데까지 거슬러 올라가서 다시 약 9년 동안의 트로이 전쟁 전체 과정을 간략하게 설명하는 데까지 확장된다. 제1권에서 아킬레우스의 분노는 아가멤논에서 비롯되었다고 설명된다. 당시 트로이 전쟁에서 그리스 군사는 전쟁이 아니라 전염병 때문에 죽어 나가고 있었다. 전염병으로 인해 더 이상 전쟁을 하지 못하고 돌아갈 수도 있는 긴박한 상황에서 아킬레우스가 문제를 해결하고자 나섰다.

아킬레우스는 그리스 진영에 전염병이 돌기 시작한 지 10일째에 회의를 소집했다. 도대체 수많은 그리스 군사들을 죽어 나가게 하였던 전염병의 원인은 무엇인가? 물론 고대 그리스인이라면 이유를 알 수 없는 질병의 원인을 충분히 찾을 수 있다. 그들은 인간이 모르는 것의 원인을 신에게 돌렸다. 그렇다면 인간의 힘으로 막아 낼 수 없는 역병의 원인이라 할 신은 누구일까? 그리스의 올림포스 신화에서는 바로 아폴론이었다. 그는 질병을 일으키기도 하고 치료하기도 하는 신이다. 일반적으로 그리스 신화 속 의술의 신은 아스클레피오스로 알려져 있다. 그는 아폴론의 아들로 단지 질병을 치료하는 신이다. 그러나 아폴론은 질병을 일으키는 원인이기도 했기 때문에 매우 두렵고 무서운 신이었다.

현재 그리스 진영에 알 수 없는 전염병이 돌고 있다면 바로 아폴론이 원인이었을 것이다. 그리스인들은 모든 신이 각기 고유한 몫이나 기능을 가졌기 때문에 어느 특정 영역에서 문제가 생기면 그것을 관장하는 특정 신에게 원인을 돌린다. 예를 들면 사랑과 관련해서 문제가 생기면 아프로디테, 결혼과 관련해서 문제가 생기면 헤라, 출산과 관련해서 문제가 생기면 아르테미스 등에게 잘못을 저지른 것으로 이해한다. 그래서 그리스 진영에 퍼진 원인을 알 수 없는 '병'은 아폴론 신의 진노 때문이라고 쉽게 추정하는 것이다.

아킬레우스는 공식적으로 전염병의 원인을 알기 위해 예언자 칼카스를 불러들인다. 그렇지만 칼카스는 신탁에 대해 쉽사리 말하려고 하지 않는다. 아킬레우스가 독촉하자 칼카스는 자신의 신변을 보호해 줄 것을 요구한다. 왜냐하면 그것은 그리스군 총사령관인 아가멤논을 노하게 할 신탁이었기 때문이다. 아폴론이 진노한 이유는 아가멤논이 아폴론의 사제 크뤼세스를 모욕했기 때문이다(1.8-12). 크뤼세스는 자신의 딸 크뤼세이스를 돌려받기 위해 엄청난 보상금을 가지고 최고의 예의를 갖추어 아트레우스의 아들들인 아가멤논과 그의 동생 메넬라오스를 만나러 왔다.

"아트레우스의 두 아들과 좋은 정강이받이를 찬 아카이아인들이여,
올륌포스에 사시는 신들께서 그대들이 프리아모스의 도시를 함락하고
안전하게 귀향하게 해 주시길 바랍니다!
나의 사랑하는 딸을 풀어 주고 대신 몸값을 받아 주시고,

제우스의 아들로 멀리 쏘는 아폴론을 두려워하소서."

(1,17-21)

전쟁 중인데도 불구하고 크뤼세스는 먼저 그리스인들이 트로이를 함락시키고 무사히 고향으로 돌아갈 수 있기를 기원하고, 다음으로 아폴론 신이 두렵다면 딸 크뤼세이스를 돌려주고 보상금을 받아 달라고 간청한다. 그런데도 아가멤논은 으름장을 놓으며 크뤼세스를 난폭하게 내쫓았다. 우선 그는 아무리 아폴론 신이라 할지라도 도와줄 수 없을 것이라며 신성 모독을 범했으며, 다음으로 딸 크뤼세이스를 절대로 돌려줄 생각이 없으며 그녀가 자신의 궁전 바닥에서 늙어 갈 것이라 모욕했다. 더욱이 지금 이 순간 무사히 그리스 진영에서 빠져나가고 싶다면 아가멤논 자신을 성나게 하지 말라고 위협까지 했다(1,26-32).

사실 당시 전쟁 문화에서는 적절한 보상금을 가져오면 포로를 넘기는 것이 관례였다. 크뤼세스는 엄청난 보상금을 가지고 최대한 정중하게 아가멤논에게 딸을 돌려 달라고 부탁했고, 비록 적군이지만 그리스 동맹군의 승리와 무사 귀환까지 기원했다. 그런데도 아가멤논은 크뤼세스에게 지나치게 모욕적인 말과 행동을 했다. 크뤼세스는 아버지로서 너무 깊은 상처와 고통을 당했을 뿐만 아니라, 아폴론의 사제로서 이루 말할 수 없는 모욕을 당했다고 생각했다. 그리하여 그는 그리스 동맹군의 진영에서 돌아와 아폴론 신에게 희생 제의를 바치며 그리스인들(아카이아인들)

〈아가멤논의 막사 앞에서 크뤼세이스의 귀환을 간청하는 크뤼세스〉
야코포 알레산드로 칼비, 18-19세기

크뤼세스는 자신의 딸 크뤼세이스를 돌려받기 위해 엄청난 보상금을 가지고 아가멤논과 그의
동생 메넬라오스를 만나러 왔지만 모욕을 당하고 만다.

에게 복수해 달라고 기도했다(1.37-42). 아폴론은 진노하여 올림
포스 꼭대기로 달려가 그리스 진영에 9일 동안 엄청난 양의 화살
을 쏘아 댔고 이에 수많은 짐승과 사람이 죽어 나갔다(1.43-52).

여기서 아폴론의 모습은 아르테미스와 비슷하게 활과 화살
로 무장한 궁수의 신으로 나타난다. 일반적으로 우리가 알고 있
는 아폴론은 그리스 고전기의 학문과 예술의 신으로 리라를 들고
등장하는 경우가 대부분이다. 그렇지만 『일리아스』에서 아폴론

호메로스의 일리아스,
신들의 전쟁과 인간들의 운명을 노래하다

은 그리스 상고기의 특징을 보여 주는 활과 화살을 들고 있으며, '은빛 활'이나 '멀리 쏘는' 등의 형용구와 함께 등장한다.[15] 아폴론 신이 그리스 진영에 날려 보낸 화살은 바로 '역병'을 상징한다. 앞서 말했듯 아폴론은 발병시키기도 하고 치료하기도 하는 의술의 신이다. 따라서 사람들은 그리스 진영에 역병이 창궐하자 아폴론 신이 진노했다고 생각했다. 아폴론의 진노는 당연히 인간이 죄를 범했기 때문에 일어난 것이다.

2. 아가멤논의 오만과 아킬레우스의 명예

그리스 진영에 역병이 창궐하여 수많은 군사들이 시신으로 변해 나가자 문제를 해결하기 위해 가장 먼저 나선 인물은 바로 아킬레우스였다. 아킬레우스는 그리스 동맹군 회의를 소집하고 그리스의 예언자 칼카스에게 역병의 원인에 대한 신탁을 요구했다. 그러자 칼카스는 두려워하며 아폴론이 진노한 원인은 바로 아가멤논이 아폴론의 사제를 모욕했기 때문이며, 몸값을 받지 않고 크뤼세이스를 돌려주고 성대한 희생 제의를 바치면 아폴론이 진노를 풀고 구원해 줄 것이라고 예언한다(1.93-100). 그렇지만 아가멤논은 칼카스가 항상 자신에게 나쁜 일만 예언해 왔다고 비난하며 크뤼세이스가 용모나 몸매, 재치나 솜씨 등에서 자신의 아내에게 뒤지지 않는다며 애착을 보인다(1.113-115). 아가멤논의 아내 클뤼타임네스트라는 트로이 전쟁 당시 그리스 최고의 미

호메로스의 일리아스,
신들의 전쟁과 인간들의 운명을 노래하다

인이라 불렸던 헬레네의 쌍둥이 여자 형제인 만큼 매우 아름다웠을 것이다.

트로이 전쟁 시작 전에 그리스 동맹군은 트로이로 출항하기 위해 아울리스Aulis항에 집결했다. 그런데 계속해서 바람이 불지 않아 출항조차 하지 못하게 되자 신탁에 원인을 묻는다. 그것은 그리스 동맹군의 총사령관인 아가멤논이 과거에 저지른 신성 모

〈이피게네이아의 희생〉
프랑수아 페리에, 1632-1633

그리스 동맹군 총사령관 아가멤논은 트로이 전쟁 시작 전 바람이 불지 않아 출항하지 못하게 되자 큰딸 이피게네이아를 희생 제물로 바쳤다.

독 때문이었다. 그리하여 아가멤논은 아울리스항에서 큰딸 이피게네이아를 희생 제물로 바쳤다.[16] 클뤼타임네스트라는 사랑하는 딸의 예기치 못한 죽음 앞에 아가멤논에게 분노했다. 게다가 트로이 전쟁이 끝나고 돌아올 때도 아가멤논은 트로이 공주이자 사제인 카산드라까지 대동하고 돌아왔다. 결국 아가멤논은 트로이 전쟁에서 승리하고 돌아오자마자 10년 동안이나 복수의 칼을 갈며 기다려 온 아내 클뤼타임네스트라에게 죽게 된다.[17]

물론 그리스의 전쟁 문화에서 전리품은 일종의 '명예의 선물'이라 할 수 있다. 그리스군의 총사령관이자 왕들 중의 왕인 아가멤논 입장에서는 비록 사적으로 크뤼세이스를 좋아했을 수도 있지만 공적으로 그녀는 명예의 상징이었다. 다시 말해서 크뤼세이스에게 지나치게 집착하는 것처럼 보이는 이유는 아가멤논의 사적 감정도 있었겠지만 자신의 명예를 지키려는 집념일 수도 있다. 그래서 아가멤논은 크뤼세이스를 양보하는 대신에 다른 명예의 선물을 당장 내놓으라고 으름장을 놓는다. 그렇지만 모든 것을 감안한다고 해도 그리스군 총사령관으로서 졸렬하게 처신한 듯이 보인다. 사실 모든 일이 아가멤논의 오만방자한 행동 때문에 일어났으니 당연히 아가멤논 자신이 책임을 져야 하는 것이 아닌가! 그런데도 오히려 다른 사람들에게 자신의 손해를 배상하라고 억지를 부리고 있는 것이다. 아킬레우스는 이미 전리품 분배가 끝나서 다시 회수하기는 어려우니 트로이 전쟁에서 승리한 후 세 배, 네 배의 보상을 해 주겠다고 설득한다. 그렇지만 이제

호메로스의 일리아스,
신들의 전쟁과 인간들의 운명을 노래하다

거의 제정신이 아닌 아가멤논은 최악의 사태로 몰아가는 마지막 말을 거침없이 내뱉는다.

> "그대가 좋은 사람이긴 하지만, 신과 같은 아킬레우스여,
> 나를 속이려 하지 마시오. 나를 피해 가지도 설득하지도 못할 것이오.
> 그대는 자신의 선물을 지키길 바라면서 나는 나의 것을 잃고도
> 그냥 앉아 있기를 바라는가? 그대는 내게 이 소녀를 돌려주라고
> 몰아가는 것이오? 위대한 아카이아인들은 내 마음에 드는
> 그녀만 한 선물을 대신 주어야 할 것이오.
> 만약 그들이 주지 않는다면, 나 자신이 직접 가서
> 그대의 것이든 아이아스의 것이든 오뒷세우스의 것이든 가져가겠소."
> (1.131-138)

아가멤논은 크뤼세이스를 보내는 대신에 자신이 입은 손해를 당장 보상해 달라고 주장하며, 그렇게 하지 않으면 아킬레우스를 비롯한 다른 그리스 장군들의 전리품을 빼앗아 오겠다고 억지를 부리고 있다. 이제 트로이 전쟁 내내 아킬레우스를 지탱해 온 인내심이 한계에 달하였고 결국 아가멤논을 향해 분노가 폭발했다. 아킬레우스는 아가멤논의 탐욕스러운 행동을 비난하면서 트로이 전쟁에 참전한 이유를 밝힌다. 사실 트로이인은 자신에게 아무런 잘못을 저지르지 않았으며, 자신의 소나 말을 노략한 적도 없을 뿐만 아니라 자신의 고향 프티아의 곡식을 약탈한 적도 없다고

말한다. 그럼에도 불구하고 아킬레우스 자신이 머나먼 트로이에 온 이유는 단 한 가지라고 말한다. "우리가 그대를 따라 이곳에 온 것은 메넬라오스와 그대를 위해 트로이인들을 응징함으로써 그대를 기쁘게 해 주기 위해서였소."(1.158-160) 사실 아킬레우스 자신에게는 트로이인과 전쟁을 벌일 만한 아무런 원한 관계가 없고 이유도 없다. 단지 아가멤논과 메넬라오스를 위해 트로이인들을 응징하러 왔을 뿐이다.

그런데도 트로이에 와서 수많은 전쟁을 치르면서 트로이의 크고 작은 도시들을 함락할 때마다 아가멤논이 훨씬 좋은 것들을 차지하고 자신은 싸우느라 지칠 대로 지친 몸을 이끌고 보잘것없는 전리품을 받아 돌아왔다. 아킬레우스는 이제 아가멤논이 이것마저도 뺏으려 한다는 사실에 분통을 터트리며, 다시는 모욕까지 당하면서 아가멤논 형제에게 부와 재물을 쌓아 줄 생각이 없다고 한다. 더욱이 아킬레우스는 단지 전쟁에 참여하지 않겠다는 선언뿐만 아니라 고향 프티아로 돌아가겠다는 선언까지 한다. 그러나 아가멤논은 한술 더 떠서 제발 도망가 달라고 비아냥거린다.

"도망가시오, 그대 마음이 그리 그대를 움직인다면. 나도 나를 위해
머물러 달라고 구걸하지 않겠소. 내 곁에는 명예를 높여 줄
사람이 얼마든지 있고, 누구보다도 조언자 제우스께서 계시오.
나는 제우스께서 아끼시는 왕들 중에서 그대가 가장 밉다오.
그대는 불화와 전쟁과 싸움만 좋아하오.

호메로스의 일리아스,
신들의 전쟁과 인간들의 운명을 노래하다

그대가 아주 강하지만 그것도 신이 주신 것이오.

그대 함선들과 동료들과 함께 고향으로 돌아가서

뮈르미도네스인들이나 지배하시오. 나는 그대에게 전혀 관심이 없으며

그대가 분노해도 신경 쓰이지 않소. 그러나 이것은 나의 경고요.

포이보스 아폴론께서 내게서 크뤼세이스를 빼앗아 가시니

나는 그녀를 내 배에 태워 내 동료들과 함께 보낼 것이오.

그 후 나 자신이 그대의 막사에 가서 그대의 선물인

볼 예쁜 브리세이스를 데리고 갈 것이오. 그러면 내가 그대보다

얼마나 더 강력한지 잘 알 수 있을 것이오. 다른 사람들도

앞으로 감히 나와 동등한 것처럼 말하거나 맞서지 않을 것이오."

(1.173-187)

아가멤논은 이제 대놓고 아킬레우스의 명예의 선물을 빼앗겠
다고 엄포를 놓는다. 크뤼세이스를 돌려주는 대신 브리세이스를
빼앗아 가겠다고 말이다. 아가멤논과 아킬레우스의 감정싸움으
로 그리스 진영은 최악의 위기 상태로 치닫고 있다.

3. 아킬레우스의 분노와 아테나의 설득

아킬레우스의 분노는 극에 이르렀다. 이제 칼을 뽑아 아가멤논을 죽일 것인가, 아니면 분노를 억누르고 마음을 진정시킬 것인가? 만약 아킬레우스가 아가멤논을 죽인다면, 트로이 전쟁은 모두 수포로 돌아간다. 반대로 만약 아킬레우스가 아가멤논을 죽이지 않는다면, 명예는 바닥에 떨어질 것이다. 아킬레우스가 지금 어떻게 결단하는가에 따라 9년을 끌어온 트로이 전쟁이 끝장 날 판이다. 누구라도 아킬레우스가 지금 아가멤논에게 터트린 분노는 정당하다고 생각할 것이다. 그런데 지금 아킬레우스의 분노가 통제할 만한 정도가 아니라는 사실이 문제이다. 이 분노는 아가멤논이 도발하는 말과 행동에서 출발하지만 이미 트로이 전쟁 내내 쌓인 것으로 한꺼번에 폭발하였기 때문이다. 과연 누가 막을 수 있겠는가? 아무도 막을 수 없다면 전쟁은 트로이의 승리로 돌아갈 것이다. 그리스 동맹군의 내분으로 총사령관 아가멤논이 죽는다면 전쟁의 끝은 보지 않아도 뻔하다.

　그리스인은 단 한 번의 결단이 역사를 바꿀 수도 있는 절체절명의 순간에 신들이 개입한다고 생각한다. 올림포스에서 전쟁의 위급한 상황을 파악한 헤라가 아킬레우스에게 아테나 여신을 급히 보낸다. 아킬레우스가 칼을 빼어 내는 바로 그때 아테나 여신이 뒤에서 그의 금발을 잡아당겼다. 아킬레우스는 깜짝 놀라 돌아보았고, 곧장 아테나 여신을 알아보았다.

　아테나는 펠레우스의 아들 뒤에서 그의 금발을 잡아당겼다.
　그러나 단지 그에게만 보였고, 다른 누구도 보지 못했다.
　아킬레우스는 놀라서 몸을 돌렸고, 팔라스 아테나를 곧바로
　알아보았다. 그녀의 두 눈이 무섭게 빛났기 때문이다.

　(1.197~200)

　여기서 영웅 아킬레우스가 보통 사람과 다른 점뿐만 아니라 그리스 신들의 중요한 특징이 드러난다. 아테나 여신이 나타났을 때 아킬레우스를 제외하고는 아무도 알아채지 못한다. 그리스 신들은 근본적으로 인간이 볼 수 없는 존재이다. 그리스인들은 인간이 신을 직접 보면 죽거나 크게 다치게 된다고 생각했다. 그렇다면 그리스 신화에 나오는 신과 인간의 수많은 대화는 어떻게 설명할 수 있는가? 그것은 신이 인간에게 나타날 때는 인간으로

'변신'metamorphosis하기 때문에 가능하다. 고대 그리스에서 인간의 내적 갈등을 그리기 위해 신이 등장하는 것은 아주 자연스러운 일이었다. 여기서는 영웅들의 수호자 아테나 여신이 등장하여 아킬레우스의 갈등을 드러내 주는 것으로 볼 수 있다.

그런데 여기서는 예외적으로 아테나 여신이 아킬레우스에게 '직접' 자신의 모습을 드러내 보인다. 아테나 여신은 영웅들의 수

〈아킬레우스의 분노〉
조반니 바티스타 티에폴로, 1757

크뤼세이스를 내어 주는 대신에 다른 영웅들의 전리품을 빼앗아 가겠다는 아가멤논의 말에
분노한 아킬레우스는 칼을 빼어 들었고, 그 순간 아테나가 나타나 그의 금발을 잡아당겼다.

호메로스의 일리아스,
신들의 전쟁과 인간들의 운명을 노래하다

호신으로 다른 영웅에게도 자주 나타나지만 대부분 주변 인물로 변신하여 등장한다. 트로이 전쟁에 나오는 수많은 영웅에게는 물론이고 그중에서 각별히 사랑했던 오뒷세우스에게조차도 직접 나타난 적이 없다. 이러한 사실에 비추어 볼 때 아킬레우스는 트로이 전쟁에서 단연코 신들의 사랑을 가장 많이 받았던 인물이라 생각하지 않을 수 없다. 아킬레우스는 아테나 여신을 알아보고는 거침없이 아가멤논의 오만hybris을 보기 위해 왔느냐고 다그쳐 묻는다. 그러나 아테나 여신은 자신이 아킬레우스를 찾은 목적을 명확하게 밝힌다. 바로 아킬레우스의 분노를 진정시키기 위함이다.

> "나는 하늘로부터 너의 분노를 진정시키고자 내려왔다.
> 네가 복종하겠다면 말이다. 흰 팔의 여신 헤라가 나를 보냈다.
> 그분은 너희 둘을 마음속으로 똑같이 사랑하고 보살펴 주신다.
> 이제 싸움을 그만두거라, 너의 칼을 빼지 말고
> 말로 그를 베거라. 다만 앞으로 일어날 일만을 말하거라.
> 내가 지금 네게 하는 말은 반드시 이루어질 것이다.
> 언젠가 이런 오만의 대가로 수많은 빛나는 선물이 세 배나 더 네게
> 돌아가게 될 것이다. 너는 참고 우리에게 복종하라."
>
> (1.207-214)

헤라 여신은 다투고 있는 아킬레우스와 아가멤논을 똑같이 사랑하기 때문에 아테나 여신을 보내 싸움을 말리려 했다. 아테

나는 아킬레우스에게 칼을 잡지 말라고 명령하며, 지금부터 칼이 아닌 '말'로 아가멤논을 비난하라고 말한다. 만약 아킬레우스가 분노를 억누르고 칼을 뽑지 않으면 지금보다 세 배는 더 명예가 높아질 것이라고 약속한다. 얼핏 보면 아테나 여신이 아킬레우스에게 명령하고 복종하라고 다그치는 듯이 보이지만 실제로는 설득하고 있다. 호메로스가 마지막 줄에서 한 말을 직역하면, 우리에게 '설득되라'peitheo라는 표현이다. 아테나 여신은 지금보다 세 배의 보상을 주겠다고 약속하며 아킬레우스가 설득되기를 바라고 있다. 우리 예상과 달리 아킬레우스는 신들에게 순종적이었다. 그는 아테나 여신의 등장으로 다행히 이성을 되찾았다.

> "여신이여! 당신들 두 분의 말씀이라면, 아무리 마음에
> 분노가 치밀어도 따라야 하겠죠. 그 편이 더 좋겠지요.
> 신들에 복종하는 사람이어야 신들도 그의 말을 들어주시죠."
> (1.216-218)

아킬레우스는 아테나의 도움으로 이성을 되찾고 칼을 도로 집어넣었지만, 완전히 분노를 삭이지 못했기 때문에 아가멤논을 신랄하게 비난하고 제자리에 앉았다. 트로이 전쟁에 참여한 그리스 동맹군 가운데 가장 나이 많은 네스토르가 냉정하게 중재에 나섰다. 그는 아가멤논과 그의 동생 메넬라오스에게 브리세이스를 빼앗지 말라고 부탁하며 아킬레우스가 그리스 동맹군을 보호

호메로스의 일리아스,
신들의 전쟁과 인간들의 운명을 노래하다

해 줄 것이라고 말한다. 또한 아킬레우스에게는 그가 아무리 강력하고 위대할지라도 더 많은 사람을 다스리는 아가멤논에게 대항하지 말 것을 부탁한다. 아킬레우스는 이미 더 이상 아가멤논과 다투지 않기로 결심했기 때문에, 브리세이스를 데려가는 것을 막지는 않겠다고 답한다. 아가멤논이 크뤼세이스를 돌려주는 일이 현재 상황에서는 급선무이기 때문이다. 그렇지만 아킬레우스는 아가멤논이 더 이상 자신의 명예를 빼앗으면 가만두지 않겠다고 위협한다.

그러나 아가멤논은 어리석게도 멈추지 않고 기어이 아킬레우스의 진영으로 사람을 보내어 브리세이스를 뺏어 오라고 명령한다. 아가멤논의 시종들은 아킬레우스의 막사 근처에서 아무 말도 못 하고 우두커니 서 있기만 했다. 아킬레우스는 상황을 짐작하고 오히려 그들을 위로하며 그들 탓이 아니라 아가멤논 탓이라는 사실을 분명히 알고 있다고 말하며 안심시킨다. 그는 오히려 자신이 먼저 파트로클로스를 불러 순순히 브리세이스를 넘겨주면서, 아가멤논이 미쳐 날뛰니 누가 안전하게 전쟁에 임할 수 있겠느냐며 한탄할 뿐이다(1.319-344). 아킬레우스는 『일리아스』의 주인공이지만 제1권에서 아가멤논에게 분노한 후 제9권에야 다시 등장한다.

4. 테티스의 탄원과 제우스의 뜻

아킬레우스는 이루 말할 수 없는 고통을 느끼고, 잿빛 바다의 기슭에 홀로 앉아 어머니 테티스 여신에게 기도했다. 아가멤논에게 받은 모욕 때문에 견디기가 어려웠기 때문이다. 아킬레우스가 눈물을 흘리며 기도하자 테티스가 바다 깊은 곳에서 안개처럼 떠올라 다가왔다. 아킬레우스는 자신이 단명할 운명인데도 작은 명예도 받지 못했다고 불평했다. 그러면서 테티스 여신에게 올림포스의 제우스에게 자신의 명예를 높여 달라고 간청해 주십사 부탁한다. 그러고는 현재 우리에게 더 이상 전해 내려오지는 않지만 '올림포스의 반란'에 관해 흥미로운 이야기를 언급한다. 아킬레우스는 제우스가 테티스의 부탁을 들어주지 않을 수 없을 만큼 테티스에게 신세를 졌다는 사실을 환기시킨다.

호메로스의 일리아스,
신들의 전쟁과 인간들의 운명을 노래하다

"저는 아버지의 큰 홀에서 어머니께서 자랑하시는 것을
자주 들었어요. 검은 구름의 신인 크로노스의 아들을
불멸하는 신들 중에서 수치스러운 파멸에서 구해 주었다고요.
언젠가 올륌포스에 사는 다른 신들인 헤라와 포세이돈과
팔라스 아테나가 그분을 결박하려 했을 때
어머니께서 가셔서 그의 결박을 풀어 주려 했다고요."

(1.396~401)

아킬레우스의 이야기에서 우리는 예전에 일어났던 올륌포스
쿠데타 사건을 엿볼 수 있다. 제우스의 독재에 반발하여 헤라와
포세이돈, 그리고 팔라스 아테나가 쿠데타에 참여했던 것으로 보
인다. 올륌포스 최고신 제우스는 꼼짝없이 붙잡혔는데, 테티스
여신이 백 개의 손을 가진 자Hekatoncheires를 불러 제우스를 구출
해 주었다. 그래서 아마도 가까스로 제우스는 올륌포스 쿠데타
를 진압할 수 있었던 것으로 보인다. 제우스는 당연히 최고 공신
이었던 테티스에게 커다란 빚을 지고 있기 때문에 탄원을 들어줄
수밖에 없었을 것이다.

테티스는 아킬레우스가 모욕당한 것을 듣고 눈물을 흘렸다.
그녀는 아들에 대한 연민에 가득 차 "아아, 내 아들아! 이런 불
행을 당하게 하려 내가 너를 낳아 길렀더란 말이냐? 네 명이 짧
고 길지 않을진대, 너는 마땅히 눈물과 고통 없이 함선들 옆에 앉
아 있었어야 할 것이다. 그러나 지금 너는 단명할 운명에 누구보

다 불행하구나"(1.414-417)라며 한탄했다. 테티스는 당장이라도 달려가고 싶었지만, 제우스가 잠시 올륌포스를 비우고 떠나 있었다. 그가 다시 돌아오자마자 테티스는 올륌포스로 올라가 탄원했다. 그리스인들은 누군가에게 탄원할 때 한 손으로 무릎을 붙들고 다른 손으로 그의 턱을 만지는 이상한 자세를 취한다.[18] 테티스는 제우스에게 동일한 자세로 아들 아킬레우스의 명예를 높여 달라고 간청한다.

> "아버지 제우스여, 제가 언젠가 불멸하는 신 중에서 말이나 행동으로
> 당신을 도운 적이 있다면, 제게 소원을 이루어 주소서.
> 제 아들을 명예롭게 해 주소서. 그는 다른 모든 인간 중에서 단명할
> 운명입니다. 그런데 지금 인간들의 왕 아가멤논이
> 그를 모욕하여 그의 명예의 상을 몸소 빼앗아 가졌나이다.
> 그러니 당신께서 보복해 주소서, 조언자이신 올륌포스의
> 제우스여, 트로이인들에게 힘을 주소서. 아카이아인들이
> 제 아들에게 보상하고 명예를 높일 때까지 말입니다."
> (1.503-510)

제우스가 즉각 대답하지 않고 한참을 침묵하자 테티스는 다시 탄원했다. 사실 제우스가 침묵한 이유는 헤라가 트로이 편을 든다고 비난하여 다투고 있기 때문이었다. 그래서 테티스에게 헤라가 눈치채지 못하도록 얼른 떠나라고 말하며 반드시 약속을 지

〈제우스에게 간청하는 테티스〉
장 오귀스트 도미니크 앵그르, 1811

테티스는 한 손으로 제우스의 무릎을 붙들고 다른 손으로 그의 턱을 만지는 자세를 취하며
아킬레우스의 명예를 높여 달라고 간청한다.

키겠다고 한다.

올림포스의 최고신 제우스에 대항할 유일한 존재는 헤라이다. 그리스 신들은 부모-자식, 남편-아내, 형제-자매 등 가족 관계를 맺고 있다. 전형적인 가부장제 사회의 원리에 따라 아내는 남편에게 종속적이고 자식은 부모에게 종속적이다. 그러나 『일리아스』에서 제우스는 아내 헤라에게서 별로 독립적이지 못하다. 어떤 일을 하든 헤라의 영향력에서 벗어나지 못하고 결국 헤라의 의지대로 되는 경우가 다반사이다. 그리하여 제우스는 자기 마음대로 되지 않으면 헤라에게 윽박지르고 위협하는 일을 마지막 카드로 사용한다. 헤라는 이미 멀리서 테티스가 제우스의 무릎을 붙든 모습을 보고 제우스가 아킬레우스의 명예를 높여 주려 한다는 사실을 알아채고 불평불만을 토해 낸다. 그렇지만 제우스는 헤라에게 자신이 하려는 일을 사사건건 모두 알려 들지 말라고 하며 헤라의 주장이 억측에 불과하다고 일축하고, 잔소리 말고 시키는 대로만 하라고 역정을 낸다.

그러면서 만약 제우스 자신이 헤라에게 "무적의 팔들"을 휘두른다면 올림포스 신들이 모두 덤벼들어도 구해 주지 못할 것이라고 엄포를 놓는다(1.566-567). 사실 이것은 제우스가 '말'이나 '생각'으로는 헤라를 당해 낼 재간이 없기 때문에 '힘'으로라도 제압하겠다는 처사에 불과하다. 그렇지만 헤라는 주눅이 들어 조용히 자리에 앉았다. 그런데 전체 분위기를 보면 올림포스 신들이 제우스가 아니라 헤라에 공감하고 동정한다는 것을 알 수 있다. 호메로스는 "제우스의 궁전에 모인 하늘나라의 다른 신들도 마음이 괴로웠다"(1.570)라고 전한다. 제우스와 헤라가 험악하게 말다툼을 하니 올림포스의 분위기는 썰렁해져서 파장 상황이었다. 이때 헤파이스토스가 나서서 헤라를 위로한다. 헤파이스토스는 올림포스 신들 중에서 아주 특별한 신이다. 제우스는 비공식적으로 다른 여인이나 여신과 결합하여 수많은 인간과 신을 낳았는데, 헤라와의 관계에서 정식으로 낳은 첫 번째 아들이 바로 헤파이스

호메로스의 일리아스,
신들의 전쟁과 인간들의 운명을 노래하다

토스이다.

물론 헤파이스토스가 제우스와의 관계에서 낳은 자식이 아니라 헤라가 유일하게 처녀 생식을 통해 낳은 자식이라고 하는 설도 있다.[19] 하지만 『일리아스』에서는 헤파이스토스가 제우스와 헤라의 자식이 확실하며, 더욱이 첫 번째 아들이다. 가부장제 사회에서 장남의 역할은 매우 중요하다. 올림포스 신화에서 헤파이스토스가 장남을 차지한 데에는 분명히 이유가 있을 것이다. 흔히 헤파이스토스는 대장장이 신으로 특이하게 절름발이로 등장하는데 대체로 별로 중요한 존재로 인식되지 않는다. 그러나 고대 사회에서 대장장이는 최첨단 기술자이자 전쟁에서 가장 중요한 무기를 만드는 존재이기 때문에 남다른 지위를 차지했을 것이다. 그렇지만 세월이 흐르며 대장장이 신의 기능이나 역할이 축소되면서 올림포스 신화에서 헤파이스토스의 중요성을 놓친 것으로 보인다.

하지만 『일리아스』에 나오는 이야기들만으로도 헤파이스토스에 관해 아주 흥미로운 사실을 알 수 있다. 그는 올림포스 신들을 중재하며 좌중에 웃음이 끊이지 않게 하는 특별한 능력을 가졌다. 헤파이스토스는 공식적으로 신들 앞에서 제우스와 헤라가 필멸할 인간들의 일 때문에 싸움을 하며 소동을 벌인다면 너무나 유감스러운 일이라고 말을 꺼낸다. 그러고는 헤라가 현명하긴 하지만 조언을 한마디 한다면 야단맞지 않도록 아버지 제우스를 즐겁게 해 드리라고 말한다(1.576-579). 공식적으로는 아버지 제우스가 막강한 존재라고 추켜세우면서 분위기를 진정시키고, 어머니 헤라에게 따로 다가가 친절하게 잔을 쥐어 주면서 참으라고 간곡히 청한다.

"참으세요, 어머니, 아무리 서러워도 견디세요.
저는 당신을 사랑하는 만큼 당신께서 맞는 것을 제 눈으로 볼 수
없어요. 그러나 아무리 슬퍼도 어머니를 도와드리지 못해요.
올림포스의 그분은 맞서기 힘든 상대예요.
예전에 제가 어머니를 지켜 드리려 했을 때
그분은 제 발을 잡아 신들의 문턱에서 내던졌어요.
저는 하루 종일 떨어졌고 해가 질 녘에야
렘노스섬에 닿았어요. 그때 전 기력이 거의 없었지요.
거기서 신티에스족이 추락한 저를 곧바로 보살펴 주었어요."
(1.586-594)

헤파이스토스는 이미 과거에 제우스와 헤라가 싸웠을 때 헤라를 도와주려다가 제우스에 의해 하늘에서 내던져진 적이 있었다. 『일리아스』에는 헤파이스토스가 올림포스에서 렘노스Lemnos섬으로 떨어졌던 사건이 두 번이나 언급된다. 그런데 헤파이스토스를 절름발이로 만든 주체가 동일한 책에서 다르게 설명되고 있다. 제1권에서는 제우스이고 제18권에서는 헤라이다. 제1권에서는 헤라를 구하려다가 제우스에 의해 추락했고, 제18권에서는 헤

호메로스의 일리아스,
신들의 전쟁과 인간들의 운명을 노래하다

파이스토스가 절름발이라서 헤라가 던졌다고 말하고 있다. 기본적으로 헤파이스토스는 제우스보다는 헤라와 훨씬 친밀했다. 그는 이미 제우스와 싸우는 헤라를 도우려다 고초를 당한 적이 있었을 뿐만 아니라, 제우스의 협박에 상황이 험악해지자 제우스의 기분을 맞추고 헤라를 달래는 역할을 하고 있다. 더욱이 제21권에서 아킬레우스가 트로이의 스카만드로스강의 신에 의해 위험한 상황에 처하자 헤라 여신의 소환에 재빨리 응답하여 그리스 편을 들고 있다.[20] 제1권 마지막에서 헤파이스토스는 제우스에게 봉변당한 헤라를 위로하고 다른 신들에게도 일일이 신주神酒를 따라주며 분위기를 고조시켜 신들 사이에 웃음이 그치지 않았다.

호메로스가 아킬레우스의 '분노'로 사용한 그리스어 단어는 메니스menis이다. 그리스어에는 분노를 가리키는 다양한 용어가 있다. 메니스는 『일리아스』에서 신의 분노와 인간의 분노에 대해 사용되는 비율이 2 대 1 정도 되기 때문에 종교적 의미가 훨씬 강하다. 고대 그리스인들에게 아킬레우스가 다른 인간들보다 신들에 훨씬 더 가까운 존재라는 사실을 인정한다면 종교적 용어에 속한다는 주장을 수용할 수 있다. 메니스는 일상적 의미의 분노가 아니라 매우 강력하여 통제하기 어려우며 다른 사람들에게 중대한 영향을 주는 분노라 할 수 있다. 그레고리 나지는 "그것이 수반하는 행동들로부터 분리될 수 없는 감정, 우주적인 제재나 공동체 전체에 대해 극단적 결과를 가져오는 행위인 사회적 영향력에 대한 감정"이라고 한다.[21] 『일리아스』에서는 메니스를 아킬레우스에게만 예외적으로 사용하고 있다. 그리스 진영에 퍼진 역병은 아가멤논으로 인한 아폴론의 분노 때문이므로 크뤼세스에게 크뤼세이스를 돌려주어야 한다는 신탁이 내려졌다. 아가멤논은 크뤼세이스를 잃으면 곧 자신의 명예를 잃는 것이기 때문에 아킬레우스의 명예의 표징인 브리세이스를 빼앗는다. 이로 인해 아킬레우스는 9년 동안 눌러둔 분노가 폭발하여 트로이 전쟁에 참전하지 않게 되고 그리스군은 트로이군에게 공격을 당해 엄청난 손실을 입게 된다.[22]

호메로스는 첫 문장에서 아킬레우스의 분노가 얼마나 파괴적
인가를 "아카이아인들에게 이루 헤아릴 수 없는 고통을 주었고
수많은 영웅들의 강한 영혼들을 하데스에 내려보내고 그들 자신
의 [몸]들은 개들과 모든 새들의 먹이로 되었도다"라는 말로 표
현했다. 그런데 여기에 "제우스의 뜻은 이루어졌도다. 인간들의
왕 아트레우스의 아들과 신적인 아킬레우스가 처음에 서로 싸우
고 헤어졌던 날부터"라고 덧붙인다. 여기서 '제우스의 뜻'^{Dios boule}
은 여러 가지로 해석될 수 있다. 그러나 일차적으로는 제1권 속
아킬레우스의 분노와 명예 회복과 관련되어 있다. 제우스는 제1
권에서 테티스에게 아킬레우스의 명예를 회복시켜 주겠다는 약
속을 하고 나서, 제2권에서 아가멤논에게 거짓 꿈을 보내 아킬레
우스 없이도 트로이와 전쟁을 벌이게끔 승리를 약속한다.

제8권에서 제우스는 올륌포스 신들에게 트로이 전쟁에 개입
하는 것을 전면 금지시켜 트로이군이 우세하도록 만든다. 그리스
군이 트로이군에 밀려서 절체절명의 위기를 맞으면 아킬레우스
이외에는 대안이 없다는 것을 인식하게 되기 때문이다. 그러나
아킬레우스는 제9권에서 아직 아가멤논의 사과를 받아들이지 못
한다. 제16권에서 사랑하는 파트로클로스가 헥토르에게 죽은 후
에야 아가멤논과 화해하고 다시 참전한다. 제우스의 뜻은『일리
아스』전체에 걸쳐 아킬레우스의 운명과 연관되어 있다. 제22권

에서 아킬레우스가 헥토르를 죽이고, 제24권에서 아킬레우스가 헥토르의 시신을 돌려주고, 헥토르의 장례 의식을 치르는 것으로 『일리아스』 전체 이야기가 끝난다. 헥토르의 죽음으로 『일리아스』 안에서 아킬레우스의 명예를 높여 주겠다는 약속이 완성되는 것이다.

호메로스의 일리아스,
신들의 전쟁과 인간들의 운명을 노래하다

2

아가멤논의 꿈

1. 제우스의 계책과 아가멤논의 꿈

제우스는 헤라와 언쟁을 벌이기 전에 이미 테티스에게 간청을 들어주겠다고 약속했다. 트로이 전쟁이 한창인 상황에서 아킬레우스의 명예를 어떻게 높여 줄 것인가? 제우스가 만들어 낸 계책은 무엇일까? 그것은 사실 아주 간단한 방법일 수 있다. 아킬레우스는 트로이 전쟁의 최고 영웅이다. 만약 아킬레우스가 전쟁에 참여하지 않는다면 트로이와의 전투가 그리스 동맹군에게 매우 힘들어질 것이라는 사실은 분명하다. 그렇기 때문에 제우스 입장에서는 일단 그리스 동맹군이 아킬레우스 없이 가능한 빨리 전쟁하도록 만드는 길이 상책이다. 그래서 아가멤논이 속히 트로이군과 전쟁하도록 만들 방법이 무엇인가를 고민한다.

제우스가 다시 전쟁이 시작되게 하기 위해서는 그리스 동맹군의 총사령관인 아가멤논을 움직일 수밖에 없었을 것이다. 그는 꿈의 신을 보내기로 결정한다. 아직은 아무 생각이 없는 듯한 아가멤논이 아킬레우스가 없는 상태이므로 혹시라도 전쟁을 망설일 수 있기 때문이다. 꿈의 신은 아가멤논이 가장 신뢰하고 존중하는 네스토르의 모습으로 나타난다.

> "잠들었나요. 아트레우스의 아들, 호전적이며 말을 길들이는 자여,
> 밤새 잠만 자는 것은 심사숙고할 사람으로서 적절치 않아요.
> 백성들을 맡아 많은 걱정을 짊어진 사람으로서는 아니에요.
> 이제 내 말을 잘 들으세요. 나는 제우스께서 보낸 전령입니다.
> 그분은 아주 멀리 있지만 당신을 걱정하며 불쌍히 여기세요.
> 그분은 장발의 아카이아인들을 신속하게 무장시키라고 명합니다.
> 이제 당신이 넓은 길을 가진 트로이인들의 도시를 차지할 때가
> 되었기 때문이에요. 더 이상 올륌포스에 사는 불사신들은
> 갈라지지 않아요. 헤라가 간청하여 모두 마음을 접었고,
> 제우스의 뜻에 따라 트로이인들 위에
> 재앙이 걸려 있기 때문이에요. 당신은 이것을 마음속에 간직하여
> 달콤한 잠에서 깨어나더라도 잊지 않도록 하세요."
>
> (2.23-34)

꿈의 신은 제우스가 마침내 트로이와 싸워 승리할 기회를 주겠다고 했다는 말을 전달한다. 그렇지만 실제로 제우스는 전쟁을 통해 트로이인과 그리스인에게 더 많은 고통과 탄식을 가져다줄

호메로스의 일리아스,
신들의 전쟁과 인간들의 운명을 노래하다

〈아가멤논 꿈에 나타난 네스토르〉
제임스 히스, 1805

제우스가 보낸 꿈의 신은 아가멤논이 가장 신뢰하고 존중하는 네스토르의 모습으로 나타나
전쟁을 재개할 것을 촉구한다.

작정이었다. 아가멤논은 새벽에 잠에서 깨어났지만 방금까지 들
렸던 신의 음성이 생생했기에 꿈의 내용을 확신했다. 그는 원로
회의를 소집하여 꿈속 제우스 이야기를 하고 지체 없이 무장하여
트로이를 공격하자고 제안한다.

2. 그리스군의 퇴각 준비와 오뒷세우스의 활약

그런데 아가멤논은 그리스 동맹군 앞에 나서서는 지금까지와
는 전혀 다른 말과 행동을 한다. 방금 전만 해도 원로 회의에서
확신에 차 트로이군을 공격해야 한다고 제안했지만, 그리스 동맹
군이 몰려오자 돌변하여 갑자기 퇴각 명령을 내렸다. 아가멤논
은 제우스가 이전에는 트로이에서의 승리를 약속하더니, 이제는
수많은 백성들을 잃고 아무런 명예도 얻지 못한 채 고향으로 돌
아가라 명령했다고 전한다. 그러면서 고향을 떠난 지 9년이 지나
아내와 자식들이 기다리니 배를 타고 돌아가자고 소리쳤다. 전쟁
하기 전에 그리스 동맹군을 시험하기 위해 떠보는 말이었지만,
상황은 의도와 전혀 다른 방향으로 흘러갔다.

아가멤논의 입에서 "고향으로 돌아가라"라는 말이 떨어지자
마자 엄청난 동요가 일어나면서 그리스 진영은 북새통이 되었다.

호메로스의 일리아스,
신들의 전쟁과 인간들의 운명을 노래하다

사실 그리스 동맹군은 이미 트로이에서 9년간 전쟁을 하고 지칠 대로 지친 상태였다. 그들은 귀향하라는 명령이 내려지자마자 바다로 달려가 배를 띄우려고 버팀목을 빼기 시작했다. 아가멤논의 말 한마디에 그리스 진영은 아수라장이 되어 자칫하면 배가 뭍에서 떠나기 일보 직전이었다. 아가멤논은 단지 떠보기 위한 말이었는데 상황은 미처 예상치 못한 막다른 국면으로 치닫기 시작했다.

그리스인은 인간이 예측할 수 없는 긴박한 순간이나 상황을 전환시키는 결정적 순간을 신에게 양보한다. 다시 말해 인간이 예측할 수 없는 방향으로 상황이 달라져 감당할 수 없는 엄청난 결과로 치달을 때 공포와 두려움에 떨며 신들을 불러낸다. 우리는 살아가면서 우리 삶을 또는 우리 역사를 결정적으로 변화시킨 순간을 회고해 보다가 종종 '놀라움'을 체험하게 된다. '놀라움'과 '두려움'은 그리스인에게는 신화와 종교의 단초가 되는 감정이다. 인간은 원인을 알 수 없을 때 놀라움과 두려움을 느낀다. 그렇기 때문에 초자연적 원인을 끌어들여 설명하는 과정에서 신화와 종교에서는 신들의 이야기가 탄생하게 된다. 반면에 철학과 과학은 인간의 경험에 기초하여 설명하려 노력한다. 누구나 살면서 놀라움을 체험하게 된다. 어떤 사람의 인생을 뒤흔들고 어떤 민족의 역사를 뒤바꾸는 놀랍고 이해하기 어려운 결정적 순간에 반드시 신들이 등장하게 된다.

제1권에서 아킬레우스가 분노하여 아가멤논을 죽일 것인가 말 것인가 하는 결정적 순간에 헤라의 명령으로 아테나 여신이 나타났던 일과 같은 상황이 벌어졌다. 만약 이대로 간다면 모든 그리스군이 순식간에 트로이를 떠날 태세였다. 긴박한 상황에서 헤라 여신은 아테나 여신에게 그리스군을 막기 위해 상황을 급히 수습할 것을 지시한다(2.157). 아테나 여신은 검은 배 위에 앉아 있는 오뒷세우스를 발견하고 수많은 그리스군을 죽음으로 몰아간 헬레네를 남겨 둔 채 고향으로 돌아가려 하느냐고 소리쳤다(2.173). 다행히 오뒷세우스는 아테나 여신의 소리를 알아듣고 외투를 벗어 던지고는 진영을 뛰어다니며 그리스군들에게 아가멤논이 우리를 시험하는 것일 수 있다며 때로는 상냥하게 달래기도 하고 때로는 호통을 쳤다. 오뒷세우스의 이런 맹활약으로 그리스군의 동요가 가라앉기 시작했다.

오뒷세우스는 회의장에 들어가 왕홀을 잡고 연설을 시작하며 아가멤논을 비난하기보다는 진심 어린 충고를 하려 했다.[23] 먼저 아가멤논이 그리스를 떠나 트로이로 오면서 한 약속을 상기시킨 후에, 누구나 전쟁을 9년 동안 하면 고향 생각을 하지 않을 수 없을 것이라 위로하면서도 아무것도 없이 돌아가는 상황은 치욕이라고 말한다(2.298).

호메로스의 일리아스,
신들의 전쟁과 인간들의 운명을 노래하다

3. 트로이 전쟁의 회고와 아가멤논의 사열

　오뒷세우스는 트로이 전쟁이 시작되기 직전 그리스 동맹군이 아울리스에 모였을 때 일어났던 초자연적 사실을 상기시킨다. 이것은 트로이 전쟁의 시작 장면을 현재 시점에서 거슬러 올라가 회상하는 방식으로 트로이 전쟁 전체를 되짚어 볼 수 있게 해 준다. 그리스 동맹군이 아울리스에 집결하여 신성한 제단에서 희생 제의를 바치고 있을 때 제단 아래서 제우스가 보낸 무시무시한 뱀이 나와 아름다운 플라타너스 나무 위로 올라가서 어미 참새와 어린 새끼들까지 모두 9마리를 먹어 치웠다. 이때 제우스가 이 뱀을 돌로 변하게 만들었다(2.303-319). 이것은 그리스 동맹군이 9년 동안 전쟁을 치르고 10년째에 트로이를 함락한다는 전조로 해석되었다. 오뒷세우스는 이 사실을 다시 상기시키며 그리스 동맹군의 기운을 북돋고 트로이성이 함락되는 날까지 함께하자고 말했다. 전쟁에 지쳐 가던 그리스 동맹군은 오뒷세우스에게 엄청난 환호성을 지르며 사기를 충전했다.

마지막에 네스토르가 나서서 모든 혼란을 마무리 짓고 전의를 다지는 연설을 하면서 아가멤논에게 다른 사람의 말에도 귀를 기울이라고 진심 어린 충고를 했다. 아가멤논은 제우스에게 희생 제의를 올리고 트로이에 승전하기를 기원하였지만, 제우스는 아가멤논의 기도를 들어주지 않았다. 아가멤논은 전쟁을 다시 시작하기 전인데도 불구하고 아킬레우스와의 사건에 대해 서서히 후회하고 있다.

> "아이기스를 가진 크로노스의 아들 제우스께서 내게 슬픔을
> 주어 나를 무익한 싸움과 언쟁에 휘말리게 하셨습니다.
> 나와 아킬레우스는 한 소녀 때문에 심하게 싸웠습니다.
> 내가 먼저 화를 내어 시작되었던 것입니다. 우리가 다시
> 하나가 되어 협의한다면, 그때부터 트로이인에게 불행은
> 잠시라도 더 이상 지체되지 않을 것입니다."
> (2.375~380)

제1권에서 아킬레우스는 아가멤논에게 분노했을 때 "그대 주정뱅이여, 개 눈에다 사슴의 심장을 가진 자여"(1.225)라고 했다. 여기서 개는 파렴치를, 사슴은 비겁함을 상징한다. 아가멤논이 자신의 지위를 잊고 어리석게 분쟁을 일으키는 모습을 그릴 때,

호메로스의 일리아스,
신들의 전쟁과 인간들의 운명을 노래하다

그는 일그러진 영혼을 가진 권력자에 불과했다. 그러나 제2권에서 아가멤논은 비록 제우스의 계책에 속아 넘어갔지만, 지난날의 과오를 인정하고 그리스 동맹군을 사열할 때는 진정한 왕의 모습으로 그려진다. 이때 아가멤논은 "눈과 머리는 천둥을 좋아하는 제우스를 닮았고, 허리는 아레스와 같았고, 가슴은 포세이돈 같았다"(2.478-479)라고 묘사된다.

호메로스는 종종 인간 영웅을 신의 기능이나 특징에 비유하여 설명한다. 여기서는 아가멤논을 신들에 비유하여 빛나는 눈과 단단한 허리와 넓은 가슴 등을 주요 특징으로 하는 위풍당당한 모습으로 나타낸다. 아가멤논은 지난날 아킬레우스와 일으킨 분쟁에서 일차적 원인이 자신에게 있다고 인정한다. 그리스 총사령관으로서 가장 명예로운 자리에 있지만, 자신의 잘못을 뉘우치고 후회하는 것이다. 그는 자신의 책임을 인정하는 순간에 다시 신의 사랑을 받는, 신과 같이 아름다운 존재로 묘사된다. 이것은 아가멤논이 자신의 영웅적 본성을 회복했음을 뜻한다.

아가멤논이 군사들을 사열하는 장면에서 트로이 전쟁에 참여한 그리스군과 트로이군의 왕과 지휘관이 누구인지 일일이 호명되었다. 일반적으로 '배들의 목록'이라고 불리는 부분이 나오는데 약 270행에 걸쳐 총 29개 지역에서 44명의 영웅과 배 1186척이 등장한다. 사실 이렇게 많은 지역과 영웅과 배의 이름을 암송하는 것은 음유 시인의 특별한 능력이 발휘되는 중요한 순간이라 말할 수 있다. 호메로스는 그리스 시인의 관례에 따라 먼저 무사 여신들에게 도움을 청한다.

> "이제 제게 말씀하소서, 올륌포스에 집이 있는 무사 여신들이여,
> 당신들은 여신들이시며 현존하시며 모든 것을 알고 계십니다.
> 하지만 저희 인간들은 단지 소문만 들을 뿐 아무것도 알지 못합니다.
> 다나오스인들의 지도자와 통치자들은 누구입니까?"
>
> (2,484-487)

그리스 음유 시인은 자신이 노래하는 내용을 모두 암송해야 하기 때문에 기억의 여신 므네모쉬네의 도움이 반드시 필요하다. 더욱이 이것은 무사 여신들을 통해 실제로 구현되기 때문에 필연적으로 의존할 수밖에 없다. 여기서 다시 무사 여신들을 호명한 것은 트로이 전쟁에 참여한 수많은 지역과 영웅들을 지루하게 나열해야 하기 때문이다. 그래서 무사 여신들의 도움이 특별히 다시 한번 필요하다는 점을 강조하고 있다.

　　그리스 서사시 『일리아스』에서 영웅의 탁월성은 일차적으로
는 구체적 신체의 탁월성에 초점이 맞춰져 있다. 그러나 고대 그
리스인들은 신체의 탁월성과 영혼의 탁월성은 분리되지 않은 채
로 있다고 생각했다. 그리스 영웅은 보통 사람들보다 훨씬 힘도
세고 성격이나 지성도 뛰어나다. 일반적으로 그들은 신체도 아름
답고 영혼도 고귀한 존재로 묘사된다. 그렇지만 영웅적이지 않은
인물은 신체적으로도 아름답지 않은 것으로 표현된다.

　　호메로스는 제2권에서 아킬레우스와 싸워 혼란을 일으킨 아
가멤논을 비난하였던 테르시테스에게 끔찍한 외모를 선사했다.
그는 "일리오스에 온 사람들 중 가장 못생긴 자로 안짱다리에 한
쪽 발을 절었고, 두 어깨는 굽어 가슴 쪽으로 오그라져 있었다.
어깨 위에 원뿔 모양의 머리가 얹혀 있었고 거기에 가는 머리털
이 드문드문 나 있었다"(2.216-219)라고 묘사된다. 호메로스는 아
킬레우스와 달리 테르시테스가 아가멤논을 함부로 비난할 만한
자격을 가진 존재라고 생각하지 않았다. 그는 자기 주제도 모르
고 위기 상황에서 아가멤논을 제멋대로 비난하여 사람들의 원성
을 샀고 결국 오뒷세우스에게 두들겨 맞는다.

　　그렇지만 호메로스가 신체의 탁월성과 영혼의 탁월성을 동일
하게 간주하는 모습에 조금씩 균열을 드러내기 시작한다. 이를테
면 오뒷세우스는 신체적으로 다른 영웅에 비해 머리 하나가 작을

정도로 키가 작고 얼핏 어리숙해 보이지만 언변이나 지략이 매우 탁월한 사람으로 등장한다. 호메로스는 『오뒷세이아』에서 특별히 오뒷세우스를 주인공 삼아 트로이 전쟁 후 귀향하는 그리스인의 이야기를 전개했다.[24]

고대 그리스에서 '아름다운', '고귀한' 또는 '훌륭한'을 의미하는 칼로스kalos는 『일리아스』에서는 일차적으로 외적 아름다움을 가리키는 데 주로 사용된다. 인간의 신체나 사물의 모습 같은 시각적 이미지나 악기나 목소리 같은 청각적 이미지에 대해서도 '아름답다'라는 표현이 쓰인다. 예를 들어 호메로스는 크뤼세이스, 브리세이스, 파리스, 가뉘메데스 등을 가리켜 남녀 상관없이 '아름답다'고 하며, 전사의 무구나 여인의 장신구도 '아름답다'고 말한다. 그렇지만 단지 외적인 것 또는 신체에 대해서만 아름다움을 적용하는 것은 아니며, 내적인 것 또는 영혼에 대해서까지 그 범위를 확장한다. 나중에 그리스 고전기에 이르러 플라톤이나 아리스토텔레스가 신체와 영혼 모두에 '아름다움'을 사용하는 것을 알 수 있다. 특히 플라톤은 『향연』에서 에로스의 궁극적 목표는 아름다움이라고 주장하며 아름다움 자체를 추구해야 한다고 말하는데, 이때 아름다움은 '진리' 자체를 가리키기도 한다. 『국가』에서는 올바름의 본성에 대해 논하면서 궁극적으로 '아름다운 국가'kallipolis를 추구하는데, 이는 공동체 안에 계층 간 조화와 질서를 포함하는 정의로운 국가, 좋은 국가를 가리킨다.

  트로이의 판다로스와 아이네이아스가 디오메데스와 대결하기 위해 달려오는 모습을 보고 그리스의 스테넬로스가 디오메데스를 걱정하며 조심하라고 경고한다. 그러나 디오메데스는 오히

〈가뉘메데스 납치〉
브리턴 리비에르, 19세기

트로이 왕자 가뉘메데스의 미모에 반한 제우스는 가뉘메데스를 납치하고, 대신
트로이인들에게 보상으로 명마를 선물한다.

려 아테나 여신의 지원을 받아 기세등등하여 두 전사를 맞이하여 싸우겠다고 말한다. 디오메데스는 만약 자신이 이긴다면 반드시 아이네이아스의 말들을 빼내 올 것을 부탁한다. 트로이의 종마는 아주 유명하다. 이 말을 얻기 위해 아폴론과 포세이돈도 인간의 모습으로 트로이 성벽을 짓는 데 참여했었고 헤라클레스도 라오메돈왕의 딸 헤시오네를 구해 내었다고 한다. 그러나 라오메돈왕은 그들 모두에게 임금을 주지 않았기 때문에 트로이에 큰 화를 불러일으켰고 결국 트로이를 파멸로 이끌었다. 트로이의 유명한 종마는 바로 제우스가 트로이의 왕자였던 가뉘메데스를 올륌포스로 데려간 대신에 보상으로 주었던 것이다. 아이네이아스의 말들은 트로이 왕가의 유명한 종마의 혈통을 물려받았기 때문에 디오메데스가 욕심을 냈던 것이다. 트로이가 말로 유명하다는 사실은 잘 알려져 있어 브래드 피트 주연의 영화 〈트로이〉에서도 트로이군의 깃발에 말이 상징으로 등장한다.

Tip   신들에게 도전한 인간들

1. 타뮈리스

호메로스는 배들의 목록을 암송하면서 도중에 무사 여신들에게 도전하는 인간의 최후가 얼마나 비참한지를 알리기 위해 사례를 들어 설명한다. 트라케의 타뮈리스는 예술에 다양한 재능을

가진 인물이었다. 그는 자신의 재능을 자랑하며 감히 무사 여신들을 이길 수 있다고 호언장담했다. 무사 여신들은 그의 눈을 도려내어 멀게 하고 신과 같은 노래를 빼앗고 키타라를 타는 재주를 잊어버리게 만들었다고 한다(2.595-600).

2. 뤼쿠르고스

뤼쿠르고스는 트라케의 왕으로 디오뉘소스 축제를 금지했다. 뉘사산에서 디오뉘소스의 유모들을 모두 내쫓았는데 디오뉘소스도 겁에 질려 바다의 물결 속에 뛰어들었다고 한다. 이때 바다의 여신 테티스가 디오뉘소스를 받아 주었다고 한다. 결국 뤼쿠르고스는 신들의 분노를 사서 제우스가 그의 눈을 멀게 했다(6.130-140).

3. 벨레로폰테스

아르고스의 시쉬포스는 글라우코스를 낳고, 글라우코스는 벨레로폰테스를 낳았다. 벨레로폰테스는 벨레로폰이라고 불리기도 했다. 그의 대표적인 영웅적 행위로는, 첫째 키마이라 살해이고, 둘째 솔뤼모이족과의 전쟁이며, 셋째 아마조네스 여전사들과의 전쟁이 있다. 벨레로폰은 이 싸움에서 모두 승리하여 영웅이 되었고 뤼키아의 왕의 사위가 되었다. 그러나 벨레로폰은 마지막에 신들에게 도전하여 미움을 받게 되었고 결국 비참한 신세를 면치 못했다. 일설에 의하면 그는 페가소스를 타고 하늘로 올라가려다

〈키마이라를 무찌르는 벨레로폰테스〉
페테르 파울 루벤스, 1635

벨레로폰테스를 죽여 달라는 티린스의 프로이스토스왕의 부탁에 뤼키아의 이오바테스왕은
벨레로폰테스에게 괴물 키마이라를 퇴치해 달라고 요청한다. 하지만 벨레로폰테스는 천마
페가소스를 타고 키마이라를 무찌르고 살아 돌아온다.

가 떨어져 사람들을 피해 킬리키아에 있는 알레이온^{Aleion} 들판을
홀로 방황하다가 죽었다고 한다. 벨레로폰의 손자들 가운데 글라
우코스가 제우스의 아들 사르페돈과 트로이 전쟁에 참전했다. 디
오메데스와 대결하려는 글라우코스는 가문의 영광은 헛되다고
하면서도 가문 자랑을 하는 듯한 인상을 주고 있다(6.151).

호메로스의 일리아스,
신들의 전쟁과 인간들의 운명을 노래하다

3

—— 파리스의 대결과 전면전 ——

1. 트로이 전쟁의 발단과 불화

드디어 전쟁이다. 사실 『일리아스』는 전쟁 신화이지만 제1권과 제2권은 실제 전쟁의 상황을 그리지는 않았다. 그리스 동맹군에게 역병이 돌면서 지도자들이 서로에게 책임을 전가하는 가운데 분열이 일어난 상황을 묘사한 것이다. 그러나 제3권에 이르면 이미 전열을 가다듬은 트로이 동맹군과 그리스 동맹군이 격돌하는 장면이 등장한다. 『일리아스』에서 실제로 전투가 벌어지는 날은 단 4일밖에 되지 않는다. 그중 첫 번째 전투 장면이 제3권에 등장한다.

트로이 전쟁은 고대 그리스 사회의 판도를 변화시키고 재편한 중요한 사건으로 기록된다. 그런데 정말 트로이 전쟁이 모든 것을 변화시킨 것인지, 또는 그렇다고 훗날 지칭한 것인지는 알 수 없다. 그렇지만 서양 고대 사회의 거대한 지각 변동의 중심에 트로이 전쟁이 있었던 것은 분명하다. 고대 그리스인들은 모든 것의 원인과 결과를 설명하는 데 관심이 있었다. 그것은 '신화' mythos나 '철학'philosophia에서 모두 똑같이 나타난다. 신화에서는 초자연적 원인을 도입하여 원인을 설명하려 하고, 철학에서는 경험적 원인을 도입하여 설명하려 한다는 점에서 다르다. 고대 그리스인들은 트로이 전쟁을 되돌아볼수록 도대체 고대인들의 삶을 뒤흔든 이 엄청난 사건이 어떻게 일어났는지를 설명하기 어려웠을 것이다. 그래서 그리스 신화는 트로이 전쟁의 발단과 같이 이해하기 어려운 상황들을 설명할 때는 초자연적인 원인을 끌어들여 설명한다.

트로이 전쟁의 발단은 먼저 아주 유명한 신화로부터 시작된다. 아킬레우스의 부모인 테티스 여신과 인간 펠레우스의 결혼식에 거의 모든 신이 초대를 받지만 '불화'의 여신 에리스만 초대받지 못한다.[25] 아무도 축복받는 날에 '불화'를 일으키고 싶지는 않았을 것이다. 이에 에리스는 분노하고 전쟁의 씨앗을 뿌려 둔다. 만약 에리스를 초대했다면 불화가 일어나지 않았을까? 그렇지는 않았을 것이다. 불화는 이미 어디서든지 도사리고 있기 때문이다. 고대 그리스인들은 불화의 신을 전쟁의 신 아레스와 형제 관계로 두었다. 트로이 전쟁이 '불화'에서 비롯되었다고 풀어내는 것은 자연스러운 전개 방식이다.

에리스 여신이 자신의 분노를 풀어내는 방식에 주목할 필요가 있다. 그것은 그녀가 초대받지 못한 이유와 함께 그녀가 누구

호메로스의 일리아스,
신들의 전쟁과 인간들의 운명을 노래하다

인지를 분명하게 보여 주고 있다. 에리스는 결혼식장에 '가장 아름다운 자에게'라는 글씨가 적힌 황금 사과를 던졌는데 이것은 엄청난 파장을 불러일으켰다.[26] 올림포스의 가장 강력한 세 여신이 황금 사과의 주인이 되기 위해 나섰기 때문이다. 그들은 바로 헤라, 아프로디테, 아테나 여신이다. 그리스 신들은 각자 고유한 능력을 가지고 있고 그 영역에서는 절대적이기 때문에 서로 우열을 가리기 힘들다. 에리스는 가장 그녀다운 방식으로 복수를 감

〈파리스의 심판〉
프랑수아 자비에 파브르, 1808

트로이 전쟁의 발단이 된 파리스의 심판 장면이다. 파리스가 불화의 여신 에리스가 던진 황금 사과를 아프로디테에게 건네고 있다. 그 오른쪽은 아테나와 헤라이다.

행했다. 신들의 세계뿐만 아니라 인간들의 세계에도 전쟁의 발단
이 된 불화를 일으켰기 때문이다.

　제우스도 감히 세 여신들이 벌이는 경합에 개입하고 싶지 않
았다. 결국 가장 아름다운 여신에 대한 판결은 파리스에게 넘겨
졌다. 파리스는 당시 이데^{Ide}산의 목동이었지만 사실 트로이 왕의
차남으로 나중에 왕자의 지위를 회복했다.[27] 파리스는 트로이의
이데산을 태워 버리는 태몽 때문에 버려졌는데 결국 트로이 멸
망의 화근이 되었다. 파리스가 올림포스 신들조차 판결하고 싶지
않은 경연 대회에 끼어들게 되었다는 사실 자체가 불행의 시초였
다. 신이 판단할 수 없다면 인간은 더욱더 판단하기 어려울 것이
고 아예 판단조차 하지 말아야 했다. 만약 선택한다면 누구이든
지 간에 불행을 피할 수 없을 것이다. 왜냐하면 나머지 두 여신을
자신의 적으로 돌리게 되기 때문이다. 결국 파리스는 아프로디테
를 선택했고 파국을 피할 수 없게 된다.

호메로스의 일리아스,
신들의 전쟁과 인간들의 운명을 노래하다

2. 파리스의 도전과 맹약

〔제3권〕

파리스는 트로이 전쟁에서 중요한 인물이다. 그리스 신화에서 신의 세계와 인간의 세계 경계선에서 전쟁의 원인을 제공하기 때문이다. 파리스에 관련된 모든 신화들이 트로이를 멸망시킬 불운한 인물이라는 데 초점이 맞춰져 있다. 트로이의 프리아모스왕의 아내 헤카베는 태몽으로 불타는 장작을 낳았는데 불이 도시 전체로 퍼지는 꿈을 꾸었다. 파리스는 본문에서는 '알렉산드로스'라는 그리스 이름으로 자주 불린다. 이는 '사람들의 보호자'라는 의미로 왕의 아들에게 적합한 이름이라 할 수 있다.[28] 『일리아스』에서 그리스 동맹군과 트로이 동맹군의 전쟁이 본격적으로 시작되는 제3권에서 트로이 전쟁의 원인 제공자인 파리스가 첫 번째 일대일 대결의 결투자로 나서는 것은 적절해 보인다. 그렇다면 그리스 동맹군 중에서 파리스의 적절한 상대는 누구이겠는가? 당연히 헬레네의 전남편 메넬라오스일 것이다.

『일리아스』의 주요 내용은 트로이 전쟁 말엽에 벌어진 사건을 중심으로 전개되지만, 가장 아름다운 여인 헬레네를 두고 뺏고 빼앗긴 사람들의 전쟁이라는 정체성을 보여 주는 첫 번째 결투에 상징적인 의미를 담을 필요가 있다. 파리스가 그리스 동맹군에게 결투를 신청하자마자 도전장을 던진 인물은 메넬라오스였다. 그는 아내 헬레네를 빼앗기자 형 아가멤논을 부추기어 트로이에 쳐들어왔다. 그런데 파리스는 자신이 메넬라오스의 상대가 될 수 없음을 잘 알고 있었던 것 같다. 메넬라오스가 등장하자 파리스는 두려움에 질려 벌벌 떨면서 뒷걸음치며 물러섰다. 헥토르는 파리스가 차라리 태어나지 말았어야 할 것을, 태어나서 트로이에 큰 고통을 가져왔다고 모질게 비난을 퍼부었다. 파리스는 헥토르가 자신을 비난하는 것이 당연하다고 말하며 결투에 나서게 된다. 파리스는 결투에서 승리하는 사람이 헬레네와 그녀의 소유물을 차지하자고 제안한다.

"만약 지금 내가 전투하러 와서 싸우길 원한다면
당신은 다른 트로이인들과 모든 아카이아인들을 앉게 하고
그 중간에서 나를 아레스가 좋아하는 메넬라오스와 함께 놓고
헬레네와 그녀의 모든 소유물을 걸고 싸우게 해 주시오.
우리 중 누구든 이기고 더 강한 자로 증명되면
모든 소유물과 그 여인을 차지하고 집으로 데려가게 하시오.

호메로스의 일리아스,
신들의 전쟁과 인간들의 운명을 노래하다

다른 사람들이 모두 우정과 신실한 맹세를 하게 하고
당신들은 비옥한 트로이 땅에서 살고, 그들이 말을 먹이는 아르고스와
아카이아의 아름다운 여인들에게 돌아가게 하시오."

(3.67-75)

  헥토르가 파리스의 제안을 공식적으로 전달하자 메넬라오스 입장에서는 거부할 이유가 없었다. 그러나 그는 결투를 하기 전에 신들에게 제물을 바치고 맹세를 하자고 말한다. 이미 한 번 배신당했기 때문에 트로이인을 믿지 못하겠으니 프리아모스왕이 대표로 직접 신들에게 제의를 올리라고 한다. 그런데 여기서 아가멤논이 공식적으로 희생 제의를 통해 양측의 대결에 대한 맹약을 다음과 같이 수정하여 말한다.

"만약 알렉산드로스[파리스]가 메넬라오스를 죽인다면
그가 헬레네와 그녀의 모든 재물을 갖도록 하라.
우리는 바다를 여행하는 함선들을 타고 떠나겠다.
그러나 만약 금발의 메넬라오스가 알렉산드로스를 죽인다면
그때는 트로이인들이 헬레네와 그녀의 모든 소유물을
돌려주고, 적절한 보상금을 아르고스인들에게 지불해야 한다.
그것은 이후로 사람들 마음속에 남을 것이다."

(3.281-287)

파리스의 제안과 아가멤논의 맹약은 동일한 주제에 대해 말하지만, 세부적으로 분명한 차이가 있다. 파리스는 먼저 누구든지 이긴 사람이 헬레네와 모든 재물을 가져가자고 말했다. 하지만 아가멤논은 신들에게 맹세를 하는 제의에서 비슷하지만 다르게 이야기한다. 둘 중에 어느 한쪽이 다른 쪽을 죽이면 헬레네와 모든 재물을 갖고 보상금도 지불해야 한다. 파리스는 단지 '이기는 쪽'이라고 말했지만, 아가멤논은 '죽이는 쪽'이라고 언급한다. 여기에 추가로 그리스인들에게 전쟁 보상금도 요구했다. 이것은 나중에 혼란을 가중시키는 단초가 된다. 호메로스는 파리스와 메넬라오스의 일대일 대결을 정말 예상치 못한 상황으로 전개하여 결과를 판단하기 어렵게 만든다.

트로이군과 그리스군이 맹약을 위한 희생 제의를 준비하느라 물러나 있는 동안, 트로이 성벽 위에서는 트로이의 왕과 원로들이 성벽 위에서 관전^{teichoskopia}하고 있었다. 마침 헬레네가 올라오자 트로이 원로들은 마치 불멸하는 여신을 닮았다고 감탄하면서도 전쟁을 끝내기 위해 재앙을 일으킨 여인을 돌려보내야 한다고 입을 모은다. 그러나 트로이의 프리아모스왕은 사면초가에 몰린 헬레네를 불쌍하게 여기고 "네게는 잘못이 없다. 아카이아인들과의 피눈물 나는 전쟁을 일으킨 신들에게 잘못이 있다"(3.164-165)라며 감싸 준다. 그는 트로이 전쟁의 원인이 단지 헬레네의 잘못만으로 일어난 것은 아니라고 생각했다. 삶 전체를 뒤흔들어 버리는 전쟁이라는 놀라운 사건은 인간으로서 이해하기 어렵다.

호메로스의 일리아스,
신들의 전쟁과 인간들의 운명을 노래하다

프리아모스왕은 트로이인들 가운데서 마음고생을 하는 헬레네에게 오히려 자리를 내어 주고 위로한다. 호메로스는 그리스 동맹군의 영웅들을 소개하는 자리를 마련했다. 프리아모스왕은 그리스군의 주요 인물들을 외적 특징으로 잡아 1명씩 가리키며 헬레네에게 어떠한지 묻고 있다.

첫 번째 아가멤논은 그리스군 중에서 아주 잘생겼고 위엄 있으며 왕다운 풍채를 가진 인물로 묘사되며 가장 넓은 지역을 통치하고 훌륭한 왕이며 강력한 창수라고 말해진다.

두 번째 오뒷세우스는 아가멤논보다 머리 하나 정도 작지만 어깨와 가슴이 더 넓어 보이며 털북숭이 숫양과 같아 보인다고 그려진다. 그는 이타케Itake 출신으로 온갖 계략과 영리한 생각을 가진 인물로 묘사된다. 여기서 잠시 오뒷세우스와 비교 대상으로 등장하는 메넬라오스는 나이는 적어도 말을 주제에서 벗어나지 않고 간단명료하게 하는 청산유수 같은 달변가로 언급된다. 그런데 오뒷세우스는 자칫 어리숙하거나 심술 맞게 보일 수 있지만 가슴에서 울리는 목소리로 "마치 겨울날 눈보라처럼" 너무나 아름답게 말하여 인간 중에서는 견줄 만한 사람이 없다고 한다.[29] 호메로스가 예상외로 메넬라오스를 청산유수라고 표현하는 점은 흥미롭다. 일리아스에서 메넬라오스는 매사에 성급하고 말이 많은 편이 아닌 걸로 나오기 때문이다. 그러나 오뒷세우스는 언변이 뛰어나기로 이미 유명하다. 호메로스는 오뒷세우스가 단지 말을 잘하는 정도가 아니라 사람들의 영혼을 사로잡아 좌중을 압도

한다고 말하며 최고의 연설가라고 추켜세우고 있다.

세 번째 아이아스는 남들보다 키가 훨씬 크고 당당한 인물로 그리스군의 울타리가 되어 주는 사람이라고 간단히 말해진다. 헬레네는 아이아스부터는 간략하게 다른 영웅들, 즉 크레테의 이도메네우스, 스파르타의 메넬라오스 등도 함께 말하면서 자신의 쌍둥이 형제 카스토르와 폴뤼데우케스가 보이지 않는 이유를 궁금해했다. 이것은 헬레네가 트로이로 와서 상당히 오랜 세월이 흐르는 동안 스파르타의 소식을 듣지 못했다는 사실을 보여 준다. '신의 아이들'이라는 의미의 디오스쿠로이Dios Kouroi로 불린 헬레네의 쌍둥이 남자 형제들은 이미 죽은 것으로 보인다.

호메로스의 일리아스,
신들의 전쟁과 인간들의 운명을 노래하다

3. 메넬라오스의 우세와 파리스의 실종

우리는 『일리아스』에 나오는 모든 결투에서 누가 이길지를 쉽게 예측할 수 있다. 사실 전쟁은 누가 승리할지를 예측하지 못할 때 더욱 흥미로워지는 법이다. 그런데 호메로스는 전체 이야기에서 승리자를 확실하게 추측할 수 있는 힌트를 제공한다. 누가 승리할지를 숨기려 하기보다는 오히려 누가 승리자인지를 알리려는 데 더 많은 공을 들인다. 영웅들의 전투력을 알 방법은 다음과 같다. 첫째, 전쟁터에서 일대일 결투를 하는 사람들이 서로 선물을 주고받을 때 누구의 것이 훨씬 값진지에 따라 전투력 우세를 확인할 수 있다. 가령 더 비싸거나 더 가치 있는 선물을 주는 사람이 패배하고 덜 비싸고 덜 가치 있는 선물을 주는 사람이 승리한다. 둘째, 각 영웅은 자신의 능력을 탁월하게 발휘하는 고유한 영역에서는 승리하지만 전혀 다른 영역에서는 패배한다. 가령 활을 잘 쏘는 사람이 활로 싸우지 않고 칼로 싸우면 반드시 패배한다.

첫째 날 첫 번째 대결자들인 파리스와 메넬라오스의 대결 결과도 예측 가능하다. 원래 파리스는 명궁으로 활 쏘는 데 탁월한 능력을 발휘하는 영웅이다. 그런데 그가 활이 아닌 칼을 들고 싸우러 나왔다. 첫 번째 결투에서 이미 파리스가 메넬라오스에게 패배하리라는 사실을 예고하는 것이다. 파리스는 메넬라오스와의 대결에서 먼저 창을 던지지만 방패를 뚫지 못한다. 메넬라오스도 창을 던졌는데 방패와 가슴받이를 뚫었다. 하지만 부상을 입히지는 못했다. 메넬라오스가 이번에는 칼로 파리스의 투구를 내리치지만 칼이 부러져 버려 투구를 잡고 끌고 가려 한다. 이때 투구 끈이 끊어지면서 파리스를 놓쳐 버린다.

호메로스는 메넬라오스가 파리스의 투구 끝 말총 장식을 잡아서 그리스 진영으로 끌고 가다 투구 끈이 끊어진 사이, 아프로디테가 짙은 안개로 파리스를 감싸 트로이 성안으로 옮겼다고 묘사하고 있다. 하지만 인간의 경험적인 관점으로는 파리스가 짙은 안개를 틈타 도망친 것이나 다름없다. 하필이면 그 순간에 투구 끈이 떨어지고 짙은 안개가 진영을 감싸 한 치 앞도 보이지 않아 파리스가 순식간에 도망칠 수 있던 것은 천운이라 하지 않을 수 없다. 그렇기 때문에 그리스인들은 처음부터 아프로디테 여신이 곤경에 빠진 파리스를 구해 준 것이라 생각했을 가능성이 높다. 왜냐하면 양쪽 군대가 모두 일대일 결투를 지켜보고 있는데 순간 감쪽같이 사라지는 것은 설명하기 어렵기 때문이다.

사실 트로이 전쟁의 원인을 제공했던 파리스와 메넬라오스의 일대일 대결이 너무 황당하게 끝나 독자는 실망을 금치 못할 수도 있다. 더욱이 트로이군의 주요 전사 중 하나인 파리스가 전쟁터에서 결투를 하다가 갑자기 사라지는 사건은 매우 수치스러운 일이라 아니할 수 없다. 메넬라오스는 혈안이 되어 파리스를 찾아 나서지만 이미 트로이 성벽 안으로 들어간 후이다. 실제로 파리스보다 메넬라오스가 훨씬 우세를 보였지만 결투는 무산되고 말았다. 그리하여 파리스가 없는 상태라 승패를 판정할 수 없는 상황이 되었다.

처음 파리스와 메넬라오스의 대결과 관련된 아가멤논의 공식 서약 내용에 따르면 판정은 '이기느냐, 지느냐'가 아니라 '죽느냐, 죽지 않느냐'에 의해 결정된다. 현재 상황은 확실히 메넬라오스가 이긴 것이나 다름없지만, 파리스는 이미 사라져 버려 승자만 있고 패자는 없는 특이한 상황이 되었다. 더욱이 메넬라오스가 파리스를 죽인 것도 아니기 때문에 아가멤논 맹약의 판정 기준과도 맞지 않다. 분명히 결투에서 이겨 죽이기 직전이었는데 순식간에 상대가 사라진 기막힌 상황이라 관점에 따라 결과에 대해 설왕설래할 수 있다. 그리스군의 총사령관 아가멤논은 승리는 메넬라오스의 것이니 헬레네와 그녀의 재물을 돌려주고 후세까지 남을 적절한 보상을 지불하라고 요구했다(3.456-461). 하지만 트로이 쪽은 패자가 없는 상황이라 무시해 버린다. 아무런 판정도 할 수 없는 상태에서 전쟁은 소강상태에 빠져들고 만다.

4. 전쟁의 소강과 제우스의 도발

〔제4권〕

　　그리스군이나 트로이군 모두 눈앞에서 메넬라오스가 이기는 장면을 보았지만 파리스가 없어져 승패를 단언하기 어려운 특수한 상황이 벌어졌다. 이러한 상황을 새롭게 전환시킬 극적 계기가 있을까? 호메로스는 인간들의 운명을 갈라놓은 결정적 사건의 발단을 신들에게 돌린다. 트로이 전쟁이 소강상태에 들자 신들도 긴박하게 움직인다. 제우스는 트로이가 밀리고 그리스가 승기를 잡는 상황에서 일부러 빈정거리며 헤라의 약을 올린다. 헤라와 아테나는 트로이를 격멸하려는 모의를 하고 있었다. 그런데 제우스가 선수를 치고 나와 메넬라오스에게 헬레네를 도로 데려가게 하고 아예 전쟁을 끝내 버리자고 주장한다.

　　"프리아모스왕의 도시는 사람이 살아가게 해 주고,

메넬라오스는 아르고스의 헬레네를 데리고 귀향하라."

(4.18-19)

혜라와 아테나는 트로이 전쟁의 승리를 갈구하고 있는데 그
리스군에게 헬레네를 돌려주고 그만 정리를 하자니 기가 막히는
상황이다. 사실 제우스는 아킬레우스의 명예를 높여 주겠다는 테
티스와의 약속을 반드시 지키려 했기 때문에 전쟁을 중단시킬 생
각은 전혀 없었다. 그렇지만 제우스의 선제공격은 먹혔고 헤라와
아테나는 즉시 분노한다. 그들은 거의 다 이긴 싸움을 포기하고
제우스에게 협상안을 제안한다. 헤라는 비록 자신이 제우스에 비
해 힘은 약하지만 자신도 크로노스의 딸이며 제우스의 아내로서
노력해 왔고, 그것을 헛되게 하면 안 된다고 주장한다.

"우리 서로에게 양보하도록 해요.
나는 당신에게, 당신은 나에게 말예요. 그러면 다른 불사신들도
모두 우리를 따를 거예요. 당신은 빨리 아테나에게 명하여
트로이인들과 아카이아인들의 끔찍한 전쟁 속으로 들어가
트로이인들이 먼저 맹약을 어기고
오만한 아카이아인들을 해치게 하라고 하세요."

(4.62-67)

헤라는 전쟁 중단의 위기를 피하기 위해 예상치 못한 전략을

궁리해 낸다. 트로이군이 먼저 맹약을 어기고 그리스군을 공격하게 만드는 것이다. 헤라가 편들고 있는 그리스 쪽에서 본다면 훨씬 손해인 전략이다. 비록 파리스가 사라졌다고는 하지만 메넬라오스가 실질적으로 승리했기 때문이다. 제우스가 불분명하게 전쟁을 종료시키려 하니 헤라 입장에서는 손해를 감수하려는 것이다.

결국 헤라는 트로이의 선제공격을 허락하여 전쟁을 재개하는 전략을 제시한다. 제우스의 동의하에 아테나 여신이 트로이군 중에서 궁수 판다로스를 찾아내어 메넬라오스에게 활을 쏘도록 만든다. 메넬라오스를 죽이면 파리스에게 보상을 받고 영광을 얻을 것이라고 부추겼다. 아테나가 판다로스를 선택한 이유는 분명하다. 판다로스는 파리스와 같은 궁수였기 때문에 파리스를 대신하는 역할을 하기 때문이다. 결국 판다로스는 활을 쏘게 되고 메넬라오스를 맞힌다. 호메로스는 판다로스가 메넬라오스에게 활을 쏘는 장면을 아주 길고 세밀하게 묘사한다. 파리스의 실종으로 전쟁이 소강상태로 빠져들고 길고 지루한 논쟁이 지속되거나, 또는 양측의 전격적인 협상으로 전쟁이 종식될 수도 있는 상황을 급전환시키는 매우 중요한 사건이었기 때문일 것이다. 아무도 예상치 못했던 판다로스의 단 한 발의 화살이 전쟁을 전면전으로 치닫게 만든 것이다.

판다로스의 날카로운 화살은 순식간에 메넬라오스를 향해 날아들었다. 만약 아테나 여신이 도와주지 않았다면 메넬라오스는 목숨을 잃었을 것이다. 다행히 아테나가 화살을 살짝 빗나가게 해서 메넬라오스의 두껍고 단단한 혁대를 맞히게 된다. 판다로스의 화살은 혁대를 뚫고 동판 배 띠까지 뚫어 버릴 정도로 강력했다. 화살은 살갗을 스쳐 검은 피가 흘러내리게 했지만 치명적인 상처를 입히지는 못했다(4.131-140). 아가멤논은 메넬라오스가 죽은 줄 알고 탄식하며 트로이에 복수할 것을 다짐한다. 하지만 곧 메넬라오스의 부상이 예상보다 크지 않다는 것을 알고는 의사 마카온을 통해 치료받게 한다(4.183). 마카온은 의술의 신 아스클레피오스의 아들로 트로이 전쟁 중에 외과 의사로 활약한다.

5. 올림포스 신들의 전쟁 참여

드디어 그리스 동맹군과 트로이 동맹군이 격돌하는 전면전에 돌입한다. 호메로스는 제5권에서 인간들뿐만 아니라 신들도 양측으로 나누어 편싸움을 하는 걸로 표현한다. 트로이군은 아레스가 격려했고, 그리스군은 빛나는 눈의 아테나가 격려했다. 더욱이 두려움의 신 데이모스와 공포의 신 포보스와 끊임없이 미쳐 날뛰는 불화의 여신 에리스도 전쟁터를 활보하며 병사들을 두려움과 공포에 휩싸이게 하고 서로 반목하게도 만들었다(4.439-440). 두려움의 신과 공포의 신은 항상 아레스와 함께 다니는 신으로 여기서는 '불화'의 여신과 함께 3명의 신들이 전쟁의 특징을 보여 주기 위해 삼인조로 등장한다. 불화는 전쟁을 일으키고, 전쟁은 공포와 두려움을 몰고 온다.

그러나 전쟁의 신들의 역량을 생각해 볼 때 그리스가 승리할 것이 어느 정도 예측 가능하다. 전쟁의 신들이 동일한 기능을 한다고 하지만, 실질적으로 전쟁과 관련하여 각기 다른 역할을 담당한다. 아테나 여신은 승리의 여신 니케와 함께하며 일반적으로 전쟁의 승리를 견인하는 역할을 하고, 아레스 신은 전쟁의 공포와 두려움을 가져오고 전쟁과 관련된 제반 사항들과 연관되어 있다. 특히 호메로스는 『일리아스』에서 아테나 여신과 아레스 신을 대비하며 아레스를 매우 굴욕적으로 그려 낸다. 그는 트로이 편에 서서 싸우다 전쟁에서 패배한다. 아레스는 전쟁의 신이지만 싸움을 잘하는 존재는 아니다. 그가 쌍둥이 형제 오토스와 에피알테스에게 납치되어 청동 항아리 속에 무려 13개월 동안이나 갇혀 있었던 이야기는 유명하다(5.385; 『오뒷세이아』 11.305). 아레스는 전쟁의 부정적 측면과 관련된 이미지를 가지고 있다. 오히려 전쟁에서 탁월한 능력을 발휘하며 승리를 이끌어내는 신은 아테나 여신이다.

올륌포스 신들이 트로이 전쟁에서 어느 쪽을 편들었는지를 구분하기는 어렵지 않다. 기본적으로 파리스의 심판을 중심으로 재편되어 있다고 생각하면 된다. 그리스 동맹군은 아무래도 파리스의 심판에서 선택받지 못했던 헤라와 아테나 여신의 도움을 받는다. 헤파이스토스 신은 어머니 헤라의 조력자로서 역시 그리스 편이다. 헤라와 헤파이스토스의 관계에 대한 부정적 이야기도 있지만, 『일리아스』에서 헤파이스토스는 헤라가 제우스에게 위협받을 때 위로해 주고 헤라의 요청에 바로 달려와 그리스 동맹군을 도와준다. 포세이돈은 트로이 성벽을 쌓는 일에 대한 보상을 받지 못한 사건으로 인해 트로이에 적대적 입장을 가지고 있다.

트로이 진영은 아프로디테뿐만 아니라 그녀와 연인 관계인 아레스의 지원도 받는다. 아폴론과 아르테미스는 북방 이미지가 강한 신들로 트로이 동맹군 편에 서 있다. 『일리아스』 첫 장면에서 아폴론은 그리스 동맹군에 분노를 쏟아붓는다. 스카만드로스 신은 트로이를 흐르는 강의 신으로 트로이 민족의 기원과 연관되어 있기 때문에 아킬레우스가 강가에서 엄청난 수의 트로이 군사들을 죽일 때 그를 덮쳐 죽이려 했다. 헤파이스토스의 도움이 아니었다면 아킬레우스도 살아남기 어려웠을 것이다. 제우스는 최소한 『일리아스』에서는 아킬레우스의 명예를 높여 주기 위해 일시적으로 트로이 편을 드는 것으로 보인다.

호메로스의 일리아스,
신들의 전쟁과 인간들의 운명을 노래하다

『일리아스』에서 일반적으로 인간은 인간끼리, 신은 신끼리 전투한다. 하지만 전쟁에서는 전혀 예상치 못한 사건이 벌어지거나 정말 놀라운 상황이 발생할 때가 많다. 호메로스는 이런 극적 상황에 신이 개입한다고 설명한다. 그것은 인간이 내면의 놀라운 힘을 발휘할 때도 나타난다. 제1권에서 아킬레우스가 9년 동안 참아 왔던 분노를 분출했다. 아마 보통 사람들은 결코 통제할 수 없었을 상황에서 아킬레우스는 모든 것을 참고 견뎌 낸다. 이때 아테나 여신이 아킬레우스를 도와주는 장면이 나온다. 호메로스는 전혀 생각지도 못하거나 불가능할 듯한 상황이 벌어질 때 이를 신들과 관련하여 생각했다. 가령 메넬라오스와 싸우던 파리스가 갑자기 없어진다든가, 아킬레우스와 싸우던 아이네이아스가 짙은 안개와 함께 사라진다든가 등을 말한다. 심지어 아킬레우스와 헥토르의 대결처럼 분명히 아킬레우스가 이미 던졌던 창인데 다시 돌아와 창을 잡고 있는 것과 같은 놀라운 상황도 아테나 여신이 아무도 모르게 창을 도로 아킬레우스에게 돌려주었다는 식으로 설명한다.

트로이 전쟁의 발단과 관련된 신들을 제외한다면 신이 반드시 특정한 편을 드는 것은 아니다. 제우스도 사실 그리스 진영의 아킬레우스의 명예를 높이기 위해 일시적으로 트로이 편을 들 뿐이다. 헤파이스토스는 개별적으로 트로이 진영에서 자신의 사제의 아들들이 죽을 위기에 처하자 구해 주는 것으로 나온다.

그리스 진영	트로이 진영
헤라	아프로디테
아테나	아레스
헤파이스토스	아폴론
포세이돈	아르테미스
	스카만드로스

Tip 파리스와 헬레네의 사랑과 불화

첫째 날 전투에서 파리스는 메넬라오스와 일대일 대결을 하다가 패배가 확정되는 상황에서 아프로디테 여신의 도움으로 전장에서 벗어나 다시 궁전으로 돌아온다. 사실 파리스가 투구 끈이 떨어진 틈을 타서 도망친 것과 다름없는 상황을 헬레네는 성벽 위에서 프리아모스왕과 함께 실망스럽게 지켜보았을 것이다. 그런데 아프로디테는 파리스를 구출하여 궁전에 데려다 놓고 난데없이 헬레네를 불러들이기 위해 노파로 변신한다. 헬레네는 다른 사람과 달리 아프로디테가 노파로 변신한 것을 즉각 알아차리는 특별한 능력을 보인다. 그녀는 아프로디테가 자신을 속이려는 데 불만을 토로하며, 더욱이 이런 상황에서 파리스와 동침하

호메로스의 일리아스,
신들의 전쟁과 인간들의 운명을 노래하다

는 것은 다른 사람들의 비난을 살 만한 일이라며 아프로디테의 요구를 거절한다. 아프로디테가 크게 분노하며 자신의 말을 따르지 않으면 비참한 운명을 맞이하게 될 것이라고 하자 헬레네는 마지못해 파리스에게 간다. 메넬라오스가 이긴 것처럼 보이지만 실제로는 아니라는 사실을 분명히 하는 장면이다. 파리스와의 동침은 헬레네가 여전히 파리스의 아내임을 보여 주는 장치인 것이다. 헬레네는 파리스에게 왜 전쟁터에서 돌아왔느냐, 메넬라오스

〈메넬라오스에게 패배한 파리스와 헬레네의 화해〉
리처드 웨스톨, 1805

아프로디테는 헬레네를 메넬라오스에게 패한 파리스에게 이끈다. 메넬라오스가 이긴 듯
보이지만 여전히 헬레네가 파리스의 아내임을 보여 주려는 장치인 것이다.

에게 죽었어야 하지 않느냐고 책망하며 다시 나가서 싸우라고 한다. 그러더니 잠시 후에는 메넬라오스와 싸우면 반드시 죽을 것이니 그만두는 편이 나을 것이라 비아냥거린다. 그런데도 파리스는 전혀 기분 나빠 하지 않으며 여전히 헬레네를 사랑하는 마음을 드러낸다.

호메로스의 일리아스,
신들의 전쟁과 인간들의 운명을 노래하다

4

신들의 보호와 부상

1. 디오메데스의 활약과 판다로스의 죽음

〔제5권〕

『일리아스』에서 첫째 날 전투의 전면전이 본격적으로 시작되면서 트로이군과 그리스군은 혼전을 거듭한다. 제5권에서 두 진영의 영웅들뿐만 아니라 신들도 함께 싸우는 장면이 대거 등장하면서, 올륌포스 신들의 특징을 살펴볼 수 있다. 첫째 날 전면전에서 트로이 진영에서 맹활약한 인물은 판다로스와 아이네이아스이고 그리스 진영에서 대활약한 인물은 디오메데스이다. 특히 디오메데스는 아킬레우스를 대신하는 인물로 활약하는 만큼 아테나 여신의 보호까지 받으며 명성을 떨친다. 사실 아킬레우스는 제1권에서 아가멤논과 다투고 나서 전쟁에 참여하지 않았기 때문에 그의 전투력이 어느 정도인지 독자는 아직까지 알 수가 없다. 『일리아스』총 24권 중에서 제1권부터 제19권에 이르기까지 대부분 내용에서 아킬레우스가 전투하는 장면이 등장하지 않는다.

전쟁 서사시인데 최고 영웅이자 주인공 격인 아킬레우스가 끝날 때가 돼서야 등장한다면, 나머지 전투 장면을 어떻게 박진 감 넘치게 묘사할지 궁금할 것이다. 첫째 날 전면전에서 디오메 데스는 마치 아킬레우스의 현신인 것처럼 종횡무진 놀라운 활약 을 보인다. 디오메데스는 다소 생소한 영웅일 수도 있지만『일리 아스』초반에 아킬레우스의 부재를 어느 정도 메워 줄 흥미로운 이야기를 제공한다. 혜성과 같이 나타난 디오메데스는 가장 먼저 헤파이스토스의 사제인 다레스의 아들들 페게우스와 이다이오스 를 공격했다. 그는 페게우스는 살해하였지만, 이다이오스는 살해 하지 못했다. 헤파이스토스가 이다이오스를 구했기 때문이다. 디 오메데스는 비록 그리스 편에서 활약했지만 자신의 사제의 아들 들이 모두 죽는 것을 두고 보지는 않았다.

이때 전쟁의 여신 아테나는 아레스의 손을 이끌고 전쟁터에 서 빠져나와 그를 스카만드로스 강독에 앉히고서 제우스의 분노 를 사지 않도록 인간끼리 싸우도록 내버려 두자고 제안한다. 아 레스는 아무 말 없이 아테나의 말을 따른 것으로 보이는데 그가 전쟁터를 떠나자마자 바로 그리스인들이 트로이인들을 밀어붙이 게 된다. 뮈케네의 아가멤논과 아테네의 이도메네우스, 스파르타 의 메넬라오스 등과 같은 전사들이 트로이 전사들을 죽이며 공을 세운다. 아레스가 단순하게 아테나의 말을 믿고 전쟁터에서 물러 났다가 트로이 전사들이 줄줄이 죽음을 면치 못하는 상황이 벌어 진 것이다.

호메로스의 일리아스,
신들의 전쟁과 인간들의 운명을 노래하다

특히 디오메데스는 아킬레우스가 없는 그리스 동맹군 중에서 탁월한 역할을 한다(5.84). 그는 질풍노도와 같이 전쟁터를 종횡무진 누비며 트로이군의 대열을 무너뜨리고 들판을 휩쓸어 버렸다. 이를 본 트로이의 판다로스가 디오메데스에게 활을 쏘았는데, 화살이 가슴받이에 박혔고 옷이 피로 물들었다. 판다로스는 디오메데스를 죽인 줄 알고 기뻐하였으나 치명상을 입히지는 못했다. 디오메데스는 아테나 여신에게 자신이 복수할 수 있도록 해달라고 기도했다(5.115). 아테나 여신은 튀데우스의 아들 디오메데스를 치유해 주고 명령을 내린다.

"용기를 내라, 이제 디오메데스여, 트로이인들과 싸우도록 하라.
너의 가슴속에 내가 너의 아버지의 불굴의 힘을 넣었다.
방패를 휘두르며 말을 탔던 튀데우스와 같이 말이다.
또한 나는 너의 눈 위를 덮었던 안개를 걷어 냈다.
네가 신과 인간을 분명히 구분할 수 있도록 말이다.
만약 어떤 신이 너를 시험하고자 여기로 온다면
너는 다른 어떤 불사신들과는 마주하여 싸우지 말아라.
다만 제우스의 딸 아프로디테가 싸우러 들어오면
너의 날카로운 청동 창으로 그녀에게 상처를 입혀라."
(5.124-132)

여기서 아테나 여신은 디오메데스에게 불굴의 용기를 불어넣어 주고 그 외에도 특별한 능력을 하나 부여한다. 바로 '신을 보는 능력'이다. 디오메데스는 아테나 여신의 특별한 조치를 통해 잠시 동안 신을 볼 수 있게 된다. 아킬레우스가 특별히 이런 조치 없이 신을 보던 것과 차이가 있다. 아테나 여신이 디오메데스에게 신과 인간을 분간할 수 있게 만들어 준 이유는 '아프로디테가 전쟁터에 들어오면 날카로운 창으로 상처를 입히게 하기' 위해서였다.

판다로스는 디오메데스가 화살에 맞았지만 죽지 않은 데 실망하고 메넬라오스에 이어 두 번이나 빗나간 활을 저주하며 창을 사용하기로 결심한다. 이제 그의 운명은 어느 정도 예측 가능하다. 원래 궁수가 활이 아닌 창을 쓰면 제 기량을 발휘하지 못하기 때문이다. 이때 판다로스를 돕기 위해 트로이의 강력한 영웅이 처음으로 등장하는데 바로 아이네이아스이다(5.166). 『일리아스』제2권에서 트로이 동맹군을 소개할 때 이름이 나오기는 하지만, 전쟁터에 처음 등장한 것은 제5권이다. 아이네이아스는 아프로디테와 앙키세스의 아들로 트로이 왕가의 친족이다.

아이네이아스는 뤼카온의 아들 판다로스를 찾아 함께 싸우자고 제의한다. 판다로스는 아이네이아스가 모는 전차를 타고 디오메데스를 향해 돌진했다. 그렇지만 창을 든 판다로스는 디오메데스에게 역부족이었다. 판다로스가 긴 창을 디오메데스에게 던졌으나 방패를 지나 옆구리를 빗맞혔다. 그러나 디오메데스의 창은 판다로스에게 치명상을 입힌다. 호메로스는 판다로스의 처참한

호메로스의 일리아스,
신들의 전쟁과 인간들의 운명을 노래하다

죽음에 대해 상세히 묘사한다. 디오메데스가 창을 던지자 아테나 여신이 판다로스를 맞히게 했다.

> 아테나가 디오메데스의 창을
> 눈과 가까운 코로 이끌어 흰 이빨들을 관통시키자,
> 단단한 청동 창이 판다로스의 혀를 뿌리째
> 잘라 버린 후 창끝이 턱 아래로 빠져나왔다.
> 판다로스는 전차에서 떨어졌고 그의 무구들이 덜컹거렸다.
> (5.290-294)

전쟁터에서 결투 시 사람이 죽을 때 호메로스는 지나치게 상세히 죽음의 해부학적 모습을 그려 내는 경향이 있다. 판다로스는 그리스군의 주요 전사인 메넬라오스와 디오메데스를 부상 입혔기 때문에 상당한 명예를 누렸다고 볼 수 있다. 그는 파리스의 대역으로 파리스가 당한 수모에 대한 대가로 메넬라오스에게 부상을 입히는 영예를 얻었고, 또한 현재 아킬레우스의 대역으로 활동하고 있는 디오메데스에게 부상을 입히는 영예를 얻었다. 이것은 나중에 파리스에 의한 아킬레우스의 죽음을 예시한 것이라 볼 수 있다.

2. 디오메데스의 아프로디테 공격

아이네이아스는 판다로스가 죽은 후 황급히 마차에서 내려 시신을 지키려다 디오메데스가 던진 커다란 돌에 허리 관절을 맞아 죽을 지경이 되었다. 이때 아프로디테가 사랑하는 아들 아이네이아스를 자신의 흰 팔로 감싸고, 주름 잡힌 찬란한 옷을 펼쳐 날아다니는 무기들을 막아 주는 울이 되게 하여 싸움터에서 빠져나가려 했다. 그러나 이 순간 디오메데스는 아테나의 명령을 기억해 내어 퀴프리스, 즉 아프로디테에게 덤벼들어 날카로운 창끝으로 손목 위 살을 찔렀다.

그러자 여신의 불멸의 피, 즉 축복받은 신들 속에
흐르는 것과 같은 영액이 흘러내렸다.
신들은 빵도 먹지 않고 빛나는 포도주도 마시지 않기 때문이다.

호메로스의 일리아스,
신들의 전쟁과 인간들의 운명을 노래하다

그래서 신들은 피가 없으며 불멸한다고 불린다.

(5.339-342)

인간에 불과한 디오메데스가 아프로디테를 공격한 이야기를 통해 올림포스 신에 대해 아주 흥미로운 점을 발견할 수 있다. 먼저 신도 피를 흘린다는 것이다. 그러나 아프로디테의 피는 인간과 같은 피가 아니다. 그것은 '불멸하는 피'ambroton heima이며 '영액'ichor이라 불린다. 호메로스는 신들도 피를 흘리지만 '인간의 피'heima와 달리 '썩지 않기'ambroton 때문에 동일하게 '피'라고 일컬을지라도 전혀 다른 종류의 것이라 말하고 있다. 그렇기 때문에 아예 신에게는 '피가 없다'는 표현을 쓰기도 한다.[30] 아테나가 디오메데스에게 특별한 능력까지 주면서 아프로디테를 공격하라고 했던 이유는 무엇일까? 단순하게 생각해 본다면 파리스의 심판에서 받았던 치욕을 갚기 위함이라 할 수 있을 것이다. 아테나 입장에서는 아프로디테가 괘씸했을 것이고, 디오메데스를 통해 보상받고 싶었을 것이다. 아프로디테가 비명을 지르며 아이네이아스를 놓쳐 버리자, 아폴론이 그를 두 손으로 받아 어두운 구름으로 감싸 구출했다.

아프로디테가 부상당하여 돌아오자 어머니 디오네 여신이 치료해 준다. 디오네는 아테나 여신이 인간들을 선동하여 신들을 공격했던 이야기를 하면서 비난을 퍼붓는다. 아무리 신들을 공격하여 부상을 입힌다고 해도 인간은 어차피 죽을 운명이다. 언젠가 더 강한 자를 만나 죽음에 이르게 되어 사랑하는 가족들을 비탄에 빠지게 하리라는 경고를 한다. 이 와중에 아테나가 선수를 쳐서 제우스에게 아프로디테가 헬레네를 트로이로 데리고 온 일과, 아프로디테가 손에 상처 입은 것을 조롱하며 불평을 했다. 결국 제우스는 아프로디테를 불러 충고를 한다.

> "네 일이 아니란다, 내 딸아, 전쟁에 관한 일은.
> 너는 결혼에 관한 매혹적인 일에나 관심을 가지거라.
> 이런 모든 일은 날쌘 아레스와 아테나가 신경 쓸 것이다."
> (5.428-430)

제우스는 아프로디테에게 앞으로 전쟁에 개입하지 말라고 한다. 왜냐하면 전쟁은 아프로디테의 소관이 아니기 때문이다. 그리스 신은 각기 자신의 영역 외에 다른 신의 영역에 간섭해서는 안 된다는 철칙을 가지고 있다.

디오메데스가 아폴론에 의해 보호받고 있는 아이네이아스를 다시 공격했다(5.431). 그는 아이네이아스에게 세 번이나 덤벼들었다. 그렇지만 아폴론이 세 번 모두 물리쳐 냈다. 그런데도 디오메데스는 네 번째 다시 덤벼들었다. 아직 디오메데스가 신을 보는 능력을 가지고 있다면 아폴론이 아이네이아스를 보호한다는 사실을 알면서도 공격한 것이다. 인간이면서 인간의 한계를 넘어서 신을 공격하는 것은 매우 불경스러운 일이다. 비록 아테나가

〈디오메데스의 전투〉 부분
자크 루이 다비드, 1776

디오메데스가 아테나 여신의 지시에 따라 공격하여 부상을 입은 아프로디테가 구출되는
장면이다. 어머니 디오네 여신이 상처를 살피고 있다. 아폴론이 디오메데스를 저지하였다.

아프로디테를 공격하는 것을 허락하였지만 그 외 다른 신을 공격
해도 좋다고 허락하지는 않았기 때문이다. 지금 디오메데스는 자
신의 한계를 망각하고 있기 때문에 아폴론은 무섭게 호령했다.

"잘 생각해 보아라, 튀데우스의 아들이여, 물러나거라.
네가 신들과 같다고 생각하지 말아라. 불멸하는 신들은
대지 위를 걷는 인간들과 결코 같은 종족이 아니다."
(5.440~442)

그제야 디오메데스는 정신이 들어 물러서게 되고 아폴론은

아이네이아스를 구해 내었다. 그러나 아폴론은 아무래도 디오메데스가 괘씸하기 짝이 없었다. 그래서 아레스에게 디오메데스가 아프로디테를 찔렀을 뿐만 아니라 자신에게도 덤벼들었다면서 그를 싸움터에서 끌어내라고 말했다. 그러자 아레스는 트라케의 지휘관 아카마스의 모습으로 트로이 진영에 들어가 트로이군을 격려하고 아이네이아스를 구해 낼 것을 설득했다. 아폴론은 아이네이아스를 이미 구했지만 전쟁터에 그의 모상을 남겨 두었기 때문에, 아레스는 그를 구출하라고 트로이군을 격려하며 돌아다녔다. 이때 뤼키아의 사르페돈이 헥토르에게 전쟁에 전면적으로 나설 것을 촉구하며 오히려 트로이를 지원하는 동맹군만 죽을힘을 다하여 싸우고 있다고 비난한다. 헥토르는 전차에서 내려 전장을 뛰어다니며 군사들의 사기를 북돋아 주었다. 아이네이아스도 아폴론의 신전에서 아르테미스의 도움으로 부상을 회복하여 다시 전쟁터로 복귀했다. 그리스 진영에서는 2명의 아이아스와 오뒷세우스, 그리고 디오메데스가 맹렬하게 공격하는 트로이군에 대항하는 버팀목이 되어 주고, 아가멤논도 쉴 새 없이 군사들을 격려하며 돌아다녔다.

호메로스의 일리아스,
신들의 전쟁과 인간들의 운명을 노래하다

3. 사르페돈과 틀레폴레모스의 대결

트로이군과 그리스군의 전면전이 혼전을 거듭하는 가운데 첫째 날 전면전에서 주목할 만한 두 번째 대결 장면이 등장한다. 트로이 동맹군의 사르페돈과 그리스 동맹군의 틀레폴레모스의 대결이다. 호메로스는 수많은 전사들 가운데 사르페돈과 틀레폴레모스의 대결을 주요하게 다룬다. 그런데 이 두 전사가 싸우는 방식을 보면 생사가 오가는 전쟁터에서 아주 여유로운 모습을 보여 준다. 두 전사는 먼저 몸으로 싸우지 않고 말로 싸운다. 사실『일리아스』의 일대일 대결 장면을 보면 전쟁 중인데도 불구하고 대부분 서로 주거니 받거니 하면서 말로 한참 싸움을 한다. 이런 장면은 양측의 전력을 보여 주는 중요한 단서를 함축하고 있다. 틀레폴레모스와 사르페돈도 대결 전에 서로 말싸움을 하는데 주요 내용이 자기 자랑과 집안 자랑이다. 현대의 시점에서 보면 무슨 쓸데없는 짓을 하는지 이해하기 어렵지만, 고대 가부장제 사회에서 신분과 지위는 때로는 능력과 일치한다고 생각되었기 때문에 매우 중요한 장면이라 할 수 있다.

헤라클레스의 아들인 틀레폴레모스는 사르페돈에게 겁쟁이라고 비아냥거리며 제우스의 자식이라 칭하는 것은 거짓이라 말한다. 그러고는 자신의 아버지 헤라클레스가 일찍이 라오메돈의 말들을 찾기 위해 함선 여섯 척과 전사들을 이끌고 와서 트로이를 함락시켰다고 자랑하며, 사르페돈은 자기 손에 죽을 것이라 위협한다(5.633-646).³¹ 이에 대해 사르페돈은 당시 신성한 일리오스Ilios를 함락한 것은 라오메돈의 어리석음 때문이라고 말한다. 라오메돈은 당시 헤라클레스의 선행을 폭언으로 갚고 찾으러 온 말들을 돌려주지 않았었다. 사르페돈은 자신이 직접 틀레폴레모스를 하데스에 보내 주겠다고 위협한다.

> "틀레폴레모스여, 헤라클레스가 신성한 일리오스를 파괴했던 것은
> 한 사람, 바로 고귀한 라오메돈의 어리석음 때문이었다.
> 라오메돈은 헤라클레스가 했던 좋은 일을 나쁜 말로 되갚고
> 그가 멀리서 찾으러 온 말들을 되돌려 주지 않았기 때문이다.
> 나는 여기서 말한다. 살인과 검은 죽음의 정령이 너를 내 손에
> 끝내게 할 것이다. 너는 이제 내 창에 의해 죽어 내게 명성을
> 줄 것이며, 고귀한 말을 가진 하데스에게는 네 목숨을 줄 것이다."
> (5.648-654)

호메로스의 일리아스,
신들의 전쟁과 인간들의 운명을 노래하다

호메로스의 설명을 분석해 보면 우선 틀레폴레모스와 사르페돈의 전력은 차이가 있을 수밖에 없다. 틀레폴레모스는 헤라클레스의 아들이지만 사르페돈은 제우스의 아들이다. 비록 틀레폴레모스가 제우스의 손자이긴 하지만 아들보다는 못하다. 당연히 아들인 사르페돈이 훨씬 뛰어난 존재일 수밖에 없다. 그렇기 때문에 틀레폴레모스는 사르페돈보다 자신이 우월하다는 것을 증명하기 위해서 사르페돈이 제우스의 아들이라는 사실을 부정해야 했다. 그래서 그는 처음부터 사르페돈이 겁쟁이이며 그가 제우스의 아들이란 말은 거짓이라고 비난하며 나선 것이다. 그러나 틀레폴레모스는 자신은 일리오스를 함락시킨 헤라클레스의 아들이라는 점을 강조하면서 사르페돈에 대해 우위를 주장한다.

사르페돈은 이러한 상황에서 어떻게 대처했을까? 사르페돈은 틀레폴레모스의 비난을 직접적으로 반박하지 않는다. 만약 그렇게 한다면 자신이 제우스의 아들이라는 것을 증명해야 하는데 이는 간단하지가 않기 때문이다. 그러나 틀레폴레모스가 헤라클레우스의 후손이라는 사실은 증명하기 어렵지 않다. 그래서 사르페돈은 자신에 관한 주장보다는 틀레폴레모스의 말에 초점을 맞추어 반박하는데 수사학적으로 상당히 뛰어난 전략이다. 그는 과거 일리오스 함락의 원인을 그리스의 헤라클레스의 덕이 아닌 트로이의 라오메돈의 악덕으로 돌리고 있다. 헤라클레스 자신이 뛰어났다기보다는 당시 트로이 왕 라오메돈이 어리석어서 일리오스가 함락당했다는 것이다. 그리하여 일리오스 함락의 원인으로 라오메돈의 악행을 부각시키고 헤라클레스의 활약을 낮추는 방식으로 틀레폴레모스의 전력을 약화시킨다.

결국 사르페돈과 틀레폴레모스는 동시에 창을 들어 던졌다. 과연 누가 승리했을까? 사르페돈의 창은 틀레폴레모스의 목을 정통으로 맞히고, 틀레폴레모스의 창은 사르페돈의 왼쪽 허벅지를 맞혔다. 틀레폴레모스는 치명상을 입고 죽고 마는데, 사르페돈은 허벅지에 창을 맞아 뼈까지 스쳤지만 제우스가 죽음을 막아주었다(5.655-662). 틀레폴레모스의 아버지 헤라클레스도 제우스의 아들이지만 틀레폴레모스는 한 대 더 아래로 제우스의 손자이다. 반면 사르페돈은 헤라클레스와 같이 제우스의 아들이며 특별히 사랑받는 인물이다. 제우스가 사르페돈을 얼마나 사랑했는지는 나중에 사르페돈의 죽음과 관련된 일화에 등장한다.

여기서 틀레폴레모스가 사르페돈에 의해 죽음을 맞이함으로써 사르페돈이 제우스의 아들이라는 사실이 간접적으로 입증된다. 틀레폴레모스는 우리에게 생소한 인물이긴 하지만 헤라클레스의 아들로서 유능한 전사이다. 오뒷세우스는 그의 죽음에 분개하여 사르페돈의 백성들인 뤼키아인들을 살상한다. 트로이군은 부상당한 사르페돈을 전장에서 끌어내느라 너무나 정신이 없어 그의 허벅지에 박힌 긴 창을 뽑아 줄 생각조차 하지 못했다. 사르페돈은 마침 헥토르가 오는 것을 보고 도와 달라고 하지만, 헥토르는 '아무 말 없이' 사르페돈을 지나쳐 버린다. 헥토르가 구조 요청을 무시한 데 대해 장황한 설명은 없다. 하지만 호메로스는

호메로스의 일리아스,
신들의 전쟁과 인간들의 운명을 노래하다

헥토르가 "지체 없이 아르고스인들을 물리치고 많은 적들의 목숨을 빼앗기를 열망하기"(5.691) 때문이라고 한다. 다른 전우들이 사르페돈을 "제우스의 아름다운 참나무" 밑에 옮기고 나서야 그의 허벅지에서 창을 뽑아냈는데 영혼이 잠시 떠났다가 돌아올 정도로 심각한 부상이었다.[32]

4. 신들의 참전과 대결

트로이 진영에서 사르페돈이 틀레폴레모스를 죽이고 나서 헥토르가 바로 전장으로 질주해 들어가 칼날을 휘두르자 그리스군은 기세에 눌려 계속 퇴각하게 된다. 그리스군은 아레스 신이 헥토르와 함께한다고 생각해 두려움에 떨며 뒷걸음질하고 있다. 이때 올륌포스에서 헤라 여신이 그리스군이 살육당하는 것을 내려다보다가 아테나에게 함께 참전할 것을 권유한다(5.711). 호메로스는 헤라와 아테나가 출정하는 모습을 장황하게 묘사한다. 헤라 여신의 말과 마차는 황금 띠와 황금 멍에로 화려하게 장식되었다. 아테나는 특히 제우스의 갑옷을 입고 황금 투구를 쓰고 무적의 방패 아이기스^{aegis}와 창을 들었다. 아이기스에는 고르고^{Gorgo}의 무시무시하고 거대한 머리가 새겨져 있으며, 황금 투구에는 2개의 뿔과 4개의 혹이 달려 있었고 위쪽에는 100개 도시의 전사들이 새겨져 있었다.

헤라는 제우스를 보자 퀴프리스와 아폴론이 트로이군을 부추겨 그리스인들이 죽어 나가고 있는데 아레스를 쳐도 되겠느냐고 묻는다. 제우스는 아테나를 통해 아레스를 공격하라고 말한다(5.757-766). 이제 공식적으로 제우스의 허락을 받고 지상으로 내려간 헤라는 스텐토르의 모습을 하고 그리스인들에게 싸울 것을 촉구한다.[33] 아테나는 판다로스에 의해 생긴 상처를 식히고 있는 디오메데스를 질책하며 아버지 튀데우스보다 못하다고 비난한다. 디오메데스는 자신이 두렵거나 게을러서 물러나 있는 것이 아니라 아테나 여신의 명령을 충실히 따랐을 뿐이라고 주장한다. 즉 아테나 여신은 아프로디테만 공격하고 다른 신들과는 대적하지 말라고 명령했는데 아레스가 등장하자 대적할 수 없어 물러나 있는 상황이라는 것이다. 그러자 아테나는 디오메데스에게 이제 자신이 보호할 테니 두려워하지 말고 함께 아레스를 공격하자고 제안한다. 트로이 진영에 아레스가 활보하며 그리스군을 두려움에 떨게 만들었기 때문이다. 아테나는 디오메데스의 옆자리에 올라 채찍과 고삐를 잡고 말을 몰아 아레스에게로 달려갔다.

아테나는 아레스에게 다가갈 때 자신을 볼 수 없도록 '하데스의 투구'를 썼다. 사실 신들은 서로를 볼 수 있기 때문에 자신의 모습을 감출 수가 없다. 그래서 특별히 아테나는 하데스의 투구를 사용했다. 원래 하데스는 그리스어로 '보이지 않는 자'를 의미하며 대표적 상징물로 '보이지 않는 투구'를 가지고 있다. 아테

〈아레스와 아테나의 대결〉
조제프 브누아 쉬베, 1771

전투에 뛰어든 아레스가 디오메데스와 맞붙자, 아테나는 디오메데스를 도와 아레스에게
부상을 입힌다.

나 여신이 하데스의 투구를 쓰고 등장하자 아레스는 처음에 알아
보지 못했다. 아레스가 디오메데스를 알아보고 달려와 청동 창으
로 찌르는데 아테나 여신이 창을 잡아 전차 밖으로 밀어내어 디
오메데스가 피할 수 있었다. 이번엔 디오메데스가 청동 창을 던
지니 아테나가 아레스의 아랫배 쪽으로 찔러 넣었다. 아레스는
아테나의 창에 찔려 9천 명 또는 1만 명의 전사들이 싸우는 함성

호메로스의 일리아스,
신들의 전쟁과 인간들의 운명을 노래하다

만큼 커다란 소리를 지르며 고통스러워했다(5.860). 여기서 호메로스는 아레스가 질러 대는 소리가 얼마나 큰지를 설명하기 위해 9천 명에서 1만 명이라고 했는데 실제로 인간의 귀에는 들리지 않았을 것이다.[34] 아레스는 곧바로 올림포스로 올라가 제우스 곁에 앉아 불멸하는 피를 흘리며 불평불만을 토로한다.

"아버지 제우스여, 이런 난폭한 일들을 보면서 화를 내지 않나요?
우리 신들은 항상 인간들과 연관될 때
서로의 계략에 의하여 끔찍한 고통을 견뎌야 합니다.
우리 모두가 당신과 전쟁을 벌입니다. 당신께서 분별없고 가증스러운
소녀를 낳았기 때문입니다. 그녀는 항상 사악한 일에 관심 있습니다.
보세요, 올림포스에 사는 다른 신들은 모두 당신에게 설득되고,
또 우리는 각자 당신에게 복종합니다. 하지만 당신은
그녀에게 말로든 행동으로든 결코 야단치지 않고 그냥 놔둡니다.
당신이 그 파괴적인 딸을 몸소 낳으셨기 때문입니다."
(5.872-880)

아레스는 제우스가 자신이 직접 낳은 아테나 여신은 너그럽게 대하면서, 다른 신들에게는 엄격하게 대한다고 주장한다. 아테나가 디오메데스를 통해 이미 아프로디테의 손목을 찔러 상처를 입혔고 자신도 공격하여 상처를 입혔다고 호소한다. 그렇지만 제우스의 태도는 너무나 냉정하다. 오히려 아레스에게 호통을 치

며 꼴 보기 싫다고 화를 낸다.

> "내 옆에 앉아서 불평해 대지 말거라.
> 올륌포스에 사는 모든 신들 중에서 네가 내게는 가장 밉다.
> 넌 항상 불화와 싸움과 전쟁에만 관심이 있으니 말이다.
> 넌 네 어머니 헤라의 억누를 수 없고 굽힐 줄 모르는 성질을 가졌구나.
> 나도 그녀가 내 명령을 따르게 할 수 있을 뿐이다.
> 그녀가 부추겨서 네가 이렇게 고통을 당했구나.
> 그래도 네가 더 이상 고통스러워하는 것을 내버려 둘 수는 없구나.
> 넌 내가 낳았고 네 어머니가 너를 내게 낳아 주었기 때문이다.
> 네가 다른 신의 자식으로 태어나서 잔혹하게 굴었다면,
> 너는 우라노스의 아들들보다 더 낮은 곳에 가 있었을 것이다."
> (5,889-898)

아레스 입장에서 생각해 보면 분명히 억울하기 짝이 없다. 아테나가 의도적으로 접근하여 아레스를 공격하여 상처까지 입혔는데도 제우스가 오히려 자신만 야단을 치는 형국이니 말이다. 제우스의 말을 분석해 보면 이번 사건에 대해 정확하게 판정하여 비난하는 것이라기보다는 그냥 아레스 자체를 미워하는 것이다. 그것도 올륌포스 신들 중에서 가장 미워한다. 물론 미워하는 이유는 있다. 아레스가 "항상 불화와 싸움과 전쟁에만 관심이 있으니 말이다". 말하자면 제우스는 전쟁을 싫어하기 때문에 아레스

가 가장 밉다고 하는 것이다. 아레스 입장에서는 '전쟁'이 자신의 몫이기 때문에 어찌할 수 없는 부분이다. 제우스가 미워하면 미워하는 대로 미움을 받아야 하는 부분이다. 더욱이 제우스는 헤라까지 끌어들여 헤라가 아레스를 부추겨 부상 입게 했다고 역정을 낸다.

그렇지만 제우스는 아레스가 헤라의 아들이면서 자신의 아들이기도 하다는 사실을 잊지 않았다. 그리하여 신들의 의사 파이에온에게 아레스의 치료를 부탁한다(5.900). 헤라클레스의 화살에 맞아 하데스가 고통스러워할 때에도 파이안이 치료해 주었다(5.395). 파이에온은 일반적으로 파이안이라 불리며 '치유자'라는 의미를 가진다. 『일리아스』에서 파이안은 아폴론과 독립적인 존재로 신을 치유하는 의사로 등장한다.[35] 아레스는 인간과 달리 순식간에 치유가 되었다. 인간과 유비적으로 신을 설명하다 보니 신도 상처를 입고 피를 흘린다고 묘사하긴 하지만 신은 완벽한 회복력을 갖는다. 아레스는 상처를 치유한 후 제우스 곁에 앉아 있었다고 하는데, 제우스에게 수모를 받았지만 이를 마음에 두지는 않은 듯하다. 그렇지만 제5권 이후로 아레스는 더 이상 전쟁에 참여하여 혈투를 벌이지 않은 것으로 보인다.

호메로스는 인간의 삶의 방식에서 '오만'hybris을 가장 경계한다. 근본적으로 인간이 자신의 한계를 알지 못하고 지나치게 욕망을 추구할 때 '오만'을 범하게 된다.[36] 『일리아스』에서 전쟁 중에 혁혁한 공을 세운 영웅은 오만에 빠지기 쉽다. 이것은 단지 영웅에 국한되지 않는다. 인간은 누구나 지나치게 행운이 따르면 오만에 빠지기 쉽다. 제5권에서 디오메데스도 아테나 여신에게서 잠시 특별한 능력을 받아 뛰어난 전투 실력을 보이며 신들을 공격한다. 물론 아테나의 요청이 있었다고는 하지만 아폴론으로부터 경고를 받고 물러난 뒤에야 비참한 결과를 피할 수 있었다. 그러나 제16권에서 아킬레우스의 무구를 빌려 입은 파트로클로스는 자신을 아킬레우스로 오인한 트로이군이 두려움에 떨며 도망치자 오만해졌다. 그는 아킬레우스의 당부에도 불구하고 트로이성을 네 번이나 공격하다 결국 아폴론의 공격을 받고 헥토르에 의해 죽게 된다. 심지어 아킬레우스도 스카만드로스강의 신에게 죽을 뻔했고 헥토르의 시신을 훼손하여 신들의 분노를 일으켰지만 바로 신들의 명령에 복종했다. 인간은 누구나 오만해질 수 있고 실수할 수 있지만, 그것을 인식하고 시정해 나가면 불운을 피할 수 있다. 그리스인은 영웅들이 보통 사람보다 훨씬 힘든 고난과 역경을 극복해 나가기 때문에 그만큼 오만에 빠질 가능성이 높다고 생각했다. 실제로 그리스 신화의 영웅들은 탁월한 능력을

호메로스의 일리아스,
     신들의 전쟁과 인간들의 운명을 노래하다

〈디오메데스에게 부상당한 아프로디테, 이리스에 의해 구조되다〉
조제프 마리 비엥, 1775

디오메데스에게 상처 입은 아프로디테는 이리스에게 구조되어 아레스를 만나고, 한낱 인간이
자신을 찔렀다고 하소연한다.

발휘하여 강력한 괴물들을 살해하지만 결국 오만해져서 비참한
최후를 맞이하는 경우가 많다.

Tip   신들을 공격한 인간들

호메로스는 아프로디테 여신이 인간 디오메데스에 의해 공격

당하는 장면을 아주 자세하게 묘사한다. 디오메데스가 아프로디테에게 전쟁터에서 물러나라고 협박하자 바람처럼 날쌘 이리스가 상처를 입은 아프로디테를 데리고 나갔다. 아프로디테는 아레스에게 올림포스로 돌아갈 수 있도록 말을 빌려 달라고 하며, 한낱 인간이 자신을 찔렀다고 호소했다. 아프로디테는 올림포스로 돌아와 어머니 디오네 앞에서 인간에게 공격당했다고 불평했다. 디오네는 신들이 종종 인간들에게 공격당하기도 한다면서 아레스와 헤라, 그리고 하데스 사건을 소개한다(5.385). 아레스는 알로에우스의 두 아들 오토스와 에피알테스에 의해 사슬에 묶인 채 청동 독 안에서 무려 13개월 동안 갇혀 있다가 헤르메스에 의해 겨우 구출되었던 적이 있다.[37] 헤라도 암피트뤼온의 강력한 아들 헤라클레스에게 가슴에 화살을 맞았던 적이 있다. 더욱이 하데스조차 제우스의 아들 헤라클레스에게 어깨에 화살을 맞았던 적이 있다. 신들은 죽을 운명을 타고나지 않았기 때문에 치유할 수 있었지만 고통을 피할 수는 없었다.

Tip   신들의 변신과 활약

　고대 그리스인은 인간이 신을 직접 볼 수 없다고 생각했다. 아킬레우스와 같은 특별한 영웅만 예외적이고, 아니면 디오메데스와 같이 신이 일시적으로 능력을 주었을 때만 가능하다. 일반

호메로스의 일리아스,
신들의 전쟁과 인간들의 운명을 노래하다

적으로 올림포스 신들은 인간에게 직접적으로 나타나기보다 변신해서 모습을 드러낸다. 트로이 전쟁에 참전할 때도 그랬듯이 인간사에 개입할 때 쉽게 해당 인물의 주변 인물로 변신하여 등장한다. 제3권에서 첫째 날 전투에서 메넬라오스에 패배한 파리스가 갑자기 전쟁터에서 사라져 승패를 판정할 수 없는 미묘한 상황이 되자 아테나는 전쟁 재개를 위해 라오도코스의 모습으로 변신하여 판다로스에게 맹약을 깨트리는 화살을 날리게 한다. 제5권에서 아레스는 트라케의 지휘관 아카마스의 모습으로 변신하고, 헤라는 스텐토르의 모습으로 변신해 나타나 트로이군과 그리스군이 용감하게 싸우도록 독려한다. 제13권에서는 제우스가 신들의 개입을 금지했는데도 포세이돈이 그리스 예언자 칼카스의 모습으로 변신하여 나타난다. 제21권에서는 아킬레우스가 다시 참전하여 전투할 때 트로이군이 성문 안으로 들어갈 시간을 벌도록 아폴론이 아게노르로 변신하여 강변 쪽으로 달아나 아킬레우스가 그를 추격하는 장면이 나온다. 제22권에서 아킬레우스와 최후의 결전을 벌일 때 헥토르가 성벽을 돌면서 계속해서 도망만 하니 승부가 나지 않았다. 결국 아테나가 데이포보스로 변신해서 헥토르에게 함께 나가 싸우자고 하자, 용기를 얻은 헥토르는 아킬레우스와 맞대결을 하다가 죽임을 당한다.

5

헥토르의 사랑과 전쟁

1. 헥토르의 트로이성 귀환

〔제6권〕

『일리아스』 제5권에서 신과 인간은 전쟁터에서 함께 뒤엉켜 싸웠다. 아테나 여신이 디오메데스에게 한동안 신을 볼 수 있는 특별한 능력을 주었기 때문에 단지 신은 신끼리 인간은 인간끼리 싸운 것뿐만 아니라 신과 인간의 싸움도 간간이 등장한다. 그 결과 신들은 부상만 당했지만 수많은 인간들이 치명상을 입고 죽어 나갔다. 이제 신들은 인간의 전쟁터를 떠났다. 그러나 아직까지도 첫째 날 전투가 끝나지 않았다. 모두에게 너무나 길고 지루한 하루였다. 신들이 빠져나간 전쟁터에서 트로이인과 그리스인의 혼전이 일어났다. 만약 신들의 개입이 없다면 과연 누가 우세할 것인가? 호메로스는 제6권에서 그리스군이 우세한 편이라는 사실을 보여 준다. 트로이군은 그리스군이 진격해 오자 당황했다. 그리스 진영의 아이아스, 디오메데스, 아가멤논, 메넬라오스 등이 대활약하여 트로이 전사들을 죽음으로 내몰았다.

전쟁 상황을 지켜보던 트로이의 왕자이자 점술가인 헬레노스가 아이네이아스와 헥토르를 찾아와 다음과 같이 충고한다 (6.72). 먼저 트로이군의 사기를 진작시켜 성안으로 돌아가는 것을 저지하고, 다음으로 헥토르만 성안으로 들어가 빛나는 눈의 아테나 신전으로 여인들을 불러 모아 그가 가장 좋아하는 옷을 아테나 신상의 무릎에 올려놓게 한 뒤, 마지막으로 아테나 여신이 아킬레우스 대역으로 활약 중인 디오메데스를 트로이에서 물리쳐 준다면 암송아지 12마리를 제물로 바치겠다고 서약하라. 여기서 헥토르는 헬레노스가 충고한 대로 성실히 따른다.

전세가 밀리는 상황에서 헥토르가 되돌아서서 싸우기 시작하자 우세하던 그리스군은 마치 신이 등장한 것처럼 두려워하며 물러났고 전면전은 소강상태에 빠졌다. 그러자 트로이의 글라우코스와 그리스의 디오메데스가 각자 진영에서 달려 나와 일대일로 대결하기를 원했다(6.119). 이미 아테나 여신의 명령으로 잠시 신들과 싸웠던 디오메데스는 더 이상 신에게 맞서기를 원하지 않았다. 신과 싸운 인간의 최후는 비참했기 때문이다. 그는 디오뉘소스를 박해하다가 눈이 멀게 된 뤼쿠르고스 이야기를 사례로 든다. 디오메데스는 마치 신과 같은 모습을 한 글라우코스에게 어느 가문인지를 묻는다. 글라우코스는 도대체 가문이란 것이 무슨 소용이 있느냐며 모두 덧없다고 이야기한다.

호메로스의 일리아스,
신들의 전쟁과 인간들의 운명을 노래하다

"인간이라는 종족은 나뭇잎과 같다오.

바람은 어떤 잎들은 땅 위에 흩날리게 하지만 봄이 돌아와

숲이 비옥해지면 다른 잎들을 생겨나게 하오. 인간 종족도

이처럼 어떤 세대는 태어나고 다른 세대는 사라진다오."

(6.146-149)

그렇지만 글라우코스는 디오메데스의 질문에 상세히 대답해 준다. 그는 뤼키아 출신이지만 아르고스의 유명한 시쉬포스로부터 나온 벨레로폰테스 가문이라 밝힌다. 그러자 디오메데스는 기뻐하며 자신의 가문이 조상 때부터 글라우코스 집안과 오랜 우정을 쌓았던 집안이라고 말한다. 디오메데스의 할아버지 오이네우스가 벨레로폰테스를 손님으로 맞이하여 20일 동안 대접한 적이 있다. 그때 오이네우스는 자줏빛 찬란한 혁대를 주고, 벨레로폰테스는 황금 잔을 건넸다. 디오메데스는 벨레로폰테스의 선물인 황금 잔을 아직도 잘 보관하고 있다고 말한다. 그러고는 서로 싸우지 말고 우정을 다지자며 선물을 교환한 뒤 대결을 끝낸다. 그런데 이러한 선물 교환은 각자의 전력을 확인하는 기준이 되는데 글라우코스가 잠시 분별력을 잃고 황소 100마리 값어치의 황금 무구를 디오메데스의 황소 9마리 값어치의 청동 무구와 교환하는 어처구니없는 일을 저질렀다. 만약 싸웠다면 글라우코스가 디오메데스에게 패배했으리라는 추측이 가능하다.

헥토르는 글라우코스가 디오메데스와 일대일 대결을 벌이

는 동안 무사히 트로이 성안으로 귀환한다. 스카이아이 성문에서 트로이 전사의 아내들이 몰려와 안부를 묻는데 헥토르는 친절히 그들 모두에게 신에게 기도하라고 말한 뒤 궁전으로 들어간다 (6.237). 헥토르는 성안에서 세 여인을 만나게 된다. 첫째는 어머니 헤카베이고(6.251-285), 둘째는 헬레네이며(6.313-368), 셋째는 아내 안드로마케이다(6.431-434). 그는 먼저 헬레노스의 충고대로 아테나 여신에게 희생 제의를 바치고 디오메데스를 물리쳐 주기를 기도해 달라고 어머니 헤카베에게 부탁한다. 헤카베는 헥토르의 말대로 하였지만 아테나는 들어주지 않았다.

다음으로 헥토르는 파리스를 찾는다. 제3권에서 파리스는 메넬라오스와 대결하다 결정적 순간에 사라져 버렸다. 헥토르는 파리스를 방문하여 트로이 백성들이 전쟁 때문에 죽어 가는 이유가 바로 그 때문인데 당사자는 한가로이 성안에 머물러 있다고 비난한다. 파리스는 비난이 정당하다며, 헬레네의 조언으로 다시 전장으로 돌아갈 준비를 하고 있었다고 답한다. 사실 파리스가 전장에서 사라졌다가 제6권에서 복귀하는 과정은 굉장히 길어 보이지만 모두 전면전 첫째 날에 일어난 일이다. 실제로 파리스가 트로이 성안에 머문 시간은 별로 길지 않다고 보면 된다.

파리스가 급히 무장하는 동안에 헬레네가 헥토르에게 말을 건넨다. 헬레네는 자신을 재앙을 가져온 여인이라 질책하며, 비참한 운명을 지닌 자신과 파리스 때문에 헥토르가 가장 많은 고통을 당하게 되었다고 진심으로 사죄한다. 트로이 전쟁의 발단은

〈파리스를 질책하는 헥토르〉
요한 하인리히 빌헬름 티슈바인, 1786

헥토르는 메넬라오스와 대결하다 사라져 버린 파리스를 찾아 한가로이 성안에 머물러
있느냐며 당장 전장으로 돌아가라고 꾸짖는다.

파리스와 헬레네의 사랑과 도피이다. 그들의 지독한 사랑이 수
많은 사람을 죽음으로 내몰았다. 그러나 『일리아스』에서 헬레네
는 사랑보다는 후회와 비난이 앞서 있는 것처럼 보인다. 제3권에
서 메넬라오스와 대결 중에 패색이 짙은 상태에서 갑자기 트로이
성안으로 들어온 파리스를 질책하였고, 제6권에서도 헥토르에게
파리스의 나약한 성품을 비난하는 말을 흘리고 있다.

2. 헥토르와 안드로마케의 만남과 이별

『일리아스』에서 가장 아름다운 사랑을 보여 주는 사람들은 헥토르와 안드로마케이다. 헥토르는 전장으로 홀로 떠나기보다는 파리스와 함께 가기로 작정하고 잠시 아내 안드로마케를 만나 작별 인사를 하려 한다. 그러나 안드로마케는 전쟁이 치열해지며 트로이군이 수세에 몰리고 있다는 소식에 남편을 걱정하여 미친 듯이 성벽으로 달려간 후였다. 헥토르는 아내를 만나지 못한 채로 다시 전장으로 돌아가기 위해 성문으로 향하고 있었다. 때마침 안드로마케가 헥토르를 보고 달려와 어린 아들과 셋이 함께 만나게 된다. 안드로마케는 남편 헥토르가 전쟁에서 죽을까 걱정하여 눈물을 흘리며 호소한다.

"냉정한 분, 그대의 강력한 힘이 그대를 파멸시킬 겁니다. 그대는 어린 자식과 곧 과부가 될 이 불운한 여인이 불쌍하지 않나요.

곧 아카이아인들이 모두 그대에게 달려들어

그대를 죽일 거예요. 그대를 잃는다면,

땅 밑에 묻혀 버리는 것이 내게 훨씬 나을 거예요.

그대가 운명을 맞이하면 나는 아무런 위안도 없고

고통만이 남을 테니까요."

(6.407-413)

안드로마케는 마치 예언자처럼 헥토르의 죽음에 대해 말한다. 사랑하는 남편이 죽지 않을까 지나치게 염려하는 것처럼 보일 수 있다. 그러나 안드로마케가 죽음에 대해 지나치게 공포를 가지는 데는 이유가 있다. 헥토르의 상대가 될 아킬레우스가 안드로마케의 전 가족을 몰살시켰기 때문이다. 아킬레우스에 의해 자신의 아버지와 어머니, 또 7명의 남자 형제가 살해되었는데 다시 사랑하는 남편 헥토르까지 잃을까 극도로 두려워하는 것이다. 이제 안드로마케에게 남은 가족이란 헥토르와 아들 아스튀아낙스뿐이다. 그래서 지금 전쟁에 나가 헥토르마저 죽는다면 자신도 죽는 편이 낫다고 말한다. 그렇지만 헥토르는 단호히 전장으로 돌아가야 할 이유를 설명한다.

"나도 이 모든 일들이 걱정이 되오, 여인이여.

하지만 트로이인들과 옷을 끄는 트로이의 여인들 앞에서,

내가 겁쟁이처럼 전쟁에서 물러선다면 너무나 수치스러울 것이오.
내 마음도 허락하지 않소. 나는 항상 용감하라고 배웠소.
그래서 트로이인들의 선두에서 싸웠으며,
아버지와 나 자신의 위대한 명성을 얻으려 노력했소."
(6.441-446)

그렇지만 언젠가 트로이가 멸망할 때가 되면 전쟁 포로로 끌려갈 아내 때문에 가슴 아프다고 슬퍼한다. 마지막으로 헥토르는 사랑하는 아들을 다시 한번 안아 보고 이별하려는데, 안드로마케가 더없이 가엾게 느껴져 위로의 말을 건넨다.

"사랑하는 그대여, 나를 위해 너무 상심하지 마오.
아무도 나를 하데스에게 보내지 못할 것이오, 운명이 아니라면.
그런데 내 생각엔 운명이란 악인이든 훌륭한 사람이든
일단 태어났다면 인간들 중 누구도 피하지 못하오.
그러니 이제 집으로 돌아가 베를 짜든 실을 잣든
그대 자신의 일을 하고, 그대의 하인들이 그들의 일을 하도록
명하시오. 전쟁은 남자들의 일로, 일리오스에서 태어난
모든 사람들과 특히 내가 걱정할 일이오."
(6.486-493)

안드로마케는 할 수 없이 헥토르를 보내며 성안으로 돌아가

호메로스의 일리아스,
신들의 전쟁과 인간들의 운명을 노래하다

〈헥토르와 안드로마케의 이별〉
조제프 마리 비엥, 1786

헥토르는 파리스를 찾으러 트로이성으로 잠시 들어왔다가, 전장으로 떠나기 전에
아내 안드로마케와 아들 아스튀아낙스를 만나 작별 인사를 나눈다.

는 동안 자꾸 뒤돌아보면서 하염없이 눈물을 흘렸다. 결국 헥토르와 함께했던 집에 들어서자 모든 식솔과 함께 목을 놓아 통곡했다. 헥토르가 다시 살아 돌아오리라 생각하지 않았기 때문이다. 안드로마케는 전쟁으로 인해 모든 것을 잃고 한없는 불행에 빠지는 여인이다. 트로이 전쟁 중에는 부모와 형제를 모두 잃었을 뿐만 아니라 사랑하는 남편이 죽고 결국 어린 아들까지 빼앗긴다. 트로이 전쟁이 끝난 후 패배한 트로이 왕가의 살아남은 남자들은 모두 살해된다. 그리고 살아남은 트로이의 여인들은 모두 그리스군의 전리품이 되어 노예가 되거나 첩이 된다. 안드로마케는 운명의 장난처럼 자신의 일가족을 몰살시킨 아킬레우스의 아들인 네오프톨레모스에게 전리품으로 넘겨지고 그리스로 끌려가 비극적인 삶을 살게 된다.

호메로스의 일리아스,
신들의 전쟁과 인간들의 운명을 노래하다

3. 헥토르와 아이아스의 결투

〔제7권〕

헥토르는 정말 아름답고 훌륭한 영웅으로 등장한다. 제6권에서 어머니 헤카베는 전쟁에 지친 아들이 잠시나마 쉬기를 바라지만, 헥토르는 조금이라도 전투 의지가 줄어들까 봐 앉지도 않고 신에 바칠 희생 제의를 부탁했다. 또한 전쟁에서 결정적 순간에 빠져나온 동생 파리스에게 충고하고 전쟁 때문에 자책하는 헬레네를 짧은 시간이나마 위로했다. 잠시 집에 들렀지만 아내와 길이 엇갈렸다가 겨우 성문 앞에서 만나자, 아내를 위로하고 바로 전쟁터로 다시 나갔다. 헥토르는 성 밖에서는 적군을 살해하는 무서운 전사이지만 성안에서는 타자를 배려하는 따뜻한 사람으로 나타난다.

한편 제3권에서 메넬라오스와 일대일 대결을 하고 투구째로 끌려가는 치욕을 당하였던 파리스는 다시 무구를 갖추고 전장에 나갈 준비를 한다. 사실 호메로스가 제3권에서 트로이 전쟁의 발단과 관련하여 적절한 대가를 치르게 할 목적으로 펼쳐 낸 파리스와 메넬라오스의 대결은 '궁수'인 파리스에게 일방적으로 불리한 대결이었다. 제6권 마지막 장면에서 다시 무장을 하고 형 헥토르를 따라나서는 파리스는 형이 많이 기다렸을까 걱정하는 영락없는 착한 동생의 모습이다.

헥토르는 다시 전장에 돌아온 파리스에게 너는 누구보다도 용감하기 때문에 아무도 함부로 얕잡아 볼 수 없을 것이라 격려한다. 나아가 트로이인들이 전쟁 때문에 동생을 비난할 때마다 마음이 아프다고 말하며 남다른 애정을 보여 준다(6.520-525). 이 모든 것을 극복하기 위해 최선을 다해 싸우자고 다짐한 뒤, 헥토르와 파리스는 그리스군을 도륙하기 시작한다. 사실 그리스 진영에 비해 트로이 진영에는 유명한 전사가 적은 편이다. 말하자면 헥토르, 파리스, 아이네이아스, 사르페돈, 글라우코스 정도이다. 헥토르와 파리스는 분기탱천하여 군사를 이끌고 적진에 들어가 그리스군을 살육했다(7.1-16).

헥토르와 파리스의 등장으로 그리스군이 무참히 죽어 나가는 것을 보고 '빛나는 눈의' 아테나 여신이 올륌포스에서 뛰어내려왔다. 아폴론도 트로이군의 승리를 위해 아테나를 제지하려 페르가모스에서 달려왔다. 아폴론이 합리적으로 '협상'을 제안하자 아테나도 동의했다(7.29). 협상 내용은 아폴론 자신이 직접 나서서 헥토르가 그리스 진영에 일대일 대결을 제안하도록 하여 전쟁을 일시 중지시키겠다는 것이었다. 그리하여 헥토르가 죽게 되면 그의 무구는 가져가되 시신은 트로이에 돌려줄 것이며, 그의 상대가 죽으면 그의 무구를 아폴론 신전에 걸고 시신을 돌려줄 것이라는 조건을 달았다.

전쟁에서 승리하여 상대방의 무구를 쟁취하는 것은 정당한 방식으로 명예를 얻는 일이다. 하지만 시신을 되찾지 못하면 장례 의식을 치르지 못하여 죽은 자의 영혼이 구천을 떠돌게 된다. 따라서 특별히 시신을 되돌려 달라는 조건을 제시하는 경우도 있다. 나중에 헥토르도 아킬레우스와 대결할 때 혹시 자신이 죽더라도 시신은 트로이에 돌려주라고 부탁한다. 아킬레우스가 헥토르의 시신을 끌고 가 버리자 프리아모스왕은 홀로 적진으로 들어간다. 『일리아스』의 마지막 권 제24권이 헥토르의 시신을 되찾고 장례 의식을 치르는 것으로 끝난다는 사실을 잊지 말아야 한다.

트로이의 헥토르가 실제로 일대일 대결을 제안하자 그리스 진영은 모두 난감해하고 함부로 나서지 않았다. 이때 메넬라오스가 일어나 헥토르와 대결하지 않으면 그리스군에게 치욕이 될 것이라고 말하고는 자신이 출전하겠다며 무장을 했다. 메넬라오스는 성질이 급하고 나서기 좋아하는 인물임이 틀림없다. 아가멤논이 헥토르는 아킬레우스조차 만나기 두려워할 정도로 강력한 전사로 그와 상대가 되지 않는다고 말리지 않았다면, 메넬라오스는 벌써 하데스에 가 있었을 것이다. 네스토르가 그리스 진영의 전사들이 나서지 않는 것을 질책하니 모두 9명의 전사가 지원했다.

아가멤논, 디오메데스, 큰 아이아스, 작은 아이아스, 이도메네우스, 메리오네스, 에우뤼퓔로스, 토아스, 오뒷세우스 등이다. 그리하여 그리스의 관례대로 제비뽑기로 대결자를 결정하는데 다행히 헥토르를 대적할 만한 큰 아이아스가 선발되었다.

아이아스는 누구나 알 만한 탑처럼 생긴 청동 방패를 가지고 있다. 이 탑 방패에 대한 자세한 설명에 주목할 필요가 있다. 쇠가죽을 일곱 겹 두른 다음에 청동을 마지막으로 덧입힌, 몸 전체를 가리는 방패이다. 언뜻 생각해 봐도 엄청난 크기와 무게라서 보통 사람이면 들지도 못할 방패를 갖고 다니는 것이다. 아이아스는 지금 아킬레우스가 전쟁에 참여하지 않고 있지만 그 자신도 충분히 헥토르를 상대할 수 있다고 도발한다. 헥토르는 당시 전쟁에 임하는 전사의 전형적인 방식으로 말을 시작한다.

"제우스의 후손인 텔라몬의 아들 아이아스여, 사람들의 통치자여!
너는 나를 전쟁에 관해 아무것도 알지 못하는
나약한 아이나 여자인 것처럼 시험하려 들지 말아라.
나도 전쟁과 사람 죽이는 것이라면 잘 안다.
오른쪽, 왼쪽으로 말린 쇠가죽 방패를 휘두를 줄 안다.
그것이 내겐 방패를 들고 싸우는 법이다.
나도 날랜 말들을 몰아 전쟁터로 질주하는 법과
치명적인 아레스에 맞춰 춤추는 법도 알고 있다.
그래도 너 같은 사람을 몰래 살피다가 잡으려는 것은 아니다.

호메로스의 일리아스,
신들의 전쟁과 인간들의 운명을 노래하다

난 드러내 놓고 너를 치기를 바란다!"

(7.234-243)

아이아스가 긴 창과 탑 같은 방패를 들고 성큼성큼 들어오자 마치 "거대한 아레스가 싸움터에 들어가는 것"(7.210) 같아 보였다. 호메로스는 트로이인들이 두려워 떨었고 헥토르의 심장이 뛰었다고 전한다.

헥토르와 아이아스의 대결은 총 세 가지 국면으로 구분할 수 있다. 첫 번째 헥토르는 긴 창을 던졌지만 아이아스의 방패를 여섯 겹만 뚫었을 뿐이었고, 아이아스가 던진 창은 헥토르의 방패를 통과하여 가슴받이를 뚫고 옆구리를 스쳐 웃옷을 찢었지만 헥토르는 몸을 틀어 상처를 입지 않았다. 두 번째 헥토르가 다시 창으로 방패를 찔렀으나 마지막 청동을 뚫지 못하고 창끝이 구부러졌다. 반면 아이아스의 창은 방패를 뚫고 지나 헥토르의 목을 스치니 검은 피가 솟아났다. 이것은 헥토르의 죽음을 예시하는 장면으로 알려져 있다. 결국 제22권에서 헥토르는 아킬레우스와의 마지막 대결에서도 창으로 목에 상처를 입고 죽는다(22.324). 세 번째 헥토르는 곁에 있는 들쭉날쭉한 큰 돌을 집어 들어 던지나 아이아스의 방패에 맞아 청동 소리만 요란하게 울리고 말았다. 아이아스가 헥토르보다 더 큰 돌을 빙빙 돌려 힘을 실어 내던지자 돌이 헥토르의 방패를 찢고 들어가 무릎을 내리쳤다. 헥토르는 방패에 밀려 뒤로 벌렁 자빠졌으나 아폴론이 얼른 일으켜 세웠다.

이제 헥토르와 아이아스는 칼로 싸우는 대결을 남겨 놓은 상황이다. 그런데 양 진영에서 전령이 달려 나왔다. 일대일 대결이 정점으로 치닫는데 갑작스럽게 대결이 중단되는 상황이 벌어졌다. 도대체 무엇이 이 중대한 대결을 중단시킬 수 있다는 말인가? 처음에는 전체 흐름을 끊는 이상한 장면이 연출되었다고 생각할 수도 있다. 양 진영에서 전령들이 달려 나와 날이 어두워졌다고 대결을 중단하라고 하기 때문이다. 그들은 "밤이 다가왔으니 밤에 복종"(7.282)해야 한다고 말한다. 고대인은 자연의 질서가 변화하는 것을 신의 의지로 해석했기 때문에 일단 밤이 되면 하던 일을 자연스럽게 멈추었다. 사실 전세가 불리하게 돌아가던 헥토르에게는 너무나 다행스러운 일이 아닐 수 없었다.

헥토르와 아이아스는 헤어지면서 서로 우정의 선물을 교환하는데, 이 장면에 주목할 필요가 있다. 헥토르는 칼과 칼집 및 가죽끈을 선물로 준 반면에, 아이아스는 자줏빛 찬란한 혁대를 선물로 주었다(7.305). 이와 같은 선물 교환으로 우리는 대결의 승패를 다시 한번 확인할 수 있다. 아이아스가 실질적으로 승리한 것은 확실했다. 첫째 날 전투가 끝나고 그리스 진영의 아가멤논은 매우 기뻐하며 잔치를 열었다. 제우스 신에게 황소 1마리를 잡아 희생 제의를 바치고 긴 등심을 명예의 선물로 아이아스에게 주었다.

이제야 첫째 날 전투가 겨우 끝났다. 파리스와 메넬라오스의 대결로 시작하여 헥토르와 아이아스의 대결로 마무리되었다. 사실 첫째 날 전투의 첫 대결과 마지막 대결 모두 트로이 쪽이 확연히 수세에 몰리는 상황이었다. 하루 종일 전투하면서 디오메데스가 신적 능력을 받아 대활약했지만 최고 영예는 헥토르와의 대결에서 승기를 잡았던 아이아스에게 돌아갔다. 양 진영은 전략 회의를 열어 다음번 전투를 대비하고 있다. 그리스 진영에서는 네스토르가 주도적으로 나서 전사자 시신을 수습하여 하나의 무덤을 만들어 묻어 주고, 이것에다 높은 탑들을 신속히 세워 방어막으로 삼아야 한다고 주장한다(7.324-343).

트로이 진영에서는 안테노르가 헬레네를 그리스에 돌려줄 것을 제안하자, 파리스가 절대로 돌려줄 수 없으며 대신 자신의 재물은 얼마든지 줄 수 있다고 주장한다(7.345-364). 프리아모스왕은 파리스를 지지하면서 시신을 화장할 때까지 전투를 중지할 의사가 있는지도 그리스 진영에 타진해 보라고 명령한다. 첫째 날 전투에서 승기를 잡았다고 생각한 그리스 진영에서는 트로이의 제안을 거절한다. 특히 첫째 날 전투에서 대활약한 디오메데스가 나서서 파리스의 재물은 물론이고 헬레네를 돌려준다 해도 받지 말라고 한다. 이제 트로이는 곧 파멸할 것이기 때문이다(7.400-402). 그렇지만 아가멤논은 전사자를 화장하는 데에는 합의했다. 그리하여 양군은 시신을 화장하는 이틀 동안에는 전투하지 않았다.

그리스군은 전사자들을 화장하고 다음 날 새벽녘에 모여 화장한 곳에 커다란 무덤 하나를 만들고 그것을 토대로 삼아 방어벽과 높은 탑들을 세웠다. 더욱이 이 탑들에 튼튼한 문을 달아 전차가 드나들 길까지 내었다. 방어벽에 바짝 붙여 호濠를 넓고 크게 파고 그 안에 말뚝을 박아 놓았다. 적군이 접근하기 어렵도록 깊게 호를 팠을 뿐만 아니라 높이 방어벽을 쌓았다. 그리스군은 엄청난 대공사를 속전속결로 마무리했다. 그런데 일반적으로 이와 같은 대규모 공사를 하면 당연히 신에게 희생 제의를 바치는 것이 관례이다. 그러나 그리스군은 아무런 희생 제의도 바치지 않았고 이에 포세이돈이 분노하여 불만을 터트리자, 제우스가 나중에 그리스군이 귀향할 때 방어벽을 부숴 흔적도 없이 사라지게 하라고 한다.

호메로스의 일리아스,
신들의 전쟁과 인간들의 운명을 노래하다

4. 신들의 회의와 둘째 날 전투

〔제8권〕

첫 번째 전투가 끝나고 제우스는 본격적으로 전투에 개입한다. 사실 첫 전투는 트로이군과 그리스군이 서로 전력이 어느 정도인지를 가늠할 수 있는 역할을 했다. 제8권은 제우스가 신들을 불러 모아 회의를 여는 장면으로 시작한다. 그는 자신이 바라는 일이 빨리 끝날 수 있도록 도와 달라고 한다. 그것은 아마도 제1권에서 테티스가 아킬레우스의 명예를 높여 달라고 했던 간청과 연관된 것으로 보인다. 먼저 제우스는 신들에게 전쟁에 개입하지 말라고 명령한다.

"내 말을 들어라, 너희 모든 남신들과 모든 여신들이여!
난 가슴속에서 마음이 명령하는 것을 말한다.
너희들 중 남신이나 여신이나 누구든 내 말을

거역하지 말고, 모두 즉시 동의하라.

그러면 내가 빨리 이 일들을 끝낼 수 있다.

누구도 신들을 떠나서 트로이인들이나 다나오스인들을

도와주러 가려다가 내게 걸리면

얻어맞아 엉망이 되어 올륌포스로 돌아올 것이고,

아니면 내가 그를 잡아 안개 낀 타르타로스로

멀리 던져 버릴 것이다."

(8.5-14)

제우스는 올륌포스 신들에게 만약 누구든지 전쟁에서 한쪽을 편들다가 눈에 띄는 날이면, 수치스럽게 매를 맞고 돌아오거나, 아니면 타르타로스Tartaros에 내던져질 것이라고 위협한다. 이토록 수위 높은 경고를 하는 것을 보면 확고한 의지를 드러낸다고 볼 수 있다. 더욱이 다른 신들이 잊었을까 자신의 위력을 일깨우는 발언도 덧붙인다. 어느 누구도 자신을 당해 낼 수 없다고 말이다. 하늘에다 밧줄을 달고 모든 신이 다 매달려도 자신을 하늘에서 들판으로 끌어내리지 못할 것이나, 그는 하려고만 한다면 대지와 바다와 함께 모든 신을 끌어올릴 수 있다고 한다. 그 밧줄을 올륌포스 꼭대기에 매어 놓으면 모든 것이 공중에 매달릴 것이라며 말이다(8.19-26). 제우스는 "나는 모든 신들과 모든 인간들을 넘어선다"(8.26)라고 당당하게 선언한다. 그러자 올륌포스 신들은 아무 말도 하지 못했다. 하지만 여기서 아테나는 아버지 제우스

호메로스의 일리아스,
신들의 전쟁과 인간들의 운명을 노래하다

에게 한마디 부탁을 한다. 명령에 따라 전쟁에 참여하지는 않겠지만 그리스군이 전멸하지 않도록 조언을 해도 되겠느냐고. 그러자 제우스는 허락한다(8.31-37). 제5권에서 이미 아레스가 불평했듯이 제우스가 특별히 아테나 여신에게 관대하다는 점은 『일리아스』 전체에 드러난다.

둘째 날 전투는 신속하게 전개되어 제8권에서 시작하고 끝난다. 제9권과 제10권은 둘째 날 전투가 끝나고 밤에 일어난 일을 기록한 것이다. 제우스가 신들의 편싸움을 중지시킨 후 인간들 간 전투가 치러지는데, 처음부터 헥토르와 트로이군이 승승장구한다. 제우스도 황금 저울로 양군의 죽음의 운명을 재는데 트로이군의 저울이 하늘로 올라가고 그리스군의 저울이 땅 쪽으로 내려갔다(8.68-74). 트로이군의 승리가 예상되었다. 제우스는 다른 신들에게 전쟁에 개입하지 말라고 명령해 놓고 그 자신은 예외적으로 행동하고 있다. 그가 이데산에서 천둥을 치고 그리스 진영에 불타는 섬광을 날려 보내니 그리스군들이 두려움으로 시퍼렇게 질려 버렸다. 둘째 날에 파리스는 칼이 아닌 활로 큰 활약을 보인다. 파리스는 네스토르를 향해 활을 쏘아 그의 말들을 쓰러뜨린다. 네스토르가 죽을 위기에 처하자 디오메데스가 네스토르를 자신의 전차에 태워 구하고는 헥토르를 향해 달려가 창을 던진다. 그러나 창은 헥토르의 마부를 맞힌다. 디오메데스가 정면으로 싸울까 고민하는 동안 제우스는 이데산에서 세 번이나 천둥을 쳤고, 네스토르는 디오메데스를 설득하여 후퇴하게 된다.

그러나 제우스가 트로이군 편만 들고 있는 것은 아니다. 트로이에 밀려 패주하던 그리스군이 호 안쪽에 갇히자 아가멤논은 부하들을 격려하고 제우스에게 눈물을 흘리며 기도를 드린다. 그러자 제우스가 아가멤논을 불쌍히 여겨 구원해 줄 것을 약속하고, 새끼 사슴을 잡고 있던 독수리를 보내 제단에다 떨어뜨린다. 그리스군의 영웅들은 제우스의 전조를 보고 다시 반격을 시작하여 트로이인들을 죽음으로 몰아넣었다. 그렇지만 잠시뿐이었고 다시 제우스가 용기를 북돋우니 트로이군이 재공격을 하여 그리스군을 함선까지 밀어붙였다. 그리스인들이 함선 옆에서 두 손을 높이 올려 큰 소리로 기도하니 헤라 여신이 가엾게 여겼다. 그녀는 아테나 여신에게 헥토르 때문에 그리스인이 전멸하겠다고 말하며 함께 출전하자고 한다. 아테나 여신도 자신이 제우스의 부탁으로 헤라클레스를 얼마나 많이 도와주었는데, 이제 테티스 여신의 간청을 들어주기 위해 전쟁에 참여하지 못하게 한다고 불평한다.

헤라와 아테나가 올림포스에서 출발하려는 상황을 본 제우스는 이리스 여신을 보내 당장 되돌아가지 않으면 날벼락을 맞을 것이라고 협박한다. 제우스는 헤라가 늘 자신의 일을 망치려고 한다고 투덜대지만, 실제로 헤라는 물러설 줄도 아는 지혜를 가졌다. 그리하여 헤라는 잠시 분노를 가라앉히고 아테나에게 말한다.

호메로스의 일리아스,
신들의 전쟁과 인간들의 운명을 노래하다

"아! 아이기스를 가진 제우스의 자식이여, 난 더 이상

우리가 인간들 때문에 제우스와 싸우길 바라지 않소.

그들이 운에 따라 어떤 자는 죽고 어떤 자는 살도록 합시다.

제우스도 마음속으로 깊이 생각하여 트로이인들과

다나오스인들 가운데 적절하게 판단하게 합시다."

(8.427-431)

그렇지만 헤라가 마음속으로 완전히 포기하였던 것은 아니었
다. 제우스가 트로이의 이데산에서 올림포스로 돌아왔지만 헤라
와 아테나는 멀리 떨어져 아무 말도 하지 않고 앉아 있었다. 제우
스가 만약 그들이 명령을 어기고 출전했다면 벼락을 쳤을 것이라
고 말하자, 헤라와 아테나는 연신 투덜거렸다. 여기서 제우스는
자신의 본심을 여과 없이 드러낸다. 바로 아킬레우스가 다시 전
쟁에 참여할 때까지 헥토르를 통해 그리스군을 계속 밀어붙일 것
이라고 말이다. 다행히 둘째 날이 저물고 어둠이 밀려들자 전쟁
은 중단되었다. 첫째 날 그리스군이 승리를 자축했듯이 둘째 날
은 트로이군이 승리를 자축했다. 하지만 경계를 풀지 않기 위해
불을 피우고 파수를 보며 새벽을 기다렸다.

제6권에서 안드로마케는 불안한 눈빛으로 헥토르를 보면서 그가 죽게 되면 일어날 일들을 언급하고, 자신도 차라리 죽는 것이 낫다고 말한다. 헥토르도 트로이가 멸망하게 되면 안드로마케는 포로로 끌려가 노예 생활을 하며 비웃음의 대상이 될 것이라 예견한다. 안드로마케는 가부장제의 전형적인 아내로 등장한다. 그녀는 남편 헥토르의 부탁대로 자신이 맡은 바 소임을 다하려고 노력했다. 헥토르가 죽는 순간에도 길쌈을 하고 있었던 것으로 나온다. 그렇지만 트로이가 멸망한 후에 안드로마케는 아킬레우

〈포로가 된 안드로마케〉
프레더릭 레이턴, 1888

정중앙에 얼굴을 제외하고 모든 곳을 가린 사람이 안드로마케이다. 트로이가 멸망한 후 트로이 여인들은 희생 제물로 바쳐지거나 적군의 첩이나 노예로 끌려갔다.

스의 아들 네오프톨레모스에게 첩으로 주어졌고 그리스에 와서 자식들을 낳고 살게 된다. 이후 메넬라오스와 헬레네의 딸 헤시오네가 네오프톨레모스와 결혼하자 아가멤논의 아들 오레스테스가 네오프톨레모스를 델포이에서 살해했다. 그래서 트로이가 멸망했을 때 함께 그리스로 왔던 프리아모스왕의 아들이자 예언자였던 헬레노스가 안드로마케를 돌보아 주었다고 한다.

Tip　　　　　　　　　　　트로이 전쟁의 대결 구도와 전투 방식

　호메로스는 트로이 전쟁에서 전투하는 방식을 상당히 일관되게 묘사한다. 첫째 날 전투가 제3권에서 제7권까지 계속된다. 전투의 시작은 일대일 대결로 시작한다. 제3권에서 특이하게 일대일 대결이 두 번이나 등장한다. 첫 번째는 전면전을 시작하기 전 파리스와 메넬라오스의 일대일 대결이고, 두 번째는 전면전을 한 후 다시 헥토르와 아이아스가 일대일 대결을 하면서 끝난다. 일반적으로 일대일 대결에서 무기를 창-칼-돌 등의 순서로 사용하지만 경우에 따라 특정 무기가 생략되기도 한다. 파리스와 메넬라오스의 대결에서는 창과 칼의 순서로 사용했지만 돌까지는 사용하지 않았다. 헥토르와 아이아스의 대결에서는 창과 돌의 순서로 사용하고 칼을 사용하지 않았다.

그리스 신화에서 타르타로스는 지하 세계보다 훨씬 깊은 곳에 있으며 영원한 형벌을 받는 곳으로 알려져 있다.[38] 호메로스는 『일리아스』 제8권에서 타르타로스는 "대지 아래 있는 가장 깊은 심연으로 문은 무쇠로 되어 있고 문턱은 청동으로 되어 있으며 대지가 하늘에서 떨어져 있는 만큼 하데스에서도 더 내려간 곳"(8.13-16)이라고 한다. 헤시오도스는 『신들의 계보』에서 최초의 신들을 말하면서 카오스, 가이아, 타르타로스, 에로스를 차례로 언급한다(116-119). 모든 사람은 죽으면 하데스로 간다. 그러나 인간의 한계를 넘어서려 했거나 신들에게 도전한 인간들은 타르타로스로 간다고 말한다. 타르타로스에 있는 대표적 인간으로는 시쉬포스, 탄탈로스, 티튀오스, 다나오스의 딸들 등이 있다. 신들 가운데에는 올림포스 신들과 전쟁을 벌였던 티탄족 신들이 타르타로스에 갇혀 있다고 전해진다.[39]

6

아가멤논의 사절단

1. 아가멤논의 보상금과 사절단 구성

〔제9권〕

제우스가 전투 둘째 날에 신들이 전쟁에 개입하는 것을 금지하고 트로이군의 사기를 진작시키자 그리스군은 함선까지 밀려났지만, 운 좋게도 어둠이 몰려와 전투가 끝났다. 그리스군은 무서운 공포에 사로잡혔고 장수들은 모두 참을 수 없는 슬픔에 잠겼다. 아가멤논은 트로이군에게 대패하여 마음에 상처를 입고 크게 슬퍼했다. 그는 작전 회의를 소집하여 제우스를 원망하면서 지난날 승리를 약속해 놓고 이제 아무런 명예도 없이 아르고스로 돌아가라 한다고 불평한다. 이미 제2권에서 군사 작전을 펴기 전에 아가멤논은 그리스군의 사기를 확인해 보기 위해 귀향하자고 권고했던 때가 있었다. 당시 오뒷세우스의 활약이 아니었다면 아마 대혼돈 상태에 빠졌을 것이다. 그러나 이번에 아가멤논은 완전히 자신감을 잃고 진심으로 그리스군에게 귀향할 것을 제의한다. 그러자 이번에는 디오메데스가 나서서 아가멤논을 비판한다. 제우스가 아가멤논에게 왕홀을 주어 누구보다도 존경받게 하였지만 투지는 주지 않았다는 것이다. 누구든지 귀향하고 싶으면 가도 되지만 자신은 일리오스를 함락시킬 때까지 끝까지 싸울 것이라고 선언한다(9.29-49).

이러한 상황에서 네스토르는 아가멤논에게 원로들에게 잔치를 베풀고 가장 훌륭한 계책을 찾도록 충고한다(9.52). 네스토르가 생각하는 최선의 방법은 '아킬레우스를 다시 설득하는 일'이다. 네스토르는 아가멤논을 질책하면서 아킬레우스의 명예를 최대한 올려 준다. 그는 아가멤논이 브리세이스를 빼앗을 때 진심으로 말렸지만 "아가멤논이 오만한 마음에 사로잡혀 불멸하는 신들이 존중하는 가장 고귀한 자를 모욕"(9.109-110)했으니 설득할 방도를 찾아보자고 제안한다. 이제 아가멤논은 네스토르의 제안을 듣고 아킬레우스와 다툰 일을 후회하면서 "그대는 내 어리석음ate을 거짓 없이 있는 그대로 지적해 주었소. 내가 어리석었던 것을 부인하지 않겠소"라고 말한다. 아가멤논은 예상치도 못했던 엄청난 선물을 제안하는데, 이는 자신의 어리석음, 즉 '미망'을 분명히 인정하고 책임지려는 태도로 보인다.[40]

아가멤논은 스스로 잘못을 인정한 만큼 아킬레우스를 설득할 만한 선물을 제시했을 것이다. 먼저 세발솥 7개, 가마솥 20개, 황금 10탈란톤, 말 12필 등 수많은 전리품과 브리세이스를 포함한 7명의 여인을 주겠다고 말한다. 다음으로 트로이 함락 후엔 배에 온갖 황금과 청동을 가득 싣게 해 줄 것이며, 헬레네 다음으로 가장 아름다운 트로이 여인 20명을 골라 데려가게 할 것이라고 약속한다. 마지막으로 아킬레우스를 자신의 세 딸 중 하나와 결혼시켜 사위로 삼고 아들 오레스테스와 동등하게 대우할 것이며, 구혼 선물은 받지 않고 오히려 이제까지 누구도 받은 적 없는 최고의 지참금과 나아가 그리스의 번화한 7개의 도시를 넘겨줄 것이라고 말한다(9.121-156). 아가멤논이 제시한 선물은 누구도 예상치 못한 규모이다. 단 1명의 전리품이 이제 수백 배가 되는 막대한 보상금으로 변화했다.

그렇지만 아가멤논은 마지막에 단서를 하나 단다. 아킬레우스가 분노를 거두고 양보해야 한다는 것이다.

> "그를 복종하게 하시오. 하데스는 굽히지도 않고 꺾이지도 않소.
> 그래서 모든 신들 중에 인간들에게 가장 미움받지요.
> 그가 내게 자신을 낮추게 하세요. 내가 더 왕 같으며,
> 내가 훨씬 나은 조상을 가졌으니 말이오."
> (9.158-161)

아가멤논은 엄청난 규모의 보상금을 제안하지만 여전히 아킬레우스에게 자존심을 내세우고 있다. 사실 호메로스의 텍스트를 읽어 보면 이번 전투에서 누가 승리할지, 혹은 과연 협상이 타결될지는 상당 부분 예상 가능하다. 아가멤논은 비록 자신의 잘못

을 인정하면서 막대한 보상금을 제시하지만, 여전히 진정으로 사죄하려는 뜻은 부족해 보인다. 그러나 그리스 동맹군의 안위가 문제였던 네스토르는 아가멤논의 증오심을 괘념치 않았다. 그는 아가멤논의 보상금 내역을 듣고 당장 아킬레우스에게 보낼 사절단을 구성하여 파견하자고 주장한다. 아가멤논의 사절단에 선발된 대표자들은 오뒷세우스와 포이닉스, 그리고 큰 아이아스 등이다. 네스토르가 그리스군에서 특히 이 세 사람을 선발한 기준이 무엇인가에 대해서는 다양한 해석이 있다.[41]

우선 오뒷세우스는 그리스군의 책사로 아킬레우스와 개인적 친분은 있지만 혈연관계는 아니다. 아킬레우스가 트로이 전쟁에 참여한 계기는 오뒷세우스 때문이다(11.777).[42] 다음으로 포이닉스도 아킬레우스와 직접적 혈연관계는 아니지만 양아버지라 할 수 있을 만큼 정신적으로 가장 가까운 인물이다. 마지막으로 아이아스는 사촌으로 아킬레우스의 아버지 펠레우스의 남자 형제 텔라몬의 아들이다. 이미 트로이의 강력한 전사 헥토르와 견줄 만한 그리스군의 전사로 인정받는 인물로 체격 자체도 남다르다. 네스토르는 사절단 중에서 특별히 오뒷세우스에게 아킬레우스를 잘 설득해 달라고 부탁했다. 셋 중에서 가장 언변이 뛰어난 인물은 단연 오뒷세우스이다. 그렇기 때문에 사절단의 공식 목표를 가장 잘 수행할 것이라고 네스토르가 믿었을 가능성이 높다. 물론 설득은 단순히 생각이나 말을 잘한다고 가능한 것은 아니다. 호메로스는 아가멤논 사절단을 통해 사람을 설득하는 일이 매우

호메로스의 일리아스,
신들의 전쟁과 인간들의 운명을 노래하다

복잡한 역학 관계 속에서 이루어진다는 것을 보여 준다. 사절단의 구성원들은 각각 독자적 방식으로 아킬레우스를 설득한다. 아가멤논 사절단의 주요 역할을 다음에서 살펴보자.

2. 오뒷세우스의 설득과 아킬레우스의 답변

아킬레우스는 아가멤논의 사절단이 방문하자 사절단이 아닌 친구로서 기쁘게 맞아들인다(9.193-198). 그리스인 중 누구보다도 좋아하는 사람들이라고 말하면서 환영하는 장면이 나온다. 함께 신에게 간단한 제의를 바치고 식사를 즐긴 후에 오뒷세우스는 조심스럽게 이야기를 꺼낸다. 아킬레우스의 분노가 얼마나 큰지 잘 알고 있었기 때문에 아가멤논의 증오심을 감추고 대화를 전개한다. 그는 네스토르와 달리 아가멤논의 선물이 아킬레우스의 분노를 진정시키는 데 중대한 역할을 하리라 생각하지 않는 것처럼 보인다. 설득의 마지막 순간에 선물을 소개하면서 부차적으로 활용할 뿐이다. 그렇지만 오뒷세우스는 아킬레우스의 연민을 불러일으키는 마무리는 잊지 않았다. 그의 설득 방법은 매우 격식 있고 계획된 의도에 따라 적절한 순서로 구성되어 있다.

호메로스의 일리아스,
신들의 전쟁과 인간들의 운명을 노래하다

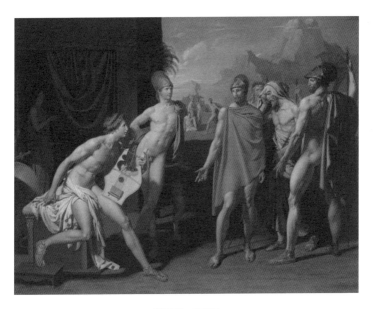

〈아가멤논 사절단〉

장 오귀스트 도미니크 앵그르, 1801

아킬레우스가 오뒷세우스와 포이닉스, 아이아스로 구성된 아가멤논의 사절단을 맞이하고 있다.

첫째, 현재 그리스군의 목숨이 경각에 달린 위급한 상황을 알리면서 아킬레우스의 전우애에 호소한다. 트로이군은 지금 그리스군 함선들과 방벽 바로 옆에 진을 치고 불을 피우고 있다. 특히 헥토르가 제우스를 믿고 미쳐 날뛰고 새벽이 되기만을 기다리고 있으니 금세 밀려들 것이다. 그래서 오뒷세우스 자신은 그리스군이 모두 머나먼 타향인 트로이 땅에서 죽을 운명이 아닌가 두려움에 떨고 있다고 말한다.

"나는 마음 깊이 아주 두렵다오. 신들께서 그의 위협들을
모두 이루어 주시어 우리가 말을 먹이는 아르고스에서 멀리
떨어진 이곳 트로이 땅에서 죽을 운명이 아닌가 하고 말이오.
그러니, 일어서시오! 만약 그대가 지친 아카이아인들의 아들들을
비록 늦게나마 트로이인들의 공격에서 구할 생각이 있다면 말이오."
(9.244-248)

아킬레우스가 분노를 거두고 더 늦기 전에 그리스군에게 닥
칠 재앙을 물리칠 방도를 강구해 달라고 부탁하는 것이다.

둘째, 아킬레우스가 트로이 전쟁에 참가하러 가던 날 아버지
펠레우스가 당부했던 말을 상기시키며, 오만을 버리고 말다툼을
피하라고 설득한다.

"내 아들아! 아테나와 헤라께서 마음만 있다면
네게 힘을 내려 주실 것이다. 그러나 너는 거만한 마음을 가슴속에서
억누르도록 하라. 상냥한 마음씨가 더 나은 법이니까.
그리고 재앙을 꾀하는 말다툼을 피하도록 하라. 그러면
아르고스인들이 노소 불문하고 너를 더욱 존중하게 되리라."
(9.254-258)

호메로스의 일리아스,
신들의 전쟁과 인간들의 운명을 노래하다

오뒷세우스는 먼저 아킬레우스의 명예를 드높이는 전략으로 시작한다. 그는 아킬레우스를 '제우스의 양자'라고 부르며 최고 영웅으로 대접한다. 아가멤논을 향한 분노를 잘 알았기 때문에, 처음에는 아가멤논에 대한 언급을 일절 하지 않는다. 아킬레우스는 아가멤논에게 자신의 명예의 선물을 빼앗기는 치욕을 당했다. 이성적이고 합리적인 사유를 하는 영웅이기 때문에 초인적 의지를 발휘하여 '신적인 분노'를 참아 냈지만 분노가 완전히 사라진 것은 아니다.

아킬레우스는 아가멤논에 의해 부당하게 모욕을 당했고, 복수하고자 하는 욕망을 가졌다. 그러나 그것은 아가멤논과 함께하는 그리스군에게 피해가 가는 일이기도 하다. 나아가 오뒷세우스는 아킬레우스의 마음에 '연민'과 '동정'을 불러일으키기 위해 아킬레우스가 전쟁에 참여하지 않는 동안 그리스군이 얼마나 많은 피해를 입었는지를 설명한다. 그리스군은 둘째 날 전투에서 참패하였는데 날이 저물어 전쟁이 중단되지 않았더라면 파국에 이를 수도 있었다. 특히 트로이 적장 헥토르가 미쳐 날뛰니 다시 새벽이 오면 그리스 함선이 불태워지고 그리스군은 몰살될 수도 있는 상황이었다. 이에 더해 오뒷세우스 자신도 전쟁에서 대패하여 트로이 땅에서 죽을까 봐 두렵다는 말로 아킬레우스의 연민을 자극했다. 오뒷세우스가 실제로 죽음의 두려움에 휩싸였는지는 분명히 알 수 없지만 그 자신이 두려워할 만큼 사태가 심각하다는 점은 전달되었을 것이다.

셋째, 오뒷세우스는 아가멤논이 퍼붓는 엄청난 선물을 상세히 보고해 아킬레우스의 명예 회복에 만전을 기하는 한편, 그리스군에 대한 연민을 불러일으키기 위한 노력도 병행했다. "만일 아트레우스의 아들 자신과 그의 선물들이 그대의 마음에 너무나 밉다 하더라도, 그대는 남은 아카이아인들을 불쌍히 여기시오. 그들은 이미 지칠 대로 지쳤소. 그들은 그대를 신처럼 받들 것이오. 그들 앞에서 그대가 큰 영광을 차지하게 되기 때문이라오"(9.300-303)라고 말한 것이다. 마지막으로 지금 헥토르가 어리석은 광기에 사로잡혀 바싹 다가오고 있으니, 아킬레우스가 출전한다면 쉽게 그를 죽일 수 있을 것이라며 전의를 북돋웠다. 아킬레우스가 가장 큰 명예를 얻을 중대한 기회가 오리라는 것이다.

그러나 아킬레우스는 오뒷세우스에게 자신이 얼마나 아가멤논을 증오하는지를 명확하게 밝힌다. 아가멤논은 사절단을 보내 아킬레우스에게 엄청난 보상금을 제안하면서도 여전히 아킬레우스를 얼마나 증오하는지를 '하데스'에 비유해 설명한 바가 있다. "하데스는 굽히지도 않고 꺾이지도 않소"(9.158)라고 말이다. 그런데 아킬레우스 또한 아가멤논을 일컬을 때 '하데스의 문'만큼이나 밉다고 말한다. 아가멤논과 아킬레우스 두 사람 다 서로를 죽을 만큼 싫어한다는 점을 하데스에 비유한 것이다. 둘 다 진정으로 화해할 마음의 준비는 전혀 되어 있지 않았던 것이다.

아킬레우스는 아가멤논이 더 이상 넘어서면 안 되는 한계를 넘어선 것으로 판단한다. 자신의 여인을 빼앗은 것은 파렴치한

호메로스의 일리아스, 신들의 전쟁과 인간들의 운명을 노래하다

행동이라며 아가멤논의 탐욕을 강하게 비판한다. 아킬레우스는 아가멤논이 크뤼세이스를 돌려보내는 대신에 브리세이스를 데려 갔을 때 아무 말도 하지 않았다. 이미 분노가 폭발한 상태에서 아테나의 도움으로 겨우 진정시키고 마음속으로 분을 삭이고 있었기 때문이다. 그는 제1권에서는 단지 명예의 선물로만 평가했던 브리세이스에 대해 제9권에서는 특별한 감정을 표현한다.

여기서 아킬레우스는 처음으로 브리세이스를 자신이 '진심으로 사랑하는 여인'이라고 말한다. 아가멤논은 이미 브리세이스가 아킬레우스에게 어떤 존재인지 알면서도, 수많은 전리품 중에 특별히 브리세이스를 선택하여 강탈해 갔다. 아킬레우스는 "아트레우스의 아들들만이 아내를 사랑한단 말이오?"라는 말을 통해 메넬라오스가 파리스와 떠난 헬레네를 찾기 위해 아가멤논과 함께 트로이 전쟁을 일으킨 사실을 상기시킨다.[43] 그런데도 아가멤논이 트로이에서 아킬레우스의 아내 역할을 했던 브리세이스를 부당하게 빼앗아 가는 파렴치한 짓을 저질렀다는 것은 모순이다. 그래서 아킬레우스는 단번에 아가멤논의 모든 제안을 거절한다 (9.378).

아킬레우스의 주장을 분석하면 다음과 같다. 첫째, '재물'과 관련하여 아가멤논이 모든 재산의 열 배 스무 배를 준다 해도, 아니 상상할 수 없을 만큼 많은 재물을 준다 해도 절대로 받지 않을 것이다. 둘째, '여인'과 관련하여 아가멤논의 딸이 아무리 아프로디테에 버금가는 미모를 가졌다 하더라도, 또 아테나에 버금가는 솜씨를 가졌다 하더라도 절대로 아내로 삼지 않을 것이다. 셋째, '죽음'과 관련하여 이 세상 그 무엇도 목숨보다 소중한 것은 없으며 한번 떠나면 돌이킬 수가 없다. 아킬레우스는 자신의 운명에 관한 예언에 대해 다음과 같은 이야기를 들려준다.

> "나의 어머니 은빛 발의 여신 테티스께서 나에게 말하오.
> 두 죽음의 정령들이 나와 함께 죽음의 종말로 갈 것이라고.
> 만약 내가 여기 머물러 트로이인들의 도시를 둘러싸고 싸운다면
> 내 귀향길은 무너질 것이지만 불멸의 영광을 얻을 것이오.
> 만약 내가 나의 사랑하는 고향으로 돌아간다면
> 나의 훌륭한 명성은 사라지지만 나의 생명은 길어지게 될 것이고
> 죽음의 종말은 빨리 나를 찾지 못할 것이오."
>
> (9.410-416)

여기서 아킬레우스는 아가멤논에 대한 분노가 없었다면 결코 선택하지 않았을 운명을 선택하겠다고 주장한다. 바로 고향으로 돌아가는 것이다. 아킬레우스의 운명은 선언적 형태로 제시된다. 만약 그가 다시 전쟁에 참여하여 트로이와 싸운다면 불멸의 영광을 얻겠지만, 만약 전쟁에 참여하지 않고 귀향nostos한다면 명성kleos은 사라질지라도 목숨은 길어져서 죽음이 서둘러 찾아오지 않을 것이다. 어떠한 재물도 자신의 목숨을 보상할 수 없다. 아킬레우스는 아폴론 성역에 쌓인 "어떠한 보물도 결코 목숨만큼 소

중하다고 여기지 않기 때문"(9.404-405)이라고 말한다. 그리고 다른 영웅들에게도 함께 귀향하자고 말한다. 아킬레우스가 전형적인 영웅이면서도 극단적인 현실 논리로 치닫는 것은 분노가 전혀 수그러들지 않았다는 증거이다. 아킬레우스가 극단적 선택까지 고려한다는 것을 알자, 아가멤논의 제안으로 약간은 고무되었던 사절단은 절망적 상태에 빠지게 되었다.

3. 포이닉스의 설득과 아킬레우스의 답변

　　오뒷세우스의 공식 연설은 그 자체로는 매우 훌륭하게 구성
되었다. 그럼에도 불구하고 예상과 달리 실패로 돌아가자 사절단
은 매우 당황하게 된다. 아직 아킬레우스는 분노에서 헤어나지
못했던 것이다. 일단 극단적 상황으로 치닫는 것을 가까스로 참
아 내긴 했지만 여전히 치를 떨고 있었다. 그래서 오뒷세우스의
연설이 전혀 먹혀들지 않았다. 아킬레우스가 분노하는 감정의 정
확한 수위를 잘못 진단한 것이다. 우리의 예상보다 아킬레우스의
분노는 훨씬 깊었다. 오뒷세우스 다음으로 설득에 나선 포이닉
스는 다른 방법을 써야 했다. 그것은 이성보다는 전적으로 감정
pathos에 호소하는 방식이다. 포이닉스는 분노의 감정을 완화하기
위해 '사랑'의 감정을 통해 마음을 비집고 들어간 것으로 보인다.
　　포이닉스의 연설은 공적 차원이 아닌 사적 차원에서 이루어

호메로스의 일리아스,
신들의 전쟁과 인간들의 운명을 노래하다

진다. 오뒷세우스 연설에서와 같이 타자의 인정이나 타자에 대한 공적 의무와 책임을 강조하기보다는 아킬레우스 자신의 감정 자체를 직접적으로 공략한다. 포이닉스는 자신의 가족사를 장황하게 설명하면서 아버지에게 저주받아 자식이 없는 처지를 눈물로 호소한다. 그리하여 어릴 적부터 자신이 아킬레우스를 친자식처럼 얼마나 사랑했는지를 인정하게 한다. 그는 너무 무자비한 마음을 갖지 말라고 하며 적절한 명예를 얻어야 한다고 주장한다. 신도 인간이 용서를 청하면 마음을 바꾸는데 인간도 다른 사람이 용서를 청할 때는 무자비하게 거절하면 안 된다고 설득한다. 미망의 여신과 사죄의 여신을 사례로 들면서, 인간이 미망에 사로잡혀 어리석은 짓을 하면 사죄의 여신이 뒤따라 다니며 용서를 구하는데, 이를 거부하면 다시 미망의 여신이 다가갈 것이라 경고한다.

"사죄의 여신들은 위대한 제우스의 딸들로
절룩대며 주름지고 사팔눈이어서
미망의 여신의 뒤를 쫓아다니며 그들의 일을 한다오.
하지만 미망의 여신은 강력하고 발이 빨라서 사죄의 여신들을
훨씬 앞질러 온 대지를 다니며 인간들에게 피해를 입히죠.
그러면 사죄의 여신들이 치유하기 위해 뒤따라가지요."

(9.502-507)

사죄의 여신이 절룩댄다는 것은 어떤 사죄도 항상 느리다는 것을 보여 주고, 주름진 것은 나이가 많고 늙어서까지도 사죄한다는 뜻이며, 사팔뜨기라는 것은 눈을 똑바로 쳐다보지 못하고 시선을 피하느라 얻게 된 별칭으로 보인다. 사죄의 여신은 아름다움과는 거리가 멀지만 미망의 여신을 뒤따라 다니는 임무를 가졌다. 한편 미망의 여신이 힘이 세고 걸음이 빠르다는 것은 미망에 빠진 사람은 성급하게 행동을 하여 예상치 못한 엄청난 피해를 자초한다는 것을 의미한다.

포이닉스는 지금까지 아킬레우스의 분노가 정당했을지라도, 상대가 사죄한다면 받아들여야 한다고 주장한다. 그러지 않으면 미망의 여신이 오히려 사죄를 받아들이지 않은 인간에게 다가와 엄청난 피해를 입힐 수 있다. 제9권에서 결국 아킬레우스는 아가멤논의 사죄를 받아들이지 않았다. 그는 미망에 사로잡혀 전쟁에 참여하지 않고 자신이 사랑하는 파트로클로스를 자기 대신 전쟁터로 보냈다가 이루 말로 다할 수 없는 슬픔과 불행을 당한다.[44]

아킬레우스는 포이닉스에게 아무런 대답도 하지 않고 짐짓 강경하게 대처하는 듯이 보이지만 분명히 흔들리기 시작했다. 오뒷세우스에게 당장이라도 트로이를 떠날 것처럼 말했지만 배를 타고 고향으로 돌아가기 위해 준비하는 내용은 어디에도 없다.[45] 사실 처음부터 귀향할 마음이 전혀 없으면서도 분노로 인해 마음에 없는 말을 했을 수 있다. 마지막에 아킬레우스는 포이닉스에게 분명히 "내일 날이 밝으면 고향으로 돌아갈지, 아니면 머물지를 결정합시다"(9.619)라며 한발 물러선 말을 한다. 아킬레우스의 파토스를 직접 공략하여 설득하려는 포이닉스의 시도가 어느 정도 효과를 거두었다고 볼 수 있다.[46]

4. 아이아스의 설득과 아킬레우스의 답변

아가멤논 사절단에서 마지막 연설은 아이아스의 몫이었다. 오 뒷세우스와 포이닉스가 아직 설득에 성공하지 못한 것처럼 보이 는 상황에서 아이아스의 역할은 더욱 중요해진다. 따라서 그가 아킬레우스를 어떻게 설득할 것인지에 관심이 쏠리는 것은 당연 하다. 그런데 아이아스는 도무지 설득할 생각이 없는 사람인 것 처럼 보인다. 그는 자신의 역할을 잊어버린 듯, 오히려 역정을 내 며 오뒷세우스에게 돌아가자고 한다. 아무래도 설득은 불가능한 듯하니 가능한 한 빨리 소식을 전하고 대책을 강구해야 하지 않 겠느냐는 것이다. 아이아스는 오뒷세우스와 포이닉스가 아킬레 우스를 설득하는 데 실패했다고 생각했기 때문인지, 설득하려는 시도조차 하지 않는 것처럼 보인다.

호메로스의 일리아스,
신들의 전쟁과 인간들의 운명을 노래하다

"고집불통이군, 우리 전우들이 함선들 옆에서

다른 누구보다도 그에게 보여 준 우정에도 돌아서지 않다니.

어떤 사람은 자기 형제나 자기 자식을 죽인

사람에게서도 보상금을 받지요.

살인자도 엄청난 보상금을 치르고 자기 고향에 머무르고

친족은 보상금을 받고 마음과 완강한 분노를 누그러뜨리죠.

그러나 신들이 당신 가슴속에 단 한 명의 소녀 때문에 냉혹하고

악의적인 분노를 넣었군요. 그렇지만 이제 우리는

가장 뛰어난 여인 일곱 명과 그 외 다른 것을 많이 주려 합니다.

당신은 자비로운 마음을 가지세요. 당신 자신의 집을 존중하세요.

우리는 다나오스인들을 대표하여 당신의 집을

방문한 손님이며, 모든 아카이아인 가운데 당신과

가장 가깝고 가장 사랑하는 사람들로 남고 싶군요."

(9.630-642)

아이아스가 생각하는 영웅의 최고 가치는 '우정'philia이다. 아킬레우스가 아가멤논에 대한 분노로 인해 다른 동료들을 돌보지 않는 것에 혹독한 비난을 쏟아붓는다. "단 한 명의 소녀 때문에" 아킬레우스가 분노했다고 생각하기 때문이다. 그것은 전장에서 동고동락한 전우애와 비교할 수 없는 것이다. 그런데도 참전할 생각이 없다고 고집을 피우니 분통이 터진 것이다. 아이아스는 아킬레우스의 분노가 단지 브리세이스를 빼앗긴 것 때문으로

오해하고 있다. 아이아스에게 브리세이스는 수많은 전리품 중 하나일 뿐이다. 이미 아킬레우스가 오뒷세우스에게 반박했던 내용을 제대로 듣지 않고 성급하게 오해하여 아킬레우스를 비난하는 것처럼 보인다.

그런데도 아킬레우스는 오히려 상당한 태도의 변화를 보이고 있다. 처음의 강경한 태도를 떠올린다면 여기서 아이아스에게 동조하는 태도가 오히려 이해하기 어려울 수 있다. 아이아스에 대한 아킬레우스의 답변은 매우 짧은 편이다. 오뒷세우스의 연설 후에 아킬레우스가 흥분하여 길게 반박했던 것과 대조가 된다. 여기서 아킬레우스의 입장이 극적으로 변하고 있다는 것을 확실히 감지할 수 있다. 아킬레우스는 전쟁에 다시 참여할 수 있다는 입장을 표현한다. 아킬레우스의 선포는 첫째 트로이군이 자신의 막사에까지 쳐들어와서 함선을 불사르지 않는 한 전쟁에 나가지 않겠다는 것이며, 둘째 만약 온다면 반드시 저지할 것이라는 뜻이다. 오뒷세우스의 공식 연설 후에 심하게 반박하고 강하게 대응했던 데 비해 상당한 입장 변화가 있었던 것은 분명하다.[47]

아가멤논의 사절단 중에서 포이닉스는 아킬레우스의 막사에 머물렀고, 오뒷세우스와 아이아스만이 다시 돌아왔다. 그리스 동맹군의 왕들에게 아킬레우스의 입장을 보고하는 자리에서 오뒷세우스의 생각만이 공식적으로 전달된다. 오뒷세우스는 자신의 연설에 대한 아킬레우스의 답변을 간단하게 정리하여 말한다. 아킬레우스의 분노가 더욱 심해져서 아가멤논의 선물을 전혀 수락할 생각이 없다. 따라서 아가멤논 스스로 그리스 동맹군을 구할 방도를 찾아야 한다. 심지어 아킬레우스는 트로이 전쟁에서 승리하지 못할 것이라고 주장하며 고향으로 함께 돌아가자고 권고했다.

　　오뒷세우스는 자신의 연설에 대한 아킬레우스의 강경한 입장만을 전달하고 있다. 마치 아킬레우스가 포이닉스와 아이아스에게 했던 답변들을 전혀 듣지 못했던 것처럼 말이다. 그 답변들을 살펴보면 분명히 아킬레우스의 심정에 미묘한 변화가 있다는 사실을 알 수 있었을 텐데 말이다. 오뒷세우스가 자신의 연설에 대한 반응만 전달한 것은 아가멤논의 사절단 중에서 오뒷세우스가 공식 연설을 맡았기 때문이 아닐까 추측된다. 오뒷세우스의 보고로 인해 그리스인들이 비탄에 잠기긴 했지만 디오메데스가 나서서 정리를 한다. 디오메데스는 아킬레우스는 신이 불러 일으키면 언제든지 다시 전장에 나올 것이라고 말하며, 음식을 먹고 마시며 일단 쉬도록 하자고 권한다.

5. 돌론의 정탐

〔제10권〕

트로이군은 그리스군 방벽 앞에 진을 치고 다시 전쟁을 치르기 위해 새벽을 기다리고 있다. 양군 모두 이 결전의 날을 기다렸기 때문에 긴장감을 늦출 수 없었다. 그리스군은 아킬레우스에게 보낸 사절단이 거절당하여 잠을 이루지 못한다. 먼저 메넬라오스가 형 아가멤논을 찾아가서 트로이 진영에 정찰병을 보낼 것을 제안한다. 그래서 아가멤논은 메넬라오스를 아이아스와 이도메네우스에게 보내면서 최대한 정중하게 처신할 것을 당부한다.

"네가 가는 곳마다 불러내어 깨어 있으라고 말하거라.
각 사람을 그의 혈통과 아버지의 이름으로 부르거라.
모든 사람을 존경하며 대하거라. 마음속으로 자만하지 말고
우리 자신이 힘든 일을 하자. 제우스께서는 우리가

태어날 때 무거운 짐을 지워 주셨다."

(10.67-71)

트로이 전쟁 중에 아가멤논이 제1권과 다르게 변화하는 모습도 주목해 볼 필요가 있다. 제1권과 제2권에서 기고만장하던 모습은 사라졌다. 그는 회의를 소집하기 위해 메넬라오스를 보내면서 최대한 예의를 갖추고 겸손할 것을 당부했다. 상대방에게 아버지의 이름을 부르는 것은 당시 정중한 호칭 방법이었다. 아가멤논은 예전에 아킬레우스에게 했던 행동을 상기하는 듯 누구에게나 겸손해야 하며 자만하지 말자고 한다. 아가멤논과 메넬라오스는 아트레우스의 아들들로 태어날 때부터 남들보다 더 많은 노고를 겪어야 할 운명이라는 것이다. 아가멤논은 아이아스와 이도메네우스에게 메넬라오스를 보낸 후 자신은 네스토르를 찾았다.

여기서 아가멤논은 그리스 동맹군의 총사령관으로서의 면모를 보여 준다. 아가멤논은 자신이 잠 못 이루는 이유를 그리스군에 대한 걱정과 불안 때문이라고 말한다. 그러자 네스토르는 디오메데스, 오뒷세우스, 큰 아이아스, 작은 아이아스, 이도메네우스 등 그리스군의 주요 전사들을 회의에 소집하고 정찰병을 보내자고 한다. 디오메데스가 먼저 자원하고 오뒷세우스를 선택했다. 여기서 그는 오뒷세우스의 진면목을 다음과 같이 설명한다.

"그대들이 진실로 내게 동료를 선택하라고 하면

어찌 신과 같은 오뒷세우스를 부르지 않을 수 있겠어요.

그의 심장과 강건한 마음은 모든 고난에 대해

준비가 되어 있지요. 또한 팔라스 아테나가 그를 사랑한다네.

만약 이 사람이 나와 함께 간다면 타오르는 불길에도 다치지 않고

우리 둘은 돌아올 수 있을 거요. 그는 어떻게 해야 하는지 잘 압니다."

(10.242-247)

『일리아스』의 최고 영웅은 당연히 아킬레우스이지만, 호메로스는 다른 여러 영웅도 적절히 소개한다. 특히 오뒷세우스를 주인공은 아니지만 전체적으로 주목할 인물로 그려 내고 있다. 아테나 여신의 사랑을 받는다는 표현은 아테나 여신의 특성을 많이 가지고 있다는 뜻이다. 따라서 오뒷세우스는 다양한 현실의 상황에서 실천적 지혜를 발휘하는 영웅이라는 점을 알 수 있다. 실제로 호메로스는『일리아스』에서 오뒷세우스에게 "많은 지혜를 가진"이라는 표현을 반복적으로 사용하고 있다.

이날 그리스군과 트로이군은 적진의 상황을 파악하기 위해 서로 상대편에게 정찰병을 보내기로 결정한다. 그리스군은 오뒷세우스와 디오메데스를 보내고 트로이군은 돌론을 보낸다. 돌론은 정찰병을 자원하면서 후일 아킬레우스의 말과 전차를 달라는 지나친 요구를 하지만 헥토르가 이를 수락한다. 돌론은 전령의 아들로 발은 빠르지만 욕심이 많고 겁도 많은 인물로 묘사된다.

특이하게 양 진영의 정찰병들이 모두 동물 가죽으로 위장한

다. 트로이의 돌론은 족제비 가죽 투구를 쓰고 늑대 가죽을 걸치고, 그리스의 오뒷세우스는 멧돼지 엄니가 박힌 투구를 쓰고, 디오메데스는 사자 가죽을 쓰고 있다. 동물 가죽으로 미루어 보더라도 늑대 가죽을 두른 돌론이 사자 가죽을 두른 디오메데스에 훨씬 밀릴 수밖에 없고, 족제비 가죽 투구를 쓴 돌론이 멧돼지 엄니 투구를 쓴 오뒷세우스에게 밀릴 수밖에 없다. 더욱이 그리스 군의 강력한 전사 디오메데스와 오뒷세우스가 아닌가! 돌론이 혼비백산하여 달아나자 디오메데스가 창을 던져 그를 포로로 만들었다. 돌론은 살아남기 위해 트로이 진영의 파수꾼과 병력 배치에 대해 장황하게 털어놓는다. 특히 트라케의 왕 레소스의 군사들이 외딴 곳에 배치되어 있으며 훌륭한 말과 마차들이 있다는 정보도 넘겨주었다.

돌론은 모든 정보를 털어놓고 살려 달라 애원했으나 디오메데스는 단칼에 돌론을 죽이고, 돌아오는 길을 찾을 수 있도록 위치를 표시했다. 그 길로 곧장 트라케 전사들의 진영을 급습한다. 디오메데스는 트라케 진영에 들어가 순식간에 군사 12명을 죽이고 레소스왕까지 살육했다. 사실 레소스왕과 트라케인들은 전쟁 9년 차에 새로 도착하였는데 제대로 싸우지도 못하고 죽었다. 오뒷세우스는 나중에 말들을 몰고 오기 위해 시신들을 치우면서 따라갔다. 그는 트라케의 훌륭한 종마들을 가죽끈으로 묶어 밖으로 몰고 나오면서 디오메데스에게 신호를 보내어 함께 말을 타고 쏜살같이 그리스 진영으로 돌아왔다. 그리고 오뒷세우스가 아테나 여신에게 희생 제의를 바치는 것으로 상황이 마무리된다. 이 장은 그리스군이 위기의식이 고조된 상태에서 트로이 정탐꾼을 잡아 야간에 작은 반격에 성공한 것을 그리고 있다.

그러나 오뒷세우스와 디오메데스의 야간 기습은 매우 이상하게 보인다. 고대 그리스인에게 전쟁할 시간은 태양이 떠 있는 동안이다.『일리아스』전체에서 전쟁 중에 태양이 지면 전령들이 달려 나와 무조건 전쟁을 멈추게 하는 장면들을 보았을 것이다. 고대 그리스인은 자연스럽게 해가 뜨면 활동하고 해가 지면 활동을 멈추는 것이 신의 뜻에 따르는 일이라 보았다. 사실 제10권은 개별적이기는 하지만 특이하게 야간 기습을 하고, 말 등에 직접 타는 등 시대가 다른 장면 등을 포함하기 때문에 후대에 삽입된 것으로 추정된다. 제11권과 독립된 내용이라기보다는 제11권의 일부라고 보는 해석도 있다.

아가멤논의 사절단 이야기는 고대 그리스에서 수사학이 체계적으로 이론화되기 훨씬 전부터 이미 상당한 설득의 논리가 구축되었다는 것을 보여 준다. 여기서는 아리스토텔레스『수사학』속 설득의 요소들을 활용해서 아가멤논 사절단의 설득 방식을 살펴보자. 아리스토텔레스는 설득의 세 가지 요소로서 에토스ethos, 파토스pathos, 로고스logos를 제시한다(『수사학』, 1356a.) 에토스('성품')는 화자의 성품을 통해, 파토스('감정')는 청중을 일정한 감정에 이르게 하여, 로고스('논리')는 말 자체의 논리를 통해 설득하는 요소라 할 수 있다. 첫째, 에토스는 설득에서 상당히 중요한 요소다. 아리스토텔레스는 특히 화자의 성품이 설득의 도입 단계에서 매우 중요하다고 말한다. 설득은 화자가 자신을 믿을 만한 사람으로 생각하게 만드는 데에서 시작된다. 만약 화자가 믿을 만한 사람으로 생각되지 않는다면 참이든 거짓이든 무슨 말을 해도 청중은 믿지 않을 것이기 때문이다. 청중은 화자가 믿을 만한 사람이라고 생각되면 화자의 말도 믿을 만한 것으로 받아들이게 된다. 둘째, 파토스는 청중에게 일정한 감정을 일으켜서 설득하는 데 매우 중요한 요소이다. 화자가 청중의 감정을 정확히 인지하지 못하면 설득에 실패할 가능성이 높다. 그렇지만 아리스토텔레스는 설득에서 에토스와 로고스가 적절하게 포함되지 않으면 파토스의 효과가 제대로 나타나지 않는다고 말했다. 셋째, 로고스는 말 자체의 논리를 통해 설득하는 요소로 실질적으로 매우 중요하다. 일반적으로 말로 하는 설득에 활용되는 논리는 예증법과 생략 삼단 논법이다. 예증법은 귀납의 대표적 형태로 일종의 유추에 의거한 논증이다. 청중은 유사한 예를 통해 설명하면 증명된다고 생각하기 때문에 효과적 방법이라 할 수 있다. 생략 삼단 논법은 일반적인 삼단 논법에서 소전제나 결론이 생략된 것이다. 일상적 대화를 할 때는 대개 정식으로 삼단 논법을 사용하지는 않고, 사람들이 알 만한 소전제나 결론은 생략하고 말하기 때문에 이를 활용한다.

호메로스의 일리아스,
신들의 전쟁과 인간들의 운명을 노래하다

7

신들과 영웅들의 전쟁

1. 아가멤논의 무훈과 헥토르의 반격

〔제11권〕

그리스군과 트로이군은 모두 해가 지는 바람에 할 수 없이 둘째 날 전투를 끝냈다. 트로이군은 전세를 몰아 승리할 기회를 놓쳤지만, 그리스군은 위기를 넘길 시간을 얻었다. 그날 밤은 다른 어떤 날보다 길었다. 그리스 진영에서는 아킬레우스에게 사절단을 보내 화해를 청해 보기도 하고, 트로이 진영에 정탐꾼을 보내기도 하면서 분주한 시간을 보냈다. 다음 날 새벽이 오자 제우스는 불화의 여신 에리스를 그리스 진영으로 보냈다. 에리스는 오뒷세우스의 함선으로 와서 크게 함성을 질러 아카이아인들에게 전투욕을 불러일으켰다. 호메로스는 오뒷세우스의 함선이 그리스인들의 함선 중앙에 있고, 함선들 양쪽 끝에는 그리스인들 중 가장 강력한 두 영웅 아킬레우스와 아이아스의 함선이 각각 자리 잡고 있다고 전한다.

드디어 셋째 날 전면전이 벌어질 날이 밝았다. 전날 디오메데스의 말을 새겨들었던 아가멤논은 무장을 하고 전열을 가다듬는다. 호메로스는 아가멤논의 무장에 대해 비교적 길고 자세하게 설명한다(11.15-45). 이와 같이 전쟁 무구들에 관한 세밀한 설명은 곧 아가멤논이 아주 큰 전투를 치를 것이라는 표징으로 보면 된다.[48] 아테나와 헤라 여신은 아가멤논왕의 명예를 높여 주기 위해 천둥을 쳤다고 한다. 이제까지는 아가멤논이 왕으로서 적절한 말이나 행동을 제대로 수행하지 못했던 것으로 나타났다. 호메로스는 여기서 아가멤논이 수훈을 올리는 장면을 조명하여 전사로서 명예를 드높이려 작정한 것으로 보인다. 제우스도 피에 젖은 이슬을 뿌려 셋째 날 전투에서 수많은 사람이 죽어 나갈 것이라고 예고했다(11.55).

아가멤논은 마치 '울창한 숲에 번진 불길같이', '밤에 소 떼를 덮친 사자같이' 트로이군을 쫓으며 죽였다. 그는 먼저 세 쌍의 전사들을 한꺼번에 죽였다. 첫 번째 쌍은 비에노르와 오일레우스, 두 번째 쌍은 이소스와 안티포스, 세 번째 쌍은 페이산드로스와 힙폴로코스이다. 아가멤논은 그리스군을 독려하여 스카이아이 문 앞까지 추격해 갔다. 제우스는 이리스를 헥토르에게 보내 일단 물러나 있다가 아가멤논이 부상을 입으면 출정하여 도륙할 것을 명령한다(11.181). 아가멤논은 다시 안테노르의 아들 이피다마스와 맞붙어 치열한 접전을 벌였다. 이피다마스의 창이 아가멤논의 혁대를 맞혔으나 뚫지 못하자 역으로 그 창을 빼앗고 그의 목

호메로스의 일리아스,
신들의 전쟁과 인간들의 운명을 노래하다

을 칼로 내리쳐서 죽여 버렸다. 마침 이피다마스의 형 코온이 동생의 죽음을 보고 다가와서 아가멤논의 팔뚝 한가운데를 창으로 찔러 관통시켰다. 코온이 동생의 시신을 끌고 가는데 아가멤논이 부상당한 채로 달려가 창으로 목을 쳐서 이피마다스의 머리가 떨어졌다. 그러나 부상당한 아가멤논은 격렬한 고통을 느끼고 더 이상 전투를 할 수 없어 다시 함선으로 돌아갈 수밖에 없었다.

아가멤논이 돌아가자 헥토르가 기다렸다는 듯이 반격한다. 헥토르는 아사이오스, 아우토노오스, 오피테스, 돌롭스, 오펠티오스 등 수많은 그리스인들을 도륙했다(11.284-310). 그러나 오뒷세우스가 디오메데스를 불러 다시 트로이군에 반격하여 전세가 요동쳤다. 그들도 서로 힘을 합쳐 트로이군을 살육하기 시작했다. 이때 헥토르가 달려오니 디오메데스는 오뒷세우스에게 파멸이 다가오지만 버티고 서서 막아 내자고 말한다. 디오메데스가 창을 던졌는데 헥토르의 투구를 빗맞고 도로 튕겨 나왔다. 하지만 헥토르에게 죽음과 같은 충격을 주었던 것으로 보인다. 헥토르는 얼른 뒤로 달아나 트로이군 속으로 몸을 피했다. 그는 무릎을 꿇고 손으로 땅을 짚어 겨우 몸을 지탱했지만 정신이 아득했다.

헥토르는 디오메데스가 창을 찾으러 다른 방향으로 가는 사이에 정신을 차려 전차에 다시 올라타고 도망쳤다. 디오메데스가 여전히 아킬레우스의 대역을 하고 있다면 그는 헥토르가 죽을 운명이라는 것을 상기시키는 역할을 한다고 볼 수 있다. 헥토르가 달아나는 것을 보고 디오메데스는 위험에 처할 때마다 아폴론에게 기도하는지 잘 빠져나간다고 불평했다. 그러나 그때 파리스가 일로스의 무덤 위 비석 뒤에 서서 활을 날렸는데 특이하게도 디오메데스의 오른쪽 발바닥을 맞혔다(11.377). 디오메데스는 트로이군 시신의 무장을 해제하기 위해 무릎을 꿇고 있었던 것 같다. 디오메데스의 부상 역시 아킬레우스의 치명적인 부분인 발꿈치를 상기시킨다.

오뒷세우스가 막아선 동안에 디오메데스는 발바닥에서 화살을 뽑았다. 디오메데스는 너무 고통스러워서 전차에 올라타고는 마부에게 함선으로 돌아갈 것을 명령했다. 결국 오뒷세우스 홀로 적진에 남게 되었고 그리스군은 아무도 없었다. 여기서도 다시 반복되는 유사한 독백 장면이 등장한다.

"아! 무슨 일이 내게 일어난 것인가? 내가 그들의 숫자에

겁을 먹고 도망간다면 최악이다. 그렇지만 내가 혼자 붙잡히는

날에는 더욱 끔찍하리라. 이제 남은 다나오스인들은 크로노스의

아들에 의해 도망쳤기 때문이다. 그런데 왜 마음속으로 이런 것을

생각할까? 난 잘 알고 있다. 전쟁터에서 도망치는 자들은

비겁한 자들이고, 최고의 전사는 공격을 하든, 아니면 당하든

대지에 강하게 버티고 있어야 한다는 것을."

(11.404-410)

오뒷세우스는 고립되어 갈등하던 중에 트로이군에게 포위당

했다. 그는 자신을 공격하는 트로이인들을 마구 죽이기 시작했다. 마침 소코스가 형 카롭스가 살육당하는 것을 보고 오뒷세우스의 옆구리를 창으로 찔러 갈기갈기 찢었지만 아주 깊숙이 들어가지는 않았다. 오뒷세우스는 돌아서서 소코스의 등에 창을 꽂아가슴으로 밀어 내어 죽였다. 오뒷세우스가 자신의 몸에 꽂힌 소코스의 창을 뽑아내자 피가 솟아올랐고 트로이군이 한꺼번에 달려들었다. 그러자 오뒷세우스는 큰 소리로 세 번이나 그리스군을 불렀다. 다행히도 메넬라오스가 세 번 모두 들었고 가까이 있던 아이아스에게 함께 구하자고 제안했다. 마치 승냥이 떼에 둘러싸인 상처 입은 '사슴'과도 같은 오뒷세우스를 발견하고, '사자'와 같은 아이아스가 다가가 트로이군을 살육하기 시작했다. 이때 메넬라오스가 오뒷세우스의 손을 잡고 전차를 타고 빠져나갔다.

그리하여 전쟁터 왼쪽에서는 아이아스가 수많은 트로이군을 도륙해 나가는데, 마치 겨울철 불어난 강물이 산과 들로 쏟아져 진흙탕을 만들듯이, 온 들판을 휩쓸고 다녔다. 오른쪽에서는 헥토르가 스카만드로스 강둑에서 엄청나게 많은 그리스군을 살육하고 있었다. 나중에 아킬레우스도 스카만드로스 강변에서 강물이 넘칠 정도로 트로이군을 살육해서 몰아넣는 장면이 나온다. 아이아스의 전투 장면은 아킬레우스의 전투 장면을 예시해 준다. 헥토르가 싸우는 강둑에는 네스토르와 이도메네우스가 함께 대치하고 있었다. 마침 파리스가 화살로 마카온의 오른쪽 어깨를 맞혀 부상을 입혔다(11.505). 이도메네우스는 네스토르에게 군사

1만 명의 가치가 있는 마카온을 데리고 빨리 함선으로 돌아가라고 했다. 마카온은 전쟁터에서 부상당한 수많은 군사들의 목숨을 살릴 수 있는 의사였기 때문이다.

그런데 헥토르의 마부가 반대편에서 트로이군이 아이아스에게 쫓기는 장면을 보고 헥토르에게 방향을 틀기를 권했다. 헥토르는 아이아스를 향해 이동했지만 직접 대결하기를 피했다. 그때 제우스가 아이아스에게 공포심을 불어넣어 퇴각하게 만든다. 아이아스에게 화살이 빗발치듯 쏟아지자 에우뤼퓔로스가 도우러 달려갔다. 그 순간 파리스가 아이아스의 오른쪽 허벅지에 화살을 쏘아 부상을 입힌다. 여기서 파리스는 마카온에 이어 아이아스까지 그리스군의 주요 전사에 부상을 입히는 공헌을 한다. 그것은 파리스가 궁수로서 제 역할을 했기 때문이다. 그리스의 에우뤼퓔로스가 아이아스를 걱정하여 달려와서 긴급히 도와 달라고 소리치자 전우들이 몰려왔고 아이아스는 그들과 함께 버티며 싸웠다. 그 틈에 네스토르가 마카온을 구출해 내어 그리스 진영으로 돌아올 수 있었다.

사실 아킬레우스는 단지 참전만 하지 않았을 뿐이지 계속 전쟁을 주시하던 것으로 보인다. 그는 함선 옆에서 그리스군의 전투 상황을 지켜보다가 부상당한 마카온을 알아보고 파트로클로스를 불렀다.

"메노이티오스의 고귀한 아들이여, 내 마음에 기쁨을 주는 자여!

호메로스의 일리아스,
신들의 전쟁과 인간들의 운명을 노래하다

이제 아카이아인들이 내 무릎 주변에 몰려와 내게 애원할 것이오.

더 이상 참아 낼 수 없는 상황이 그들에게 닥쳤기 때문이오.

이제 가시오. 제우스의 사랑받는 파트로클로스여! 네스토르에게

그가 전쟁터에서 데려온 부상자가 누군지를 물어보시오."

(11,608-612)

호메로스는 파트로클로스가 아킬레우스의 목소리를 듣고 나온 것이 "불행의 시작"(11,604)이라고 한다. 방금 파트로클로스에게 죽음의 운명이 시작되었기 때문이다. 여기서 파트로클로스는 그리스군의 전황을 직접 확인하고 네스토르에게 설득되어 결국 아킬레우스의 무장을 빌려 입고 출전했다가 죽게 되기 때문이다. 지금만 해도 파트로클로스는 전쟁 상황에 대해 별다른 생각이 없어 보이며 그저 아킬레우스의 명령에 복종하는 것처럼 보인다.

아킬레우스는 그리스군의 전세가 최악으로 치닫자 곧 그리스군이 자신에게 몰려와 도와달라고 애원하겠다면서 내심 기뻐하는 듯 보인다. 하지만 그것은 단지 현재 상황에 대해 영혼 없이 내뱉는 말일 뿐 진심처럼 들리지는 않는다. 사실 아가멤논 사절단에게 다음 날 귀향하겠다던 사람이 아직도 그리스 진영에 남아 있을 뿐 아니라, 그리스군에서 부상병이 속출하는 상황까지 누구보다 먼저 파악하고 걱정하고 있기 때문이다. 아킬레우스의 명령에 따라 파트로클로스가 네스토르의 막사로 달려가자 네스토르는 아킬레우스에 대해 불평한다. 그는 아킬레우스가 그리스군의

피해 상황을 전혀 모르는 줄 알고 현재 상황을 파드로클로스에게 전한다.

네스토르는 노인 특유의 방식으로 장황하게 젊은 시절의 활약을 이야기하다가 마지막으로 오뒷세우스와 함께 펠레우스 궁전에 찾아갔던 당시를 회고한다(11.769-790). 그들은 아킬레우스와 파트로클로스에게 트로이 전쟁에 참전할 것을 권했다. 그러자 펠레우스는 아들 아킬레우스에게 '항상 일인자가 되고 남보다 뛰어난 인물이 되라'고 당부했으며, 메노이티오스는 아들 파트로클로스에게 아킬레우스를 잘 인도하라고 일렀다.

"내 아들아, 혈통으로는 아킬레우스가 너보다 더 위고
나이로는 네가 더 위다. 그렇지만 힘으로는 그가 너보다 훨씬 낫다.
그러니 너는 지혜롭게 그에게 잘 말하고 조언을 하여 이끌거라.
그도 자신의 이익을 위해 네 말에 따를 것이다!"
(11.786-789)

여기서 우리는 파트로클로스가 아킬레우스보다 나이가 많다는 것을 확인할 수 있다. 호메로스는 네스토르를 통해 미래에 일어날 일들을 예고하고 있다. 네스토르는 현 상황을 전하면서 파트로클로스에게 '친구의 설득은 유익한 법'이라며 아킬레우스를 설득해 보라고 충고한다. 만약 아킬레우스가 신탁을 두려워하거나 테티스가 제우스의 말을 전했다면, 아킬레우스는 파트로클로

호메로스의 일리아스,
신들의 전쟁과 인간들의 운명을 노래하다

스에게 무구를 빌려주고 자신 대신 그를 내보낼 수도 있지 않겠느냐고 말이다. 그렇게 된다면 트로이인들이 파트로클로스를 아킬레우스로 착각하여 잠시 전쟁터에서 물러날 테고, 그리스군은 숨 돌릴 틈이라도 가지지 않겠느냐는 뜻이다(11.791-801).

네스토르의 말이 파트로클로스의 마음을 움직였다. 파트로클로스는 돌아가던 중에 오뒷세우스의 함선 옆에서 허벅지에 화살을 맞아 검은 피가 솟아나는 다리를 절뚝거리며 돌아오던 에우뤼퓔로스를 만난다. 그는 에우뤼퓔로스에게 연민을 느끼면서 탄식을 하며 헥토르를 막아 낼 수 있는지를 물어본다. 에우뤼퓔로스는 그리스군의 상황에 대해 비관적이었다. 이미 아이아스나 오뒷세우스와 같은 장수들이 너무 많이 부상당했기 때문이다. 에우뤼퓔로스는 아킬레우스에게 의술을 배운 파트로클로스에게 치료를 부탁한다. 네스토르의 설득과 에우뤼퓔로스의 부상은 파트로클로스가 출전을 결심하는 계기가 된다.

2. 방벽에서의 전투

〔제12권〕

호메로스는 파트로클로스가 아킬레우스의 막사로 돌아가는 데까지 한참이나 시간을 끈다. 사실 파트로클로스는 제11권에서 이미 아킬레우스가 명령한 대로 그리스의 전쟁 상황을 확인하였는데 제16권에 이르러서야 아킬레우스에게 이를 보고하고 출전 허가를 받는다. 호메로스는 제12권을 시작하면서 아직 셋째 날 전투가 끝나지 않은 상태로 이야기한다. 그리스의 부상병들이 함선으로 돌아오는 중에도 양쪽 군대는 서로 싸우고 있었다. 호메로스는 그리스군의 외호外濠와 방벽防壁에 대한 예언을 하면서 이제 시작할 방벽에서의 전투를 예고한다(12.13-34). 그리스군이 희생 제의를 올리지 않고 만들었기 때문에 이 외호와 방벽은 그들을 지켜 주지 못할 것이다. 그래서 트로이가 10년 만에 이곳을 함락하고 그리스군이 귀향하면 포세이돈과 아폴론이 강물을 끌어

호메로스의 일리아스,
신들의 전쟁과 인간들의 운명을 노래하다

들여 그리스군의 방벽을 허물어 버릴 것이라 예언한다. 여기서 호메로스는 이미 방벽에서의 전투가 그리스군에게 참패를 안길 미래임을 예시하는 것이다.

그리스군은 방벽 안으로 퇴각하고 트로이군은 외호와 방벽에 막혀 진군이 쉽지 않은 상황이다. 이미 외호와 방벽을 착공할 때 말했듯이 특히 외호는 깊고 넓게 파인 데다가 사이사이 말뚝까지 박아 놓아 말을 타고 건너가기 쉽지 않았다. 폴뤼다마스는 헥토르에게 전차를 타고 외호를 넘기는 어려운 데다가 간신히 넘어간다고 해도 가파른 방벽 때문에 전투가 불가능하며, 혹시 전세가 역전이라도 되면 외호 속에 빠져 살아 나올 사람이 별로 없을 것이라고 분석한다. 그래서 외호 근처에 전차와 말을 묶어 두고 헥토르의 지휘에 따라 걸어서 진격하자고 말한다. 헥토르도 동의하여 말에서 내려와 총 다섯 부대로 편성하여 그리스 진영으로 진격했다. 그런데 아시오스는 폴뤼다마스의 충고를 무시하고 전차를 타고 요행히 외호를 건너 그리스군의 퇴로 쪽에 문이 하나 열려 있는 곳을 발견하여 들어갔다. 하지만 그리스의 폴뤼포이테스와 레온테우스가 버티고 서서 아시오스의 수하들을 죽여 버린다. 나중에 아시오스는 크레테의 이도메네우스에 의해 살육된다.

헥토르와 폴뤼다마스는 아직 외호 옆에서 신중을 기하고 있었다. 마침 전쟁에서 좋지 않은 징표가 나타났기 때문이다. 독수리 1마리가 뱀을 잡아 왼쪽으로 날아가는데 뱀이 독수리를 공격하자 독수리가 뱀을 떨어트리고 간다(12.200-209). 폴뤼다마스는 이를 두고 트로이군이 방벽을 쳐들어가도 다시 쫓겨 나오리라 해석한다. 한편 헥토르는 종교적 관습에 따른 해석을 무시한다. 물론 그가 아예 무신론적 태도를 취하는 것은 아니다. 그는 제우스가 자신에게 한 약속을 굳건히 믿었기 때문에 새 점은 아랑곳하지 않겠다고 선언한다. 헥토르가 공격하니 모두 그를 따라 진격했다. 그리스의 방벽을 허물려고 했지만 생각보다 쉽지 않았다. 이때 사르페돈이 사자와 같이 나서서 방벽을 허물기 위해 글라우코스에게 함께 공격하자고 제안하는 문장은 너무도 유명하다.

> "아! 친구여, 만일 우리가 이 전쟁을 피할 수 있어서
> 영원히 늙지도 죽지도 않을 수 있다면,
> 나 자신도 최전방에서 싸우지는 않을 것이며
> 또 남자에게 명예를 주는 전쟁터로 너를 내보내지 않을 것이네.
> 이제 헤아릴 수 없는 죽음의 정령들이 우리를 둘러싸고 있는데
> 인간은 누구라도 도망갈 수도 회피할 수도 없다네.
> 나가세, 우리 자신이 명성을 얻든, 또는 다른 사람에게 명성을 주든."
> (12.322-328)

사르페돈이 글라우코스와 함께 진격하려던 곳을 지키던 사람은 그리스의 메네스테우스였다. 그는 두려움에 떨면서 아이아스와 테우크로스에게 지원을 부탁했다. 아이아스를 비롯한 그리스군은 먼저 방벽 안쪽에 쌓아 놓은 돌덩이를 번쩍 들어 위에서 아

래로 던져 트로이군을 죽였다. 테우크로스는 활로 글라우코스의 어깨를 맞혀서 물러나게 만들었다.

방벽 앞에서 치열한 전투가 벌어진 가운데 제우스는 사랑하는 아들 사르페돈에게 특별한 명예를 주려 한다. 사르페돈이 홀로 진격하여 억센 손으로 흉벽을 잡아당기자 방벽이 전부 무너져 내렸고 이는 트로이군의 길을 터준 셈이었다(12.397-399). 사실 사르페돈이 아무리 세게 방벽의 일부를 잡아 뜯었다고 해도, 방벽 전체가 무너진 것은 과장이 심해 보인다.[49] 아이아스와 테우크로스가 함께 달려들어 공격했지만 사르페돈은 신들의 보호로 살아남을 수 있었다. 사르페돈에게는 아직 운명의 시간이 남아 있었다. 파트로클로스와의 결전을 남겨 두었기 때문이다. 그런데 다른 쪽에서 싸우던 헥토르가 제우스의 도움으로 엄청나게 큰 돌을 들어 문 중앙에 던지자 문이 박살 났다. 헥토르를 선두로 트로이군이 방벽 안으로 물밀 듯이 밀고 들어가고, 그리스군은 함선 쪽으로 달아났다.

3. 트로이군의 방벽 파괴와 공격

〔제13권〕

호메로스가 이미 암시했듯이 그리스 방벽은 트로이군으로부터 그리스군을 지켜 줄 만큼 견고하지 못했다. 트로이군이 방벽을 뚫자 그리스군은 바닷가 함선 쪽으로 도망칠 수밖에 없었다. 그런데 이상하게 제우스는 트로이군이 방벽을 뚫고 함선으로 밀고 들어가는 결정적 순간에 전투를 지켜보지 않고 트라케 쪽으로 눈을 돌리고 있다. 이때 포세이돈이 사모트라케섬 산꼭대기에서 트로이 전쟁을 지켜보고 있다가 그리스군이 트로이군에 의해 살육되는 것을 보고 분노했다. 그는 그리스군을 격려하기 위해 전장을 돌아다니며 영웅들을 격려하고 용기를 북돋워 주었다.

"아! 내 눈이 지금 너무나 놀라운 것을 보고 있네요.

두려운 일입니다. 난 생각지도 못했던 일이 일어나다니.

호메로스의 일리아스,
신들의 전쟁과 인간들의 운명을 노래하다

트로이인들이 우리 함선들로 오고 있어요.

(중략)

우리 지도자들의 무능과 우리 군사들의 부주의 때문이에요.

군사들은 지도자들에게 불만을 품고 날랜 함선들을

지키려 하지 않고 함선들 사이에서 죽어 가고 있어요.

아트레우스의 영웅적인 아들로 널리 다스리는 아가멤논이

날랜 발의 펠레우스의 아들을 불명예스럽게 했기 때문에

일어난 것이 참이라 할지라도

우리가 전쟁을 하지 않을 이유가 되지 않아요.

그러니 빨리 이것을 바로잡읍시다."

(13.99-101; 13.108-115)

2명의 아이아스와 테우크로스를 비롯한 그리스군은 바닷가 진영 중앙에서 밀집 대형을 만들었고, 이도메네우스도 메리오네스와 함께 출정하여 트로이군을 막아섰다. 그들은 헥토르가 진영의 중앙에서 2명의 아이아스와 전투를 벌이는 걸 보고 진영의 왼쪽으로 가서 싸웠다.

이도메네우스와 메리오네스는 트로이의 다른 왕자들인 데이포보스와 헬레노스와 대결했다. 데이포보스는 노장 이도메네우스와 맞서기 위해 아이네이아스를 불러들인다. 이도메네우스와 아이네이아스는 서로 창을 던지며 싸웠지만 누구도 치명적인 부상을 입히지는 못했다. 데이포보스는 죽은 자의 무장을 벗기다가 심각한 부상을 당해 트로이 성안으로 실려 갔다. 헬레노스도 메넬라오스에게 활을 쏘았다가 도리어 메넬라오스의 창에 맞아 손을 부상당한다. 특별히 포세이돈은 빗발치듯 쏟아지는 창들을 막아 네스토르의 아들 안틸로코스의 목숨을 구해 주었다. 여기에서 호메로스는 특이한 죽음의 장면들을 매우 세밀하게 묘사한다. 도끼를 들고 달려드는 트로이의 페이산드로스의 양미간을 메넬라오스가 정통으로 내리치자 페이산드로스의 뼈가 부서지고 두 눈알이 땅에 쏟아졌다. 또한 메리오네스는 메넬라오스를 공격하고 도망가는 하르팔리온에게 화살을 날려 오른쪽 엉덩이를 맞혔다. 화살은 방광을 뚫고 들어가 치골 밑으로 나와서 지렁이처럼 땅에 들러붙었고 하르팔리온은 검은 피를 쏟아 내며 죽었다. 사실『일리아스』는 전쟁 이야기이기 때문에 호메로스가 묘사하는 전투 장면의 주요 부분은 부상과 죽음에 관한 것이다. 특히 죽음을 묘사하는 장면은 해부학적으로도 매우 세밀하게 그려진다. 이러한 묘사가 전쟁터의 참상을 구체적으로 떠올리게 해 준다.

한편 헥토르는 진영의 중앙에서 황소 같은 2명의 아이아스와 싸웠는데 예상외로 두 사람의 저항이 너무 강했다.[50] 그는 그리스군의 방벽을 무너트리고 진영 안으로 들어왔지만 여기저기서 각개 전투를 하다 보니 예상과 달리 그리스군을 밀어붙이지 못하고 있었다. 트로이의 폴뤼다마스는 헥토르와 전쟁에 관해 여러 가지로 의견 충돌을 일으켰는데 헥토르가 폴뤼다마스의 충고를 새겨듣지 않고 무시한 경우가 많다. 그럼에도 폴뤼다마스는 여기서

호메로스의 일리아스,
신들의 전쟁과 인간들의 운명을 노래하다

다시 헥토르를 설득하기 위해 이야기를 시작한다.

"헥토르여, 그대를 말로 설득할 만한 방법은 없소.
신께서 그대에게 내린 전쟁 기술만큼은 견줄 자가 없소.
그대가 전략에서도 다른 사람들보다 더 잘 알기를 바라오.
그러나 그대 자신이 모든 것을 파악할 순 없을 것이오.
신은 어떤 사람에게는 전쟁술에, 다른 사람에게는 춤에
또 다른 사람에게는 키타라와 노래에 [능력을] 주셨소.
또 어떤 사람의 가슴에는 멀리 보는 제우스께서
많은 사람들이 이익을 얻도록 하는 훌륭한 지성을 주셨소.
그는 많은 사람을 구하지요. 그 자신이 가장 잘 알고 있소.
그렇지만 난 내게 최선이라 여겨지는 것을 말할 것이오."
(13.726-735)

폴뤼다마스는 사람마다 고유한 탁월성arete을 가졌다고 말하면서 제우스가 자신에게는 탁월한 분별력을 주었다고 말한다. 이것은 헥토르가 자신의 제안을 확신하도록 하기 위한 포석이다. 그는 현 상황에서 헥토르에게 트로이의 지휘관들을 불러들여 다시 진격할지, 아니면 퇴각할지를 심사숙고해 보라고 제안한다. 이번에는 헥토르가 폴뤼다마스의 조언을 받아들여 남은 트로이 군들을 모아 적진으로 들어갔다. 그는 다른 형제들인 데이포보스와 헬레노스 등을 찾았지만 이미 부상당해 후송된 상태였고, 아직도 전쟁터에서 버텨 내고 있는 파리스만 발견했다. 그런데 헥토르가 갑자기 파리스에게 성질을 내며 "가장 훌륭한 모습을 하였지만 여자에 미친 유혹자여"(13.769)라며 모욕적인 말을 퍼붓는다. 이미 제3권에서도 헥토르는 파리스에게 똑같은 표현을 하며 모욕한 적이 있다. 헥토르는 지금 자신을 도와줄 형제나 동료를 찾지 못하자 파리스에게 화풀이하는 것으로 보인다. 사실 파리스 입장에서는 하루 종일 제자리를 지키며 힘들게 싸웠는데 억울하기 짝이 없을 터이다. 그리하여 "헥토르여! 형님은 아무 죄도 없는 사람을 비난하시다니 다른 때라면 정말이지 난 전쟁터에서 물러나려 생각했을 것이오"(13.775-776)라고 말하기도 한다. 하지만 파리스는 특유의 부드러움과 인내심을 발휘하여 헥토르를 안심시킨다. 헥토르는 기나긴 전쟁에 지칠 때마다 파리스에게 역정을 내고 독설을 퍼붓지만, 파리스는 헥토르를 이해하는 듯 모두 받아 내는 모습이 인상적이다.

호메로스의 일리아스,
신들의 전쟁과 인간들의 운명을 노래하다

4. 제우스가 속임을 당하다

〔제14권〕

트로이군과 격렬한 싸움으로 아가멤논, 디오메데스, 오뒷세우스는 부상을 당해 돌아오다 네스토르를 만난다. 아가멤논은 그리스군이 트로이군을 막아 줄 것이라 생각하여 만들었던 외호와 방벽이 허망하게 파괴된 것을 보고 신들이 자신들의 힘과 손을 묶었다고 한탄한다(14.65-73). 여기서 아가멤논은 또다시 퇴각할 것을 제의한다. 지금 그리스 함선들을 끌어 내려 물 위에 띄웠다가 한밤중에 트로이에서 도망치자는 것이다(14.75-81). 호메로스는 아가멤논의 제안을 통해 그리스군이 최악의 상황을 맞이했다는 것을 보여 주고자 했을 수 있다. 실제로 그리스군이 몰살당할 위기 상황에서 현실적으로 그것이 최선의 대안이라 생각했을 수 있다.

하지만 오뒷세우스는 즉각 아가멤논을 비난하며 나선다. 먼저 본래 그들은 태어날 때부터 전쟁에서 죽을 운명을 가졌으며, 다음으로 9년 동안 트로이에서 죽을 고생을 하며 싸웠는데 허망하게 도망치듯 떠날 수는 없다고 했다. 마지막으로 지금 한창 격전 중인데 도망치기 위해 함선들을 바다로 끌어 내리면 그리스군은 더욱 전의를 잃고 말 것이라고 했다(14.85-102). 아가멤논이 차선의 방법을 구하자, 디오메데스가 나서서 다시 전쟁터로 돌아가자고 제안한다. 현재 그는 부상을 당한 상태라 직접 싸울 수는 없지만 군사들을 격려하며 전쟁을 계속하자고 말한다.

아가멤논은 디오메데스의 제안을 받아들여 다시 전쟁터로 나선다. 그리스군이 최악의 상황에서 마지막 방어를 나서는 순간, 마침 포세이돈이 늙은 전사의 모습으로 등장해 아가멤논을 격려하고 그리스군 사이를 돌아다니며 힘을 북돋아 주었다. 제우스가 다른 올림포스 신들에게 트로이 전쟁에 참여하지 말 것을 명령하였지만 포세이돈은 아랑곳하지 않았다. 헤라는 포세이돈의 활약을 보며 만족해하면서 그리스군을 도울 방법을 궁리했다. 그것은 제우스가 전쟁에 잠시라도 관심을 갖지 못하도록 유혹하여 트로이군을 막아 낼 시간을 버는 것이었다. 이때의 장면은 『일리아스』속 유명한 에피소드 중 하나로 '제우스의 미망'이라 불린다. 헤라는 한껏 아름답게 치장한 뒤 우선 아프로디테를 찾아간다. 제우스를 유혹하기 위해 반드시 필요한 것이 있었기 때문이다. 바로 아프로디테의 능력이 담긴 '허리띠'himas이다.

〈이데산에서 헤라와 제우스〉
샤를 앙투안 쿠아펠, 18세기

헤라는 제우스가 잠시라도 전쟁에 관심 갖지 못하도록 유혹한 뒤 잠의 신을 통해 제우스를
잠들게 한다.

"지금 내게 사랑philoteta과 욕망himeron을 주세요. 그대는

이것들로 모든 불멸의 신들과 필멸의 인간들을 정복하기 때문이죠.

나는 풍요로운 대지의 경계로 가서 신들의 아버지 오케아노스와

어머니 테튀스를 만나려고 해요."

(14.198~201)

헤라는 오케아노스와 테튀스를 화해시키기 위해 아프로디테에게 그녀의 허리띠가 필요하다고 부탁한다. 아프로디테는 아무 의심 없이 흔쾌히 자신의 허리띠를 풀어 주며 헤라에게 마음먹은 것은 반드시 이룰 것이라고까지 말한다(14.219-221). 그다음 헤라는 렘노스섬까지 잠의 신 휘프노스를 만나러 갔다. 그녀는 자신이 제우스와 함께 있을 때 잠을 보내 달라고 부탁하지만 바로 거절당한다. 과거에 휘프노스는 헤라의 요청으로 제우스를 잠들게 했다가 제우스에게 분노를 산 적이 있었다. 당시 헤라는 사나운 돌풍을 보내 헤라클레스를 코스섬에 조난시켜 버렸는데, 제우스가 잠에서 깨어나 분노하여 휘프노스를 바닷속에 던져 버렸다. 그때 신과 인간을 모두 정복하는 밤의 여신 뉙스가 다가와 구해 줘 잠의 신은 겨우 살아날 수 있었다(14.243-262). 그러자 헤라는 휘프노스에게 3명의 아름다운 카리테스 중 파시테에와 결혼시켜 주겠다고 제안했다. 평소 파시테에를 사랑했던 휘프노스는 헤라가 맹세까지 하자 복종했다.

이제 모든 준비를 마친 헤라가 제우스를 찾아와 오케아노스와 테튀스에게 가는 길이라고 알린다(14.301). 그때 제우스는 너무도 강렬하게 헤라에게 매혹되어 버린다. 호메로스는 제우스가 다른 어떤 여인보다도 헤라에게 훨씬 강하게 사로잡혔다는 사실을 증명하기 위해 제우스 스스로 자신의 화려한 여성 편력을 읊어 대도록 한다. 페이리토스를 낳은 디아, 페르세우스를 낳은 다나에, 미노스와 라다만토스를 낳은 에우로페, 디오뉘소스를 낳은

호메로스의 일리아스,
신들의 전쟁과 인간들의 운명을 노래하다

세멜레, 헤라클레스를 낳은 알크메네, 페르세포네를 낳은 데메테르, 아폴론과 아르테미스를 낳은 레토 등이다. 제우스는 자신이 이토록 간절하게 사랑의 욕망에 사로잡힌 적이 없다고 호소한다(14.313-328). 여기서 호메로스나 그의 청중이 주로 남성이기 때문인지 이런 여성 편력을 듣는 헤라의 심정은 전혀 신경 쓰지 않는 듯 보인다. 당시 가부장제 사회에서 여성에 관한 남성의 자유로운 삶의 방식을 고려한다면 이해할 수 있는 부분이다. 헤라 역시 별로 개의치 않고 제우스는 황금 구름으로 시야를 가렸다.

헤라 여신이 제우스를 잠들게 하는 사이에 잠의 신이 포세이돈에게 헤라의 계략과 상황을 알려 준다(14.357-360). 포세이돈은 그리스군을 독려하여 출병하게 만들었다. 트로이군은 그리스 방벽 안에 진입해 그리스군과 전면전을 벌이고, 양군은 혼전을 거듭한다. 헥토르는 아이아스에게 창을 던져 가슴을 맞혔지만 아이아스는 운 좋게도 상처를 입지 않았다. 그렇지만 아이아스가 곧바로 돌덩어리를 들어 올려 헥토르의 목 근처 가슴을 맞혔다. 헥토르의 몸이 팽이처럼 빙글빙글 돌다가 말 등에서 떨어졌다. 이때 그의 창과 방패 및 투구가 함께 떨어지면서 요란한 소리를 냈다. 그리스군이 함성을 지르며 몰려들었지만 트로이군이 헥토르를 둘러싸고 급히 전쟁터에서 빠져나갔다(14.402-432).

크산토스강 옆에서 헥토르에게 물을 끼얹자 그는 무릎을 꿇고 앉아 검은 피를 토했다. 그리고는 다시 땅에 쓰러져 정신을 잃어버렸다. 헥토르가 치명적인 부상을 입고 물러나자 전세가 완전

〈트로이인들과 그리스인들의 전쟁〉
조반니 바티스타 스컬토리, 1538

제우스가 잠든 사이 포세이돈은 그리스군을 독려하여 출병하게 만들었다. 그림 앞쪽에 장검을
손에 쥔 나체의 인물이 포세이돈이다.

히 역전된다. 그리스군이 맹공격을 하자 트로이군이 공포에 사로
잡힌다. 아이아스를 선두로 해서 안틸로코스, 메리오네스, 테우
크로스 등이 수많은 트로이 전사들을 죽이는데 잔인하기 짝이 없
다. 특히 그리스의 페넬레오스는 트로이의 일리오네우스의 눈 밑
을 창으로 찔러 눈알이 빠지게 하고 목덜미를 꿰뚫은 후에 칼로
목을 베어 머리를 '양귀비 꽃봉오리'(14.499)처럼 들어 보였다고
한다. 호메로스는 식물에 비유하여 인간의 죽음을 설명하기도 한

호메로스의 일리아스,
신들의 전쟁과 인간들의 운명을 노래하다

다. 특히 양귀비 꽃봉오리는 죽은 전사의 머리를 지시한다.[51] 양귀비꽃은 길고 얇은 줄기에 큰 꽃을 피워서 위태롭게 달린 형태를 보여 준다고 생각한 듯하다.

5. 제우스의 개입과 아카이아인들의 후퇴

〔제15권〕

드디어 제우스가 잠에서 다시 깨어나서 전쟁터를 내려다보았다. 지상에서는 포세이돈이 그리스군과 함께 트로이군을 뒤쫓고 있고 헥토르는 들판에서 피를 토하고 있었다. 사실 제우스가 아주 긴 시간 동안 잠이 들었던 것은 아니다. 그렇지만 그리스군은 순식간에 전세를 뒤엎고 거침없이 트로이군을 살육했다. 제우스는 헤라를 무섭게 노려보면서 예전에 헤라클레스를 코스섬으로 표류하게 만들었을 때 그녀의 두 발에 모루를 달고 두 손을 황금 사슬로 묶어서 매달아 놓았던 사건을 상기시키며 협박했다(15.18-30). 헤라는 두려움에 떨며 자신이 포세이돈에게 그리스군을 편들게 시킨 것은 결코 아니라고 맹세한다. 여기서 헤라의 변명은 매우 전략적이다. 그녀는 자신이 제우스를 속인 것은 일절 언급하지 않으면서, 단지 포세이돈과 사전에 모의한 적이 없다는

호메로스의 일리아스,
신들의 전쟁과 인간들의 운명을 노래하다

사실만 스튁스^{Styx}강에 맹세한다(15.36-46). 실제로 헤라와 포세이돈은 각자 독자적으로 그리스군을 도왔을 뿐이다. 제우스는 헤라에게 설득되어 자신과 뜻을 같이할 것을 부탁하고 이리스와 아폴론을 불러 달라고 한다. 그는 이리스를 통해 포세이돈을 물러나게 하고, 아폴론을 통해 헥토르가 고통을 잊고 다시 용기를 갖도록 해 주었다.

나아가 제우스는 헥토르에게 다시 진격하라면서 그리스군을 아킬레우스의 함선들로 밀려들어 가게 하려는 계획까지 미리 알려 준다. 여기서 제우스는 특별히 '아킬레우스의 함선'이라 적시했다(15.63-64). 사실 제9권에서 아가멤논 사절단의 설득에 아킬레우스는 처음에는 강하게 거부하였지만, 오뒷세우스의 연설 이후 포이닉스와 아이아스의 설득을 통해 분노가 상당히 많이 진정된 상태였다. 아킬레우스는 사절단이 돌아가기 전에 이미 그리스군이 자신의 함선까지 몰려오게 되면 다시 전쟁을 할 것이라는 가능성을 열어 두었다. 그는 "내 막사와 검은 함선 옆에서는 헥토르가 아무리 전의에 넘친다고 해도 제지당하고 말 것"(9.654-655)이라고 말했다. 제우스는 그리스군이 패주하여 몰려가면 아킬레우스가 파트로클로스를 내세울 것이고, 헥토르가 나서서 파트로클로스를 죽이고, 다시 아킬레우스가 나서서 헥토르를 죽일 때까지는 아무도 그리스군을 도와서는 안 된다고 선언한다. 제우스는 테티스에게 아킬레우스의 명예를 높여 주겠다고 한 약속을 지키려는 것이다.

헤라가 제우스를 떠나 올림포스에 도착하자 다른 신들이 벌떡 일어나 잔을 들어 환영했다. 테미스는 가장 먼저 나아가 헤라에게 잔을 건네며 안색을 살피고 안부를 물었다. 헤라는 제우스의 독재를 비난하면서도 모두에게 참아야 한다고 조언한다(15.104-112). 그러는 와중에 아레스가 자신의 아들 아스칼라포스가 죽을 운명이라는 사실을 알고는 전쟁터로 나가겠다고 폭주했다. 모든 신이 걱정하자 아테나가 뒤따라 나가 아레스에게 제정신이냐고 야단치며 진정하라고 종용했다. 그녀는 "모든 인간의 가문과 자손을 보존하는 것은 어려운 일"(15.141)이라고 아레스를 설득했다. 헤라는 즉시 제우스의 요청대로 이리스와 아폴론을 보내며 제우스가 시키는 대로 할 것을 당부했다.

제우스는 이리스에게 포세이돈에게 가서 당장 전쟁에서 물러날 것을 전하라고 명령했다. 이리스가 포세이돈에게 제우스의 명령을 전달하자 포세이돈은 분노했다.

"보라, 아무리 그가 강하다고 하지만 너무 거만하게 말하는구나.
그가 명예로는 동등한 나를 힘으로 제압하려 하니 말이다.
크로노스에 의해 레아가 낳은 세 형제들이 있는데 바로
제우스와 나, 그리고 셋째인 죽은 자들의 왕인 하데스다.
모든 것이 셋으로 나뉘어 우리는 각자 자신의 몫을 차지했소.
우리가 제비를 흔들었을 때, 내게는 영원히 머무르도록
회색빛 바다가 정해졌고, 하데스는 희뿌연 어둠을 받았고,

〈이리스와 제우스〉
미셸 코르네유 더 영거, 1701

이리스는 제우스의 전령 역할을 하는 무지개의 신으로 하늘과 땅을 연결해 주며, 인간의
기도가 이뤄지도록 돕기도 한다.

제우스는 아이테르와 구름 속에 넓은 하늘을 얻었소.

그러나 대지와 높은 올림포스는 우리 모두 함께 가졌소.

나는 결코 제우스가 생각하는 대로 걷지 않을 것이오.

그가 강력하다 할지라도 자신의 삼분의 일의 몫에 머무르고,

내가 약하다 할지라도 힘으로 겁주려 해서는 안 될 것이오.

그 자신이 낳은 아들들이나 딸들에게 폭력적인 말로

위협하는 것이 더 나을 것이오.

그들은 반드시 말을 들을 겁니다."

(15.185-199)

포세이돈은 자신이 하늘의 신 제우스와 지하 세계의 신 하데스와 '동등한' 몫을 가졌다는 사실을 강조하며, 제우스가 자신을 강압적으로 제재하려는 데 반발한다. 이리스는 전령의 신이지만 제우스의 말을 전달만 하고 떠나지는 않았다. 만약 포세이돈의 말을 그대로 전한다면 신들의 전쟁이 발발할지도 모른다. 이리스는 포세이돈에게 그가 말한 것을 제우스에게 그대로 전해도 되는지, 아니면 마음을 바꿀 것인지를 다시 물었다. 포세이돈은 다행히 이리스의 제안에 바로 이성을 되찾는다. 포세이돈은 "전령이 적절함을 아는 것"은 좋은 일이라고 말하면서, 비록 모욕감을 느끼지만 이번에는 양보하겠다고 하며 바닷속으로 들어간다 (15.206-217).

제우스는 아폴론에게는 트로이 진영으로 가서 헥토르를 돌보아 주고 용기를 북돋아 주라고 명령한다(15.221-235). 제우스의 뜻에 따라 헥토르는 거의 죽을 뻔했는데도 정신을 차리고 일어났다. 여기서 아폴론이 다가오자 헥토르가 바로 알아보는 장면이 나온다. 실제로 아킬레우스와 같이 직접 보는 것인지는 정확하지 않다. 고대 그리스에서는 신을 직접 보는 것이 아닐지라도 신을 알아차리는 장면이 종종 나타난다.[52] 호메로스는 이따금 신들의

호메로스의 일리아스,
신들의 전쟁과 인간들의 운명을 노래하다

변신을 세세히 말하지 않기도 한다. 영웅들은 신들이 인간으로 변신한 것을 때로는 즉각적으로 알고 때로는 나중에 알기도 한다. 헬레네도 유모로 변장한 아프로디테를 바로 알아차렸다. 여기서는 특이하게 헥토르가 자신에게 다가와 말 건네는 자가 '신'이라는 것을 알지만 정확히 누구인지를 파악하지는 못하고 있다. 그는 "당신은 신들 중의 누구신가요?"(15.246)라고 묻는다. 거의 죽을 뻔했는데 기적적으로 살아났기 때문이다. 아폴론은 자신의 정체를 밝히면서 제우스가 보냈으니 "이제 용기를 내라"라고 말한다.

헥토르는 큰 용기를 얻어 전열을 정비하고 다시 공격을 시작했다. 그리스군은 죽은 줄 알았던 헥토르가 다시 돌진해 오는 모습을 보고 너무나 놀라 두려워했다(15.262-290). 아폴론이 트로이군의 선두에 서서 길을 터 주며 그리스군을 밀어냈다. 제우스의 명령에 따라 포세이돈이 그리스군을 떠나고 아폴론이 트로이군과 함께했다. 트로이군은 다시 전의를 불태우며 그리스군을 맹렬히 공격해 나갔다. 헥토르는 트로이군이 전리품 때문에 지체하자 모두 내버려 두고 그리스군의 함선을 공격하라고 명령했다. 그리스군은 순식간에 함선 앞에까지 밀려나면서 위기일발의 상황에 내몰렸다. 그렇지만 그리스군은 함선 앞에서 최선을 다하여 버텨냈다. 그리스군에게는 더 이상 물러설 곳이 없었기 때문이다.

그런데 여기서 잠시 잊고 있었던 파트로클로스가 재등장한다. 제11권에서 아킬레우스의 명령을 받아 그리스 진영을 살펴보러 왔던 파트로클로스는 부상당한 에우뤼퓔로스를 만나 치료해 주고 있었다. 그런데 제15권에서 파트로클로스가 아직도 에우뤼퓔로스를 치료하는 장면이 다시 나온다(15.390). 그렇다면 제11권에서 제15권 사이의 전투 이야기는 파트로클로스가 그리스 진영을 둘러보는 과정에서 그리스군의 전세가 위험하다는 것을 알려 주는 역할을 하는 것으로 보인다. 그렇지만 제11권의 상황이 제15권의 상황과 연결되어 동시적으로 보여서 시간적 격차가 너무 심하게 느껴질 수 있다.

지금까지 전투 상황을 보면 제우스가 의도한 대로 아폴론의 도움을 받은 헥토르가 그리스 함선까지 밀고 들어가서 일촉즉발의 대치 상황이 되었다. 이제 드디어 아킬레우스가 수면 위로 나타날 때가 되었기 때문에 파트로클로스가 등장한 것이다. 아킬레우스의 등장이 너무 지연되어 보이지 않도록 파트로클로스는 서사시 전체의 중간에 해당하는 제11권에 등장한 것이다. 아킬레우스는 제9권에서 아가멤논 사절단이 방문했을 때, 트로이군이 그리스 함선과 자신의 막사까지 밀고 들어올 때까지는 전쟁에 참여하지 않을 것이라고 했다(9.650-655). 에우뤼퓔로스를 치료하다가 파트로클로스는 트로이군의 함성과 그리스군의 비명이 막사 가까이 들리자 서둘러 아킬레우스에게로 돌아간다.

호메로스의 일리아스,
신들의 전쟁과 인간들의 운명을 노래하다

고대 그리스에서 좋은 삶을 살아가는 데 아레테arete는 핵심적인 개념이었다. 현대에서는 아레테를 '탁월성'excellence으로 번역하는 경향이 강하다. 처음에는 그리스어 아레테가 라틴어 비르투스virtus로 번역되면서, 영어권에서는 'virtue'로 정착했다. 하지만 그리스 초기에 아레테라는 용어는 윤리적 맥락과 연관성이 약했다. 그저 인간이 가진 능력이 탁월하게 잘 발휘되는 것을 가리키기 때문에 이후 이를 고려한 '탁월성'이라는 가치 중립적인 번역어가 선호되었다. 'virtue'는 '좋음'의 의미가 포함되어 가치 중립적이지 않기 때문이다.[53] 그러나 최근에 국내에서는 '덕'德으로 번역하는 것을 수용하는 편이다. 사실 동양의 '덕'도 유사한 의미 변화를 겪어서 아레테를 덕이라 번역해도 문제가 되지 않을 수 있다.

그리스 서사시에서 인간의 탁월성을 가장 잘 발휘하는 인물을 영웅heros이라 부른다.[54] 고대 영웅들은 누구보다도 탁월한 사람이었기 때문에 헤미테오이hemitheoi, 즉 '반신'半神이라고 불렸다. 호메로스도 영웅들을 '반신'이라 불렀다(12.23). 고대 그리스 영웅들은 신체 측면에서나 영혼 측면에서나 모두 탁월성을 발휘했다. 트로이 전쟁 이전의 대표적 영웅 헤라클레스나 트로이 전쟁의 대표적 영웅 아킬레우스는 반인반신의 특징을 가지고 있다. 그들은 선천적으로 부모 중 한쪽이 '신'이었지만 후천적으로도 누구보다

233

도 많은 고난과 역경을 통해 가장 탁월한 영웅으로 훈련되었다.[55] 헤라클레스는 양적으로나 질적으로 수많은 모험을 겪고 극복해 냈고, 아킬레우스도 수많은 전투를 통해 가장 강력한 전사로 거듭났다.

아리스토텔레스의 윤리학에서 탁월성은 인간의 기능과 밀접하게 연관되어 있다. 아리스토텔레스는 인간의 기능이 '잘' 발휘된 것을 탁월성이라 하였다. 말하자면 '덕을 가진' 의사란 인품이 좋고 존경할 만한 의사가 아니라 탁월한 의술 능력을 발휘하는 의사를 가리킨다. 플라톤은 우리 각자가 고유한 몫을 가지고 있기 때문에 이에 따라 각자 자신의 일을 해야 한다고 말한다. 플라톤은 개인의 영혼을 이성, 기개, 욕망으로 구분하고, 다시 이에 상응하는 국가 공동체의 계층을 생산자, 수호자, 통치자 계층으로 나눴다. 나아가 각 계층은 자기 영혼의 능력을 적절하게 훈련하면 각각 절제, 용기, 지혜 등의 탁월성을 발휘할 수 있다. 아리스토텔레스는 인간의 영혼을 이성적 부분과 비이성적 부분으로 구분하고, 비이성적 부분의 능력을 탁월하게 발휘하면 '성품의 탁월성'이라 부르고, 이성적 부분의 능력을 탁월하게 발휘하면 '지성의 탁월성'이라 부른다.[56]

호메로스의 일리아스,
신들의 전쟁과 인간들의 운명을 노래하다

그리스 서사시의 시대는 수치 문화가 지배적이었다. 특히 호메로스 서사시는 전쟁 문화와 연관되어 공동체에서 명예를 잃는 것을 가장 수치스러워한 듯 보인다. 고대 그리스 연구자 도즈는 호메로스의 사회를 수치 문화의 관점에서 분석한다.[57] 이와 관련하여 약간의 논란에도 불구하고 호메로스의 세계가 수치를 중요한 가치로 삼고 있다는 것은 분명하다. 『일리아스』 제1권에서 아킬레우스는 자신의 명예의 선물을 빼앗아 가려는 아가멤논을 수치심이 없는 자anaideien, 즉 파렴치한이라 비난한다(1.149). 제9권에서 아가멤논이 사죄하기 위해 보낸 엄청난 선물을 단번에 거절하면서 사절단에게 '파렴치'라는 표현을 사용한다(9.372).

수치심은 명예time나 명성과도 밀접한 관계가 있다.[58] 인간의 탁월성이나 좋음agathos과 긴밀하게 연결된 용어이다. 일단 영웅적 탁월성을 잘 발휘해야 명성이나 명예를 얻을 수 있다. 전쟁에서 전사의 탁월성은 용기와 강력한 힘과 전투 기술 등을 잘 발휘하는 것이다. 제9권에서 포이닉스는 남성의 탁월성이 빛나는 곳을 전쟁터와 회의장이라고 말한다(9.428-443). 호메로스는 전쟁터에서 군사들을 독려하기 위해 '수치스러워하라'는 의미로 아이도스aidos라는 표현을 자주 사용한다(13.95; 15.502). 나아가 전쟁터에서 명예와 수치를 존중하라는 표현을 반복적으로 사용한다. "수치를 존중하는 사람들aidomenon andron 중 더 많은 사람이 죽기보다는 살 것이다. 그러나 도망치는 사람들에게는 명성도 방어력 alke도 없을 것"(5.533-534)이라고 한다.

수치스러워하지 않는 자는 개인의 명예뿐만 아니라 가문의 명예와 나아가 국가 공동체의 명예를 잃게 만들 수 있다. 전쟁터에서 자신의 목숨을 구하기 위해서는 도망치고 싶지만 명예를 잃고 수치를 당할까 염려하는 영웅들의 내면적 갈등은 이야기의 소재로 자주 등장한다. 제6권에서 잠시 파리스를 찾으러 트로이 성 안으로 들어온 헥토르에게 안드로마케는 아내와 자식을 과부와 고아로 만들지 말라며 가족을 위해 전쟁터로 다시 나가지 말라고 한다. 하지만 헥토르는 가문과 국가 공동체를 위해 나가야 한다고 역설하면서 그렇게 하지 않으면 트로이인들에게 수치를 당할 것이라 설득한다(6.441-446).

호메로스의 일리아스,
신들의 전쟁과 인간들의 운명을 노래하다

8

파트로클로스의
죽음과 시신 탈환

1. 파트로클로스의 슬픔과 아킬레우스의 출전 조건

〔제16권〕

그리스 방벽이 무너지고 트로이군이 밀고 들어와 그리스군과 격전을 벌이면서 부상자와 사상자가 속출하자 파트로클로스는 커다란 슬픔에 사로잡혔다. 제11권에서 그는 전쟁 상황을 파악하기 위해 나갔다가 그리스군의 참상을 보게 된다. 그러고는 제15권에서야 아킬레우스의 막사로 돌아간다. 제16권에서 파트로클로스는 마치 "높은 벼랑 위에서 시커먼 물을 쏟아붓는 검은 물의 샘과 같이"(16.2-4) 뜨거운 눈물을 흘리면서 아킬레우스에게 갔다. 아킬레우스는 전세를 계속 살피고 있었기 때문에 파트로클로스가 우는 까닭을 모르지는 않았을 것이다. 그런데도 파트로클로스에게 엄마를 졸졸 따라다니며 치맛자락을 붙들고 안아 달라 눈물 흘리는 계집아이처럼 우는 까닭이 무엇이냐고 묻는다.

아킬레우스는 파트로클로스에게 부모님이 돌아가신 것도 아니지 않느냐고 물을 정도로 탐탁지 않아 했다. 그제야 파트로클로스는 아킬레우스의 마음을 눈치챘는지 노여워하지 말라고 하며 그리스군의 상황이 너무나 위급하기 때문이라고 말한다. 가장 용감한 전사들인 디오메데스, 오뒷세우스, 아가멤논, 에우뤼필로스 등이 모두 부상당해 함선들 사이에 누워 있다고 설명하면서, "당신의 어머니는 테티스가 아니라 번쩍이는 바다이고, 당신의 아버지는 펠레우스가 아니고 가파른 절벽이냐"(16.33-35)며 어떻게 그리 무정하냐고 원망한다.

> "지금 나를 보내어 남은 뮈르미도네스인들의 병력과
> 나를 함께 가게 해 주오. 내가 다나오스인들에게 빛이 될 수도 있소.
> 또한 그대의 무구를 주어 내 어깨에 걸치게 해 주오.
> 나를 그대인 줄 알고 트로이인들이 싸움터에서
> 물러날 수도 있소. 이제 지친 아카이아인들의 용맹한 아들들이
> 숨이라도 돌릴 수 있소. 전쟁에서 숨 돌릴 여유는 너무 짧소.
> 우리는 지치지 않았소. 그러니 전쟁에 지친 사람들을
> 함선들과 막사들에서 도시로 쉽게 몰아낼 수 있을 것이오."
> (16.38-45)

파트로클로스는 그리스군이 잠시라도 한숨을 돌릴 수 있도록 아킬레우스의 무구를 자신이 걸치고 전쟁터에 나갈 수 있게 허락해 달라고 청한다. 그런데 호메로스는 이렇게 아킬레우스에게 간

호메로스의 일리아스,
신들의 전쟁과 인간들의 운명을 노래하다

청하는 파트로클로스를 정말 어리석다고 말한다. 자신의 죽음을 자청한 결과가 되었기 때문이다. 아킬레우스는 파트로클로스가 자신을 이해하기보다는 원망하자 속상했는지 역정을 냈다. 자신이 전쟁에 참여하지 않는 이유는 아가멤논이 부당하게 자신의 명예를 빼앗았기 때문이라고 재차 확인시킨다. 그렇지만 아킬레우스는 이미 아가멤논 사절단이 왔을 때 심정의 변화가 있었고 이제는 분노를 거둘 때가 되었다고 생각한 것으로 보인다. "지난 일은 잊어버리기로 하세. 항상 마음속에 분노를 지닐 수는 없는 일이네"(16,60-61)라고 말한다. 제9권에서 아가멤논의 사절단 중 아이아스의 불평을 들으면서, 아킬레우스는 트로이군이 자신의 함선까지 밀고 들어오기 전까지는 싸우지 않겠다고 했다. 그렇다면 트로이군이 자신의 함선까지 온다면 싸우겠다는 말이나 다름없다.

아직 아가멤논에 대한 분노가 완전히 사라지지는 않아 역정을 내고 있긴 하지만, 아킬레우스도 그리스군의 상황을 예의 주시하면서 계속 걱정하는 듯이 보인다. 그는 그리스군의 상황에 불만을 표시하며 자신이 참전했다면 지금처럼 위기를 겪지 않았을 것이라고 아가멤논을 탓했다. 나아가 그는 이미 디오메데스가 제5권에서 대활약했던 상황을 알고 있었다. 아킬레우스는 앞서 아가멤논의 소리를 들었는데 지금은 헥토르와 다른 트로이인의 함성만 울려 퍼지고 있다고 우려했다. 이것은 아킬레우스가 처음 아가멤논과 싸우고 참전하지 않기로 결심했을 때부터 계속 그리스군의 전세를 주시하고 있었다는 뜻이다. 결국 아킬레우스는 그들이 귀향할 함선을 트로이군이 불태우지 못하도록 하기 위해서라는 명분을 내세우면서 파트로클로스에게 출병을 허락한다. 아직 아킬레우스가 직접 나서기에는 완전히 분이 풀리지는 않았지만 그렇다고 그리스군의 상황을 못 본 척하기에는 상황이 너무 다급했다.

> "그대는 함선들에서 그들을 몰아내고는 즉각 돌아오시게.
> 헤라의 천둥 치는 남편이 그대에게 영광을 받게 해 준다고 해도
> 나 없이는 호전적인 트로이인들과 싸우려 하지 마시게.
> 그대가 나한테서 명예를 빼앗는 일이 된다네.
> 또한 그대는 전쟁과 싸움에 너무 빠져서 트로이인들을
> 죽이며 일리오스로 가서는 안 되네.
> 영원한 신들 중의 누군가 올림포스에서 내려오지 않도록 하게.
> 멀리 쏘는 아폴론이 그들을 매우 사랑한다네.
> 그대는 함선들을 구하자마자 되돌아오고
> 다른 사람들이 들판에서 싸우도록 놔두게."
>
> (16,87-96)

아킬레우스의 출병 조건은 다음과 같다. 첫째, 파트로클로스가 트로이군을 그리스 함선에서 몰아내고는 반드시 즉각 돌아와야 한다. 만약 아킬레우스의 무구를 입고 그 이상 싸운다면 아킬레우스의 명예를 빼앗는 일이 될 것이다. 둘째, 파트로클로스는 싸우다가 그리스군을 일리오스 성벽 앞까지 이끌고 가서는 절대

안 된다. 만약 그렇게 되면 아폴론이 파트로클로스를 공격할지 모르며 불운을 피할 수 없을 것이다. 이것은 파트로클로스가 자신이 해야 할 임무를 정확히 인지하고 분수에 넘치는 행동을 하지 말아야 한다는 사실을 경고하는 것이다. 아킬레우스는 사리분별이 뛰어난 인물이다. 파트로클로스가 마치 자신이 가져야 할 명예를 차지할까 시기하는 것처럼 들리지만, 사실은 그가 자칫 자신의 능력에서 벗어나는 일을 하려다가 예기치 못한 불운을 당할까 봐 염려하는 것이다.

호메로스의 이어지는 묘사에 따르면 아킬레우스가 파트로클로스의 출병을 허락하는 동안에 그리스군의 상황은 더욱 긴박하게 돌아간다. 그리스 함선들 근처에서 아이아스가 트로이군을 막아 내기 위해 사력을 다하고 있었다. 아이아스는 트로이군의 끊임없는 공격에 투구가 울려 정신이 없었고, 큰 방패를 붙든 채 밀리지 않으려다 온몸에 땀이 비 오듯 흘러내리는데도 숨 돌릴 겨를도 없었다. 더욱이 헥토르가 다가가 아이아스의 창목을 뎅강 잘라 버리는 바람에 창 자루만 남아 휘둘러 봐야 아무 소용이 없었다. 아이아스가 어쩔 수 없이 물러서자 트로이군은 그리스의 프로테실라우스의 함선 안에 불을 던졌다. 함선은 삽시간에 불길에 휩싸였다(16.102-124).

아킬레우스는 함선의 불길을 보고 파트로클로스에게 빨리 무구를 갖춰 입을 것을 재촉했다. 파트로클로스는 아킬레우스의 창은 제외하고 정강이받이, 가슴받이, 청동 칼, 방패, 투구 등으로 무장했다. 아킬레우스의 창은 케이론이 펠레우스에게 준 것으로 오직 아킬레우스만 휘두를 수 있기 때문이다. 파트로클로스는 다른 창을 사용했다. 전차병으로서 출전하는 아우토메돈은 불멸의 말들인 크산토스와 발리오스와 '필멸'의 말인 페다소스를 곁마로

〈아우토메돈과 아킬레우스의 말들〉
앙리 르뇨, 1868

아킬레우스의 무구를 빌려 입은 파트로클로스가 출전할 때, 아우토메돈은 전차병으로서
아킬레우스의 말들을 준비시켰다.

호메로스의 일리아스,
신들의 전쟁과 인간들의 운명을 노래하다

준비시켰다. 아킬레우스는 뮈르미도네스인들에게 무장하고 출병을 준비하라고 명령했다. 호메로스는 여기서 드디어 출정하는 아킬레우스의 부대를 자세히 소개한다.

아킬레우스는 총 50척의 배에 각각 50명씩 태우고 참전했는데 5개의 부대로 나누어 5명의 지휘관을 데리고 왔다. 각 부대의 지휘관은 메네스티오스, 에우도로스, 페이산드로스, 포이닉스, 알키메돈이었다. 아킬레우스는 자신의 부대에 용기를 불어넣으며 제우스에게 제주를 바쳤다. 그는 테티스 여신이 참전할 때 보낸 함을 열어 제우스에게만 사용했던 귀한 잔을 꺼내 들었다(16.225-227). 파트로클로스에게 얼마나 특별한 애정을 갖고 있는지를 보여 주는 대목이다. 아킬레우스는 파트로클로스가 그리스군 함선들에서 트로이군을 몰아내고 무사히 돌아오게 해달라고 기도했다(16.233). 제우스는 아킬레우스의 기도 중에서 파트로클로스가 트로이군을 몰아내는 것은 들어주었지만 무사히 귀환하는 것은 들어주지 않았다.

2. 파트로클로스의 출전과 사르페돈의 죽음

아킬레우스는 기도를 마치고 잔을 도로 함에 넣어둔 후 뮈르미도네스인들의 출전을 보기 위해 막사 앞으로 나왔다. 뮈르미도네스인들은 마치 철없는 아이들이 잘못 건드린 말벌 떼와 같이 함선에서 갑자기 쏟아져 나와 함성을 지르며 트로이군을 맹공격했다. 트로이군은 아킬레우스가 아가멤논과 화해하고 출전한 줄 알고 크게 동요하기 시작했다. 파트로클로스가 그리스 함선 옆에서 공격하던 파이오니아인의 장수 퓌라이크메스를 창으로 맞히자 트로이군이 비명을 지르며 함선에서 달아나기 시작했다. 그리스군은 함선에 붙은 불을 끄고는 함성을 질러댔다. 이제 그리스군이 반격을 시작하고 파트로클로스 이외의 다른 영웅들도 많은 수훈을 세운다.

트로이 전쟁은 후반부로 치달으면서 죽는 장면이 점점 더 끔

호메로스의 일리아스,
신들의 전쟁과 인간들의 운명을 노래하다

찍해진다. 보이오티아의 장수 페넬레오스는 트로이의 뤼콘의 목을 쳤는데 머리가 거의 잘렸지만 떨어지지 않고 한쪽으로 넘어가 달린 채로 죽었다(16.333-341). 크레테의 이도메네우스는 청동 창으로 에뤼마스의 입을 찔러 턱뼈를 박살 냈는데 이빨들이 튕겨 나오고 두 눈에 피가 가득 고였다(16.345-350). 그리스군은 마치 이리 떼가 목자의 잘못으로 흩어진 새끼 양이나 염소를 습격하듯이 트로이군에게 달려들었다. 이제 갑자기 전세가 역전되자 트로이군은 미친 듯이 달아나기 시작한다. 헥토르의 말들은 외호를 어렵지 않게 넘어갔는데 다른 트로이군의 전차는 상당수가 넘지 못했다. 말들은 주인을 실은 전차를 떼어 내고 달아났다. 그러나 아킬레우스의 말들은 파트로클로스를 태우고 내달아 외호를 가볍게 훌쩍 넘었다. 파트로클로스는 헥토르를 치기 위해 달리다가 결국 따라잡지 못하고 달아나던 트로이군을 쳤다. 그는 트로이군을 다시 함선 쪽으로 몰아넣고 수많은 그리스 전사자들의 복수를 했다(16.398). 여기서 호메로스는 파트로클로스의 무훈을 알리기 위해 죽인 적군들을 일일이 열거한다.

파트로클로스의 전투가 절정에 이르렀을 때 가장 신적인 적을 한 사람 만나게 되는데 바로 제우스의 사랑을 받는 뤼키아의 왕 사르페돈이다(16.419). 그는 뤼키아인들에게 도망가지 말라고 호통을 치며 수많은 트로이인들을 죽인 인물이 누구인지를 궁금해한다. 이미 앞서 보았듯이 다른 트로이인들은 그가 아킬레우스인 줄 알고 엄청난 속도로 달아나고 있는 상황이다. 사르페돈만 "트로이인들에게 엄청난 피해를 입힌 저 사람이 누구인지 알아볼 것이오"라고 말하는 것이 매우 이상해 보인다. 약간의 시간이 흐른 뒤 아킬레우스의 무구를 입은 인물이 아킬레우스가 아닐 수 있다는 의심이 생겨난 사르페돈이 그 정체를 확인하고 싶어 하는 것으로 이해할 수도 있겠다. 마침내 사르페돈과 파트로클로스는 전차에서 뛰어내려 서로에게 덤벼들었다.

호메로스는 여기서 헤라와 제우스의 대화 장면을 삽입하여 상황의 중대성을 보여 주고 있다. 제우스는 사랑하는 사르페돈이 파트로클로스에게 제압당할 것을 알고 고민에 빠졌다. 사르페돈을 살리기 위해 전쟁터에서 낚아채어 뤼키아로 보내야 할지, 아니면 파트로클로스의 손에 죽도록 놔둬야 할지를 결정하지 못하고 있었다. 헤라는 제우스의 고민을 듣고 야단을 친다.

"크로노스의 가장 두려운 아들이여, 도대체 무슨 말을 하는 건가요?
필멸의 인간들입니다. 그들의 운명은 오래전에 정해졌어요.
당신은 그들을 증오하는 죽음에서 자유롭게 해 주려는 건가요?
그러세요. 하지만 우리 다른 신들은 모두 승인하지 않을 거예요."
(16.440-443)

헤라는 제우스가 사르페돈을 살릴 생각을 한다는 것을 알아채고 분개한다. 인간은 죽을 운명을 타고났기 때문에 반드시 죽을 수밖에 없다. 그런데도 제우스가 우주의 질서와 법칙을 깨고 자신의 자식이란 이유로 특정 인간을 구해 내려 한다면 다른 신들도 저마다 자기가 원하는 사람을 구하려 할 것이다. 제15권에서 아레스도 자신의 아들로 여기던 아스칼라포스의 죽음을 알고 슬픔을 견디지 못했었다(15.111). 때마침 아테나 여신이 달려가 아레스를 설득하여 제지했다. 제우스가 사르페돈을 살리려 한다면 다른 신들의 원망을 살 것이 틀림없다.

헤라는 제우스가 원한다면 무엇이든 할 수 있다는 사실을 안다. 제우스는 인간의 운명을 바꿀 수도 있다. 유대교의 유일신 야훼신이 절대적 힘을 가진 것과 달리 그리스의 올림포스 신들은 일부 특정 기능이나 능력만을 가진다. 더욱이 제우스와 다른 올림포스 신들은 운명의 여신들에게 지배되는 것처럼 보인다. 제우스는 테티스와 결혼하기 위해 포세이돈과 겨루지만 그녀가 낳을 자식이 그 아버지보다도 강하다는 신탁을 듣고 테티스를 인간 펠레우스와 결혼시킨 적이 있다.

그러나 여기서 헤라의 말을 분석해 보면 비록 제우스는 사르페돈을 구하지는 않지만 운명을 바꿀 힘은 있는 듯이 보인다. 제우스가 사르페돈을 살릴지 말지를 고민한다는 자체가 선택할 능력이 있다는 것이다. 그러나 헤라의 충고로 제우스는 그렇게 하는 결정이 적절하지 않다고 판단하고 포기했다. 헤라는 제우스를 설득하기 위해 한 가지 제안을 한다. 사르페돈이 파트로클로스의 손에 죽는 일은 피할 수 없지만, 죽음의 신과 잠의 신을 보내 사르페돈의 시신을 뤼키아로 보내 주어 친인척이 장례를 치르도록 해 주자는 것이다(16.450-457). 제우스는 헤라의 제안을 받아들였고 사르페돈의 죽음에 핏빛 빗방울을 내렸다.

인간의 운명에 대한 제우스와 헤라의 대화로 잠시 정지되었던 사르페돈과 파트로클로스의 결전이 재개된다. 먼저 파트로클로스가 사르페돈의 시종을 창으로 맞히자 사르페돈이 창을 던졌지만 빗나가서 곁마 페다소스가 맞았다. 필멸의 말 페다소스가 땅바닥에 쓰러져 죽자 불멸의 말들이 날뛰었는데 전차병 아우토메돈이 곁마의 고삐를 끊어 제자리를 찾도록 만들었다. 다시 사르페돈이 파트로클로스에게 창을 던졌지만 빗맞았고, 파트로클로스는 사르페돈의 심장을 딱 맞혔다. 그가 사르페돈의 가슴에 발을 대고 창을 뽑자 횡격막까지 딸려 나와 죽음에 이르렀다(16.502-505).

사르페돈은 죽어 가면서 친구 글라우코스에게 자신을 대신해 뤼키아인들의 지휘관들을 싸우도록 격려하고, 적들이 자신의 무구를 벗겨 가지 않도록 해 달라고 부탁했다. 그렇지만 글라우코스는 테우크로스가 날린 화살에 맞아 싸우기 힘든 상태여서 아폴론에게 기도하여 도움을 요청하였다. 아폴론이 치유하여 회복하자 글라우코스는 트로이인들을 데리고, 파트로클로스도 그리스군을 데리고 사르페돈의 시신 쟁탈전을 벌였다(16.563-566). 사르페돈과 파트로클로스의 대결은 다음에 나올 헥토르와 아킬레우스의 대결을 예시한다. 사르페돈의 죽음은 헥토르의 죽음을 예시하고, 파트로클로스의 죽음은 아킬레우스의 죽음을 예시한다.

제우스는 사르페돈을 죽인 파트로클로스를 언제 죽게 할 것인지를 고민한다(16.645-647). 사르페돈의 죽음 직후 바로 헥토르에 의해 죽게 할 것인지, 아니면 트로이군을 더 많이 죽이도록 한 후에 죽게 할 것인지. 결국 제우스는 파트로클로스에게 좀 더 명예를 주고 죽게 하는 것이 낫다고 판단한다. 그러자 헥토르는 두려움을 느끼고 트로이군과 함께 성안으로 달아나게 된다. 그사이 그리스군은 사르페돈의 청동 무구를 벗기고, 그의 시신을 함선으로 가져가려 한다. 이때 제우스가 아폴론에게 사르페돈을 끌어내어 시신을 씻긴 뒤 신성한 기름을 발라 불멸의 옷을 입히고 잠과 죽음의 신들에 의해 뤼키아로 호송할 것을 지시한다(16.667-675).

3. 파트로클로스의 진격과 죽음

파트로클로스는 도망치는 트로이군을 추격하여 순식간에 성벽에 도달한다. 그런데 트로이 성벽이 언급되면서 우리는 아킬레우스가 파트로클로스에게 당부한 말들을 떠올리게 된다. 분명히 아킬레우스는 그리스 함선에서 트로이군을 몰아내면 즉각 돌아와야 하며, 결코 트로이 성벽까지 추격해 가면 안 된다고 당부했다. 그럼에도 불구하고 파트로클로스는 지금 아킬레우스의 명령을 어기고 트로이 성벽까지 갔다. 제우스는 파트로클로스를 살려둘 의향이 전혀 없었다. 그는 단지 파트로클로스를 좀 더 일찍 죽일 것인가, 아니면 좀 더 늦게 죽일 것인가만 고민했다. 어차피 파트로클로스는 사르페돈을 죽였을 때 죽음을 피할 수 없게 되었다.

트로이 성벽에서 파트로클로스는 세 번이나 트로이 성벽을 기어오르려 시도하나, 아폴론이 직접 밀어내며 불사의 손으로 번

호메로스의 일리아스,
신들의 전쟁과 인간들의 운명을 노래하다

적이는 방패를 쳤다. 그런데도 파트로클로스가 다시 네 번째로 성벽에 오르려고 시도하자, 아폴론은 트로이 성벽은 파트로클로스는 물론 아킬레우스에 의해서도 결코 함락되지 않을 것이라 예언한다(16.707-709). 파트로클로스는 그제야 성벽에서 멀리 물러났다. 아폴론은 헥토르에게 파트로클로스를 공격할 것을 권유하고 그리스군에게 무서운 공포를 불어넣었다. 헥토르는 다른 그리스인은 아무도 상대하지 않고 바로 파트로클로스를 향해 진격했다. 파트로클로스는 전차에서 내려 돌을 던졌는데 헥토르의 전차병 케브리오네스의 양미간을 맞혔고, 눈알들이 먼저 굴러떨어진 뒤 몸이 전차에서 떨어졌다(16.739-741).

헥토르와 파트로클로스는 다시 케브리오네스의 시신을 차지하기 위해 쟁탈전을 벌인다. 이때 호메로스는 특이하게도 파트로클로스의 기세를 "외양간을 쑥대밭으로 만들다가 마침내 가슴에 부상을 당하고 제 투지 때문에 죽어 가는 사자"에 비유한다. 그것은 파트로클로스가 지금 대활약을 하지만 곧 죽음이 닥치리라는 예언이나 다름없다. 케브리오네스의 시신을 둘러싸고 헥토르와 파트로클로스는 육탄전을 벌이고 있다(16.756-764). 헥토르는 파트로클로스의 머리를 잡은 채 놓지 않고 파트로클로스는 헥토르의 발목을 잡고 늘어졌다. 결국 그리스군이 케브리오네스의 시신에서 무구를 벗겨 냈다. 여기서 파트로클로스는 세 번의 공격을 통해 각각 9명씩, 즉 총 27명의 트로이인을 죽이는 명예를 얻는다. 그가 다시 네 번째 공격을 하려 할 때 어두운 죽음이 엄습했다.

드디어 파트로클로스에게 죽음의 순간이 다가왔다. 호메로스는 아폴론과 맞섰기 때문이라 한다. 사실 파트로클로스는 능력에 비해 지나치게 많은 성과를 올렸다. 아킬레우스가 트로이군을 그리스 함선에서 몰아내고 바로 돌아오라고 했건만, 파트로클로스는 이미 승리에 도취되어 명령을 망각해 버렸다. 이는 자신의 한계를 알지 못하고 넘어선 것으로 '오만'을 범한 것이다. 호메로스는 아폴론이 짙은 안개로 몸을 가리고 파트로클로스에게 다가와 등과 넓은 어깨를 내려쳐서 정신을 아득하게 만들고, 말총 장식이 달린 투구를 쳐서 떨어지게 했다고 말한다. 파트로클로스의 정체가 한순간에 드러나는 상황을 드라마틱하게 묘사한 것이다.

누가 건드리지도 않았는데 투구와 창과 방패가 모두 떨어지고 가슴받이까지 풀려 버렸다. 어떻게 갑작스럽게 이런 일이 벌어질 수 있는가? 인간의 상식으로 설명되지 않는 사건은 초월적 원인으로 설명할 수밖에 없다. 그러니 당연히 트로이에 호의적인 아폴론이 한 일로 설명된 것이다. 이제 아킬레우스의 무장 덕택에 얻었던 모든 능력은 사라질 수밖에 없다. 이 순간을 놓치지 않고 트로이의 에우포르보스가 창을 던져 파트로클로스의 등을 맞히고는 창을 뽑아 다시 물러났다. 파트로클로스가 피하려던 순간에 헥토르가 보고 재빨리 쫓아가 그의 아랫배에 창을 찔러 넣었다(16,818-821).

헥토르는 파트로클로스가 죽어 가는 모습을 보고 독수리 밥이 되겠다며 다소 분별력 없는 소리를 한다. 아킬레우스가 파트로클로스에게 헥토르를 죽이기 전에는 돌아오지 말라고 했느냐고 반문하며 조롱한다. 사실 파트로클로스가 아킬레우스의 말을 듣지 않은 것이기 때문에 아킬레우스를 탓하는 것은 적절치 않다. 헥토르도 이제 분별력이 점차 흐려지는 듯이 보인다. 파트로클로스는 헥토르의 자신감에 찬물을 끼얹었으며 자신을 죽게 만든 원인에 대해 다음과 같이 말한다.

> "나를 죽인 것은 파괴적인 운명과 레토의 아들이었고, 인간들 가운데
> 에우포르보스였다. 너는 단지 세 번째로 나를 죽였을 뿐이다.
> 내가 너에게 말할 것이 있으니 마음에 새기거라!
> 너 자신도 길게 살지는 못한다. 지금 이미
> 죽음이 네 옆에 가까이 다가왔다. 너의 강력한 운명은
> 아이아코스의 흠 없는 손자 아킬레우스의 손에 죽으리라."
> (16,849-854)

파트로클로스의 죽음의 신적 원인은 "파괴적인 운명과 레토의 아들"이고, 인간적 원인은 우선 에우포르보스이며, 다음은 헥토르이다. 따라서 헥토르가 그토록 의기양양할 일은 아니다. 더욱이 파트로클로스는 헥토르가 결코 오래 살지 못할 것이며 아킬레우스의 손에 의해 죽을 것이라고 불길한 운명을 예언한다. 그 후 파트로클로스의 영혼이 그의 사지를 떠나 하데스의 집으로 날아갔다. 그러자 헥토르는 창을 뽑아 들고 바로 전차병인 아우토

메돈에게로 돌진하지만 아킬레우스 마차의 불멸의 말들이 쏜살같이 태우고 달아나 놓쳐 버린다(16.864-866).

호메로스의 일리아스,
신들의 전쟁과 인간들의 운명을 노래하다

4. 파트로클로스의 시신 쟁탈전과 메넬라오스의 무훈

〔제17권〕

파트로클로스가 죽자 메넬라오스가 무리를 헤치고 나와 시신을 지키기 위해 주위를 맴돌았다. 마침 파트로클로스의 등에 창을 던졌던 에우포르보스가 시신을 차지하겠다고 나서자, 메넬라오스는 청동 창을 번쩍 들어 그의 목을 찔러 죽였다(17.60). 트로이군은 메넬라오스 주변을 둘러싸고 있었지만 감히 덤벼들지 못했다. 그러나 아폴론이 아킬레우스의 말을 쫓던 헥토르에게 에우포르보스가 살해된 사실을 알리자, 헥토르가 날카로운 고함을 지르며 메넬라오스를 향해 내달렸다. 메넬라오스도 달려오는 헥토르를 보고 심란하기 짝이 없었다. 이미 아가멤논이 헥토르가 메넬라오스보다 훨씬 강력하니 상대하지 말라고 말린 적이 있었다. 메넬라오스는 지금 적군에게 포위되어 있는 데다가 헥토르까지 돌진해 오니 진퇴양난이었다.

"아! 만약 내가 이 훌륭한 무구와 파트로클로스를,

바로 내 명예를 위해 여기 누워 있는 자를 남기고 떠난다면,

다나오스인들 중 누구든 그것을 본다면 분노할 것이다.

하나 수치를 당하지 않으려 홀로 헥토르와 트로이인들과 싸운다면

마치 한 사람이 수많은 사람과 싸우듯이 그들이 나를 포위할까 두렵다.

빛나는 투구를 쓴 헥토르가 모든 트로이인을 여기로 데려오고 있다.

그런데 왜 내 마음은 나 자신과 이러한 것들을 논하고 있는 걸까?"

(17.91-97)

메넬라오스는 마음속으로 심한 갈등을 겪는다. 파트로클로스의 시신을 버리고 달아난다면 목숨을 구할 수는 있겠지만 수치스러운 일이요, 그렇다고 가만히 있으면 헥토르와 트로이군들에 포위되어 목숨을 잃을 것이다. 이것은 제11권에서 오뒷세우스가 겪은 갈등과 유사하다. 오뒷세우스는 디오메데스를 구출했지만 정작 자신은 적군에 포위되어 고립된 상황이었다. 그는 내적 갈등을 겪지만 오히려 자신을 꾸짖으며 물러서지 않고 싸우기를 선택한다. 다행히 메넬라오스와 아이아스가 달려와 주어 오뒷세우스는 위기에서 벗어날 수 있었다.

그러나 메넬라오스는 파트로클로스의 시신도 적진에서 구출해야 하는 상황이다. 그는 일단 파트로클로스의 시신을 두고 주변을 두리번거리며 아이아스를 찾았다. 아무래도 헥토르의 상대가 될 만한 인물은 아이아스뿐이라 판단했기 때문일 것이다. 메

넬라오스는 아이아스를 발견하자 재빨리 달려가 파트로클로스의 시신을 되찾자고 제안했다(17.120-122). 그런데 이미 헥토르가 파트로클로스의 시신에서 무구를 벗겨 내고 끌고 가고 있었다. 아이아스가 메넬라오스와 함께 막아서자 헥토르는 물러서 전차에 올라탔다.

헥토르가 파트로클로스의 시신은 버려두고 무구만을 성안으로 가져려고 하자, 글라우코스는 파트로클로스의 시신을 차지해야 한다고 저지한다. 글라우코스는 지난번에 트로이군이 사르페돈의 시신을 탈환하지 못한 것을 비난하면서, 사르페돈의 시신과 교환하려면 파트로클로스의 시신을 반드시 차지해야 한다고 역설했다. 더욱이 글라우코스는 헥토르가 자신보다 강한 아이아스를 피하려고만 한다고 화를 돋우었다. 그 결과 헥토르는 호통을 치며 성안으로 가져가던 아킬레우스의 무구들을 그냥 자신이 입고 전쟁에 나섰다. 파트로클로스를 죽음으로 몰아넣은 불길한 무구들을 말이다. 그것은 아킬레우스에게는 더할 나위 없이 훌륭한 무구이지만 파트로클로스에게는 적합지 않은 무구이기 때문이다. 제우스는 헥토르를 바라보며 한없는 연민을 느꼈다.

> "아! 불쌍한 사람아, 너는 죽음을 생각조차 하지 않는구나.
> 죽음이 가까이 있는데도 말이다. 다른 사람들도 두려워서 떠는
> 인간들 가운데 최고 전사의 불멸의 무구들을 네가 입고 있구나."
>
> (17.201-203)

제우스는 아킬레우스의 무구가 헥토르에게 어울리지 않는다고 말하면서, 헥토르가 다시는 트로이성으로 되돌아가지 못할 것이라고 예언한다. 그 대신 헥토르에게 마지막으로 큰 영예를 차지할 힘을 주었는데, 전쟁의 신 아레스가 그의 몸으로 들어가 투지를 불태우게 되었다. 헥토르는 사방을 돌아다니며 함성을 질러 트로이군을 격려했다. 여기서 그는 트로이 동맹군을 소집한 목적을 설명하는데 그리스 동맹군과는 그 목적이 근본적으로 다르다. 그는 트로이인의 아내들과 어린 자식들을 호전적인 아카이아인으로부터 구하기 위해 싸운다고 말한다. 그러고는 트로이군의 사기를 진작시키기 위해 파트로클로스의 시신을 아군 쪽으로 끌고 오고, 아이아스를 물리치는 아군이 있다면 자신의 전리품 절반을 내놓겠다고 공언했다(17.229-232).

그리스군의 아이아스도 전세가 걱정되어 메넬라오스를 통해 도움을 청하였는데, 작은 아이아스와 이도메네우스 및 메리오네스 등 많은 그리스인들이 알아듣고 몰려들었다. 트로이군과 그리스군이 파트로클로스의 시신을 두고 대접전을 벌였다. 이때 트로이군의 힙포토오스가 파트로클로스의 발목을 묶고 트로이성으로 끌고 가려 했다. 아이아스가 무리를 헤치고 덤벼들어 투구를 박살 내자 피로 물든 뇌가 쏟아져 그 광경이 참혹했다. 호메로스가 파트로클로스의 시신을 다루는 방식은 나중에 헥토르의 시신을 다루는 방식과 비슷하다. 파트로클로스나 헥토르는 모두 '발목'이 묶여 적진으로 끌려가는 형국을 맞이한다. 물론 파트로클로스

호메로스의 일리아스,
신들의 전쟁과 인간들의 운명을 노래하다

〈파트로클로스의 시신을 안은 메넬라오스〉
다이아나 스컬토리, 16세기

파트로클로스가 죽자 트로이군과 그리스군은 서로 시신을 가져가기 위해 대지가 붉은 피로
물들 만큼 격렬히 전투했다.

시신의 경우에는 아이아스가 탈환했기 때문에 트로이 성안으로
끌려 들어가지 않았다. 『일리아스』에서 특별히 '발목'과 관련된
언급은 아킬레우스의 죽음을 예시하는 듯하다.

아폴론이 나서 아이네이아스에게 아직 제우스가 트로이 편이
라고 말하자, 아이네이아스는 헥토르를 설득하여 함께 시신을 탈
환하기 위해 돌진했다. 아이아스는 누구도 파트로클로스의 시신
앞에 서지도 뒤로 물러나지도 말고 바로 곁에 붙어 싸우라고 명
령했다. 트로이군과 그리스군 양군은 대지가 붉은 피로 젖을 정
도로 격렬하게 전투했는데, 트로이군보다는 그리스군의 전사자

가 훨씬 적었다. 파트로클로스 시신 쟁탈전이 더욱 격렬해지자 아테나 여신이 포이닉스로 변신하여 메넬라오스를 독려했다. 특히 아테나 여신은 메넬라오스의 가슴속에 쇠파리의 대담성을 불어넣었다고 한다.

왜 호메로스는 하필이면 메넬라오스를 '쇠파리'에 비유할까? 다른 영웅들은 사자나 독수리 또는 매와 같은 맹수에 비유했는데 말이다. 아마도 메넬라오스의 능력과 특성을 고려했던 것으로 보인다. 쇠파리는 아무리 쫓아내려고 해도 사람의 피가 달기 때문에 사람의 몸에 계속해서 덤벼든다고 한다. 아마도 메넬라오스가 파트로클로스의 시신을 탈환할 때까지 끊임없이 트로이군에게 달라붙을 것임을 표현하려는 의도인 듯하다. 메넬라오스는 헥토르의 친구 포데스를 살육하고 헥토르는 메리오네스의 전차병 코이라노스를 살육했다. 전투가 더욱 격렬해지고 있다는 사실은 살육하는 장면이 더욱 참혹해지는 것을 보면 알 수 있다. 코이라노스는 귀밑 턱을 맞아 이빨들이 튕겨져 나가고 혓바닥 정중앙이 갈라졌다.

호메로스는 파트로클로스의 시신을 둘러싼 전투 외에 다른 곳에서 싸우고 있는 네스토르의 아들들인 트라쉬메데스와 안틸로코스를 잠시 조명한다. 아직 파트로클로스의 죽음이 그리스군 전체에 알려지지 않았고, 아킬레우스조차도 그 소식을 모르고 있었기 때문이다. 본래 아이아스는 파트로클로스의 죽음을 빨리 아킬레우스에게 전달하고자 했다. 제우스에게 기도하여 짙은 안개가 걷히자 아이아스는 메넬라오스에게 안틸로코스를 찾아 아킬레우스에게 보내라고 한다. 메넬라오스는 혹시라도 그리스군이 공포에 질려 파트로클로스의 시신을 빼앗길까 두려워 두 아이아스와 메리오네스에게 시신을 잘 지키라고 신신당부를 하고 떠난다.

메넬라오스는 시력 좋은 '독수리'와 같이 사방을 두리번거리다 안틸로코스를 발견하고는 파트로클로스의 죽음을 아킬레우스에게 전하라고 부탁했다. 안틸로코스는 소식을 듣고 눈물을 흘리며 아킬레우스에게 달려갔다. 메넬라오스는 지체 없이 다시 파트로클로스의 시신에게 달려갔다. 그는 아킬레우스가 무장을 갖추지 못하기 때문에 당장 달려올 수 없으리라 판단하고 시신을 안전하게 가져갈 방도를 고민했다. 아이아스는 자신이 뒤에서 트로이인들과 헥토르를 저지할 테니, 메넬라오스와 메리오네스가 시신을 들어 어깨에 메고 앞서 나가자고 제안했다. 그는 "우리는 마음도 하나요, 이름도 하나였소. 우리는 예전부터 잔혹한 전쟁에서 버텨 왔소"(17.720-721)라고 말하며 투지를 불태웠다. 호메로스는 트로이군을 부상당한 멧돼지에게 덤벼드는 개 떼에 비유하며 물어뜯으려고 달려들다가도 멧돼지가 돌아서면 사방으로 흩어지고 만다고 했다. 트로이군이 쉬지 않고 공격을 계속했지만 두 아이아스가 마치 들판의 울창한 언덕이 홍수를 제지하는 것처럼 미친 듯이 막아 내었다.

일반적으로 올림포스 신화에서 전령의 신은 헤르메스로 알려져 있다. 그러나 『일리아스』를 보면 제우스의 전령 역할을 하는 신은 이리스이다. 이리스는 타우마스와 엘렉트라의 딸이다. 타우마스는 바다의 신 폰토스의 아들이고 엘렉트라는 강의 신 오케아노스의 딸로 바다와 강의 결합으로 태어났다. 이리스는 무지개의 여신으로 하늘과 땅을 연결해 주는 역할을 하고 인간의 기도가 이뤄지도록 도와주며 다른 신들이 인간에 관심을 갖도록 해 준다. 이리스가 서풍의 신 제퓌로스와 결혼한 것은 속도와 관련되어 보인다. 흥미롭게도 전령의 신으로서 이리스는 『일리아스』에서 자주 등장하고, 『오뒷세이아』에는 등장하지 않는다. 고대 도기화에 나타난 이리스를 보면 어깨에 날개가 달렸고, 날개 달린 신발을 신었으며, 뱀 2마리가 꼬여 있는 날개 달린 지팡이를 들고 다닌다. 따라서 헤르메스의 모습과 중첩되는 부분이 상당히 많다.

파트로클로스는 아킬레우스가 아가멤논과 싸우고 난 후 셋째 날 전투에서 목숨을 잃었다. 그의 죽음은 『일리아스』가 총 24권인데 중반을 넘긴 제16권에 등장한다. 호메로스는 파트로클로스의 죽음을 특히 장황하게 설명한다. 주인공이 아님에도 다른 인물에 비해 그 과정이 지나치게 집중 조명되어 있다. 파트로클로스의 죽음은 아킬레우스의 죽음에 대한 예시이기 때문이다. 실제로 우리는 트로이 전쟁에서 아킬레우스가 죽었다는 것을 알지만, 『일리아스』에서는 죽지 않는다. 그리스 최고 영웅 아킬레우스는 『일리아스』 안에서는 영원히 살아 있다. 그렇기 때문에 아킬레우스의 대역인 파트로클로스의 죽음은 매우 중요하다. 특별히 호메로스는 파트로클로스가 참전해 죽고, 그의 시신을 탈환하는 과정은 물론, 장례 의식과 장례 경기까지 아주 상세히 묘사하는 데 상당한 분량을 할애한다.

9

아킬레우스의
비탄과 무구 제작

1. 아킬레우스의 비탄과 파트로클로스의 시신 탈환

〔제18권〕

아킬레우스는 멀리서 그리스군이 트로이 성벽까지 밀고 갔다가 다시 그리스 함선 쪽으로 밀려오는 모습을 보고 파트로클로스가 이미 죽었다고 생각한다. 함선에서 몰아내면 바로 돌아오라고 했는데 파트로클로스가 약속을 지키지 않았다며 한탄한다(18.6-14). 사실 제18권 첫 구절만 보면 아킬레우스가 이미 파트로클로스의 죽음을 알고 있는 것처럼 보인다. 그렇게 생각하면 네스토르의 아들 안틸로코스가 파트로클로스의 죽음을 전했을 때 아킬레우스의 행동이 다소 이상해 보인다. 마치 전혀 짐작도 못 하고 처음 듣는 소식인 양 충격에 빠지기 때문이다. 그러나 자세히 보면 이것은 호메로스가 아킬레우스의 심리 변화를 세심하게 표현하는 방식이다. 아킬레우스는 파트로클로스가 무구를 입고 처음 나섰을 때 트로이 성벽까지 그리스군이 치고 나가다가 다시 허

겁지겁 도망쳐 오는 것을 보고는 파트로클로스가 죽었을지 모른
다는 불길한 예감에 사로잡혀 죽었다는 소식을 들은 것처럼 말한
것이다. 이제는 아킬레우스가 '설마' 하던 추측이 정말 사실이라
는 소식을 확인한 후 겪은 엄청난 충격이 그려진다.

아킬레우스는 양손에 검은 먼지를 움켜쥐더니 머리에 뿌려 고
운 얼굴에 떨어지게 하였고 땅 위에 누워 머리카락을 쥐어뜯으
며 울부짖었다. 안틸로코스는 아킬레우스가 혹시 슬픔에 빠져 칼
로 목이라도 벨까 걱정하며 손을 붙잡았다(18.22-34). 아킬레우스
의 통곡을 듣고 깊은 바닷속 동굴에서 테티스와 네레우스의 딸들
이 슬피 울면서 그리스군 함선이 있는 해안에 차례로 올라와 아
킬레우스에게 몰려들었다. 아킬레우스는 아버지 펠레우스가 차라
리 인간 여인과 결혼했으면 좋았으리라고 한탄한다. 이제 그가 전
쟁에 나가 죽게 되면 어머니 테티스 여신은 말할 수 없는 고통을
당할 것이기 때문이다. 테티스는 "내 아들아, 네 말을 들어 보니
너는 역시 단명하겠구나. 헥토르 다음으로 곧 네가 죽게 되어 있
으니 말이다"(18.95-96)라고 말하며 슬피 울었다. 아킬레우스는 격
앙되어 "지금이라도 당장 죽고 싶다"라고 외치며 파트로클로스가
죽어 가는데도 아무것도 도와주지 못한 자기 자신을 책망한다.

"불화는 신들과 인간들 사이로부터 없어지기를!
아주 현명한 사람에게도 일어나는 분노도 없어지기를!
분노는 떨어지는 꿀보다 훨씬 달콤해서

인간들의 가슴속에 연기처럼 퍼져 버려요.

인간들의 왕 아가멤논은 나를 분노하게 만들었어요.

그렇지만 아무리 비통하더라도 지난 일로 생각하고

우리 가슴속의 마음을 억누를 겁니다.

이제 난 사랑하는 영혼을 죽인 헥토르에게 달려 나갈 거예요.

내 죽음은 제우스와 다른 불사신들께서 가져가시기로

결정하실 때에 언제든지 받아들이겠어요."

(18.107-116)

아킬레우스의 가슴은 지금 후회로 가득 찼다. 그는 신들과 인간들로부터 불화^{eris}가 없어지기를 바란다. 불화는 아킬레우스와 아가멤논을 싸우게 만들고, 아킬레우스에게 분노를 일으켜 참전하지 않게 하고, 파트로클로스의 죽음으로까지 번져 나갔다. 호메로스는 여기서 분노^{cholos}는 '꿀보다 달콤하다'며 연기처럼 막을 수 없다고 말하는데, 제1권에서 사용한 분노^{menis}보다 훨씬 일반적인 표현이다. 아가멤논에 대한 분노는 약화된 것이 분명하다. 아킬레우스는 '아무리 괴롭더라도 지난 일이라 생각하고 격정^{thymos}을 눌러야 한다'고 말한다. 이것은 아가멤논과의 화해가 다가오고 있음을 암시한다. 아킬레우스는 이제 운명에 복종하는 태도를 보인다. 신들이 결정한다면 아무리 헤라클레스라도 운명을 피할 수 없음을 알기 때문이다. 아킬레우스가 자신의 출전을 모정으로 막지 말라고 하자, 테티스도 더 이상 만류하지 못했다.

그렇지만 그녀는 헤파이스토스에게서 새로운 무구를 가져올 새벽녘이 될 때까지는 결코 전쟁터에 나가지 말라고 당부했다. 파트로클로스가 입고 나간 아킬레우스의 무구는 이미 헥토르가 벗겨 내어 차지했기 때문이다.

아킬레우스가 비탄에 빠진 동안에도, 여전히 파트로클로스의 시신을 두고 트로이군과 그리스군이 접전을 벌이고 있었다. 헥토르가 세 번이나 시신을 끌어가려 했지만, 두 아이아스가 세 번 모두 물리쳐 냈다(18.155). 자칫하면 헥토르에게 시신을 빼앗길 수도 있다고 판단한 헤라가 이리스를 보내 아킬레우스를 찾아가게 한다. 이리스는 파트로클로스를 트로이군에 빼앗겨 그의 목이 잘려 장대에 꽂히게 되면 아킬레우스에게 치욕이 될 것이라고 말한다. 그러나 아킬레우스는 아직까지 새로운 무구를 갖추지 못한 상태라 전쟁터에 나갈 수 없는 상황이었다. 이리스는 아킬레우스에게 막사 밖으로 나가 트로이군에게 그의 모습이라도 보여 주라고 충고했다(18.197).

아킬레우스가 방벽 밖으로 나가 호 가장자리에 서서 세 번이나 고함을 질렀다. 그런데 호메로스는 이때 아킬레우스의 모습을 특별하게 묘사한다. 아킬레우스의 머리에서 광채가 뻗어 나갔을 뿐만 아니라 불타는 황금 구름을 머리에 두른 것처럼 보였다고 표현한다. 호메로스는 잊지 않고 아테나 여신이 아킬레우스를 그렇게 만들어 주었다고 말한다. 아마 이때 아킬레우스는 다른 누구와도 비교되지 않을 정도로, 어디에서나 보일 만큼 너무나 빛나는 모습으로 우뚝 서 있었던 모양이다. 아킬레우스가 트로이군을 향해 고함을 지르는데 팔라스 아테나도 함께 소리를 질러서 트로이군의 간담을 서늘하게 만들었다고 한다. 아킬레우스는 세 번이나 고함을 쳤고, 트로이군은 혼란에 빠졌다. 그사이 그리스군은 파트로클로스의 시신을 무사히 구조할 수 있었다(18.217-233).

드디어 태양이 지자 트로이군과 그리스군은 달콤한 휴식을

〈파트로클로스의 죽음을 애도하는 아킬레우스〉
개빈 해밀턴, 1760-1763

아킬레우스는 파트로클로스의 시신이 돌아오자 통곡하면서 헥토르의 머리와 무구를 손에 넣고, 트로이 소년 12명을 희생 제물로 바치기 전에는 장례를 지내지 않겠다고 결심한다.

취할 수 있었다. 그런데 트로이의 폴뤼다마스가 나서서 전략적 후퇴를 제안했다. 호메로스는 폴뤼다마스가 특이하게도 헥토르와 같은 날에 태어난 자로 예언 능력이 있으며 언변이 뛰어난 인물이라고 설명한다(18.249-252). 그는 제16권에서 트로이 성벽까지 순식간에 밀고 들어온 파트로클로스의 무장이 해제되는 순간에 등에 창을 꽂았던 에우포르보스의 형제였다. 폴뤼다마스는 아킬레우스가 밤이 지나면 반드시 트로이로 공격해 들어와 수많은 사람들을 죽일 테니 일단 성안으로 퇴각하여 성벽 위에서 지켜보자고 제의했다. 그리스군이 아무리 싸우기를 원하더라도 높은 문과 강한 성벽을 넘지 못하고 주위를 맴돌다가 지쳐 돌아갈 것이기 때문이다(18.249-283). 그러나 헥토르는 폴뤼다마스의 현명한 충고를 단박에 무시하고 날이 밝는 대로 나가 그리스군과 격전을 벌이자고 말했다. 파트로클로스를 죽이고 다시 그리스군을 함선쪽으로 밀어내는 중이라 제우스가 도와준다고 생각했기 때문이다. 호메로스는 트로이인들이 폴뤼다마스의 편이 아닌 헥토르 편을 드는 것을 보고 파국을 예견한다(18.284).

"이제, 파트로클로스여, 난 그대보다 늦게 지하로 들어갈 것이오.
난 그대의 위대한 마음의 살해자 헥토르의 무구들과 머리를
여기로 가져올 때까지 그대를 장례 치르지 않을 것이오.
그대를 화장할 장작더미 앞에서 트로이인들의 빛나는 자식들
12명의 목을 벨 것이오. 그대를 죽여 날 분노케 했기 때문이오."

호메로스의 일리아스,
신들의 전쟁과 인간들의 운명을 노래하다

(18,333-337)

아킬레우스는 먼저 헥토르의 머리와 무구를 손에 넣고 트로이의 12명의 소년들을 희생 제물로 바치기 전에는 장례를 지내지 않겠다고 결심했다. 그렇지만 뮈르미도네스인들은 아킬레우스를 둘러싼 채 파트로클로스를 위해 밤새도록 대성통곡했다.

여기서 호메로스는 다시 제우스와 헤라의 대화를 삽입한다. 제우스는 아킬레우스가 다시 참전할 것이니 헤라가 뜻을 이루었다고 말하며, 그리스인들이 헤라의 친자식이 아니냐고 들썩거린다. 그런데 솔직히 트로이인들에게 일시적으로 승리할 수 있도록 해 준 것은 제우스 자신이지 않은가? 누구보다도 아킬레우스가 다시 참전하여 명성을 얻기를 바라는 것은 제우스 자신이 아닌가? 그런데 제우스는 마치 헤라가 자기 뜻을 이룬 양 말하고 있다. 헤라는 자신을 분노하게 했던 트로이인들에게 재앙을 주려는 것이 잘못이냐고 반문한다.

2. 헤파이스토스의 발명과 무구 제작

　제18권에서 주목할 만한 또 다른 장면은 아킬레우스의 무구를 만들기 위해 헤파이스토스의 궁전을 방문한 테티스 여신의 일화이다. 여기서 호메로스는 올림포스의 최고신 제우스와 헤라의 큰아들 헤파이스토스의 특별한 능력과 기능을 자세히 설명한다. 물론 아킬레우스의 방패 제작과 관련하여 부차적으로 다뤄지는 것으로 볼 수 있지만 다른 신들과 달리 헤파이스토스가 집중적으로 조명된다. 테티스는 헤파이스토스의 '별처럼 반짝이는 불후의 궁전'에 도착했다. 호메로스가 헤파이스토스 궁전 안을 묘사하는데, 무언가 특별한 것들이 있다.

　우선 세 가지 발명품에 주목해 보자. 첫째, '자동 장소 이동 기구'이다. 헤파이스토스는 약 20개의 세발솥을 만들고 있었는데, 이는 아래에 황금바퀴를 달아 신들을 저절로 회의장으로 갔다가 각자 집에 돌아오게끔 해 주는 장치였다(18.373-377). 오늘날로 말하자면 인공 지능 자동차 정도가 될 것이다. 둘째, '황금으로 만들어진 하녀들'이다. 그들은 다리가 불편한 헤파이스토스를 부축했다. 호메로스에 따르면 그들이 살아 있는 소녀들과 똑같아 보였는데 지성nous이 있으며, 목소리와 힘도 지녔으며 기술도 쓸 수 있었다(18.417-420). 현대적으로는 아마 안드로이드나 로봇과 유사해 보인다. 셋째, '자동 풀무 기계'이다. 이것은 헤파이스토스가 작업할 때 자동으로 불을 피우고 바람을 일으키는 기구이다. 궁전에는 20여 개의 풀무가 있는데 "헤파이스토스가 원하는 대로 작동하기도 하고, 작업의 진도에 따라 때로는 작업을 돕기도 하고 때로는 멈추기도 했다"고 한다(18.468-473). 호메로스가 드러내는 고대 그리스인의 상상력은 몇천 년을 뛰어넘어 현대의 과학 기술을 앞서간다.

다음으로 헤파이스토스의 아내에 관한 언급이 나온다. 그녀는 테티스가 헤파이스토스의 궁전을 방문할 때 환대하기 위해 등장한다. 그런데 예상과 달리 낯선 이름을 가진 여신이다. 일반적으로 헤파이스토스 아내로 알려진 여신은 아프로디테이다. 아프로디테가 헤파이스토스 아내라는 전승은 『오뒷세이아』에 등장한다(8.266-366). 아프로디테가 헤파이스토스를 배신하고 아레스와 부적절한 관계를 갖는 유명한 이야기이다. 그런데 『일리아스』에서 헤파이스토스의 아내는 아름다운 카리스이다. 카리스charis는 '우아함'grace을 의미하며 예술을 인격화한 여신이다. 헤파이스토

〈프리마베라〉 부분
산드로 보티첼리, 1478

〈프리마베라〉에 등장하는 카리테스. 카리테스는 셋이 하나인 집합적 신으로 우리말로는
'삼미신', 즉 3명의 아름다운 여신이라 번역된다.

스는 대장장이 신으로 '기술'의 신이다. 따라서 예술과 밀접하게
연관될 수밖에 없다. 예술이 추구하는 궁극적 대상은 '아름다움'
이다. 따라서 아프로디테가 헤파이스토스의 아내라는 사실은 아
주 당연해 보인다. 여기서 카리스는 단수로 쓰였는데 보통 카리
테스라 표현된다. 카리테스는 셋이 하나인 집합적 신으로 우리말

호메로스의 일리아스,
신들의 전쟁과 인간들의 운명을 노래하다

로는 '삼미신'三美神, 즉 3명의 아름다운 여신이라 번역된다. 일반적으로 그들은 아프로디테의 대역으로 등장한다. 르네상스 시대에 보티첼리가 그린 〈프리마베라〉Primavera에 등장하는 카리테스와 라파엘로가 그린 카리테스가 유명하다.

마지막으로 헤파이스토스가 절름발이 신인 이유가 제시된다. 올림포스 신들 중에서 하필이면 제우스와 헤라의 첫째 아들이 절름발이인 이유는 무엇일까? 헤파이스토스 외에 특별히 신체적 문제가 있는 신은 없다. 당연히 신은 인간보다도 훨씬 탁월하다. 고대 그리스인은 헤파이스토스의 짧은 발을 신으로서의 약점이나 단점으로 생각하거나 불완전성의 표시로 생각지 않았던 것으로 보인다. 그렇다면 그의 특별한 기능과 연관될 것이다. 고대 사회에서 대장장이는 전쟁과 농경 도구를 제작하는 중요한 기술을 지녔던 존재이다. 현대적으로 말한다면 헤파이스토스는 '첨단 과학 기술의 신'이다. 따라서 대장장이를 특정 지역에 살도록 하여 보호하였고, 심지어 다른 곳으로 도망가지 못하게 다리를 분질러 놓던 관습도 있었다고 한다. 그렇다면 헤파이스토스가 절름발이 대장장이 신인 것이 오히려 자연스러워 보인다.

호메로스는 제1권에서 이미 헤파이스토스가 제우스에 의해 올림포스에서 렘노스섬으로 내던져져 고통받았던 이야기를 한 적이 있다. 그런데 제18권에서도 헤파이스토스가 절름발이라서 생겼던 유명한 사건을 설명한다. 헤파이스토스는 테티스가 찾아오자 무척 반기며 테티스와의 특별한 인연을 언급한다. 헤라 여신이 절름발이라는 이유로 헤파이스토스를 올림포스에서 떨어트렸을 때 에우뤼노메와 테티스 여신이 돌보아 주었다. 그는 이 여신들 옆에서 각종 팔찌, 귀걸이, 목걸이 등 장신구를 만들며 무려 9년이나 함께 살았다(18.394-402). 우리는 헤파이스토스의 말을 통해 그가 당시의 은혜를 잊지 않았다는 사실을 확인할 수 있

〈헤파이스토스에게서 아킬레우스를 위한 무구를 받는 테티스〉
페테르 파울 루벤스, 1630-1635

테티스는 헤파이스토스에게 아킬레우스를 위한 무구를 제작해 달라고 요청하고,
헤파이스토스는 기꺼이 응답한다.

다. 따라서 헤파이스토스는 아킬레우스의 무구를 의뢰하는 테티스의 부탁을 결코 거절하지 않으리라 예상할 수 있다. 헤파이스토스는 테티스의 손목을 잡고 존경하고 사랑한다고 하며 "무슨 생각을 하는지 말해 주세요. 내 마음이 내가 그것을 이룰 수 있다면, 또한 이룰 수 있는 일이라면 이루어 주라고 내게 명령하네요"(18.426-427)라고 친절하게 대했다.

테티스는 헤파이스토스를 보고 눈물을 쏟으며 신세를 한탄한다. 제우스가 모든 여신 중에서 자신을 가장 많이 고통받게 했다며 슬퍼한다(18.429). 첫째, 제우스는 바다 여신 중 자신을 선택하여 인간 펠레우스와 결혼시켰는데 그는 이제 늙어 궁전에 누워 있다. 둘째, 아들 아킬레우스는 가장 뛰어난 영웅이 되었지만 트로이 전쟁에서 죽을 운명을 맞게 되었다. 셋째, 아킬레우스가 아가멤논과 싸워 브리세이스를 빼앗기고 전쟁에 나가지 않아 그리스군이 위험에 처하자, 파트로클로스가 대신 무구를 입고 나갔다가 헥토르에게 살해되어 무구를 잃게 되었다. 테티스의 애절한 사연을 들은 헤파이스토스는 그녀가 방문한 목적을 정확하게 이해하고 아킬레우스에게 누구나 감탄할 만한 아름다운 무구를 만들어 주겠다고 말한다. 그는 진심으로 아킬레우스를 죽음의 운명에서 숨겨 줄 수만 있으면 얼마나 좋겠느냐며 아쉬워한다.

헤파이스토스는 아킬레우스를 위한 투구, 가슴받이, 정강이받이, 방패 등을 제작한다. 호메로스는 이러한 무구 중 특히 방패를 집중적으로 설명한다. 방패라는 것이 기본적으로 크기에 한계가 있는데도 불구하고 헤파이스토스는 전 우주를 그려 넣으려 한다. 먼저 '우주'의 근본 요소라 할 대지, 하늘, 바다, 태양, 달, 별을 만들어 넣었다. 다음으로 '인간의 삶'을 전쟁과 평화로 구분하여 나타낸다. 그는 인간의 도시를 평화의 도시와 전쟁의 도시로 구분한다. 평화의 도시에는 결혼식과 재판이 벌어지는 모습이 그려졌다. 전쟁의 도시에는 도시를 지키는 자들과 포위하는 자들 양군이 대치하여 전투하는데 아레스와 아테나가 선두에서 싸우는 모습이 황금으로 그려졌다. 마치 트로이군과 그리스군이 전쟁 중인 모습과 같다. 두 도시가 만들어진 후 시골이 그려지는데 농부들이 소를 몰고 밭을 가는 모습과 포도를 수확하는 모습 및 사자가 황소를 사냥하는 모습 등이 묘사되었다. 마지막으로 방패의 맨 바깥쪽 가장자리를 따라 오케아노스강을 그려 넣어 완성했다(18.478-608). 호메로스는 제11권에서 아가멤논이 아킬레우스 없이 대혈전을 벌이기 전에 아가멤논의 무장에 대해 특별히 장황하게 설명했다. 제18권에서는 아킬레우스의 무구들을 묘사하는 데 훨씬 더 긴 부분을 할애하고 있다. 이것은 아킬레우스가 곧바로 치르게 될 전투가 『일리아스』에서 가장 중요한 전투가 되리라는 예시이다.

제19권

파트로클로스가 죽고 난 다음 날 새벽이 다가왔다. 헤파이스토스는 하룻밤에 아킬레우스의 무구를 완성했고, 테티스가 그것을 받아 헤파이스토스 궁전에서 그리스 막사로 돌아왔을 때는 새벽녘이었다. 아킬레우스는 여전히 파트로클로스의 시신 옆에 쓰러져서 비탄에 빠져 통곡하고 있었다. 테티스는 가슴이 미어질 듯이 아팠지만 인간이라면 누구나 언젠가 겪을 수밖에 없는 일이라며 위로한다. "내 아들아, 너무 슬프더라도 우리 이 사람을 눕혀 두자. 처음부터 신들이 죽게 만든 것이다."(19.8-9) 인간의 죽음은 필연적이다. 누구도 죽음을 피할 수는 없다. 그것은 인간에게 피할 수 없는 운명이다. 어떻게 사랑하는 사람을 잃은 슬픔을 위로할 수 있겠는가? 테티스는 죽음이란 인간의 의지에 달려 있지 않다며 아킬레우스를 체념시킨다. 테티스가 헤파이스토스가 만든 무구를 선물하니 아킬레우스가 불사신의 작품답다며 기뻐했다. 그러나 아킬레우스는 여전히 자신이 헥토르에게 복수하고 돌아오기 전에 파트로클로스의 시신이 부패하지나 않을까 걱정하였다. 테티스는 시신을 완전하게 보존해 주겠다고 약속하며, 파트로클로스의 시신 콧속에 암브로시아ambrosia와 넥타르nektar를 부었다. 아마도 호메로스는 신들이 먹는 이러한 음식이 죽은 자의 몸을 부패하지 않게 해 주리라 믿었던 것 같다.

그리스인은 신의 조언은 늘 인간에게 합리적이고 이성적이라 여겼다. 테티스는 이제 죽을 운명을 가진 아들에게 영웅으로서 적절한 행동을 하도록 충고한다. 아킬레우스는 파트로클로스가 죽은 상황에서 헥토르에게 복수하기 위해 다시 전쟁터로 나갈 것을 맹세했다. 테티스는 아킬레우스에게 우선 그리스의 영웅들을 회의장에 불러 모아 현재 상황의 발단이 된 아가멤논에 대한 분노를 진정시키고, 전투를 위해 신속히 무장하고 투지를 불태우라고 말한다(19.34-36). 그리스인들이 모두 회의장에 모였을 때, 아킬레우스는 영웅다운 면모를 보이면서 먼저 아가멤논에게 화해를 제안한다. 그는 이제 모든 갈등의 원인을 아가멤논 탓으로 돌리지 않고 훨씬 이전에 브리세이스를 잡던 날로 거슬러 올라간다.

> "아트레우스의 아들이여, 이것이 우리 둘 그대와 나에게
> 더 좋은 것이에요. 우리 둘 다 한 소녀 때문에 슬픔에 빠졌지만
> 마음을 갉아먹는 불화 속에서 분노해야 할까요?

호메로스의 일리아스,
신들의 전쟁과 인간들의 운명을 노래하다

내가 뤼르넷소스를 함락시키고 그녀를 잡아 와서

함선에 있던 그날 아르테미스가 그녀를 죽였기를 바라오!

그렇다면 내 잔혹한 분노 때문에 그렇게 많은 그리스군이

적의 손에 죽어 광활한 대지를 물어뜯지 않았을 것이오.

이것은 헥토르와 트로이인들에게 이득이 되었을 것이지만,

아카이아인들은 아마 그대와 나 사이의 불화를 오래 기억할 것이오.

그렇지만 아무리 슬프더라도 우리 이것을 지나간 일로 두고,

우리 가슴속의 마음을 억제해야 하오.

이제 나는 내 분노를 멈출 것이오. 내가 영원히

계속하여 분노하는 것은 적절하지 않기 때문이오."

(19.56-68)

아킬레우스는 파트로클로스의 죽음을 계기로 지난 일을 되돌아보니 너무나 후회되었다. 아가멤논과의 갈등으로 수많은 그리스인이 죽어 나간 현실을 되돌릴 수만 있다면 좋겠다고 생각한다. 여기서 아킬레우스는 현 상황을 야기한 일련의 원인 중 최종 원인을 브리세이스로 설명한다. 마치 브리세이스로 인해 아가멤논과 다툰 것처럼 말하며, 차라리 브리세이스가 죽었더라면 좋았을 것이라 한탄한다. 그러나 아가멤논과의 싸움은 굳이 말하자면 브리세이스라기보다는 크뤼세이스 때문이었고, 나아가 크뤼세이스보다는 아가멤논 탓이라는 편이 옳을 것이다. 아가멤논이 크뤼세이스의 아버지이자 아폴론의 사제 크뤼세스를 모욕하지 않았

더라면 아예 일어나지 않았을 일이다. 그러나 먼저 아가멤논에게 화해를 청한 아킬레우스는 모든 갈등의 원인을 자신 탓으로 돌린다. 그가 브리세이스를 데려오지 않았다면 아무 일도 없었으리라는 것이다. 호메로스는 제1권을 시작할 때 아킬레우스가 분노한 주요 원인에 브리세이스를 넣지 않았지만 여기서는 주요 원인으로 말한다. 사실 아킬레우스가 분노한 원인을 좀 더 구체적으로 지시하는 것은 아가멤논과의 갈등을 간단하게 해결할 수 있는 단초가 된다. 브리세이스를 빼앗아서 분노했다면 돌려주면 해결될 일이기 때문이다.[59]

이제 아킬레우스가 지난 일을 잊고 아가멤논과 화해하겠다고 선언하자 그리스인들이 모두 크게 기뻐했다. 그러자 아가멤논은 부상을 당한지라 제자리에 앉아 변명을 한다. 아마 아킬레우스와 다툰 후에 생긴 비난의 화살을 다른 데로 돌리고 싶었던 것 같다. 아가멤논은 자신이 아니라 제우스와 운명의 여신 모이라이와 '어둠 속을 걷는' 복수의 여신 에리뉘에스에게 책임을 돌린다(19.86-87). 아가멤논이 자신의 죄를 인정하지 않고 변명만 늘어놓는 것 아니냐고 반문할 수도 있다. 그러나 이는 아가멤논이 어떻게 자신이 그렇게 행동했는지 이해할 수 없을 만큼 놀랍다고 표현한 것으로 이해하면 된다. 제우스와 운명의 여신과 복수의 여신은 인간의 삶을 지배하며 가장 많은 영향력을 행사하는 신들이다. 인간이 아무리 노력할지라도 원하는 대로 할 수 없는 부분이 있다. 말하자면 아가멤논은 그때 잠시 제정신이 아니었다고 말하는

호메로스의 일리아스,
신들의 전쟁과 인간들의 운명을 노래하다

것이다. 호메로스는 아킬레우스에게서 브리세이스를 빼앗던 날 신들이 아가멤논에게 '미망'의 여신 아테를 보냈다고 표현한다.

"제우스의 큰딸 아테 여신은 모든 인간들을 눈멀게 하며
파괴적인 존재라오. 그녀의 발은 부드러워 결코 땅에 닿지 않소.
그녀는 인간들의 머리 위를 걸어 다니며 인간들에게 해를 입히오.
둘 중의 어느 쪽이든 걸려들게 된다오."
(19.91-94)

아가멤논은 누구도 미망을 피할 수 없다고 한다. 아마 자신만 아니라 다른 모든 사람도 걸려 넘어질 것이다. 최소한 둘 중 하나는 걸려든다고 하니 얼마나 많은 사람이 미망에 사로잡힌다는 것일까? 미망이란 일종의 '어리석음'으로 지속적인 상태라기보다는 일시적인 상태이다. 아무리 평소 이성적이고 합리적인 사람일지라도 한순간 잠시 '눈이 멀어' 어리석은 짓을 할 수 있다. 호메로스도 인간의 이러한 특성을 잘 알고 있던 것 같다. 심지어 아가멤논은 최고신 제우스도 미망에 빠졌던 일화를 소개하며 인간에 불과한 자신의 어리석은 행동에 대해 이해를 구한다.

제우스는 테베에서 알크메네가 헤라클레스를 낳기로 한 날 미망에 빠졌다(19.96). 그는 너무 성급하게 '오늘 나의 피를 물려받은 한 사내아이가 태어나 주변의 모든 사람을 지배하게 될 것'이라고 말했다. 그러나 헤라가 교활한 마음을 품고 제우스에게

거짓말이 아니냐고 반문하며 맹세를 청했다. 제우스는 아무것도 눈치채지 못하고 엄숙하게 맹세를 했다. 그러자 헤라는 그날 제우스의 핏줄 중 하나인 페르세우스의 아들 스테넬로스의 아내가 임신한 지 일곱 달 된 것을 알고 아이를 칠삭둥이로 태어나게 하고는 알크메네가 헤라클레스를 출산하지 못하도록 막아 버렸다. 헤라는 달려와 축하하며 제우스의 핏줄인 스테넬로스의 아들 에우뤼스테우스가 태어났다고 소식을 전했다. 제우스는 어리석은 말 때문에 헤라클레스가 왕이 되지 못한 일을 후회하며 올륌포스에서 미망의 여신을 내쫓았다. "모든 존재를 눈멀게 하는 미망의 여신은 더 이상 결코 올륌포스와 별 많은 하늘로 돌아오지 못할 것"(19.128-129)이라고 맹세했다. 그래서 인간 세상에 미망의 여신이 머무르게 된 것이다.

아가멤논은 거듭해서 미망의 여신이 마음의 눈을 멀게 하고 제우스가 지혜를 빼앗았다고 말하지만 자신의 잘못을 마냥 신들의 탓으로만 돌리지는 않았다. 그것은 단지 정말 후회한다는 말에 그치는 것이 아니라 제정신이라면 절대 할 수 없는 일을 했다고 시인한 것이다. 그래서 그는 자신의 행동에 책임지기 위해 제9권에서 아킬레우스에게 제안했던 엄청난 보상금을 주겠다고 선포했다. 사실 아킬레우스가 먼저 화해를 요청하였기 때문에, 아가멤논도 자신의 과오를 인정하며 사죄를 청하는 것만으로 충분할 수 있었다. 하지만 그는 책임을 통감하고 사죄의 표시로 다시 보상금을 내놓겠다고 말한다.

호메로스의 일리아스,
신들의 전쟁과 인간들의 운명을 노래하다

4. 아가멤논의 선물과 브리세이스의 반환

그렇지만 아킬레우스는 여전히 아가멤논의 보상금 따위에는 별로 관심을 보이지 않는다. 아가멤논에게 주든 말든 마음대로 하라고 하며, 지금은 시간을 허비할 때가 아니라고 답하면서 오로지 전쟁에만 관심을 보인다(19.146-150). 아가멤논은 보상금을 빨리 주고 자신의 실수를 바로잡고 싶었을 것이다. 그런데 아킬레우스는 아가멤논이 진짜 큰맘 먹고 내놓은 보상금에 전혀 신경을 쓰지 않는다. 아가멤논 입장에서는 무척 섭섭할 수도 있고, 정말 화해하자는 것인지 의심스러울 수도 있다.

그때 오뒷세우스가 나서서 두 사람을 적절히 중재한다. 먼저 아킬레우스에게 아무리 급한 상황이지만 일단 전쟁을 시작하면 종일 할 수도 있기 때문에, 그리스군의 식사를 준비시키라고 제안한다. 다음으로 식사가 준비되는 동안 아가멤논의 선물을 가져오게 하여 모든 그리스인이 눈으로 확인하도록 하자고 제안한다. 특히 아킬레우스의 아내 역할을 했던 브리세이스를 돌려주면서 동침한 적이 없다는 사실을 맹세하라고 아가멤논에게 요청한다(19.155-183). 아가멤논은 자신이 하고 싶은 말을 오뒷세우스가 대신 해 주자 기뻐하면서 스스로 맹세를 하겠다고 나선다. 아킬레우스는 트로이 들판에 헥토르가 죽인 수많은 그리스군이 누워 있는데 밥이 먹히느냐면서, 차라리 먼저 전쟁터에 나가 싸우고 해가 지면 돌아와 식사하는 것이 어떻겠느냐고 제의한다. 얼핏 보면 아킬레우스가 지금 전쟁에 지쳐 버린 그리스군을 식사할 겨를 없이 다시 전쟁터로 내모는 것처럼 보일 수도 있다.

그러나 아킬레우스의 심정으로 돌아가 본다면 그는 지금 아무것도 보이지 않을 것이다. 사랑하는 파트로클로스의 시신이 막사에 누워 있고 사람들은 통곡하고 있다. 최소한 아킬레우스와 그의 뮈르미도네스인들은 아무것도 먹지도 마시지도 못하는 상황일 것이다. 그래서 오뒷세우스는 군사들에게 식사를 먼저 하도록 권한 것이다. 그는 무술은 아킬레우스가 자신보다 낫지만 지혜는 자신이 낫다고 말하며, 나이도 많고 아는 것도 많으니 자신의 말을 제발 들어 달라고 한다. 오뒷세우스는 지금은 전쟁 상황으로 너무 많은 사람이 죽어 나가기 때문에 지나치게 단식하면서 애도하면 안 된다고 주장한다.

  "끔찍한 전쟁에서 살아남은 자들은

호메로스의 일리아스,
신들의 전쟁과 인간들의 운명을 노래하다

먹고 마시는 일을 생각해야 하오.

단단한 청동을 몸에 입고 계속 멈추지 않고

우리의 적과 더 잘 싸우기 위해서는 말이오.”

(19.230-233)

　　오뒷세우스의 판단은 매우 설득력이 있다. 단지 아킬레우스와 뮈르미도네스인들의 전쟁만은 아니었기 때문이다. 다른 그리스군은 전쟁에 지친 상태이고 식사하지 않고 다시 싸우기에는 힘든 상황이었다. 오뒷세우스는 연설을 마친 후 바로 아가멤논의 막사로 가서 아킬레우스에게 줄 선물들을 챙겨서 돌아왔다. 아가멤논은 지체 없이 수퇘지를 희생 제물로 삼아 제우스와 대지의 여신 가이아와 태양신 헬리오스 및 복수의 여신 에리뉘에스를 증인으로 하여 브리세이스의 정조를 지켜 주었다고 맹세한다(19.258). 여기서 아가멤논이 희생 제의를 바치는 방식이 무척 특이한데 희생 제물인 수퇘지를 잿빛 바닷속에 내던졌다. 일반적으로 그리스에서는 주로 번제로 바치고 먹기도 하지만 맹세용으로 희생된 동물은 오염되었다고 생각해 먹지 않았기 때문이다.[60]

　　아킬레우스가 명예의 선물인 브리세이스를 돌려받고 아가멤논이 제시한 엄청난 보상금까지 받은 것은 아킬레우스의 명예가 완벽하게 회복되었음을 드러내는 중요한 사건이다. 제9권에서 아가멤논 사절단이 아킬레우스를 설득하려 시도할 때 아킬레우스를 아들처럼 사랑했던 포이닉스는 멜레아그로스의 사례를 들

〈파트로클로스의 시신 앞에 애도하는 브리세이스〉
레옹 코그니에, 1815

브리세이스는 아킬레우스의 막사로 돌아오자마자 파트로클로스의 시신을 보고 쓰러져 목 놓아
울었다.

면서 반드시 보상금을 받으라고 설득했지만, 제19권에서는 이 부분이 별로 부각되지 않고 넘어가는 것처럼 보인다. 파트로클로스의 죽음과 복수가 급선무였기 때문에 아가멤논의 선물은 상대적으로 아킬레우스에게 별로 큰 의미가 되지 않았을 것이다. 그럼에도 불구하고 오뒷세우스는 공과 사를 분명히 하여 군이 상관없다는 아킬레우스를 설득해 아가멤논의 선물을 받게 했고, 이로써

호메로스의 일리아스,
신들의 전쟁과 인간들의 운명을 노래하다

모든 것이 제자리를 찾아가도록 했다.

　브리세이스는 아킬레우스의 막사로 돌아오자마자 파트로클로스의 시신을 보고 쓰러져 목 놓아 울었다. 파트로클로스를 애도한다지만 실은 자기 신세를 한탄했다(19.287). 여기서 브리세이스는 이미 결혼한 적이 있었던 여인으로 나온다. 아킬레우스는 뤼르넷소스를 함락시키고 그녀의 남편과 세 형제들을 살해한 후 그녀를 포로로 끌고 왔다. 그때 파트로클로스가 누구보다도 그녀에게 친절하게 대했던 것으로 보인다. 브리세이스가 통곡하자 다른 여인들도 따라 통곡했다. 아킬레우스는 아직까지 브리세이스에게 단 한마디도 건네지 않고 파트로클로스를 애도하는 데 여념이 없었다. 그는 심지어 아버지가 돌아가시거나 아들이 죽었다 하더라도 이보다 슬프지는 않을 것이라 말한다.

　아킬레우스의 아버지 펠레우스의 이름은 자주 언급되었지만, 아들 네오프톨레모스의 이름은 여기서 처음 나온다(19.327). 나중에 아킬레우스가 파리스에 의해 살해되고 난 후에 오뒷세우스가 네오프톨레모스를 참전시킨다. 네오프톨레모스는 전쟁이 끝나고 헥토르의 아내 안드로마케를 차지하게 되지만 역시 아버지처럼 오래 살지 못한다. 여기서 아킬레우스는 아들이 아직 살아 있는지는 모르겠지만, 전쟁이 끝나면 파트로클로스가 네오프톨레모스를 데리고 귀향하게 할 것이라고 했던 자신의 말을 회고한다. 아킬레우스는 비록 파트로클로스의 죽음이 아버지나 아들의 죽음보다도 더 슬프다고 이야기했지만, 늙은 아버지와 어린 아들에 대한 연민을 토로한다.

아킬레우스는 오뒷세우스의 제안에 따라 참전하기 전 그리스 군에게 식사를 하도록 했지만, 여전히 자신은 아무것도 먹지 않으려 해서 주변 사람들을 걱정시켰다. 제우스도 아킬레우스를 걱정하여 아테나에게 암브로시아와 넥타르를 가져다주라고 닦달한다. 여기서 암브로시아는 파트로클로스와 헥토르같이 죽은 자의 몸을 보존하는 데도 사용되지만, 산 자의 몸에 활력을 주는 데도 사용되고 있다. 드디어 아킬레우스가 전쟁에 참여하기 위해 헤파이스토스가 제작한 신적인 무구를 입고 준비를 한다.

호메로스는 아킬레우스의 방패는 '달빛'처럼 멀리 비쳤고, 투구는 '별'처럼 번쩍거렸으며, 아킬레우스 자신은 '태양'Hyperion처럼 빛났다고 말한다(19.372-398). 아킬레우스는 오직 그만이 휘두를 수 있었던 펠레우스의 창을 들고 신적인 말들인 크산토스와 발리오스에게 파트로클로스의 경우처럼 마부를 죽은 채로 버려두고 오지 말라고 당부했다. 이때 헤라가 크산토스에게 인간의 음성을 주어 아킬레우스를 무사히 데리고 오겠지만, 아킬레우스는 한 신과 한 인간에 의해 죽을 운명이라고 예언했다. 그러자 복수의 여신 에리뉘에스가 크산토스의 음성을 막아 버렸다(19.418). 그것은 자연에 반하는 행위이기 때문이었다. 에리뉘에스는 일반적으로 혈연 간의 복수를 하는 신이지만 자연적 정의와도 연관된다.[61]

호메로스의 일리아스,
신들의 전쟁과 인간들의 운명을 노래하다

아킬레우스의 무구는 아주 특별한 것으로 설명된다. 『일리아스』에 등장하는 아킬레우스의 무구는 두 가지인데 모두 신으로부터 선물 받은 것이다. 첫 번째는 아킬레우스가 아버지 펠레우스로부터 물려받은 무구이다. 펠레우스는 이것을 테티스 여신과 결혼할 때 신으로부터 선물 받았다(17.195). 호메로스는 그냥 "하늘의 신들"이라 표현했기 때문에 정확히 누가 주었는지는 알 수 없다. 그렇지만 인간이 만든 어떠한 무구와도 비교할 수 없을 만큼 신성한 물건임이 틀림없다. 호메로스는 "아킬레우스의 불멸의 무구들"(17.194)이라고 말한다. 그러나 아킬레우스가 아닌 사람이 입었을 때에는 모두 오래지 않아 죽음을 맞이하게 되는 불운의 상징이다. 먼저 파트로클로스가 입고 나가 자신에게 적절치 않은 명예를 얻고 죽음을 당했고, 헥토르도 파트로클로스를 죽인 후 이 무구를 입고 싸우는 동안 제우스의 도움으로 잠시 명예를 누리다가 바로 아킬레우스에게 살해된다.

두 번째는 아킬레우스가 어머니 테티스로부터 받은 무구로 헤파이스토스가 제작했다. 아킬레우스가 트로이 전쟁에 입고 왔던 첫 번째 무구는 파트로클로스가 입고 나가 죽은 후 헥토르가 차지했다. 아킬레우스는 파트로클로스의 복수를 하고자 아가멤논과 화해하고 다시 참전하려 하지만 전쟁에 입고 나갈 무구가 없었다. 그래서 테티스 여신은 아들 아킬레우스가 입을 무구를 제작해 주기를 헤파이스토스에게 요청했다. 이것이 바로 아킬레우스의 두 번째 무구이다. 이러한 신적인 무구는 매우 훌륭하고 강력하지만 적절한 사람이 입지 않으면 불운을 당하는 것으로 보인다. 아킬레우스의 두 번째 무구도 불행한 사건을 몰고 왔다. 아킬레우스가 죽은 후에 아이아스와 오뒷세우스가 서로 무구를 차지하기 위해 다투었고 결국 오뒷세우스가 차지하게 되었다. 아이아스는 오뒷세우스가 부당하게 차지했다고 생각하여 미치다시피 살육하다가 정신을 되찾고는 자살을 한다.

<table>
<tr><td>Tip</td><td>호메로스의 다양한 비유와 상징</td></tr>
</table>

호메로스의 『일리아스』는 원래 글이 아니라 말로 전달되는 형식이다. 말은 목소리의 톤이나 크기 등을 통해 감정을 실어 표현되기 때문에 화자가 청자의 상상력을 한껏 끌어올릴 수 있다. 하지만 글은 목소리조차 없이 건조하게 전달되기 때문에 오로지 독자의 상상력과 경험치에 따라 이해될 수밖에 없다. 그리스 서사시는 비극과 달리 행동이 아니라 목소리로만 전달했기 때문에 표현 방식에 제한이 있었다. 따라서 호메로스와 같은 음유 시인들은 예를 들어 트로이 전쟁의 상황을 전달한다면 마치 눈에 보이듯이 그려 내는 일이 관건이었을 것이다. 영화나 드라마 등 동영상을 통해 상황을 전달하는 현대 사회와 달리 음유 시인들은 단

지 '음성'밖에 사용할 수 없었다. 다양한 장면을 설명하기 위해 사람들이 일반적으로 경험했을 만한 상황들을 비유나 직유 등으로 최대한 활용해야 했다. 그래서 『일리아스』에는 특히 비유나 상징 등이 많이 등장한다. 때로 호메로스는 비유를 지나치게 길게 사용한다는 생각이 들 정도로 상세하게 묘사한다.

호메로스의 영웅들은 동물이나 식물 또는 자연 현상 등에 비유되어 형상화되었다. 특히 전쟁 상황을 묘사하는 부분에서 영웅들은 때로는 사자, 곰, 독수리, 말 등과 같이 잔인하고 강력한 동물에 비유되기도 하고, 때로는 숲속의 불이나 폭풍우 등과 같이 불가항력의 상황에 비유되기도 한다. 특히 전사들은 굶주린 사자에 자주 비유되는데 아가멤논(11.172), 아이아스(11.548), 사르페돈(12.299;13.389), 에우포르보스(16.482), 헥토르(15.630) 등의 전투 장면에 이런 비유가 등장한다. 『일리아스』가 『오뒷세이아』보다 비유가 훨씬 많은데 전투 장면이 주종을 이루기 때문일 것이다. 호메로스는 전투 장면을 박진감 있게 묘사하기 위해 각종 비유를 활용했을 것이다. 『일리아스』에 나오는 비유는 대략 300개가 넘는다고 한다.[62]

먼저 호메로스가 특별히 어떤 무구들에 대해 길게 설명하는 경우는 대체로 아주 큰 전투가 벌어지리라는 예시이다. 제11권에서 아가멤논이 무장하는 장면이나 18권에서 아킬레우스의 무구를 만드는 장면은 특히 길다. 다음으로 호메로스는 비유를 사용하여 대결하는 전사들의 기량과 전투 결과를 예측하도록 해 준다. 제3권에서 파리스와 메넬라오스의 대결을 설명하면서 흥미로운 비유들이 등장한다. 메넬라오스는 사슴이나 염소의 시체를 발견하고 덤벼드는 굶주린 사자에 비유되고, 파리스는 산속에서 뱀을 본 사람처럼 소스라치게 놀라 파르르 떠는 모습으로 설명된다. 이를 통해 파리스와 메넬라오스의 대결이 일방적일 가능성이 높다고 추측할 수 있다. 제22권의 헥토르와 아킬레우스의 대결 장면에서 헥토르는 처음에 도망가는 모습이 매에 쫓기는 겁많은 비둘기에 비유된다(22.139-142). 그러나 아킬레우스는 전 우주의 힘을 동원하여 하늘에 있는 가장 아름다운 별인 헤스페로스가 밤의 어둠 속에서 별들 사이를 지나가는 모습으로 비유된다(22.317-320).

호메로스는 전사들이 전투 중에 큰 부상을 당하거나 죽는 모습을 식물에도 비유한다. 14권에서 헥토르는 아이아스의 공격으로 가슴에 큰 돌을 맞아 몸이 팽이처럼 돌다가 마차에서 떨어지는데, 호메로스는 이 모습을 제우스의 번개에 맞아 뿌리째 쓰러진 참나무에 비유한다. 헥토르는 거의 정신을 잃을 정도로 타격을 받아 의식을 되찾고도 한참을 검은 피를 토할 정도로 심각한 부상을 입었다. 특이하게도 16권에서 아킬레우스의 무구를 입고 출전한 파트로클로스가 돌을 던져 헥토르의 마부인 케브리오네스를 마차에서 떨어뜨리는 장면을 호메로스는 마치 '잠수부'가 바다에 경쾌하게 다이빙하는 것처럼 길게 묘사한다. 아마도 케브리오네스의 몸이 반동으로 높이 떠올랐다가 들판에 떨어졌던 모

호메로스의 일리아스,
신들의 전쟁과 인간들의 운명을 노래하다

양이다. 이와 같이 호메로스의『일리아스』에 나오는 비유들을 눈여겨보면 작품 전체의 구도나 진행에 대해 정확한 판단을 할 수 있으며 전투 장면에 빨려 들어가는 듯한 생동감을 느낄 수 있다.

10

아킬레우스의
참전과 신들의 전쟁

1. 제우스의 중립과 신들의 관전

〔제20권〕

제1권에서 아가멤논과 싸운 후에 아킬레우스는 직접 참전하지 않았다. 특히 제9권에서 아가멤논의 사절단이 시도했던 화려한 설득에도 넘어가지 않을 만큼 분노가 너무 컸다. 이후 이야기가 전개되면서 아킬레우스의 분노를 진정시킬 만한 요소들이 점차 강화되었다. 이미 제9권에서도 아킬레우스는 아가멤논의 선물을 강하게 거부하기는 했지만, 확실한 심정 변화를 보였다. 제11권에서는 그리스군이 많이 부상을 당하자 파트로클로스에게 상황을 알아보라고 했다. 이것이 결국 파트로클로스가 아킬레우스의 무구를 입고 참전하는 계기가 되었다. 『일리아스』 전체에서 아킬레우스는 잊히지 않을 만큼 자주 언급되며, 그의 심정 변화도 상당히 세밀하게 묘사되고 있다.

제20권에 와서야 드디어 아킬레우스가 출전한다. 제1권에서 아가멤논과 분쟁한 후 제19권에서 화해하고, 제20권에서 다시 참전하는 것으로 나온다. 『일리아스』가 총 24권인 데 비하면 아킬레우스의 출전이 너무 늦어 보인다. 그렇지만 실제로는 제20권에서 벌어진 전투가 '넷째 날' 전투이다. 아킬레우스의 영웅적인 전투를 기다려 온 독자 입장에서는 아킬레우스의 화려한 활약이 기대될 것이다. 아직 출전하진 않았지만 얼마나 대단할지는 충분히 기대해도 된다. 호메로스는 전쟁의 절정인 아킬레우스의 전투에 올림포스 신들도 본격적으로 참전하게 한다.

제우스는 아킬레우스의 명예가 완전히 회복된 후에 테미스 여신을 통해 신들을 소집했다. 여기에 강의 신과 숲과 초원 등의 요정들Nymphai까지 모두 불려 왔다. 신들의 아버지이자 우주적 강인 오케아노스는 제외되었다. 그는 이 세계의 기원이자 원천으로 우주를 둘러싼 경계이기 때문에 결코 움직일 수 없을 것이다. 이제까지 올림포스의 주요 신들 외에 아주 크고 작은 신들과 요정들까지 소환되는 경우는 없었다. 아킬레우스의 주요 전투 장면에서 특별히 스카만드로스강의 신과의 전투가 상당한 분량을 차지하기 때문에 이 장면을 염두에 둔 것이라 추측해 볼 수 있다. 제우스는 회의를 소집하여 자신은 이제부터 구경이나 할 테니 다른 신들은 원하는 대로 인간을 편들어도 된다고 선언한다(20.25).

이제 호메로스는 인간들이 그리스군과 트로이군으로 나뉘어 싸우자 신들도 그리스 편과 트로이 편으로 갈라져 싸우게 한다(20.33-40). 그리스 쪽은 헤라, 팔라스 아테나, 포세이돈, 헤르메스, 헤파이스토스가 편들고 있다. 트로이 쪽은 아레스, 아폴론, 아르테미스, 레토, 아프로디테, 크산토스가 편들고 있다. 여기서 크산토스는 트로이 지역의 강의 신으로 트로이인들이 무참하게 학살당하자 직접 전쟁에 참여했다. 올림포스의 신들은 양편으로 나뉘어 인간들을 격려하면서 다른 신과 맞대결을 했다. 신들이 전쟁에 참여하니 전투가 더욱 격렬해졌다. 제우스가 하늘에서 천둥을 치고 포세이돈이 대지와 산을 뒤흔들어 대니 땅 밑이 보일 지경이었다. 하데스는 신과 인간에게 지하 세계를 보이게 될까 봐 두려워 고함을 질러 대는 형국이었다. 포세이돈은 아폴론과, 아테나는 아레스와, 헤라는 아르테미스와, 헤르메스는 레토와, 헤파이스토스는 크산토스와 맞섰다.

2. 아이네이아스와의 대결과 포세이돈의 구출

　『일리아스』의 마지막 넷째 날 전투는 아킬레우스가 참전하여 대활약을 한다. 아킬레우스는 수많은 트로이인을 살육하는데, 특히 아이네이아스와의 전투가 주요 장면으로 조명된다. 넷째 날 전투의 첫 번째 대결은 아킬레우스와 아이네이아스의 싸움이다. 사실 트로이 최고 전사인 헥토르도 아킬레우스의 상대가 되지 않는데 아이네이아스가 정면으로 나선다는 것은 말이 되지 않는다. 그러나 아폴론이 프리아모스왕의 아들 뤼카온으로 변신하여 아이네이아스에게 아킬레우스와 맞서 싸우라고 부추겼다. 그러자 아이네이아스는 이미 아킬레우스와 만난 적이 있는데 제우스가 그때 구해 주지 않았다면 자신은 벌써 죽었을 것이라고 말한다.

　"인간은 누구도 아킬레우스와 맞설 수 없소. 어떤 신이 파멸로부터

지키기 위해 항상 그의 옆에 있기 때문이오. 그 외에도 그의 창은

똑바로 날아가 사람의 살을 통과하기 전에는 결코 멈추지 않소.

하지만 그 신이 전쟁의 끝telos을 공평하게만 펴 준다면,

그가 완전히 청동으로 만들어졌다고 할지라도

내게 승리하기는 쉽지 않을 것이오."

(20.97-102)

아이네이아스는 사람의 힘으로 아킬레우스를 이기기는 힘들다고 단언한다. 아킬레우스가 어떤 신과 함께하기 때문이라고 언급하는데 아테나 여신을 두고 말했을 가능성이 가장 높다. 그러나 아테나 여신이 공평하게만 해 준다면 자신도 지지 않을 수 있다고 자위한다. 여기서 아킬레우스는 전신이 청동으로 만들어진 전사에 비유되고 있다. 우리는 테티스가 아킬레우스의 발꿈치를 잡고 스튁스강에 넣어 그가 불멸의 몸이 된 이야기를 알고 있다. 그래서 아킬레우스가 스튁스 강물이 묻지 않은 발뒤꿈치에 치명적약점을 가진 것도 알고 있다. 아이네이아스는 아무리 전신이 청동으로 되었더라도 신들이 편들지만 않으면 자신을 이기기는 힘들 것이라고 자신한다. 아폴론은 아이네이아스를 더욱 부추기면서 아이네이아스 혈통이 아킬레우스 혈통보다 고귀하다고 주장한다. 아프로디테는 제우스의 딸이지만, 테티스는 네레우스의 딸이기 때문이다(20.104-109). 그런데도 아킬레우스가 아이네이아스보다 훨씬 탁월한 전투 능력을 가졌다는 사실은 변함이 없다.

아이네이아스에 대한 아킬레우스의 압도적 승리가 예견되는 데도 불구하고, 헤라는 아이네이아스가 아킬레우스 쪽을 향해 가자 걱정에 휩싸인다. 그녀는 아킬레우스를 지원해야 하는 것이 아닌지를 포세이돈에게 의논한다. 사실 아킬레우스가 패배할 가능성은 별로 없다. 그런데도 헤라는 아마도 아킬레우스가 단명할 운명이라 조바심이 난 것 같다. "우리가 모두 올림포스에서 내려와 이 전투에 참여한 것도 그가 트로이인에게 무슨 일을 당하지 않게 하려는 것이오"(20.125-126)라는 헤라의 말을 들어 보면, 올림포스 신들이 모두 아킬레우스를 구하기 위해 참전하는 것처럼 보인다. 포세이돈은 헤라가 평상시와 달리 너무 흥분한 것을 알아채고 다독인다.

> "헤라여! 제발 이성을 벗어나 화내지 마세요. 전혀 그럴 필요 없어요.
> 나는 우리가 다른 신들과 싸우기 원하지 않아요.
> 우리는 길에서 떨어져 관전할 만한 곳에 앉아
> 전쟁은 인간들에게 맡기기로 합시다."
>
> (20.133-136)

포세이돈을 비롯한 그리스 편 신들은 헤라클레스의 방벽에, 아폴론을 비롯한 트로이 편 신들은 칼리콜로네 언덕에 앉아 아킬레우스와 아이네이아스의 대결을 관전하기로 했다. 아킬레우스는 아이네이아스를 발견하고 상처 입은 사자처럼 달려간다. 아직 헥토르와의 결전을 벌이기 전이기 때문인지 아이네이아스를 상대하는 방식이 여유롭다. 먼저 '몸'으로 싸우기 전에 '말'로 싸운다. 아킬레우스는 도대체 아이네이아스가 자신과 싸워 얻을 명예나 이익이 무엇이냐고 반문한다. 더욱이 과거에 이데산에서 아이네이아스가 도망쳤던 일을 상기시키며 죽음을 당하지 않으려면 맞서지 말라고 이성적으로 충고한다. 하지만 아이네이아스는 아폴론의 조언을 기억하며 자신은 아프로디테의 아들로 아킬레우스보다 우월한 혈통이라 주장하며 트로이 왕가의 족보를 자세히 읊는다.

트로이 왕가도 제우스로부터 시작하는데 순서는 다음과 같다. 제우스는 다르다노스를 낳고, 다르다노스는 에리크토니오스를 낳고, 에리크토니오스는 트로스를 낳는다. 트로스는 앗사라코스와 일로스 및 가뉘메데스를 낳는다. 먼저 앗사라코스는 카퓌스를 낳고, 카퓌스가 앙키세스를 낳고, 앙키세스가 아이네이아스를 낳는다. 다음으로 일로스는 라오메돈을 낳고, 라오메돈이 프리아모스를 낳고, 프리아모스가 헥토르를 비롯한 50명의 아들을 낳는다. 마지막으로 가뉘메데스는 제우스에 의해 납치되어 올림포스에서 시종 노릇을 하고 있다. 아이네이아스는 헥토르와 마찬가지로 트로이 왕가의 후손이며 친척이다. 그는 실컷 가문 자랑을 길게 하고는 말은 그만하고 싸움이나 하자고 한다. 마치 자신이 훨씬 더 많은 말을 한 것도 모르는 것처럼 말이다.

드디어 아이네이아스가 먼저 창을 던졌는데 아킬레우스의 방패를 두 겹이나 뚫었지만 완전히 통과하지는 못했다. 그다음 아킬레우스가 창을 던졌는데 아이네이아스의 방패 가장자리를 뚫고 지나 등 뒤로 날아가서 바로 옆에 꽂혔다. 아이네이아스는 순간 너무 놀라 정신이 아득해졌다. 아킬레우스는 칼을 뽑아 들고 함성을 지르며 달려들었다. 그때 포세이돈은 그리스 편이었지만 아이네이아스의 목숨이 경각에 달린 것을 보고 연민을 느꼈다. 그래서 아이네이아스를 구해 주자고 제안하면서 아이네이아스에 대한 아주 특별한 예언을 한다.

> "오라! 우리가 그를 죽음으로부터 데리고 옵시다.
> 만일 아킬레우스가 그를 죽인다면 크로노스의 아들이
> 진노할 것이오. 아이네이아스는 죽음을 피할 운명을 타고났소.
> 다르다노스 가문이 후손도 못 남기고 사라지지 않도록 말이오.
> 다르다노스는 크로노스의 아들이 인간 여인들에게서 낳았던
> 모든 자식들 중에서 누구보다 사랑했던 자식이오.
> 이제 크로노스의 아들이 프리아모스의 가문을 증오하니
> 강력한 아이네이아스와 그의 자식들이 대대로
> 트로이인들을 지배하게 될 것이오."
> (20.300~308)

포세이돈은 전쟁에서 그리스 편을 들지만 트로이의 아이네이아스를 불쌍히 여긴다. 헤라가 아킬레우스를 걱정할 때 다른 신

들과 싸우기 싫다며 인간의 전쟁에 개입하지 말자고 하던 포세이돈이 아니던가! 그런데도 아이네이아스가 당장 죽을 위험에 처하자 포세이돈은 그를 도와주기 위해 나선다. 호메로스는 헤라가 다른 신들과 함께 트로이인들을 절대로 구해 주지 않겠다고 이미 맹세했기 때문이라고 설명한다.

사실 헤라가 굳이 아이네이아스를 구할 이유가 어디 있겠는가? 오히려 아폴론이 아닌 포세이돈이 아이네이아스를 구하는 상황이 어색하다. 여기서는 아이네이아스를 죽음으로 내모는 신이 아폴론이며 삶으로 구해 준 신이 포세이돈이다. 그렇다면 아폴론은 왜 아이네이아스를 달콤한 말로 부추겨서 사지로 내몰았을까? 분명한 이유는 나와 있지 않다. 다만 아폴론이 특별히 헥토르를 사랑했기 때문에 가능하면 아킬레우스가 헥토르에게 접근하는 것을 막기 위해 아이네이아스를 투입한 것일 수 있다. 더욱이 아폴론은 예언의 신이기도 하기 때문에 아이네이아스가 죽을 운명을 피할 수 있으리라 확신했을 수도 있다.

여기서 특히 주목해야 할 것은 포세이돈이 예언한 아이네이아스와 그 자식들의 운명이다. 포세이돈은 제우스가 너무나 사랑하는 아들 다르다노스의 후손 중에서 프리아모스 가문은 모두 제우스의 미움을 받아 멸망할 것이고, 앙키세스 가문의 아이네이아스가 트로이 유민의 지배자가 될 것이라고 예언한다(20.306-308). 그렇다면 단지 연민만으로 아이네이아스를 도와준 것이 아니고, 아이네이아스를 살리는 것이 아킬레우스를 도와주는 일이 되기 때문일 것이다. 제우스가 그토록 사랑했던 다르다노스의 혈통을 이어갈 아이네이아스를 죽여 버린다면, 아킬레우스가 제우스의 미움을 받을 수 있기 때문이다(20.301-303).

포세이돈은 전쟁터로 내려가 아킬레우스의 눈앞에 안개를 쏟은 후에 아이네이아스를 들어 올려 멀리 던져서 전쟁터 맨 바깥쪽으로 보냈다. 아이네이아스는 전쟁의 주변부로 내던져졌는데도 멀쩡해 보인다. 더욱이 포세이돈은 어느 순간 이동하여 아이네이아스에게 정신이 나가지 않고는 어떻게 아킬레우스와 싸우려고 나섰느냐고 야단을 쳤다. 아킬레우스는 그보다 훨씬 강한 데다 신들의 사랑을 받고 있기 때문에 아킬레우스가 죽기 전에는 절대로 맞서지 말고, 아킬레우스가 죽은 후에는 안심하고 선두에서 싸우라고 한다. 그러면 어떤 그리스인도 아이네이아스를 죽이지 못할 것이라고 말한다(20.332-339). 실제로 아이네이아스는 트로이가 멸망하고 난 후에도 살아남아 트로이 유민을 이끌고 탈출한다.

포세이돈이 아이네이아스를 구할 때 아킬레우스에게는 무슨 일이 생겼을까? 분명히 아킬레우스는 아이네이아스를 향해 칼을 빼어 들고 달려가고 있었다. 그런데 정말 믿을 수 없는 일이 일어났다. 순식간에 눈앞에 안개가 자욱해지면서 아이네이아스가 감쪽같이 사라졌기 때문이다. 더욱이 아이네이아스의 방패에 던졌던 창이 자기 발 앞에 놓여 있는 것이 아닌가! 아킬레우스는 그제야 자신이 엄청난 기적을 겪었다고 생각하며 아이네이아스도 누구 못지않게 신들의 사랑을 받고 있다는 사실을 깨달았

호메로스의 일리아스,
신들의 전쟁과 인간들의 운명을 노래하다

다(20.344-352). 사실 넷째 날 첫 번째 대결인데 너무 싱겁게 끝나 버린 것처럼 보인다. 그러나 아킬레우스는 전의를 잃지 않도록 그리스군을 격려하면서 함께 싸운다.

헥토르도 트로이군을 격려하며 용기를 북돋았다. 그러나 아폴론은 헥토르에게 다가와 전열 앞에서 아킬레우스와 싸우지 말라고 경고한다(20.376-378). 아킬레우스는 이피티온, 데몰레온, 힙포다마스 등 수많은 트로이인을 쓰러트린다. 마침 프리아모스의 막내아들 폴뤼도로스가 처음으로 출전해 빠른 발만 믿고 선두에서 달리다가 아킬레우스의 창에 맞는다. 폴뤼도로스는 창이 등 한복판을 맞고 가로질러 배꼽 옆을 뚫고 나오자 무릎을 꿇었고, 쏟아지는 내장을 손으로 끌어안았다. 헥토르는 사랑하는 막냇동생이 끔찍하게 죽어 가는 모습을 보고 창을 휘두르며 달려왔다. 아킬레우스는 헥토르를 보며 원수를 갚게 되었다고 환호했다.

그러나 아직 아킬레우스가 헥토르를 죽일 시간이 되지 않은 것으로 보인다. 헥토르가 먼저 창을 던지자 아테나가 숨을 내쉬어 창을 다시 돌려보냈다. 그러자 아킬레우스가 맹렬한 기세로 달려들었다. 그렇지만 이번에도 아폴론이 등장하여 헥토르를 낚아채어 갔다. 다시 아킬레우스가 헥토르에게 세 번이나 덤벼들었는데 세 번 모두 짙은 안개를 헛되이 치고 말았다. 헥토르를 놓친 후에 아킬레우스는 드뤼옵스, 데무코스, 라오고노스, 다르다노스, 트로스, 물리오스, 에케클로스, 데우칼리온, 리그모스, 아레이토오스 등을 비롯하여 수많은 트로이인을 살육했다. 죽은 자들의 모습은 전투가 막바지로 치달을수록 점차 잔인하고 참혹하게 묘사된다. 가령 물리오스의 경우에는 창이 한쪽 귀를 찔렀는데 다른 쪽 귀로 뚫고 나왔다. 데우칼리온의 경우에는 칼로 목을 치자 투구와 함께 머리가 잘려 나가고 남은 몸의 척추에서 골수가 솟아 나왔다.

호메로스의 일리아스,
신들의 전쟁과 인간들의 운명을 노래하다

3. 스카만드로스 신의 분노와 헤파이스토스의 참전

〔제21권〕

아킬레우스는 트로이군을 맹렬하게 추격해 신들은 크산토스라고 부르고, 인간들은 스카만드로스라고 부르는 강에 이르렀다. 그는 스카만드로스 강변을 따라 달아나던 트로이군을 추격하다가 적진 중앙을 가로질러 달린 것으로 보인다. 그러자 트로이군은 양쪽으로 갈라져 절반은 짙은 안개 속에서 도시를 향해 도망가고 다른 쪽은 강으로 뛰어들었다. 스카만드로스강은 은빛 소용돌이를 만들며 흘러갔는데 트로이군과 말들이 강물에 갇혀 빙빙 돌면서 아우성을 쳤다. 아킬레우스가 칼만 들고 강에 들어가 닥치는 대로 트로이군을 살육하자 강물이 붉은 피로 물들었다. 여기서 트로이군은 '작은 물고기'로 비유되고, 아킬레우스는 무엇이든 집어삼키는 커다란 목구멍을 가진 '돌고래'로 비유되었다. 도대체 얼마나 많이 죽었는지는 알 수 없지만 아킬레우스는 손목

이 아파 잠시 멈추고 파트로클로스의 제의에 바칠 트로이 청년
12명을 산 채로 끌어내어 함선으로 끌고 가도록 했다.

아킬레우스는 재공격을 시작했는데 강에서 도망치는 헥토르
의 이복형제인 뤼카온과 마주쳤다. 아킬레우스는 예전에 뤼카온
을 생포하여 렘노스에 팔아 버린 적이 있다. 이후 뤼카온은 우여
곡절 끝에 겨우 트로이로 돌아와 친구들과 놀다가 12일째 전투
에 나왔는데 다시 잡힌 것이다. 아킬레우스도 뤼카온을 보고 마

〈아킬레우스의 분노〉
샤를 앙투안 쿠아펠, 1737

아킬레우스는 파트로클로스의 죽음 이후 다시 참전하여 수많은 트로이인들을 살육하여
스카만드로스강에 쓸어 넣었다. 스카만드로스강의 신이 분노하여 아킬레우스를 죽이려 들자
헤라가 보낸 헤파이스토스가 불을 들고 나타나는 장면이다.

호메로스의 일리아스,
신들의 전쟁과 인간들의 운명을 노래하다

치 죽은 자가 살아 돌아온 것처럼 깜짝 놀랐다. 그래서 이번에도 다시 살아 돌아올 수 있는지 보겠다며 죽이려고 작정한다. 아킬 레우스가 창을 들자 뤼카온은 재빨리 달려들어 한 손은 무릎을 잡고 다른 손은 창을 붙들고 살려 달라고 애걸했다. 아킬레우스 는 파트로클로스가 죽기 전에는 트로이인의 목숨을 중시하여 포로로 팔았던 적이 있지만, 이제 자신과 만난 사람은 누구도 죽음을 피할 수 없다고 단호하게 말한다.

"자, 친구여! 너도 죽어야 한다. 왜 이리 한탄하느냐?

너보다 훨씬 뛰어난 파트로클로스도 죽었다.

너는 보지 못하느냐, 나도 얼마나 잘생기고 체격이 큰지를.

훌륭한 아버지가 나를 낳게 하셨고, 여신인 어머니가 나를 낳았다.

그러나 내 위에도 죽음과 강력한 운명이 매달려 있어

누군가 날린 창이나 활시위를 떠난 화살에 의해

내 생명도 전쟁터에서 누군가 빼앗아 갈 날이

새벽이나 정오나 밤이든 올 것이다."

(21.106-113)

아킬레우스는 인간은 누구도 죽음을 피할 수 없다고 말한다. 뤼카온보다 훨씬 뛰어난 인물도 이미 죽었고, 심지어 자신도 목숨이 경각에 달렸다. 다시 말해 '뤼카온, 어찌 네가 살기를 바라는가'라고 통보하는 말이다. 아킬레우스의 말을 듣자 뤼카온은 팔다리가 풀려 땅에 주저앉은 채로 창을 놓쳤다. 아킬레우스는 창이 아닌 칼로 뤼카온을 찔러 죽이고, 시신을 강 속에 던져 물고기의 밥이 되게 만들었다. 다시 한번 아킬레우스는 트로이 성벽에 이르기까지 수많은 사람이 죽어 나가게 할 것이라 다짐하면서 너무 흥분해서 강의 신에게 오만한 말을 내뱉는다.

> "아무리 은빛 소용돌이를 일으키며 아름답게 흐르는 강의 신이라도
> 너희를 구하지 못할 것이다. 아무리 오래 수많은 황소를 바치고
> 소용돌이 속에 통 발굽의 말들을 산 채로 던졌을지라도 말이다."
> (21.130-132)

더욱이 아킬레우스가 그다음으로 대결하는 아스테로파이오스는 바로 파이오니아 지역의 강의 신 악시오스의 후손이다. 그는 양손잡이로 창 두 자루를 동시에 던졌는데 상당히 위협적이었다. 하나의 창은 신적인 방패를 맞혔지만 역시 뚫지 못했고, 다른 창은 아킬레우스의 오른쪽 팔꿈치를 스쳐 검은 피를 솟게 만들고는 땅에 박혔다. 아킬레우스는 아직 참전한 지 얼마 되지 않았지만 가벼운 부상을 당하고 만다. 그것도 헥토르나 아이네이아스 등과 같이 대단한 영웅이 아니라 일면 당황스럽기도 하다. 테티스의 일화를 통해 아킬레우스가 발목 외에는 불멸의 몸을 가진 존재라 생각했다면 더욱 놀랄 만하다.

아킬레우스는 피를 보고 흥분했는지 아스테로파이오스에게

호메로스의 일리아스,
신들의 전쟁과 인간들의 운명을 노래하다

창을 던졌지만 맞히지 못했다. 이런 상황에서 아스테로파이오스는 어리석게도 강둑에 박힌 아킬레우스의 창에 욕심을 부려 세 번이나 뽑으려고 흔들어 대다가, 결국 달려오는 아킬레우스에게 비참하게 죽었다. 이미 반복적으로 나와 어느 정도 알아챘겠지만 '3'은 신성한 수로, 세 번이나 시도했는데 되지 않았다면 매우 불길하다. 파트로클로스도 세 번이나 트로이 성벽을 공격하다가 물러났고 갑작스럽게 무구가 풀어진 상태에서 창을 맞아 치명상을 입었다. 아킬레우스는 이번에도 아스테로파이오스가 강의 신의 후손이라면 자신은 제우스의 후손이라고 주장하면서, 아켈로오스강의 신이든 오케아노스강의 신이든 누구도 제우스를 이길 수 없다고 자랑한다(21.184-199).

호메로스는 아킬레우스가 자신의 칼을 맞아 창자가 쏟아진 아스테로파이오스의 시신을 버려두자 물고기 떼가 몰려 콩팥 옆 기름을 뜯어 먹었다고 한다. 여기서 아킬레우스의 말과 행동이 점점 더 오만해지면서 불길한 예감이 일어난다. 아킬레우스는 강의 신을 비웃는 말을 반복했고 시신을 강에 처박거나 내버려 두었다. 그리스인들은 장례 의식을 치르지 못하면 하데스로 들어갈 수 없다고 생각했는데, 의도적으로 시신이 훼손되게 하는 불경한 행위를 했다.[63] 이는 나중에 아킬레우스가 직접 헥토르의 시신을 훼손하는 사건을 암시한다.

아킬레우스가 기세를 몰아 계속 추격하니 트로이군이 겁에 질려 강을 따라 달아났다. 그럼에도 수많은 사람들이 살육되었다. 그 시신을 스카만드로스강에 쓸어 넣자 강물이 차고 넘칠 지경이 되었다. 아킬레우스의 오만에 분노를 참고 있던 스카만드로스 신이 사람의 모습으로 변해 외쳤다.

> "아킬레우스여! 너는 힘만 아니라 악행까지 모든 인간을 넘어서는구나.
> 신들 자신이 영원히 너를 보호하기 때문이겠지.
> 크로노스의 아들이 네게 모든 트로이인을 죽일 수 있게 했다면
> 내게서 그들을 몰아내어 평야에서 너의 끔찍한 짓을 계속하라.
> 나의 사랑스러운 강은 시신들로 가득 차서
> 내 강물을 밝게 빛나는 바다로 내보낼 수 없다.
> 그런데도 너는 잔학무도하게 계속해서 살육을 하는구나."
>
> (21.214-220)

마침내 스카만드로스강의 신이 분노하여 아킬레우스에게 당장 떠나라고 말하지만, 아킬레우스는 헥토르를 죽일 때까지 살육을 멈추지 않겠다면서 다시 강물 속으로 뛰어든다. 스카만드로스는 아폴론이 트로이인을 보호하는 임무를 하지 않는다고 불평하면서 아킬레우스가 강에 들어오자 강물을 솟구치게 만들어 덤벼들었다. 나아가 모든 강줄기를 치솟게 하여 강물 속 시신들을 강변으로 내던졌다. 아킬레우스가 강의 신의 위력에 놀라 섬뜩했을 만한 광경이다. 강물이 범람하여 온 들판에 수많은 시신과 무구가 널브러진 광경을 상상해 보라. 더욱이 주변에서 솟아오른 물

호메로스의 일리아스,
신들의 전쟁과 인간들의 운명을 노래하다

길이 방패를 내리치니 아킬레우스는 휘청거리며 강 속에서 제대로 발도 딛지 못할 지경이 되었다. 그는 겨우 느릅나무를 붙잡았는데 나무가 바로 뿌리째 넘어가 다른 편 강둑에 떨어져 강물을 막아 버렸다. 겁이 난 아킬레우스가 얼른 강물에서 빠져나와 들판으로 내달리니, 강의 신은 시커멓게 부풀어 올라 마치 검은 독수리와도 같은 기세로 덤벼들었다.

그러자 아킬레우스는 분명히 테티스가 자신은 트로이 성벽에서 아폴론의 활에 죽으리라 예언했는데, 뜻밖에도 겨울 급류를 건너다 떠내려가는 돼지치기 소년처럼 비참하게 죽겠다고 한탄한다. 그때 포세이돈과 아테나 여신이 달려와서 결코 강의 신에게 죽을 운명이 아니라고 위로하면서, 아킬레우스에게 트로이인들을 성벽 안에 몰아넣을 때까지 계속 싸우고 헥토르를 죽인 후에 함선으로 돌아가라고 충고한다(21.294-297). 그런데 이 두 신은 황당하게도 아킬레우스 옆에서 말만 하고 그냥 다시 돌아가 버린다. 더욱이 아테나는 한마디도 하지 않았다. 그가 목숨을 잃을 수도 있는 순간에, 굳이 둘씩이나 나타날 일인지 의아하다. 하지만 이것은 아킬레우스가 잠시나마 놀라운 힘을 발휘하여 강의 신의 공격을 버텨 낸 것을 의미하는 듯이 보인다. 호메로스가 포세이돈은 물론 아테나까지 합세시킨 것은 강의 신의 기세가 얼마나 컸는지를 짐작하게 만든다.

실질적으로 아킬레우스를 도울 신은 따로 있었다. 헤라가 나서서 신 1명을 급히 불러내는데, 바로 헤파이스토스이다. 헤파이스토스가 아킬레우스와 가까운 사이라는 사실은 이미 테티스의 방문을 통해 알 수 있었다. 아직까지 헤파이스토스는 신들의 전투에 한 번도 참여한 적이 없다. 헤라는 헤파이스토스에게 '불'로 싸우라고 명령하고 자신은 '바람'을 일으키겠다고 약속한다 (21.331-335). 말하자면 헤파이스토스가 불길을 일으키면 헤라가 바다에서 사나운 폭풍을 일으켜 불길을 엄청난 속도로 번지게 하겠다는 말이다. 아무리 그래도 불로 물을 이긴다는 주장은 어째 좀 이상해 보인다. 상식적으로 어떻게 불이 물을 이길 수 있다는 말인가? 그렇지만 호메로스는 우리 예상과 달리 불이 물을 이길 수 있는 상황을 연출한다. 헤파이스토스는 먼저 들판에 불을 놓아 수많은 시신과 강변의 온갖 나무와 들풀을 불태운다. 그러자 강물 속 물고기들이 뜨거워서 몸부림을 치고 강물 자체가 화염에 휩싸여 끓어올랐다.

스카만드로스는 너무나 고통스러워하며 헤파이스토스에게 더 이상 싸우고 싶지 않다고 말한다. 헤라에게도 제발 그를 말려달라고 간청하면서 트로이인들이 파멸할지라도 결코 구하지 않을 것이라는 약속까지 한다. 헤라가 즉각 "헤파이스토스여, 멈추어라, 유명한 아들이여! 인간들 때문에 불사신에게 이렇게 맹공격을 하는 것은 아닌 것 같다"(21.379-380)라고 말하자, 헤파이스토스가 불길을 거두었다. 트로이인들을 무자비하게 살육하는 아킬레우스를 막으려던 강의 신의 시도는 헤파이스토스의 불에 의해 저지되고 만다.

다른 신들도 이제 본격적으로 전투에 뛰어든다. 호메로스는 올림포스의 신들을 여러 가지 방식으로 조합하여 대결 구도를 이루고 힘을 겨루게 한다. 그는 신들이 서로 다른 생각을 하면서 무섭고 치열한 싸움을 벌였다고 말한다(21.385). 그러나 실제로 아테나 외의 올림포스 신들은 말싸움만 하고 아예 몸싸움은 하지 않기도 한다. 지상에서 인간들의 전투가 잔인하고 끔찍하게 보이는 무거운 분위기라면, 신들의 전투는 무섭기는커녕 오히려 유쾌하고 짐짓 장난스럽게 보일 정도로 가벼운 분위기이다. 무엇보다 신들은 죽지 않는 존재이므로 결코 비극적인 일이 일어나지 않을 것이기 때문이다.

올림포스 신들의 전투에서 가장 먼저 나서는 신은 전쟁의 신 아레스이다(21.392). 늘 성급하고 저돌적이며 무모하게 행동하는 아레스는 자신의 상대로 아테나 여신을 불러낸다. 아레스와 아테나는 둘 다 전쟁의 신이지만 아주 다른 기능을 가진다. 아레스는 전쟁의 공포와 두려움을 극대화하는 존재이지 싸움 자체를 잘하는 신은 아니다. 그러나 아테나는 말 그대로 전쟁을 잘하는 신으로 항상 승리의 여신 니케를 동반하는 전쟁의 여신이다. 아레스는 아테나가 자신을 공격하여 창으로 찔렀던 것을 상기하면서, 울분을 삼키며 공격을 시도한다. 아레스가 먼저 긴 창으로 아테나의 방패를 찔렀으나 아테나는 뒤로 물러서며 돌을 던졌다. 아레스는 목에 돌을 맞고 땅바닥에 쓰러졌다.

아테나는 아레스에게 자신이 훨씬 강력한데도 어리석게 덤벼댄다고 핀잔을 준다. 더욱이 헤라 여신의 뜻에 반해 트로이인을 돕다가 재앙을 당할 것이라 조롱한다(21.410-414). 이때 아프로디테가 아테나의 눈을 피해 아레스를 구하여 데려가려 했다. 헤라가 알아채고 아테나에게 추격하라고 한다. 사실 헤라와 아테나는 제1권에서부터 서로 손발이 잘 맞았다. 헤라가 생각하거나 말하면 바로 아테나가 움직였다. 그래서 아레스보다 오히려 아테나가 헤라의 친자식처럼 보일 지경이다. 헤라는 제우스의 다른 자식과는 달리 아테나에게는 매우 호의적이다. 헤라와 아테나는 한마음 한뜻으로 움직였고 한 번도 서로 어긋난 적이 없다. 아테나는 제우스뿐만 아니라 헤라에게도 전적으로 신뢰받는 여신이었던 것으로 보인다. 물론 아테나는 전혀 다정다감한 여신이 아니었기 때문에 누구에게도 사랑스러운 딸은 아니다. 오히려 제우스는 아테나 여신이 무서운 얼굴을 하면 눈치를 보기도 했다. 아테나는 헤라의 말을 듣고 기뻐하면서 아프로디테를 추격하여 그녀의 가슴을 거칠게 쳤다. 그 순간 아프로디테는 무릎이 풀려서 아레스와 함께 땅에 쓰러졌다.

다음으로 포세이돈은 아폴론과 대결하면서 먼저 공격하라고 말한다(21.435). 왜냐하면 그가 더 나이가 많고 아는 것도 많기 때문이다. 그는 아폴론에게 과거에 트로이에서 성벽을 짓느라 함께 고생했던 일을 상기시킨다. 제우스의 명령에 따라 포세이돈은 라오메돈에게 도시가 함락될 일이 없도록 너무나 아름다운 성벽을 1년이나 걸려 쌓아 주었다. 아폴론은 제7권에서는 포세이돈과 함

호메로스의 일리아스,
신들의 전쟁과 인간들의 운명을 노래하다

께 성벽을 쌓았다고 하나 여기서는 이데산에서 양치기 노릇을 했다고 한다. 트로이 성벽은 난공불락으로 알려져 있기 때문에 호메로스는 포세이돈과 아폴론과 같은 불멸의 신들이 지었다고 말한다. 그런데 트로이 성벽이 완성되었을 때 라오메돈은 보상은 커녕 오히려 그들을 내쫓아 버렸다. 심지어 손과 발을 묶어 외딴섬에 팔거나 귀를 청동으로 잘라 버리겠다고 위협했다. 아폴론과 포세이돈은 라오메돈의 처사에 심히 분노했었다.

그런데도 트로이 전쟁에서 아폴론이 다시 트로이 편을 들며 싸운다니 포세이돈은 이해되지 않았다. 포세이돈이 먼저 공격하라고 말했지만, 아폴론은 싸울 생각이 전혀 없는 것 같다. 그는 신이 인간을 위해 싸우는 것은 어리석다고 하며 싸움을 거절한다.

> "대지를 흔드는 자여, 당신은 나를 현명하다 말하지 않겠죠.
> 만일 내가 불쌍한 인간들 때문에 당신과 싸운다면 말이에요.
> 인간들은 마치 나뭇잎과 같아서 대지의 열매를 먹고
> 때로는 생명을 가져 불꽃처럼 타오르는가 하면
> 때로는 생명을 잃고 사그라져 버리지요. 그러니 우리는
> 빨리 싸움을 멈추고, 인간들끼리 싸우도록 내버려 둡시다."
> (21.462~467)

사실 이제 한낱 죽을 운명을 가진 인간들이 일으킨 전쟁에 신들이 개입한다는 것은 우스꽝스럽기 짝이 없는 일이라는 사실을

한 번쯤 생각해 볼 만한 시점이 되었다. 호메로스는 이런 점을 지적할 신으로 아폴론을 선택했다. 그는 학문과 예술의 신으로 '모든 것을 알고 있는' 자로 이야기된다. 아폴론은 포세이돈이 제우스의 형제로 자신과 대결할 만한 상대가 아니라 말하면서 전쟁에서 물러난다.

이제 신들이 인간들의 전쟁에서 물러나는가 했는데 다시 불씨를 지피는 자가 나타난다. 바로 아폴론의 누이 아르테미스이다. 아르테미스는 아폴론에게 포세이돈에게 승리를 모두 양보하고 도망치느냐면서 아무 쓸모도 없는 활을 왜 어깨에 메고 다니느냐고 비아냥거린다(21.470). 아폴론은 아르테미스를 아예 상대하지 않는다. 헤라가 나서서 아르테미스를 질책한 후 오른손으로 활을 벗겨 내고 왼손으로 양 손목을 움켜잡고 요리조리 피하는 뺨을 후려쳐 버린다. 화살 통에서 화살들이 와르르 쏟아져 내렸지만 아르테미스는 그대로 내버려 두고 눈물을 흘리며 달아났다. 호메로스는 그 모습이 마치 매를 피해 바위틈으로 달아나는 비둘기 같다고 전한다.

헤르메스도 레토를 상대하게 되었지만 역시 제우스의 아내와 싸우기를 원하지 않았다. 그는 레토에게 '당신이 나를 힘으로 이겼다'고 자랑하라며 비아냥거린다. 레토도 아예 싸울 생각이 없었던지 헤르메스의 말을 듣자마자 아르테미스의 활과 화살들을 주워서 돌아갔다. 아르테미스는 그대로 올림포스로 달려가 제우스의 무릎 위에 앉는다. 제우스는 누가 우리 딸을 울게 만들었느냐

호메로스의 일리아스,
신들의 전쟁과 인간들의 운명을 노래하다

고 말하고 웃기만 한다(21.505-513). 이러한 신들의 모습은 인간들의 전쟁을 헛되고 헛된 것으로 만들어 버린다. 신들의 전투는 싱겁게 끝나고 신들은 모두 올륌포스로 돌아가 버린다.

그렇지만 아직 인간들의 전쟁은 끝나지 않았다. 아킬레우스는 트로이 사람들과 말들까지 모두 살육하고 있었다. 마침 프리아모스왕이 트로이 성탑 위에 있다가 멀리서 트로이인을 추격하는 아킬레우스를 알아보았다. 그는 성탑 아래로 내려가 문지기들에게 트로이군이 성안으로 도망쳐 들어오기 전까지 성문을 열어 두라고 하면서도, 아킬레우스가 성안으로 들어오기 전에는 닫으라고 신신당부를 한다(21.526-536). 포세이돈과 대결을 피했던 아폴론은 아직도 전장에 남아 있었다. 아폴론은 도망치는 트로이군을 구하기 위해 아킬레우스의 추격을 잠시나마 늦추고자 했다. 그래서 안테노르의 아들 아게노르에게 용기를 불어넣어 아킬레우스를 기다리게 했다. 아폴론 자신도 아게노르를 보호해 주기 위해 짙은 안개를 두르고 참나무에 기대 있었다.

모두가 두려워 떠는 아킬레우스와 용감하게 맞설 인물이 누구일까? 아게노르가 낯설게 느껴질 수 있지만 이미 제4권에서 그리스와 트로이의 첫 전면전이 벌어졌을 때 첫 번째로 그리스군을 살해한 사람이다(4.467). 지금까지 특별히 주목받지는 않았지만 트로이군이 성안으로 도망칠 시간을 벌기 위해 아킬레우스와 싸운 중요한 인물이다. 아게노르는 다가오는 아킬레우스를 알아보고 심장이 벌렁거렸다. 그는 오뒷세우스(11.403-410)와 메넬라오스(17.90-105)와 마찬가지로 마음속으로 갈등을 느끼면서 독백을 하는데 구체적으로 세 가지 선택지를 두고 고민한다.

첫째, 만약 아킬레우스를 피해 다른 트로이군과 같이 성벽을 향해 달아난다면 따라잡혀 죽을 것이다. 둘째, 만약 아킬레우스가 다른 트로이군을 쫓도록 내버려 두고 자신은 들판으로 달아나 이데산 덤불 속에 숨는다면 강에서 목욕하고 땀을 식힌 후 저녁에 돌아올 수 있을 것이다. 그렇지만 혹시 아킬레우스가 달아나는 자신을 발견한다면 쫓아와 죽일 것이다. 여기서 항상 이러한 유형의 독백에 등장하는 유명한 말이 나온다. "그런데 왜 내 마음은 이런 문제로 나와 논쟁하는 거지?"(21.562)이다. 셋째, 만약 그가 아킬레우스를 향해 나아간다면 어떻게 될까? 아게노르는 자신이 죽을 수도 있다는 가정을 하지 않으려고 한다. 그는 아킬레우스의 살도 청동에 뚫릴 것이고 그의 목숨도 하나밖에 없을 것이라고 생각한다. 아게노르는 어김없이 세 번째 대안을 선택한다.

호메로스는 아게노르를 수풀 속에서 사냥꾼에게 끝까지 덤벼드는 '표범'에 비유했다. 아게노르는 용감하게 아킬레우스 앞에 나서 트로이에는 부모님과 아내 및 자식을 지키기 위해 싸우는 용사가 많아서 아무리 아킬레우스라도 죽음을 면치 못할 것이라고 외친다. 그런 후 아게노르는 바로 창을 던졌는데 아킬레우스의 정강이받이에 맞고 도로 튕겨 나왔다. 이제 아킬레우스가 공격을 시도하려는데 아폴론 신이 개입한다. 여기서 호메로스는 트로이군이 안전하게 퇴각하도록 아폴론이 속임수를 썼다고 설명

호메로스의 일리아스,
신들의 전쟁과 인간들의 운명을 노래하다

한다. 아게노르를 짙은 안개로 감싸서 전쟁터에서 물러나게 하고, 아폴론 자신이 아게노르의 모습을 하고 나서자 아킬레우스가 추격해 왔다. 아폴론이 시간을 끌기 위해 잡힐 듯 말 듯 하면서 들판으로 달아나니 아킬레우스가 계속 쫓아갔다. 그사이 트로이 군은 무사히 성벽 안으로 모두 밀려들어 갔다.

아이네이아스는 아프로디테 여신과 앙키세스의 아들이다. 아킬레우스와 마찬가지로 반신반인의 영웅이다. 제20권에서 신들은 특별히 아이네이아스를 아킬레우스로부터 보호해 준다. 올림포스 신들의 특별한 사랑을 받고 보호를 받은 트로이의 대표적 영웅은 헥토르와 아이네이아스라 할 수 있다. 제5권에서 아이네이아스는 디오메데스에게 공격당할 때 아프로디테에 의해 구출되었고, 제20권에서도 아킬레우스와 대결했지만 포세이돈의 도움으로 겨우 목숨을 구했다. 포세이돈이 아이네이아스에게 아킬레우스가 죽기 전까지만 피하면 나중에는 아무도 그를 죽일 수 없다고 예언한 대로 그는 트로이가 멸망하고 나서도 살아남았다. 이후 그는 트로이 유민들을 이끌고 방랑하다가 이탈리아에 정착했고 로마 건국의 시조가 된다. 로마의 베르길리우스는 로마의 기원과 관련하여 신들의 사랑을 받았던 트로이의 아이네이아스를 시조로 삼았다. 호메로스가 『일리아스』에서 트로이가 멸망하고 아이네이아스와 그 후손이 트로이를 지배할 것이라고 말했던 것을 단초로 삼아 베르길리우스가 로마의 시조로 아이네이아스를 잡은 것은 매우 탁월한 선택으로 보인다. 아이네이아스의 방랑과 로마와 연관성은 베르길리우스의 『아이네이스』에서 자세히 이야기된다.

11

헥토르의 최후와
죽음의 제의

1. 헥토르의 운명과 불안

〔제22권〕

헥토르의 운명이 다가오고 있다. 제22권은 '헥토르의 죽음'이라 불리는 최후 결전이다. 아킬레우스가 참전하여 수많은 트로이군을 살육했다. 제5권에서 아테나의 보호하에 아레스와 아프로디테를 공격했던 디오메데스는 아킬레우스의 대역이었다. 제21권에서 아킬레우스는 스카만드로스강의 신과 대결하지만 인간은 신을 감당할 수 없다. 결국 헤파이스토스의 도움으로 강변에서 빠져나온 후 트로이군을 추격하다가 아게노르로 위장한 아폴론을 쫓았다. 아폴론이 아킬레우스를 들판으로 유인하는 동안에 트로이군이 무사히 성안으로 달아났다. 하지만 헥토르는 여전히 스카이아이 문 앞을 지키고 있었다. 호메로스는 잔혹한 운명이 그를 그곳에 묶어 놓았다고 표현한다. 아폴론은 아직도 자신을 쫓는 아킬레우스를 돌아보며 조롱했다.

"펠레우스의 아들이여! 왜 그대는 나를 뒤쫓고 있는가?

그대는 인간이지만 나는 불멸하는 신이다. 그대는 아직 내가

신인지 알지 못하고 끊임없이 분투하는구나. 그대는 아마도

그대가 추격했던 트로이인들에게는 관심이 없구나.

그대가 이리로 돌아드는 동안에 그들은 이제 도성 안에 모여 있다.

그대는 결코 나를 죽이지 못한다. 나는 죽을 운명이 아니니."

(22.8-13)

아킬레우스는 아폴론에게 속은 것을 알고 역정을 내었다. 아폴론만 아니었다면 이미 수많은 트로이군을 죽이고 큰 영광을 얻었을 것이다. 아킬레우스 입장에서는 억울하기 짝이 없는 일이다. 하지만 아폴론은 신이고 죽일 수 없으니 무슨 소용이겠는가? 그러나 그는 할 수만 있다면 복수하고 싶은 마음이라고 한다.

다시 트로이성으로 무섭게 질주하는 아킬레우스를 처음 본 인물은 프리아모스이다(22.25-31). 호메로스는 아킬레우스를 늦여름에 가장 찬란하게 빛나는 시리우스 별에 비유한다. 시리우스는 '오리온의 개'라는 이름으로도 불린다. 그것은 불행의 전조이며 심한 열병을 가져온다. 프리아모스는 시리우스 별처럼 찬란히 빛나는 아킬레우스를 보면서 불길함을 직감했다. 프리아모스는 통곡을 하면서 사랑하는 헥토르에게 빨리 성문 안으로 들어오라고 호소한다. 제발 아킬레우스를 기다리지 말라고 한다. 아킬레우스는 헥토르보다 훨씬 강력한 존재이기 때문이다. 프리아모스

는 아킬레우스가 자신의 아들들을 수없이 죽이거나 팔았던 것을 목도했다. 그렇지만 아직 폴뤼도로스의 죽음(20.407-418)과 뤼카온의 죽음(21.78-79)을 정확히 모르는 것으로 보인다.

> "너라도 아킬레우스에게 죽어 쓰러지지만 않는다면,
> 다른 사람들에게 훨씬 고통이 짧아질 것이다.
> 그러니 내 사랑하는 아들아! 여기 성벽 안으로 돌아오너라.
> 그래야 트로이의 남자들과 여인들을 구하고 펠레우스의 아들에게
> 큰 영광을 주지 않고, 너 자신의 사랑스러운 목숨도 빼앗기지
> 않을 것이다. 나를 불쌍히 여겨라, 이 불행한 사람을.
> 아버지 크로노스의 아들께서 내가 늙도록 수많은 불행을 지켜보며
> 살아남게 하여 고통스러운 운명 속에서 죽게 하려 하신다."
> (22.54-61)

헥토르를 살리기 위한 프리아모스의 간청은 너무나 애절하다. 그는 헥토르가 죽고 트로이가 몰락한 후에 일어날 자신의 비참한 상황을 설명한다. 당연히 모든 아들은 살해될 것이고 딸들과 며느리들은 포로가 되어 끌려갈 것이다. 프리아모스 자신의 시신은 날고기를 먹는 개들에게 뜯겨 먹힐 것이고 자신의 개들이 그의 피를 마시고 미쳐서 문간에 누워 있으리라고 말한다. 헥토르의 어머니 헤카베도 눈물을 흘리며 자신을 불쌍히 여겨 제발 성안으로 들어오라고 호소했다(22.79-89). 그렇지만 헥토르의 마음은 움

직이지 않았다.

호메로스는 마치 '뱀'이 독초를 잔뜩 먹고 독기가 오를 대로 올라 먹이를 기다리듯 헥토르가 아킬레우스를 기다렸다고 한다 (22.93-97). 트로이 성벽에서 프리아모스와 헤카베가 제발 성안 으로 들어오라고 통곡하면서 애걸하는데도 헥토르가 따르지 않은 이유를 설명하기는 쉽지 않다. 도대체 헥토르를 망설이게 만든 이유는 무엇인가? 아킬레우스와 용감하게 싸워 승리와 명성을 얻고 싶었을까? 아니다. 헥토르 자신도 솔직히 아킬레우스를 이기기 어렵다는 정도는 알고 있을 터이다. 사실 아이아스조차도 상대하기 버겁지 않았던가!

이제 헥토르는 운명의 시간을 맞이할 것이다. 그는 죽느냐 사느냐의 기로에 서 있다. 누가 아킬레우스와 헥토르의 진검 승부에서 아킬레우스가 질 것이라 생각하겠는가? 하지만 성안에 들어가지도 못하고 성문 앞에 버티고 있는 헥토르도 마음속이 복잡하기 짝이 없었을 것이다. 여기서 다시 유명한 네 번째 독백이 등장한다. 우리는 헥토르의 독백을 통해 그 심정을 들여다볼 수 있다. 헥토르의 마음은 크게 갈팡질팡하고 있다.

우선 헥토르는 자신이 성안에 들어갔을 경우를 상상해 본다. 그는 누구보다도 먼저 폴뤼다마스를 떠올렸다. 그가 망설였던 중요한 이유일 수 있다. 제18권에서 폴뤼다마스는 아킬레우스의 출전이 임박한 것을 알고 전략적 후퇴를 제안했지만, 헥토르는 그를 공개적으로 비난하며 오히려 무모한 공격을 밀어붙였다. 결국 넷째 날 전면전에서 아킬레우스의 손에 죽은 트로이군의 시신들이 스카만드로스강과 들판에 가득 차고 넘쳤다. 헥토르는 성안으로 돌아갈 수가 없었다.

> "폴뤼다마스가 첫 번째로 나를 비난하겠지.
> 고귀한 아킬레우스가 움직였던 저주받은 지난밤에
> 그는 내게 트로이인들을 이끌고 도시로 들어가라고 했지.
> 그런데 난 설득되지 않았지. 그렇게 했다면 훨씬 좋았을 텐데!
> 이제 내가 무모해서 내 백성들을 파멸시켰으니
> 트로이인들과 긴 옷의 트로이 여인들에게 수치스럽구나.
> 언젠가 나보다 못한 다른 어떤 사람이 말하겠지.
> '헥토르는 자신의 힘을 믿다가 백성들을 파멸시켰구나.'"
>
> (22.100-107)

이제 성안으로 들어가면 수많은 트로이군을 죽음으로 몰아넣었다고 비난당할 텐데, 그것을 도저히 감당해 낼 수가 없었을 것이다. 다음으로 성안으로 들어가지 않는 경우를 생각해 보자. 그렇다면 아킬레우스와 싸우는 수밖에 없다. 만약 헥토르가 나가서 싸운다면 '아킬레우스와 대결하여 그를 죽이고 집으로 돌아갈 것'이고, 아니면 '도시 앞에서 그의 손에 영광스럽게 죽을 것'이다. 헥토르는 간단명료하게 아킬레우스와의 대결에서 '이기고 돌아가느냐', 아니면 '지고 죽느냐' 두 가지 선택지를 생각해 냈다.

그러다 바로 또 다른 대안을 떠올린다.

마지막으로 아킬레우스와 협상하는 경우를 상상해 본다. 먼저 헬레네와 그녀의 모든 재물을 돌려준다. 물론 이것만으로 충분하지 않다고 생각했을 것이다. '트로이의 재물 절반을 나눠 준다고 한다면 아킬레우스가 받아 줄까' 상상해 본다. 그렇지만 또다시 유명한 구절이 반복된다. "아니, 왜 내 마음은 이런 문제를 나 자신과 말하고 있는가?"(22.122) 헥토르는 다시 제정신을 차리고 만약 아킬레우스를 찾아간다면 바로 그 자리에서 비참하게 자신이 죽임을 당할 것이라고 말한다. 결국 헥토르는 혼자 달콤한 생각에 빠져 있지 말고 빨리 나가 싸우는 편이 나으리라 판단한다. 호메로스는 헥토르의 고민을 상당히 길게 묘사한다(22.99-130). 사실 『일리아스』에서 마지막 죽음은 바로 헥토르의 죽음이다. 이제 트로이 전쟁은 헥토르의 죽음으로 대단원의 막을 내릴 준비가 되었다.

호메로스의 일리아스,
신들의 전쟁과 인간들의 운명을 노래하다

2. 헥토르의 도주와 결전

헥토르는 투구를 쓰고 달리는 에뉘알리오스, 즉 아레스처럼 창을 휘두르며 달려오는 아킬레우스가 타오르는 불이나 태양처럼 찬란하게 빛나는 것을 보았다. 실제로 아킬레우스를 보자 헥토르는 너무나 떨려서 바로 전까지 했던 결심을 흔적도 없이 잊은 채 달아나기 시작했다(22.136-137). 호메로스는 헥토르가 마치 매에게 쫓기는 '비둘기'처럼 보인다고 표현한다. 그는 성벽을 따라 도망치며 트로이를 무려 세 바퀴나 돌았다. 헥토르가 달아나는 장면은 트로이 영웅의 모습처럼 보이지는 않는다. 물론 전쟁터에서 달아난 사람이 헥토르만은 아니다. 이미 아킬레우스와 대결하다가 도망친 아이네이아스와 아게노르도 있다. 바로 전까지도 헥토르는 영웅적으로 싸우다 죽겠다고 생각했다. 하지만 현실 속에서는 아킬레우스가 달려오자 두려움과 공포에 사로잡혔다.

올림포스 신들도 헥토르가 아킬레우스에게 쫓겨 달아나는 모습을 보고 너무나 안타까워한다. 먼저 제우스가 헥토르를 보고 "아! 내가 사랑하는 인간이 지금 성벽 주위로 쫓기는 것을 내 눈으로 봐야 하다니. 헥토르 때문에 내 마음이 비통하구나"(22.168-169)라고 한탄한다. 제우스는 헥토르가 자신에게 수없이 희생 제의를 바친 것을 기억해 내고 다른 신들에게 제안한다. 그를 죽음에서 구할 것인지, 아니면 아킬레우스에게 죽게 버려둘 것인지를 말이다. 이제까지 항상 헤라가 제우스에게 해 왔던 반박을 이번에는 아테나가 한다.

> "필멸의 인간은 이미 오래전부터 운명이 정해져 있어요.
> 당신이 되돌려 인간을 잔혹한 죽음에서 해방시키려 하나요.
> 그렇게 하세요. 하지만 우리 다른 신들은 모두 찬성하지 않아요."
> (22.179-181)

아레스가 제5권에서 불평하던 대로 제우스는 아테나에게 마음이 약한 것처럼 보인다. 그는 헥토르를 불쌍히 여겨 구해 주려는 마음이 들기도 했지만 실제로 그렇게 할 생각은 없었던 것 같다. 제우스는 아테나에게 참지 말고 원하는 대로 하라고 말한다.

> "기분 풀어라, 트리토게네이아여, 사랑하는 아이야, 내가 방금
> 진지하게 말한 것은 아니다. 네게 친절하고 싶다.

호메로스의 일리아스,
신들의 전쟁과 인간들의 운명을 노래하다

네 마음이 움직이는 대로 하고 더 이상 참지 말거라."

(22.183-185)

사실 아폴론은 자신이 원하는 대로 전쟁터에서 트로이를 위해 최선을 다하고 있다. 아킬레우스의 칼날을 피해 죽을힘을 다해 도망치던 트로이군이 무사히 성안으로 들어갈 수 있도록 아폴론은 아게노르의 모습으로 아킬레우스를 유인하여 시간을 벌어 주었다. 아테나 입장에서는 아폴론이 아킬레우스를 속이는 바람에 전투가 지연되었을 뿐만 아니라, 헥토르가 계속 도망치기만 하고 승부가 나지 않아 답답했을 것이다. 제우스의 말이 끝나자마자 아테나는 마치 기다렸다는 듯이 전쟁터로 뛰어 내려갔다. 아테나는 도대체 이 상황에서 무엇을 하려는 것일까?

아킬레우스는 마치 사슴을 집요하게 추격하는 사냥개와 같이 헥토르를 따라붙어 결코 떨어질 생각을 하지 않았다. 호메로스는 아킬레우스가 달려가지만 잡지 못하고 헥토르는 벗어나지 못하는 상황이 계속되었다고 말한다. 결국 제우스가 황금 저울에 아킬레우스와 헥토르의 죽음의 운명을 올려놓으니 헥토르의 운명이 기울어졌다. 그러자 포이보스 아폴론이 헥토르를 떠났다(22.213). 그리스 신들은 불멸하는 존재로 죽음과 함께하지 않는다. 고대 그리스 서사시나 비극 작품에서 신은 인간에게 죽음이 다가오면 아무리 사랑하는 인간일지라도 그 곁을 떠나곤 한다. 그러나 지금 막 전장에 들어온 아테나 여신은 먼저 아킬레우스에게로 가서

"이제 헥토르는 더 이상 우리를 벗어날 수 없을 것"(22.219)이라고 말했다. '우리'라는 표현이 의미심장하다. 아테나는 절묘한 방법을 사용하여 결국 헥토르를 아킬레우스 앞에 세운다.

아테나는 아킬레우스에게 잠시 숨을 돌릴 것을 권하고는 자신이 헥토르를 설득하겠다고 말했다. 트로이군이 절체절명의 위험에 처했을 때 아폴론이 썼던 방법과 비슷하게 아테나도 기막힌 변신술을 사용했다. 아테나가 데이포보스로 변신하여 나타나자, 헥토르는 자신을 구하기 위해 용감하게 성 밖으로 나왔느냐고 그를 칭찬했다. 아테나의 선택은 옳았다. 데이포보스는 헥토르가 '가장 사랑하는 동생'(22.234)이었기 때문에 훨씬 신뢰했을 것이다. 만약 아테나가 파리스로 나왔다면 당연히 희극이 되지 않았을까! 사실 파리스는 궁수이기 때문에 굳이 성 밖에 나올 필요도 없다. 나중에 파리스가 죽고 나면 데이포보스는 트로이 전쟁의 공적을 따져 헬레네의 남편이 되는 인물이다.

데이포보스가 전의를 불태우면서 헥토르에게 함께 나가 싸우자며 앞장섰다. 헥토르도 용기를 내어 결전을 치르겠다고 결심하고는 아킬레우스에게 달려가 신들 앞에서 서약하자고 말한다. 죽음을 앞둔 헥토르는 어느 쪽이든 상대방을 죽이게 되면 무구만 벗기고 시신은 돌려줄 것을 제안한다. 하지만 아킬레우스는 오직 파트로클로스의 복수만을 생각하고 있기 때문에 헥토르의 제안에 관심조차 없다.

"헥토르여, 저주받을 인간아! 내게 동의에 관해 말하지 마라.

마치 사자와 사람 사이에 맹약이 있을 수 없고

늑대와 새끼 양이 결코 마음이 같아질 수 없고

끊임없이 서로에 대해 적대감을 가지듯이,

너는 나와 친구가 될 수 없으며 나와 맹약을

할 수도 없다. 어느 한쪽이 쓰러져 쇠가죽 방패를 든

전사 아레스에게 자신의 피를 질리도록 먹이기 전까지.

그러니 너는 너의 탁월성을 모두 생각해 내거라!

너는 창수이면서 용맹한 전사가 될 필요가 있다.

더 이상 네게 피할 길은 남아 있지 않다."

(22.261-270)

헥토르는 이미 죽음 이후를 생각하는데, 아킬레우스는 죽음 자체에 관심이 없다. 그러니 죽음 이후의 시신 처리에 대해 합의할 생각도 없다. 헥토르와는 친구도 아니고 적도 아니다. 아킬레우스는 자신을 사람을 공격하는 '사자'와 새끼 양을 공격하는 '늑대'에 비유한다. 사자나 늑대가 사람이나 새끼 양과 친구 혹은 동료가 될 수는 없다. 아킬레우스는 현실적으로 헥토르에게 지금은 싸워야 하는 순간이고 어떻게 싸워 이길지만을 생각해야 한다고 말한다.

아킬레우스는 바로 헥토르에게 창을 날린다. 하루 종일 싸우다가 드디어 마주하고 대결할 수 있게 되었으니 마음이 급했을 것이다. 그러나 헥토르는 주의 깊게 창을 똑바로 보다가 머리를 숙여 피해 버렸다. 아킬레우스의 창은 그대로 땅에 꽂혔다가 다시 아킬레우스에게 돌아왔다. 우리로서는 이해하기 어렵지만 나중에 헥토르를 죽일 때 아킬레우스의 손에 다시 창이 들려 있다. 호메로스는 이 상황을 예견하고 미리 아테나 여신이 아무도 모르게 아킬레우스에게 창을 돌려주었다고 한다. 헥토르는 약간 여유를 찾았는지 제우스에게 자신의 운명에 대해 듣지 못했느냐며 아킬레우스를 비웃는다. 하지만 헥토르의 운명은 이미 정해졌고 죽음의 시간이 다가오고 있었다.

헥토르는 청동 창을 정확하게 던져 아킬레우스의 방패를 맞혔지만 아쉽게도 튕겨져 나왔다. 이전에 아이네이아스가 아킬레우스의 방패의 가장자리라도 뚫었던 것과는 비교된다. 호메로스는 대결 첫 부분부터 '창'에 주의를 집중시킨다. 헥토르는 다른 창을 가지지 않았기 때문에 데이포보스에게 큰 소리로 창을 달라고 소리 질렀다. 헥토르는 그때 깨달았다. 데이포보스가 없다는 사실을 말이다. 이제야 헥토르는 자신의 죽음을 직감했다. 지금까지는 제우스와 아폴론이 자신을 도와주었지만 이제는 홀로 죽음을 맞이해야 한다는 것을 인식하고야 만다.

"이제 운명이 나를 따라잡았구나!
하지만 내 결코 싸우지 않고 아무 명성도 없이 죽지는 않으리라.
아직 태어나지 않은 사람들도 후에 배울 큰일을 하고 죽으리라."

호메로스의 일리아스,
신들의 전쟁과 인간들의 운명을 노래하다

〈아킬레우스와 헥토르의 결전〉
페테르 파울 루벤스, 1630

아킬레우스와 헥토르는 최후의 일대일 결전을 벌인다. 헥토르는 처음에는 도망치다가 용기를
내어 싸우지만 아킬레우스에게 살해당한다.

(22.303~305)

　헥토르는 오히려 용기를 내어 싸우다가 장렬히 죽기로 결심
한다. 그리하여 그는 칼을 뽑아 들고 토끼를 내리 덮치는 독수리
처럼 덤벼들었다. 아킬레우스는 주의 깊게 헥토르를 죽일 수 있

는 치명적인 부분을 찾다가 청동 무구들 사이로 목 부분이 드러
난 것을 보았다. 그리하여 헥토르의 목에 창을 밀어 넣어 목을 뚫
었다. 그러나 숨통이 완전히 끊기지는 않았다. 헥토르는 죽어 가
면서도 자신의 시신을 트로이에 돌려줄 것을 부탁했다. 하지만
아킬레우스는 오히려 그의 살을 저며 날로 먹고 싶은 지경이라면
서 그의 부모가 엄청난 보상금을 가져온다고 할지라도 절대 돌려
주지 않을 것이며 개 떼와 새 떼가 뜯어 먹도록 할 것이라고 악을
쓴다. 마지막으로 헥토르는 아킬레우스에게 유언을 남긴다.

> "나는 너를 잘 알고 있으며 내 운명을 보고 있다. 나는 결코 너를
> 설득할 수 없다. 네 가슴속 마음은 강철로 만들어졌기 때문이다.
> 그렇지만 이제 주의해라! 나 때문에 신의 진노가 네게 일지 않도록.
> 너의 용기에도 불구하고 스카이아이 문 앞에서
> 파리스와 포이보스 아폴론이 너를 죽이는 그날에."
>
> (22.356~360)

헥토르는 죽어 가면서 아킬레우스의 최후에 관한 예언을 남
긴다. 우리는 여기서 아킬레우스가 파리스의 화살에 맞아 스카이
아이 문 앞에서 죽는다는 사실을 확인할 수 있다. 헥토르는 마지
막으로 아킬레우스가 듣지는 않겠지만 시신을 훼손하여 신들의
노여움을 얻지 않도록 조심하라고 충고하고는 죽음을 맞이했다.

호메로스의 일리아스,
신들의 전쟁과 인간들의 운명을 노래하다

헥토르가 최후를 맞이하는 장면은 제22권에서 매우 드라마틱하게 펼쳐지고 있다. 호메로스는 헥토르에게 충분히 공감하고 연민을 느낄 수 있도록 상황을 자세하게 설명한다. 아킬레우스는 아직도 분이 풀리지 않았나 보다. 여전히 헥토르를 죽인 일에 대해 일말의 후회도 하지 않으며 신들이 원하실 때 언제든지 운명을 받아들이겠다고 한다. "죽어 쓰러져 있거라! 내 운명은 제우스와 다른 불사신들께서 끝내기를 원할 때면 언제든 받아들일 것이다"(22.365-366)라고 말이다. 이미 아킬레우스도 자신의 운명에 체념한 듯이 보인다. 사실 『일리아스』에서 아킬레우스는 결코 죽지 않지만 그의 죽음은 계속 언급된다. 그가 단명할 운명임을 모르는 사람은 없다. 그렇지만 『일리아스』에서는 결코 죽지 않는다. 최소한 여기서만은 아킬레우스는 불멸의 영웅이기 때문이다.

아킬레우스가 헥토르의 시신에서 청동 창을 뽑고 무구를 벗기자 주변에 있던 그리스군이 달려와 헥토르의 시신을 무수히 찔렀다. 호메로스는 헥토르의 시신을 찌르지 않은 자는 아무도 없었다고 말한다. 아무리 죽은 자라 할지라도 시신을 창으로 찔러대는 것은 잔혹해 보인다. 하지만 죽은 자는 산 자에게 해를 입힐 수 없을 테니 그리스군은 전우의 복수를 하고 싶었을 것이다. 아킬레우스는 헥토르를 죽이고 마음속으로 잠시 갈등하지만, 더 이상 트로이성을 공격하지 않고 그리스 진영으로 돌아갈 생각을 한다. 아직 장례 의식을 치르지 않은 파트로클로스의 시신 때문이다. 아킬레우스는 헥토르에게 복수하기 전까지는 파트로클로스의 장례 의식을 치르지 않겠다고 결심했었다. 자신이 살아 있는 한 그를 결코 잊지 못할 뿐만 아니라 죽어서도 결코 잊지 않을 것이라고 말했다. 아킬레우스는 서둘러 장례 의식을 치르기 위해 그리스군에게 승전가를 부르면서 함선들로 돌아가자고 한다.

이것은 테티스가 아킬레우스에게 헥토르를 죽이면 다시 함선으로 돌아오라고 한 조언과도 일치한다. 더욱이 전체 상황을 보면 이미 아킬레우스는 너무 많은 전투를 치렀다. 그는 일절 식사도 하지 않고 장시간 전투를 치렀다. 강물이 넘쳐날 정도로 엄청나게 많은 트로이군을 살육했고, 아게노르로 변신한 아폴론을 한참이나 쫓아갔을 뿐만 아니라 헥토르를 따라 트로이 성벽도 세 번이나 돌지 않았던가! 이제 곧 태양이 지고 어둠이 몰려올 시간이었다. 더욱이 이미 헥토르를 제외한 트로이군은 모두 철옹성이라 불리는 트로이 성안으로 안전하게 들어갔다. 헥토르가 죽었다고 트로이인들이 성을 버리고 도망치리라 생각하는 데는 무리가 있다.

아킬레우스가 헥토르의 시신을 가지고 함선으로 돌아가자고 연설한 것은 적절한 판단이었다. 그렇지만 아직 분이 안 풀렸던 아킬레우스는 헥토르의 시신을 치욕스럽게 만들기 위해 두 발의 뒤꿈치에서 복사뼈 사이를 뚫고 쇠가죽 끈으로 꿰어 전차에 매달아 머리가 뒤에서 끌려오게 만들었다. 아킬레우스의 전차에 끌려

〈헥토르의 시신을 끌고 다니는 아킬레우스〉
도메니코 쿠네고, 1766

헥토르를 죽인 후에도 분이 풀리지 않은 아킬레우스는 시신의 발뒤꿈치에 쇠가죽 끈을 꿰어 전차에 매달아 끌고 다닌다.

가는 헥토르의 아름다운 검푸른 머리카락은 온통 먼지투성이가
되었다(22.395-405). 성벽 위에서 헥토르의 시신이 전차에 매달
려 끌려가는 것을 본 트로이인들은 모두 비탄에 빠져 통곡했다.
여기에서 헥토르와 가장 가까운 프리아모스, 헤카베, 안드로마케
등 세 사람의 비탄이 나온다.

먼저 프리아모스는 다른 자식들을 모두 합친 것보다 헥토르
가 죽은 것이 더 슬프다고 할 정도로 헥토르를 사랑했다고 고백
한다. 시신이 처참하게 끌려가는 것을 보면서, "시신이라도 있으
면 실컷 울기라도 할 수 있을 텐데"라고 하며 애통해한다(22.416-
424). 프리아모스의 아들 사랑은 이미 여러 차례 언급되었을 뿐만
아니라 가장 유명한 구절이 다시 등장할 것이다. 다음으로 헤카
베도 아들 헥토르의 죽음으로 모든 것을 잃어버린 듯 허망한 심
정을 말한다.

"내 아들아, 가련한 내 신세여, 네가 죽었는데 내가 슬픔 속에서
살아 무엇하리? 너는 밤이나 낮이나 온 도성 안에서 내 자랑이었고,
남녀 불문하고 도시 안의 모든 트로이인들에게
구원이었지. 그리고 그들은 너를 신처럼 맞이했지,
살아 있는 동안 너는 그들에게 큰 영광이었으니까.
그런데 이제 죽음과 운명이 너를 따라잡고 말았구나."
(22.431-436)

헤카베는 이제 자신이 더 이상 사는 것이 무슨 의미가 있느냐며 신세 한탄을 한다. 헥토르는 어머니의 자랑이었고 트로이의 영광이었다. 삶의 의미이고 희망이었던 아들을 잃은 늙은 어머니의 애통함이 절절히 느껴진다. 헤카베의 슬픔은 여기서 그치지 않는다. 트로이 전쟁이 끝나고 나면, 트로이의 남자들은 모두 죽지만 트로이의 여인들은 살아남아 치욕을 당하게 된다. 헤카베는 모든 아들과 손자가 살육되는 것을 보게 될 뿐만 아니라 딸과 며느리도 희생 제물로 바쳐지거나 적군의 첩이나 노예로 끌려가는 것을 목도하게 된다. 남자들은 전쟁터에서 싸우다가 죽으면 모든 것이 끝나지만, 여자들은 살아남아 온갖 비참한 일을 겪어야 할 운명이다.

그 시각 트로이 성벽 위에 있지 않았던 안드로마케는 헥토르의 죽음을 모른 채 목욕물을 준비하고 있었다. 헥토르의 죽음을 전혀 예견치 못하고 일상적 삶을 영위하는 안드로마케의 모습이 더욱 애잔하게 느껴진다. 그녀는 밖에서 나는 비명과 울음소리를 듣고서야 미친 듯이 뛰쳐나가 성탑으로 올라갔다. 마침내 헥토르의 시신이 끌려가는 것을 보고 정신을 잃고 쓰러진 안드로마케는 겨우 정신이 돌아오자 헥토르 없이 살아가야 하는 비참한 신세를 한탄한다.

"이제 당신은 지하 깊은 하데스의 집으로 떠나가고
나를 지독한 슬픔 속에 버려두었군요. 당신 집에 홀로

남은 과부라니! 가장 비참한 당신과 내가 낳은 아들은
아직 어린애일 뿐이에요. 헥토르! 이제 당신은 죽어서 결코
그 애를 도울 수 없어요. 그 애도 당신을 도울 수 없어요."
(22.482-486)

안드로마케는 특히 헥토르의 아들 아스튀아낙스의 운명에 대
해 길게 예언한다. 아이가 혹시라도 살아남는다고 할지라도 모든
재산을 잃었기 때문에 노고와 근심이 끊이지 않을 것이며 이 사
람 저 사람에게 구걸해 살아갈 것이며, 아비 없는 자식이라 잔치
에서도 쫓겨날 것이라고 한탄한다. 그러나 이 모든 한탄이 무슨
소용이 있겠는가? 전쟁이 끝난 후 그리스군은 트로이 왕족의 씨
를 말려 버린다. 물론 아이네이아스가 트로이 유민들을 이끌고
불타는 트로이를 빠져나가긴 하지만, 아스튀아낙스는 오뒷세우
스에 의해 성벽 위에서 떨어져 죽는다. 안드로마케는 남편도 자
식도 모두 잃고 아무 희망도 없이 아킬레우스의 아들 네오프톨레
모스의 노예로 끌려가 굴곡진 삶을 살게 된다.

4. 파트로클로스의 장례 의식

〔제23권〕

아킬레우스가 헥토르의 시신을 끌고 함선으로 돌아오자 다른 그리스인들도 각자 자신의 배로 흩어져 갔다. 하지만 아킬레우스는 뮈르미도네스인들에게 파트로클로스를 애도한 후 저녁 식사를 하자고 제안한다(23.6-11). 아킬레우스는 파트로클로스에게 약속했던 대로 헥토르의 시신과 12명의 트로이 소년을 데려왔다고 말하면서 애도하였다. 그런 후 그는 황소와 양 및 염소 등을 희생시켜 뮈르미도네스인들에게 풍족하게 음식을 차려 대접했다. 그 뒤 아킬레우스는 다른 왕들에 의해 아가멤논에게도 불려간다. 아가멤논이 피범벅이 된 아킬레우스를 위해 목욕물을 준비해 두었지만, 아킬레우스는 파트로클로스의 장례 의식 전에 몸에 물을 대는 것은 도리가 아니라며 거절했다(23.43-47). 파트로클로스의 죽음 이후 아킬레우스는 줄곧 식사를 사양했지만, 헥토르를 죽이고 돌아와서는 다른 사람들에게 식사부터 하자고 권한다. 자신도 여태 아무것도 먹지 못한 상태이기도 했고 하루 종일 전쟁터에서 싸웠던 다른 사람들을 배려하려 했던 것으로 보인다. 파트로클로스가 죽은 직후 복수의 일념으로 가득할 때와는 달리 약간의 여유를 되찾은 것은 확실하다.

이제 모두 저녁 식사를 하고 막사로 돌아갔지만 아킬레우스는 사납게 울부짖는 바닷가 기슭에 홀로 누워 여전히 탄식하고 있었다. 너무나 지친 아킬레우스에게 달콤한 잠이 쏟아졌을 때 파트로클로스의 영혼psyche이 찾아왔다. 『일리아스』에서 죽은 자의 영혼이 나타난 것은 이때가 처음이다. 호메로스가 죽은 자의 영혼을 그려낸 방식은 흥미롭게도 현대에서 표현하는 방식과 유사하다. 달리 말하자면 호메로스 이후 죽은 자에 대한 표현이 거의 비슷하였다고 할 수 있다. 호메로스는 죽은 자의 영혼이 살아 있을 때와 똑같은 얼굴과 목소리를 가지고 똑같은 옷을 입고 있다고 묘사했다(23.65-67). 왜 파트로클로스는 아킬레우스에게 나타났을까? 그것은 아직도 장례 의식을 치러 주지 않아 하데스로 들어갈 수가 없었기 때문이다.

"그대는 잠들었나요, 나를 잊어버렸군요. 아킬레우스여.
살아 있을 동안 나를 돌보지 않은 적이 없건만 이제 죽으니 아니네요.
나를 빨리 묻어 주어 하데스의 문을 지나게 해 주시오.
죽은 자들의 환영인 영혼들이 나를 멀리 내쫓아

강을 건너 그들과 섞이지 못하게 하니, 나는 헛되이

넓은 문의 하데스의 집 바깥을 헤매고 있소."

(23.69-74)

파트로클로스는 아킬레우스가 헥토르를 죽여 복수한 것에 대해 한마디도 하지 않는다. 산 자의 입장과 죽은 자의 입장은 다를 수밖에 없다. 죽은 자는 이미 죽었기 때문에 자신이 있어야 할 자리로 돌아가야 한다. 하지만 산 자는 살아 있는 자에게 복수하는 것이 먼저라고 생각한다. 파트로클로스는 아킬레우스가 장례 의식을 치러 주지 않아 하데스로 들어가지 못하고 방황하고 있다고 말한다. 이처럼 고대 그리스인에게는 장례 의식이 너무나 중요한 이유이다. 파트로클로스는 아킬레우스가 트로이 성벽에서 죽을 운명이라는 사실을 다시 확인하고, 아킬레우스가 죽으면 자신의 뼈와 함께 합장해 달라고 부탁했다(23.91-92). 파트로클로스는 어릴 적에 펠레우스의 집에 맡겨져 아킬레우스와 함께 자라났기 때문에 죽어서도 함께하겠다는 뜻을 전한다. 아킬레우스는 모든 것을 원하는 대로 해 주겠다고 말한다. 그는 파트로클로스에 대한 그리움으로 두 팔을 벌려 안아 보려고 했으나 잡을 수가 없었다. 그의 영혼이 희미하게 비명을 지르며 연기처럼 땅속으로 사라졌기 때문이다(23.99-101).

다음 날 새벽 아가멤논은 지난밤에 아킬레우스가 부탁한 대로 파트로클로스의 장례 준비를 명령한다. 그런데 이 장례 의식의 규모가 어마어마하다. 파트로클로스에게는 너무 지나칠 정도로 장례 의식이 준비되고 있는데, 마치 아킬레우스 자신의 장례 의식과 같아 보인다. 물론 그리스식 표현은 과장이 일상이긴 하지만 말이다. 트로이의 이데산에서 수많은 나무들을 잘라 와 사방 100보의 장작더미를 쌓아 올렸다고 한다. 이 정도면 거의 이데산의 한쪽을 밀어 버린 수준이 아닌가 싶을 정도이다. 아킬레우스는 뮈르미도네스 전사들이 청동 무구를 갖춘 채 전차를 타고 보병들이 그 뒤를 따르는 방식으로 운구 행렬을 만들었다. 파트로클로스의 시신

〈파트로클로스의 장례 의식〉 부분
자크 루이 다비드, 1778

높이 쌓은 장작더미 앞에 파트로클로스의 시신이 놓였고 아킬레우스가 애도하고 있다.
오른편에는 헥토르의 시신이 전차에 매달려 있고, 왼편에는 희생 제물인 트로이 소년들이
차례로 죽임을 당하고 있다.

은 뮈르미도네스인들이 잘라서 던진 머리카락들로 뒤덮였다. 아킬레우스도 고향에 돌아가면 강의 신에게 바치려던 자신의 금발을 잘라 파트로클로스의 손에 쥐여 주었다.

고대 그리스인들은 장례 의식에서 머리카락을 잘라 바치는 관습이 있었던 것으로 보인다. 이것은 서사시뿐만 아니라 비극에서 자주 등장하는 관습이다. 아킬레우스는 애도의 시간을 충분히 가졌다면서 그리스군이 함께 식사할 수 있도록 준비시켰다. 여기서 보면 아가멤논은 아킬레우스의 한마디 말에 바로 명령을 내려 완벽하게 준비시키는 등, 건방지다고 기분 나빠하던 사람 같지 않게 말을 너무 잘 듣고 있다. 사방 100보의 장작더미 위에 시신을 놓고 작은 가축들과 황소들의 껍질을 벗겨 기름 조각을 발라낸 것으로 머리부터 발끝까지 감싼 다음 그 주위에 가죽 벗긴 짐승들을 쌓아 올렸다. 또한 시신 옆에 꿀과 기름이 든 항아리들을 기대 놓고, 말 4마리와 개 2마리를 장작더미에 던지고, 12명의 트로이의 소년들을 죽여 화장시켰다.

호메로스는 최고 영웅에게나 바치는 장엄하고 화려한 장례 의식을 치른 파트로클로스의 시신과 적진에서 치욕을 당하는 헥토르의 시신을 대조시키고 있다. 아킬레우스는 여전히 증오가 씻기지 않아 헥토르의 시신을 개 떼에 주겠다고 말하지만 신들은 헥토르의 시신을 보호했다. 특히 트로이 편인 아프로디테가 밤낮으로 개들을 쫓아내고 신성한 장미 기름을 발라 아킬레우스가 끌고 다녀도 시신이 찢어지지 않도록 했다. 또한 아폴론은 특이하게 검은 구름을 보내 헥토르의 시신이 누운 곳을 덮어 태양에 시신이 시들지 않게 했다(23.184-191). 여하간 어떤 방식으로든 헥토르의 시신이 훼손되지 않았다는 것은 매우 특별해 보인다.

아킬레우스는 장작더미가 제대로 타오르지 않자 북풍의 신 보레아스와 서풍의 신 제퓌로스에게 기도하고 제물을 바쳤다. 이리스 여신이 나서서 기도를 전달하자 트로이로 바람이 바다를 가로질러 몰려와 장작더미를 덮쳐 활활 타오르게 했다. 파트로클로스의 화장은 밤새도록 이루어진 것으로 보인다. 새벽녘이 되어서야 바람의 신들이 집으로 돌아가고 장작불이 꺼졌다고 한다. 아킬레우스는 그제야 잠깐 잠이 들었다가 사람들이 떠드는 소리에 다시 깨어났다. 그는 파트로클로스의 뼈들을 모아 황금 항아리에 넣어 달라고 한다. 그러고는 무덤은 일단 너무 크지 않게 만들고 나중에 아킬레우스 자신이 죽은 후에 넓히고 높여 달라고 부탁한다(23.243-248).

호메로스의 일리아스,
신들의 전쟁과 인간들의 운명을 노래하다

5. 파트로클로스의 장례 경기

아킬레우스는 파트로클로스를 위한 장례 의식뿐만 아니라 장례 경기도 성대하게 열었다. 호메로스는 특별히 아킬레우스의 대역인 파트로클로스를 통해 고대 장례 의식의 풍경을 자세히 보여주고 있다. 우리에게는 장례 경기가 매우 낯설게 느껴질 수 있다. 사랑하는 사람의 장례 의식을 치르고 조용히 고인을 기리는 것이 아니라 경기를 열어 일종의 축제로 만드니 말이다. 장례 경기로는 전차 경기, 권투 시합, 레슬링 경기, 달리기 시합, 일대일 대결 경기, 원반던지기 시합, 활쏘기 시합, 창던지기 시합 등 총 8종류의 경기가 벌어졌다고 한다. 실제로는 앞의 네 가지 시합에 초점이 맞춰져 있으며 특히 '전차 경기'를 가장 세밀하게 묘사하고 있다.

아킬레우스는 백성들을 모아 큰 원을 그려 앉게 만든 다음 장례 경기에 내놓을 상품들을 가져왔다. 그런데 오늘날의 관점에서 보면 상품들이 아주 특이하다. 먼저 전차 경기의 상품이다. 1등 상이 수공예에 능한 여인과 손잡이 달린 22되들이 세발솥이고, 2등 상은 노새 새끼를 밴 아직 길들이지 않은 여섯 살 암말 1마리이고, 3등 상은 4되들이 새 가마솥이고, 4등 상은 황금 2탈라톤이며, 5등 상은 손잡이가 2개 달린 항아리였다. 우리가 보기에는 별것 아닌 것 같지만 당시에는 대단한 상품이었던 듯하다.

첫 번째는 '전차 경기'로 먼저 그리스군에서 아킬레우스 다음으로 좋은 말을 가진 아드메토스의 아들 에우멜로스, 트로이의 아이네이아스의 말을 빼앗은 튀데우스의 아들 디오메데스, 아가멤논의 말들을 빌려 자기 말들과 함께 묶은 메넬라오스, 네스토르의 아들 안틸로코스, 몰로스의 아들로 이도메네우스의 전우 메리오네스 등이 나선다. 아킬레우스 자신은 마부를 잃은 말들이 슬퍼하여 꼼짝을 하지 않으니 경기에 참여하지 않을 것이라고 선언한다. 경기의 순서를 정하기 위해 제비뽑기를 하니 안틸로코스, 에우멜로스, 메넬라오스, 메리오네스, 디오메데스 순이 되었다. 아킬레우스는 포이닉스를 심판으로 삼아 반환점을 돌고 오도록 했다.

호메로스는 특히 전차 경기를 마치 직접 보고 있는 듯 박진감 넘치게 묘사한다. 예상대로 에우멜로스가 가장 앞서 달리고 있다. 아폴론이 지켜보다가 에우멜로스를 돕기 위해 뒤따라오는 디오메데스의 채찍을 떨어뜨리게 한다. 그러나 아테나도 지켜보다가 디오메데스의 채찍을 돌려주고 에우멜로스 말들의 멍에를 부숴

호메로스의 일리아스,
신들의 전쟁과 인간들의 운명을 노래하다

〈파트로클로스의 장례 경기〉 부분
앙투안 샤를 오라스 베르네, 1790

파트로클로스의 장례 경기는 총 여덟 가지가 벌어졌는데, 호메로스는 그중에서 전차 경기를
가장 세밀하고 박진감 넘치게 묘사한다.

버렸다.[64] 그러자 말들이 길을 벗어나 에우멜로스는 바퀴 옆으로
떨어져 타박상을 입었다. 이때 디오메데스가 힘차게 전차를 몰아
선두로 달려 나갔다. 이제 선두가 바뀌어 디오메데스가 1등으로
달렸다. 메넬라오스가 2등, 안틸로코스가 3등으로 따라붙었다. 안
틸로코스는 네스토르의 조언을 듣고 반환점에서 승부수를 던지
기로 결심했다. 다른 전사들에 비해 빠른 말들이 아니었기 때문

에 안틸로코스는 전략으로 앞서 나갈 생각이었다.

안틸로코스는 움푹 파이고 좁은 길목에 이르러 말들을 바깥으로 몰았다가 빠른 속도로 길 쪽으로 밀고 들어왔다. 메넬라오스는 바퀴가 충돌할까 봐 안틸로코스에게 말들을 멈추라고 소리쳤다. 하지만 안틸로코스는 아랑곳하지 않고 더욱더 빨리 몰아댔다. 결국 메넬라오스가 속도를 늦추고 안틸로코스가 미친 듯이 달려 나가 앞지른다. 메넬라오스는 분노하여 비난하면서도 말들을 격려하여 추격하였다. 전차 경기를 지켜보던 관중끼리도 선두가 누구인지를 두고 서로 다투었다. 이도메네우스와 작은 아이아스가 서로 싸울 지경에 이르자 아킬레우스가 나서서 진정시켰다.

결국 디오메데스가 1등으로 들어오고 안틸로코스가 2등으로 뒤를 이었다. 3등으로 메넬라오스가 안틸로코스의 말에 바짝 붙어 들어왔는데 거의 추월하기 직전이었다. 4등은 메리오네스였으며, 마지막으로 말 멍에가 부서져 굴러떨어졌던 에우멜로스가 어떻게 말들을 추슬렀는지 모르겠지만 무사히 도착했다. 아킬레우스는 1등감이었던 에우멜로스가 꼴찌인 것이 안타까웠는지 대뜸 2등 상을 주자고 제안했고, 이에 2등 안틸로코스가 반발했다. 안틸로코스는 절대로 2등 상을 양보할 수 없다면서 에우멜로스에게 상을 주고 싶다면 추가로 다른 것을 가져와 주라고 했다. 아킬레우스는 안틸로코스의 의견을 수용하여 에우멜로스에게 전리품으로 얻은 아스테로파이오스의 청동 가슴받이를 주었다.

이번에는 메넬라오스가 일어나서 안틸로코스가 자신의 말들

호메로스의 일리아스,
신들의 전쟁과 인간들의 운명을 노래하다

앞에 의도적으로 밀고 들어와 진로를 방해했다고 분개했다. 그러자 안틸로코스는 메넬라오스에게 사과하며 2등 상 암말을 넘겨주고 더 원하는 것이 있으면 얼마든지 주겠다고 했다. 그는 메넬라오스와 마음이 멀어지고 싶지도 않고 신들에게 죄인이 되고 싶지도 않다고 말했다. 그러자 메넬라오스도 마음이 금세 풀려 오히려 자신 때문에 가족들 모두 참전하여 고생이 많다면서 암말을 안틸로코스에게 돌려주었다. 메넬라오스는 3등 상을 들고 가고 메리오네스가 4등 상을 차지했다. 에우멜로스는 이미 청동 가슴받이를 선물 받았기 때문에 5등 상이 남았다. 아킬레우스는 그것을 노구를 이끌고 참전한 네스토르에게 기념으로 건네주었다.

호메로스는 파트로클로스의 장례 경기를 통해 갈등이 완화되고 서로 화해하는 계기를 마련했다. 아킬레우스도 분노를 극복해 이제 평정을 되찾았다. 아킬레우스가 개최한 장례 경기의 참여자들도 서로 경쟁하면서 갈등도 하지만 경기를 마치고 서로의 실수나 과오를 인정하고 화해를 청하여 다시 하나가 되는 경험을 한다. 또한 장례 경기 주최자인 아킬레우스도 전쟁터에서의 잔인한 모습과 달리 장례 경기 중에 다른 사람들에게 연민과 동정을 느끼며 모든 참여자를 배려하여 적절한 보상을 하기 위해 최선을 다한다. 다른 경기도 간단하게 살펴보면 다음과 같다.

두 번째는 '권투 시합'으로 여섯 살짜리 암노새가 상품으로 주어졌다. 별다른 활약이 없었던 에페이오스와 에우뤼알로스가 겨루었는데 결과는 에페이오스의 승리로 돌아갔다. 에페이오스는 나중에 오뒷세우스의 제안으로 트로이 목마를 제작하는 인물이다.

세 번째는 '레슬링 시합'으로 이긴 자를 위해서는 소 12마리 가치가 있는 큰 세발솥을 내걸고, 진 자를 위해서는 소 4마리 가치가 있는 수공예에 능한 여인을 내걸었다. 그리스의 가부장 사회의 특징을 보여 주듯 소 4마리 가치가 있는 여인이 소 12마리 가치가 있는 세발솥보다 못한 것으로 나온다. 레슬링 시합에는 큰 아이아스와 오뒷세우스가 참여했는데 큰 아이아스가 신체적으로는 훨씬 큰데도 오뒷세우스가 잔꾀를 써서 엎치락뒤치락하니 아킬레우스가 무승부로 끝내고 똑같은 상품을 주는 걸로 나온다. 이 두 사람은 나중에 아킬레우스가 죽은 후 그의 무구를 차지하기 위해 경합을 벌이는데, 영리한 오뒷세우스가 차지하게 되자 아이아스가 분노하여 미쳐 날뛰다가 자살하게 된다.

네 번째는 '달리기 시합'으로 1등 희석용 은동이, 2등 크고 살찐 황소 1마리, 3등 황금 반 탈란톤이 상품으로 걸렸다. 작은 아이아스, 오뒷세우스, 안틸로코스가 참여하였는데 작은 아이아스가 선두로 달렸다. 그러자 오뒷세우스가 바짝 붙어 달리면서 아테나 여신에게 도와 달라고 기도했다. 드디어 결승선에 들어오는데 작은 아이아스는 미끄러져서 넘어지고 오뒷세우스가 먼저 들어와 1등 상을 받았다. 호메로스는 오일레우스의 아들인 작은 아이아스를 탐탁지 않게 생각한 것 같다. 아테나 여신이 일부러 방해하여 넘어뜨린 것으로 설명한다. 호메로스는 작은 아이아스가 넘어진 것을 고소하게 생각하고 웃음거리로 만든다. 그는 황소들의 오물이 잔뜩 쌓여 있는 더미에 얼굴이 처박혀 입과 코에 오물이 가득 찼고, 겨우 황소 뿔을 손으로 잡고 일어나 오물을 뱉어 냈다고 한다.

작은 아이아스는 『일리아스』에서 성질이 별로 좋지 않은 사람으로 그려졌다. 전쟁 후에도 아테나 여신의 신전에서 팔라디온 Palladion 신상을 붙들고 있던 카산드라를 끌고 나오는 불경한 행동을 하여 신들의 미움을 받은 인물이다. 작은 아이아스는 투덜거리며 아테나 여신에게 "아아, 여신이 내 달리기를 망쳐 놓은 것이오! 여신은 전부터 어머니처럼 오뒷세우스 옆에 붙어 서서 그를 도와주었소"(23.782-783)라고 불평했다. 작은 아이아스의 말을 통해 아테나 여신이 오뒷세우스를 각별하게 도와준다는 사실을 확인할 수 있다. 아테나 여신은 트로이 전쟁이 끝난 후 오뒷세우스가 고향 이타케로 돌아갈 때도 도와주었다.

마지막으로 안틸로코스가 들어오는데 연장자 순으로 명예를 받는다고 농담하면서 우리에게 나이에 대한 정보를 준다. 안틸로코스가 제일 어리고, 작은 아이아스가 약간 더 나이가 많고, 오뒷세우스는 세대가 달라 '새파란 노인'이라 불린다. 예상보다 오뒷세우스의 나이가 많은 것으로 보인다. 그렇다면 트로이 전쟁 10년에 더하여 전쟁 이후 10년을 방랑하고 돌아갔다면 나이가 이미 많아졌을 것이다. 호메로스는 『오뒷세이아』에서 귀향한 오뒷세우스가 늙은이로 변장했다고 하지만 사실 변장이 아니라 그냥 늙은이였을 가능성이 높다. 나아가 현명한 안틸로코스는 달리기 실력은 아킬레우스를 제외하고 오뒷세우스가 최강이라고 말했다. 호메로스는 이미 반복적으로 아킬레우스에게 '빠른 발' 또는 '날랜 발'을 가진 자라는 표현을 상투어로 쓰고 있다. 아킬레우스는 뜻밖의 찬사에 보답하여 3등 상에 황금 반 탈란톤을 더 얹어 주었다. 옛날이나 지금이나 말만 잘해도 천 냥 빚을 갚는다더니 안틸로코스는 이렇게 상금을 더 받았다.

이외에도 다섯 번째는 '일대일 대결'로 큰 아이아스와 디오메데스가 나서서 싸웠다. 두 사람 모두 목숨이 위태로워질 지경이 되자 경기를 중단하고 상금을 똑같이 나누려고 했지만, 아킬레우스는 큰 칼을 디오메데스에게 주었다. 아킬레우스가 없는 전쟁터에서 큰 아이아스와 디오메데스 모두 대활약을 했는데 호메로스는 아마도 디오메데스를 좀 더 높이 평가한 것으로 보인다. 여섯 번째로 '원반던지기' 시합에서는 트로이의 안드로마케의 죽은 아버지 에에티온의 무쇠가 상금으로 나왔다. 트로이 전쟁이 벌어지던 시기는 청동기 시대라 무쇠는 매우 귀했다. 1등은 제12권에서 활약했던 폴뤼포이테스였다. 일곱 번째는 활쏘기 경기로 쌍날 도끼 10개와 외날 도끼 10개가 부상이다. 모래 위에 돛대를 세우고 비둘기 발에 실을 묶어 매어 두었는데 비둘기를 맞히면 1등이고 실 끈을 맞히면 2등이다. 큰 아이아스의 이복동생 테우크로스가 가장 유력한 우승 후보였지만 아폴론에게 서약을 하지 않는 바람에 활이 빗나가 실 끈을 맞혀 끊어 버렸다. 그러자 재빨리 메리오네스가 활을 빼앗아 아폴론에게 서약하고 이미 높이 날아오른 비둘기를 맞혀서 1등 상을 차지했다.

　마지막은 창던지기 시합으로 황소 1마리 가치가 있는 가마솥이 상금으로 걸렸는데 아가멤논과 메리오네스가 도전했다. 아가멤논은 투창에서는 1인자였던 것으로 나온다. 아킬레우스가 아가멤논에게 부전승을 선고하여 1등 상을 주고 메리오네스에게는 청동 창을 주었다. 아킬레우스는 장례 경기에서 승리한 사람들에게 우선적으로 상을 주었지만, 위험한 경기는 중간에 중단시키고 적절하게 상을 나눠 주기도 하고, 역량에 따라 보상하기도 하고, 지위에 걸맞게 배분하기도 했다. 장례 경기를 진행하는 아킬레우스는 전투 때와 달리 타인을 적절하게 배려하고, 공감 능력도 훌륭하다. 다양한 상황에서 탁월한 판단력을 보이며 지도자로서 리더십도 매우 뛰어나다. 전투 때와는 달리 매우 이상적인 영웅의 모습이라 할 수 있다.

헥토르와 안드로마케의 어린 아들은 스카만드리오스 또는 아스튀아낙스라고 불린다. 스카만드리오스는 트로이를 지나는 스카만드로스강의 신의 이름을 따서 지은 것이고, 아스튀아낙스는 '도시의 왕'이라는 의미로서 헥토르가 홀로 트로이를 지키느라 동분서주하는 모습을 연상시킨다. 헥토르는 제6권에서 안드로마케의 불행에 대해서는 예언했지만, 아스튀아낙스의 불행은 언급하지 않았다. 그러나 제22권에서 안드로마케는 아스튀아낙스의 운명에 대해 이야기한다. 만약 트로이 전쟁이 끝난 후 살아 있다면 고아로서 온갖 고생을 하고 조롱당하며 뭇매를 맞을 것이라고 말이다. 헥토르는 아스튀아낙스에 대해 아예 현실을 부정하고 자신과 같은 영웅이 되기를 바라고, 안드로마케는 아들이 아버지 없이 살아남아 비참한 신세가 되리라 예측할 뿐이다. 그러나 실제로 에우리피데스의 『트로이의 여인들』을 보면, 트로이 패망 후 오뒷세우스가 아스튀아낙스를 성벽에서 떨어트려 죽이는 것으로 나온다(719). 헥토르와 안드로마케가 아스튀아낙스의 죽음을 예견하지 못했을 리가 없다. 고대 사회에서는 전쟁이 끝나면 패배한 나라의 왕족들은 모조리 죽여 버리는 것이 관례였던 경우가 많기 때문이다. 다만 헥토르와 안드로마케는 자식이 죽지 않기를 간절히 바랐던 것으로 보인다.

그리스인들에게 장례 의식은 매우 중요하다. 트로이 전쟁에 시신 쟁탈전이 자주 등장하는 이유도 바로 장례식과 연결되기 때문이다. 파트로클로스가 고백하듯이 고대 그리스인들은 장례 의식을 치르지 않으면 영혼이 하데스로 들어갈 수 없으며, 산 자와 죽은 자의 세계를 떠돌다 유령이나 귀신이 되어 산 자의 세계에 출몰하게 된다고 생각했다. 장례 의식 자체가 죽은 자의 영혼을 산 자의 세계로부터 분리시키려는 목적을 포함한다. 그리스의 장례 의식에서는 화장과 매장을 모두 한다. 먼저 불에 의해 죽은 자를 정화시키는 화장을 하고, 다음으로 본성대로 흙으로 돌아가도록 매장을 한다. 나중에 그리스 비극『안티고네』에서 크레온이 테베를 공격한 폴뤼네이케스의 시신에 장례 의식을 치러 주면 사형에 처하겠다고 선포했는데도 불구하고, 안티고네가 죽음을 무릅쓰고 아주 간단한 의식이라도 치르려 했던 것도 동일한 이유이다.[65]

호메로스는『일리아스』에서 죽은 자의 영혼을 최초로 묘사하는데 살아 있을 때의 모습과 거의 똑같다고 한다. 그렇지만 아킬레우스가 그리움으로 파트로클로스를 끌어안으려 했을 때는 연기처럼 사라져 잡을 수가 없었다. 죽은 자의 영혼은 실체가 없기 때문에 만질 수가 없다. 만일 그렇다면 볼 수도 없어야 한다. 그렇지만 고대로부터 죽은 자의 영혼은 환영eidolon과 같이 어떤 식으로는 보일 수 있는 것처럼 말해진다. 아킬레우스가 파트로클로스를 안으려 할 때 "희미하게 비명을 지르며", "연기처럼 땅속으로 사라졌다"(23.101)라고 한다. 죽은 자의 영혼이 희미하지만 날카로운 소리를 지르는 이유가 무엇인지는 알 수 없다. 『오뒷세이아』에서도 죽은 구혼자들의 영혼이 찍찍 소리를 내는 박쥐와 비슷하다고 한다(24.9). 죽은 자의 영혼이 연기나 그림자와 같다는 표현도 자주 등장한다. 『오뒷세이아』 제11권에서도 죽은 자의 영혼을 그림자에 비유한다.

Tip 죽음의 애도와 머리카락

고대 그리스의 장례 의식에서 죽은 자에게 머리카락을 잘라 바치는 관습은 일반적이었다. 『일리아스』에서 파트로클로스의 장례 의식에서도 그의 민족이 머리카락을 잘라 시신에게 바쳤다. 『오뒷세이아』에 나오는 아킬레우스의 장례 의식에서도 다른 그리스인들이 그를 애도하기 위해 머리카락을 잘랐다(24.45-60). 아이스퀼로스의 『제주를 바치는 여인들』에서도 오레스테스는 고향으로 돌아와 먼저 이나코스Inachos강에 머리카락을 바친 후 아버지 아가멤논의 무덤으로 가서 자신의 머리카락을 한 줌 잘라 바친 것으로 나온다(6-7). 『일리아스』 제23권에서도 아킬레우스가 원래는 먼저 고향의 스페르케이오스Spercheios강에 바쳐야 하지만 자신이 트로이에서 죽을 운명이라 고향에 돌아가지 못하니 파트로클로스의 시신에 머리카락을 바친다고 말한다. 고대 그리스인은 자신이 태어나 자라난 고향의 강에 무사히 성장한 것에 대해 감사드리는 관습이 있었다. 하지만 플루타르코스에 따르면 죽은 자나 그의 무덤에 머리카락을 바치는 것은 영웅 제의에나 등장하고 일반적으로 흔한 일은 아니라고 한다.

12

인간의 비극과 운명

1. 헥토르의 시신과 신들의 회의

〔제24권〕

파트로클로스의 장례 경기를 끝내고 그리스군은 각자 자신의 함선으로 돌아가 식사를 하고 달콤한 잠을 청했다. 아킬레우스만이 파트로클로스를 기억하며 잠들지 못하고 뒤척거리다가 다시 바닷가 기슭으로 나갔다. 그는 기슭을 따라 정처 없이 헤매다가 새벽을 맞이했다. 그는 전차에 헥토르의 시신을 달고 파트로클로스의 무덤을 3바퀴나 돈 뒤에 다시 돌아왔다. 그때는 이미 헥토르의 시신이 남아나지 않았을 상황이다. 헥토르를 죽인 후 매일 시신을 전차에 매달아 끌고 다녔으니 살은 물론이고 뼈도 성한 채로 남아 있지 않았을 것이다. 하지만 뜻밖에도 헥토르의 시신은 너무나 완벽하게 보존되어 있었다. 아폴론이 헥토르를 불쌍히 여겨 살이 썩지 않고 찢어지지도 않게 했기 때문이다(24.19-21).

아킬레우스는 헥토르에 대한 분노를 표현하면서 살을 저며 먹고 싶을 정도라고 했다. 헥토르의 시신이 매일 모욕당하는 것을 보고 연민을 느낀 신들은 헤르메스를 시켜 시신을 빼돌리자고 주장했다. 그러나 헤라와 포세이돈, 그리고 아테나는 그 제안이 마음에 들지 않았다. 호메로스는 특히 두 여신들이 동의하지 않는 이유를 여기서 제시하고 있다. 그들은 파리스의 죄 때문에 트로이와 트로이인들을 미워했다고 한다. 파리스를 찾아갔을 때 아프로디테 여신을 칭찬하고 헤라와 아테나를 모욕했기 때문이다. 『일리아스』에서 트로이 전쟁의 발단과 관련된 이야기는 마지막 권인 제24권에 와서야 부분적으로 등장한다. 트로이 전쟁의 발단에 대해 이미 알고 있는 독자로서는 매우 반가운 부분이라 하겠다. 일반적으로 우리가 알고 있듯이 파리스는 '가장 아름다운 자'를 결정하는 권한을 받았을 때 아프로디테에게 황금 사과를 주었는데, 이것에 대해 호메로스는 헤라와 아테나가 모욕을 당한 것으로 표현하고 있다(24.27-30). 또한 유명한 신과 인간의 결혼인 테티스 여신과 펠레우스의 결혼 잔치에 신들이 초대받아 참석했다는 이야기도 등장한다(24.59-63).[66]

파트로클로스의 장례식으로부터 3일이 지난 후 9일 동안 신들 간에 논쟁이 있었다. 12일째 아침이 되자 아폴론은 헥토르가 수많은 희생 제의를 바쳤는데도 자비를 베풀지 않는다고 다른 신들을 원망하며, 아킬레우스를 동정심도 수치심도 없는 인간이며 잔혹하기 짝이 없는 인간이라고 비난한다. 그러자 헤라가 나서서 아킬레우스의 명예와 헥토르의 명예에는 다르다고 일침을 가한다.

헥토르는 필멸의 인간일 뿐이지만 아킬레우스는 불멸의 여신 테티스의 아들이다. 호메로스는 특히 헤라가 아킬레우스의 어머니 테티스를 직접 양육하여 펠레우스와 결혼시켰다고 한다. 테티스가 낳을 자식이 그 아버지보다 훨씬 더 강할 것이라는 신탁 때문에 제우스가 포세이돈과 테티스를 인간과 결혼시켰다는 전승이 유명하다. 그러나 여기서는 헤라와 테티스의 관계를 특별하게 설정해 놓았다. 헤라가 결혼의 여신으로서 테티스를 결혼시켰다는 이야기는 통상적으로 보아도 되지만 테티스를 직접 양육했다는 이야기는 특별하다.

이번에는 제우스가 아주 현명하게 중재한다. 헤라의 말대로 아킬레우스와 헥토르의 명예가 같을 수 없으며, 아폴론의 말대로 헥토르는 트로이인 중에서 가장 많은 희생 제의와 제물을 바친 인간이다. 그렇지만 제우스는 헥토르의 시신을 몰래 빼돌리는 것은 적절치 못하며 테티스 여신이 아킬레우스와 함께 있어 속이기 힘들다고 말한다. 그는 양측을 중재할 제3의 대안을 제시한다. 그것은 테티스를 불러 "아킬레우스가 프리아모스에게서 선물들을 받고 헥토르를 내주도록"(24.75-76) 설득해 보겠다는 것이다. 제우스의 말과 달리 테티스 여신은 바닷속 빈 동굴에서 아킬레우스의 운명을 슬퍼하고 있다. 그녀는 검은 베일을 쓰고 이리스 여신을 따라 올륌포스로 올라왔다.

테티스가 장례식처럼 검은 베일을 쓰고 있는 것은 너무 이르지 않은가 싶은데, 헤라도 테티스에게 위로의 말을 건네고 제우스도 슬픔을 무릅쓰고 와 줘서 고맙다고 말한다. 아킬레우스가 곧 죽으리라는 사실을 신들도 인정하고 있는 것으로 보인다. 제우스는 우선 헥토르의 시신과 관련하여 신들 간에 시비가 벌어졌는데 상황이 좋지 않다는 사실을 테티스에게 알린다. 그렇지만 아킬레우스에게 영광을 내리기로 결정했다면서 테티스에게 돌아가서 아들에게 다음과 같이 전달하라고 한다.

> "아킬레우스가 신들을 분노시켰다고, 특히 불사신들 가운데
> 내가 분노로 가득 찼다고 말하시오. 그가 가슴속의 분노로 미쳐서
> 헥토르를 부리형의 함선들 옆에 두고 돌려주지 않기 때문이오."
> (24.113-115)

테티스는 제우스의 말을 그대로 전하면서 헥토르의 시신을 돌려주고 몸값apoina을 받으라고 한다. 아킬레우스는 제우스의 명에 따라 누구든 몸값을 가져오면 시신을 돌려주겠다고 한다. 『일리아스』 전체에서 볼 때 아킬레우스는 상당히 신을 경외하는 인간이라는 인상을 받는다. 제1권에서 아가멤논에게 모욕을 당하고 명예가 추락했지만 헤라와 아테나의 말에 즉각 복종하여 아가멤논을 죽이지 않았다. 제24권에서도 헥토르에 대한 분노가 작지 않을 텐데도 파트로클로스의 시신 앞에 한 맹세까지 위반하면서 제우스의 말에 바로 복종하여 헥토르의 시신을 돌려주겠다고 결심한다.

제우스는 테티스가 떠난 후 이리스를 트로이로 보내 프리아모스에게 헥토르의 시신을 찾으라고 전한다. 트로이성에서는 프리아모스왕과 그 가족이 눈물을 흘리며 비통해하고 있고, 특히 프리아모스는 슬픔에 겨워 땅 위를 뒹군 탓에 머리와 목에 오물을 뒤집어쓰고 있었다. 이리스는 제우스의 말을 거의 비슷하게 전달한다. 프리아모스왕에게 헥토르의 몸값을 가지고 아킬레우스에게 가서 시신을 돌려받으라고 한다. 그렇지만 헥토르의 시신을 실어다 줄 늙은 전령 1명 외에 다른 트로이인은 아무도 데리고 가면 안 된다. 헤르메스가 안내하여 간다면 "아킬레우스는 결코 지혜가 없거나aphron 생각이 없거나askopos 죄지을 사람이 아니기 때문"(24.186)에 프리아모스를 해치지 않을 것이다. 프리아모스왕이 지체 없이 몸값을 마련하여 떠나려 하자 헤카베 왕비가 울면서 제정신이냐며 남편을 말린다. 이리스 여신의 평가와 달리 헤카베 왕비는 아킬레우스를 "야만적이고 믿을 수 없는 자"라고 비난하며, 그가 프리아모스에게 일말의 연민을 느끼거나eleesei 프리아모스를 존중하지aidesetai 않을 것이라고 말한다. 그녀는 아들을 죽인 아킬레우스의 간이라도 씹어 먹고 싶을 정도로 그가 밉다고 말한다. 그렇지만 아킬레우스는 프리아모스를 만났을 때 헤카베의 예상과 전혀 다르게 행동한다.

　헤카베 왕비의 만류에도 프리아모스왕의 결심은 확고했다. "사랑하는 아들을 품에 안고 실컷 울 수만 있다면, 아킬레우스가

나를 바로 죽여도 좋소"(24.226-227)라는 마음이었다. 프리아모스
가 손수 몸값을 준비하여 떠나려 하자 다른 트로이 사람들도 만
류했다. 그러나 그는 아직까지 살아남은 헬레노스, 파리스, 아가
톤, 팜몬, 안티포노스, 폴리테스, 데이포보스, 힙포토오스, 디오스
등 9명의 아들을 부르면서 헥토르 대신에 차라리 너희가 죽었다
면 좋았겠다고 가혹한 말을 한다. 더욱이 그들은 거짓말 잘하고
춤이나 잘 추는, 자기 백성의 가축을 약탈하는 창피스러운 인간
들이라고 비난한다. 프리아모스는 정성스럽게 몸값을 준비하여
수레에 싣고 떠나는데 사람들이 울면서 따라갔다. 그들은 성문
밖까지 따라 나갔다가 들판에서 발길을 돌려 돌아갔다. 제우스는
프리아모스를 불쌍히 여겨 헤르메스를 보냈다.

헤르메스는 즉시 아름다운 황금 샌들을 신고 누구든 재우거
나 깨울 수 있는 지팡이를 지닌 채 트로이로 날아가서 청년의 모
습으로 나타났다. 프리아모스와 늙은 전령이자 마부인 이다이오
스는 일로스의 커다란 무덤 옆을 지나가다가 노새들과 말들에
게 물을 먹이기 위해 강가에 잠시 멈추었다. 그들은 어둠 속에서
갑자기 헤르메스를 발견하고는 너무 깜짝 놀라 정신이 혼미해졌
다. 헤르메스는 적군이 가까이에 있는데 위험하게 다닌다고 걱정
해 주면서 "나는 결코 그대를 해치지 않을 것이며, 다른 사람에게
서 그대를 지켜 줄 것이오. 그대는 우리 아버지를 닮았으니까요"
(24.370-371)라고 안심시킨다. 여기서 헤르메스는 생뚱맞게 프리
아모스가 자기 아버지를 닮아서 도와주고 싶다고 말한다. 제24권

호메로스의 일리아스,
신들의 전쟁과 인간들의 운명을 노래하다

에는 '아버지'라는 말이 유독 많이 나온다. 앞으로 프리아모스가 아킬레우스를 설득하는 데에서도 계속 등장할 것이다.

헤르메스는 프리아모스를 안심시키기 위해 헥토르를 칭송하며 자신이 아킬레우스의 시종이라고 소개한다. 프리아모스는 헥토르의 시신이 혹시나 개 떼에 먹혔을까 걱정하며 물어보자, 헤르메스는 헥토르의 시신이 개나 새의 밥이 되지는 않았다고 대답했다. 더욱이 벌써 12일째인데도 시신이 전혀 상하거나 썩지 않았다고 덧붙였다. 프리아모스는 너무나 기뻐하며 자신을 도와주면 고맙겠다고 안내를 부탁한다. 헤르메스는 마차에 올라타 그리스 진영으로 들어가면서 사람들을 잠들게 하여 무사히 프리아모스를 아킬레우스의 막사로 데려갔다. 헤르메스는 마지막 문의 빗장을 벗겨 프리아모스를 안으로 들여보낸 후에 자신의 정체를 밝혔다. 그는 아킬레우스에게 그의 아버지나 어머니나 자식 이름으로 애원하면 마음을 돌릴 수 있을 것이라 조언한 후 올림포스로 돌아갔다(24.468). 여기서 아킬레우스의 자식은 당연히 제19권에 등장했던 네오프톨레모스를 가리킨다. 아킬레우스는 프리아모스에게 아들 헥토르의 시신을 돌려주나 안타깝게도 네오프톨레모스는 트로이 전쟁 후 프리아모스를 죽이는 자로 등장한다.

2. 프리아모스의 간청과 아킬레우스의 위로

프리아모스는 이다이오스와 수레를 마당에 세워 두고 홀로
막사 안으로 살며시 들어갔다. 아킬레우스는 다른 사람들과 식
사를 막 끝내고 아직 식탁에 앉아 있었다. 프리아모스는 아킬레
우스에게 다가가 두 손으로 그의 무릎을 잡고 손에 입까지 맞췄
다. 제1권에서도 나온 그리스에서 청원하는 사람의 전형적인 모
습이다. 아킬레우스와 다른 사람들은 프리아모스의 등장이 너무
갑작스러워 깜짝 놀라 서로 얼굴만 쳐다보았다. 그리스 진영의
아킬레우스의 막사에 누구에게도 제재를 받지 않고 아무도 눈치
채지 못하게 들어오는 일이 가능하기나 한가! 더욱이 트로이의
왕 프리아모스가 직접 단독으로 찾아오리라고는 생각조차 못했
을 것이다. 제우스가 프리아모스에게 몸값을 주고 시신을 돌려받
으라고 말하겠다는 사실은 전해 들었지만(24.117-119), 테티스는

아킬레우스에게 단지 "헥토르를 내주고 시신의 몸값을 받아라"(24.137)라고만 전했기 때문이다. 아킬레우스는 트로이에서 누군가 올 것이라 짐작했지만, 프리아모스가 직접 오리라고는 생각하지 못했을 것이다.

> "그대의 아버지를 기억하시오, 신과 같은 아킬레우스여!
> 그는 나와 나이가 똑같으며 노령의 파괴적인 문턱에 있소.
> 혹시라도 주변에 사는 사람들이 그분을 괴롭히더라도
> 그분을 파멸에서 지켜 줄 사람이 아무도 없을 것이오.
> 그렇지만 최소한 그대가 아직 살아 있다는 소식을 듣는 동안에는
> 마음으로 기뻐하며 날마다 사랑하는 아들이 트로이 땅에서
> 되돌아오는 것을 보기를 바라고 있을 것이오.
> 그러나 나는 전적으로 불운한 사람이라오. 넓은 트로이 땅에
> 가장 훌륭한 아들들을 낳았지만 한 명도 남지 않았소.
> (중략)
> 신들을 두려워하시오, 아킬레우스여, 나를 불쌍히 여기시오,
> 그대의 아버지를 기억하면서. 내가 훨씬 더 불쌍하다오.
> 지상에 있는 다른 어떤 사람도 견디기 힘든 일을 내가 하고 있잖소.
> 내 자식들을 죽인 사람의 손을 내 입에 가져오니 말이오."
> (24.486-494; 24.503-506)

프리아모스는 이제 아킬레우스가 헥토르의 시신을 돌려주도

록 설득해야 한다. 그는 아킬레우스의 동정과 연민을 불러일으키기 위해 반복적으로 등장하던 '아버지'라는 말을 활용하는 전략을 쓴다. 먼저 '노인'이라는 점에서 프리아모스 자신이 아킬레우스의 아버지 펠레우스와 동일시되도록 했다. 프리아모스는 아킬레우스에게 자신과 나이가 비슷한 늙은 아버지를 생각하라고 말한다. 펠레우스는 자식이 단 하나밖에 없는데 전쟁에 보내고 나니 누가 자신을 괴롭히더라도 구해 줄 사람이 없다. 지금은 아킬레우스가 살아 있어 날마다 돌아오길 기다리는 희망이라도 가질 것이다. 그러나 프리아모스는 자신의 아들들이 모두 죽고 1명도 남지 않았다고 통곡한다. 그러나 우리는 트로이성을 떠날 때 프리아모스의 아들 9명이 아직 살아 있었던 것을 보았다. 아마도 헥토르를 비롯한 "가장 훌륭한 아들들"은 이미 모두 죽었다는 말로 보인다.

프리아모스는 자신이 아킬레우스의 아버지 펠레우스와 비교해도 훨씬 더 불행하다는 것을 강조하고 있다. 그는 헤카베 외에 다른 여인들을 통해서도 총 50명의 자식을 낳았지만 대부분 살육당한 반면 펠레우스는 테티스를 통해 단 1명의 아들을 낳았지만 아직 살아 있다고 말한다. 그는 아킬레우스에게 펠레우스를 생각해서라도 자신을 동정해 달라고 한다. 헥토르의 시신을 돌려받기 위해 수많은 아들들을 살해한 원수에게 무릎 꿇고 청원하고 있으니 펠레우스보다도 훨씬 불쌍히 여겨 달라고 주장한다. 프리아모스가 아킬레우스의 발 앞에 쓰러져 헥토르를 위하여 통곡하

〈아킬레우스에게 간청하는 프리아모스〉
제롬 마르탱 랑글루아, 1809

프리아모스는 아킬레우스를 직접 찾아가 헥토르의 시신을 돌려주기를 간청한다.

자, 아킬레우스도 펠레우스를 위해 통곡하다가 때로는 파트로클로스를 위해 통곡했다. 한참을 울다가 아킬레우스가 일어나 프리아모스를 위로하며 인간의 비극적 운명에 대해 이야기한다.

"불행한 사람이여! 그대는 마음으로 수많은 불행을 참아 왔소.
어떻게 그대의 훌륭한 수많은 아들들을 살해한 사람을 보기 위해
홀로 아카이아인들의 함선들을 찾아올 수 있었나요!

그대는 강철로 만든 심장을 가졌나 봅니다.

오세요, 자리에 앉으세요. 우리가 아무리 슬플지라도

우리의 고통은 마음속에 있도록 내버려 둡시다.

아무리 서럽게 통곡하더라도 전혀 도움이 되지 않으니까요.

신들은 비참한 인간들이 괴로워하며 살아가도록

실을 짰어요. 그러나 신들 자신은 무심하지요.

제우스의 궁전 마루 밑에 두 개의 커다란 항아리가 있어요.

하나는 나쁜 선물로, 다른 하나는 좋은 선물로 채워져 있어요.

천둥을 치는 제우스께서 둘을 섞어서 주는 사람은 누구나

때로는 곤경을 때로는 좋은 운을 마주치기도 하지요.

하지만 그분께서 나쁜 것만 주시는 자는 사람들에게 버림받으며,

신들에게든 인간들에게든 존경받지 못하며, 심한 굶주림에 쫓기며

신성한 대지 위에서 방랑하게 되지요."

(24.518-533)

아킬레우스는 너무나 인간적이다. 그는 트로이 전쟁 중에 아가멤논의 모욕으로 인해 분노가 폭발하였지만 겨우 억제하고 대신 전쟁에 더 이상 참여하지 않는 쪽을 선택했다. 트로이군이 그리스 진영 깊숙이 공격해 오자 그리스군의 부상을 파악하기 위해 정찰을 보냈고, 그리스 함선 근처까지 밀고 들어오자 무구를 빌려 입고 방벽까지 물리치고 오겠다는 파트로클로스의 요청을 들어준다. 파트로클로스가 죽은 후에는 아무런 요구도 없이 먼저

아가멤논과 화해하자고 청하고 다시 참전한다. 헥토르를 무자비하게 살육하고 짐승의 먹이가 되도록 만들겠다고 결심하지만 프리아모스에게 연민을 느끼고 시신을 되돌려 준다.

더욱이 헥토르를 잃은 프리아모스를 위로하여 인간의 비극적 운명에 대해 비유로 설명한다. 트로이왕 프리아모스가 아들 헥토르의 시신을 찾기 위해 아킬레우스 자신을 찾아온 용기를 두고 강철 심장을 가졌느냐며 놀라워한다. 그러나 이제 더 이상 죽은 사람들을 위해 슬퍼하지 말고 통곡하지도 말자고 말한다. 인간의 삶은 항상 즐겁거나 괴롭지는 않다. 제우스는 두 개의 항아리에서 좋은 선물과 나쁜 선물을 혼합하여 인간에게 준다고 한다. 그래서 누구나 때로는 행운을 만나고 때로는 불운을 만난다. 아킬레우스는 프리아모스가 자신을 설득하기 위해 사용한 아버지의 사례를 다시 꺼낸다. 지금 아킬레우스가 위로하는 대상은 프리아모스로, 비교 대상으로 적절한 인물은 당연히 펠레우스이다. 그들은 인간의 행운과 불운을 극단적으로 경험한 대표적 인물이라 할 수 있다.

먼저 펠레우스는 태어날 때부터 신들의 선물을 타고나서 수많은 재물과 최고 권력도 가졌을 뿐만 아니라 인간이면서도 테티스 여신과 결혼하는 행운을 얻었다. 그러나 그는 자식 운이 없어 겨우 아들 아킬레우스 하나를 낳았으나 그마저 단명할 운명을 타고났으니 가장 큰 불운을 겪을 것이다. 다음으로 프리아모스 자신도 엄청나게 넓은 영토와 수많은 재물과 최고의 권력을 가졌을 뿐만 아니라 가부장 사회에서 가장 큰 축복인 아들만 50명이나 되는 행운을 누렸다. 그러나 트로이 전쟁으로 인해 가장 사랑하는 헥토르와 다른 아들들을 잃었을 뿐만 아니라 '다른 불운'도 겪게 될 것이다(24.534-551). 여기서 다른 불운은 구체적으로 나오지 않으나 트로이가 패망하고 프리아모스는 물론이고 다른 식솔들이 모두 죽거나 노예로 끌려가는 상황을 가리킬 것이다.

아킬레우스가 위로를 건네면서 자리에 앉으라고 하는데 프리아모스는 거절하며 어서 몸값을 받고 시신을 보여 달라고 재촉한다. 프리아모스 입장에서는 아들이 어떻게 되었는지 확인하고 싶은 마음이 우선이었겠지만, 아킬레우스 입장에서는 자비를 베풀었는데 호의를 무시하자 화가 난 것 같다. 프리아모스에게 더 이상 자신을 노엽게 하면 아무리 신의 명령일지라도 어길 수 있지 않겠느냐고 위협했다(24.560-570). 사실 아킬레우스는 프리아모스의 탄원에 동정과 연민을 느끼지만 헥토르에 대한 증오가 완전히 사라지지는 않았다. 지금은 프리아모스에 대한 연민으로 헥토르에 대한 분노를 이성적으로 억누르고 있지만, 프리아모스의 말과 행동에 따라 상황이 급변할 수도 있다는 사실을 경고한다.

프리아모스는 현명한 사람이어서 바로 복종하여 자리에 앉았다. 아킬레우스는 사자처럼 막사 밖으로 뛰어나갔다고 한다. 그가 화가 많이 나서 나간 것이 아닐까 불안이 밀려오지만, 아마도 스스로를 지배하는 행동이었던 것 같다. 실제로 막사 밖에 나가서는 프리아모스의 부탁을 들어주고 있다. 더욱이 헥토르의 시신

호메로스의 일리아스,
신들의 전쟁과 인간들의 운명을 노래하다

을 깨끗이 씻고 기름까지 발라 훌륭한 옷들로 덮으라고 명령했다. 아킬레우스는 혹시라도 프리아모스가 헥토르의 시신을 보고 상심하여 흥분하면 자신도 흥분하여 프리아모스를 죽일 수도 있다고 생각했기 때문이다. 아킬레우스도 헥토르의 시신을 수레에 실어 주면서 파트로클로스가 떠올라 울부짖었다.

아킬레우스는 막사 안으로 돌아와 프리아모스에게 식사를 제의했다. 누구보다 사랑하는 아들 헥토르가 죽은 후 프리아모스가 아무것도 먹지 못했으리라 생각했을 것이다. 아무리 자식이 죽었을지라도 시간이 지나면 배가 고파지는 것은 당연한 일이니 저녁을 먹자고 한다. 레토 여신을 비웃다가 아폴론과 아르테미스의 분노를 사서 12명의 딸과 아들을 모두 잃은 니오베도 열흘째가 되자 허기를 느꼈다. 프리아모스는 아킬레우스의 제안을 거절하지 않았다. 아킬레우스가 숫양 1마리를 잡아 고기를 정성스럽게 구워서 내놓았다. 프리아모스와 아킬레우스 모두 사랑하는 사람들을 잃고 식사도 제대로 하지 못하고 잠도 자지 못했을 것이다. 그들은 둘 다 식사를 충분히 하고 난 후에야 정신을 추스를 수 있었다. 그들은 만난 지 한참이 되어서야 새삼스럽게 상대방의 아름답고 고상한 용모를 보고 감탄한다.

나아가 프리아모스는 아킬레우스에게 이제는 잠도 자겠다고 부탁한다. '아니, 적진의 원수 앞에서 잠들겠다는 생각이 과연 들까' 할 수도 있다. 하지만 프리아모스는 헥토르가 죽은 후로 줄곧 제대로 먹지도 자지도 못했다. 이제 아킬레우스가 헥토르의 시신

〈헥토르의 시신을 가지고 돌아온 프리아모스〉
제임스 두르노, 1787-1791

프리아모스가 헥토르의 시신을 싣고 트로이로 돌아오자 안드로마케와 헤카베가 수레로 달려가
슬피 울었고, 트로이인들 모두 함께 애도했다.

을 돌려준다니 음식을 먹고 잠이 쏟아졌을 것이다. 아킬레우스도
파트로클로스가 죽었을 때 음식을 전혀 먹지 못한 상태로 전쟁터
에 뛰어들었으니 프리아모스의 상태를 잘 알고 식사를 제의했을
것이다. 아킬레우스는 바깥에 프리아모스와 전령의 잠자리를 마
련해 주고 헥토르의 장례식을 치르는 데 기일이 얼마나 걸릴지를
물어보았다. 프리아모스는 9일 동안 집에서 슬퍼하고 10일째 땅
에 묻은 뒤 음식을 대접하고 11일째 무덤을 만들어 줄 생각이라
고 말한다. 아킬레우스는 프리아모스에게 방금 말한 기간 동안에

호메로스의 일리아스,
신들의 전쟁과 인간들의 운명을 노래하다

는 전쟁을 하지 않도록 제지해 보겠다고 말했다(24.660-670). 아킬레우스는 브리세이스와 잠이 들었고 프리아모스도 늙은 전령과 함께 잠이 들었다.

잠든 프리아모스가 적진에서 발각되면 위험하기 짝이 없는 상황이다. 그리하여 헤르메스가 다시 나타나 그를 깨우며 얼른 정신을 차리라고 한다. 다른 그리스군의 눈에 띄기라도 하면 트로이성으로 돌아가기 어렵기 때문이다. 프리아모스는 늙은 전령을 깨워 헤르메스를 따라 그리스 진영을 몰래 빠져나왔다. 헤르메스는 크산토스강 근처에 이르렀을 때 올림포스로 돌아갔고 새벽이 밝아왔다. 그리스 진영을 무사히 빠져나온 프리아모스와 늙은 전령이 울면서 수레를 끌고 트로이성으로 돌아오는 모습을 상상해 보라. 마침 성벽 위에 있던 카산드라가 그들을 발견하고 헥토르를 보라고 외치자, 사람들이 성 밖으로 달려 나갔다. 트로이인들은 성문 밖에서 시신을 에워싸고 하염없이 울다가 겨우 시신을 성문 안으로 옮겼다.

트로이 성안에서 헥토르의 장례 의식을 준비하는데 먼저 헥토르와 가장 가까우며 중요한 여인들 순으로 애도를 선창했다. 첫 번째는 아내인 안드로마케이고, 두 번째는 어머니 헤카베이며, 세 번째는 파리스의 아내 헬레네이다. 안드로마케는 헥토르가 죽을 당시에도 호곡했었으나 시신으로 돌아오자 다시 선창을 했다(24.725-735). 안드로마케는 이제 아들 아스튀아낙스의 미래에 대해 확고히 생각한다. 헥토르가 죽었을 당시에는 살아남아 고생할 가능성을 우위에 두었다면, 헥토르가 시신으로 돌아오자 현실적으로 죽을 가능성을 훨씬 높이 두고 말한다. 그녀는 어린 아스튀아낙스가 어른이 될 것이라 생각하지 않는다고 말하며, 오뒷세우스라는 이름을 직접 호명하지는 않았지만 성벽에서 내던져져 죽을 것이라고 예측한다.

다음으로 헤카베가 호곡을 선창하는데, 그녀는 이미 헥토르가 죽었을 때 고통과 절망을 절절히 토로했었다. 특히 전쟁이 끝난 후 트로이 여인들의 암울한 운명에 대해 예견했었다. 지금은 헥토르의 시신이 무사히 돌아왔다는 안도감이 더 강한 것으로 보인다(24.748-759). 헤카베는 헥토르가 살아 있을 때는 물론 죽었을 때도 인간과 신의 사랑을 받는다고 칭송한다. 아킬레우스가 헥토르를 죽여 계속 끌고 다녔는데 방금 죽은 사람처럼 보이는 것은 신들의 도움 덕분이라 생각한다. 마지막으로 그녀는 사랑하는 아들의 장례 의식을 치러 주는 것이 부모의 도리라 생각했던 것 같다. 헤카베는 아들이 죽던 마지막 장면을 회상하고 시신을 되찾은 데 안도한다. 헥토르가 성문 밖에서 아킬레우스와 싸우던 장면을 직접 보지 못한 안드로마케는 현실을 직시하고 미래를 예견하며 비탄에 빠졌다. 그러나 헤카베는 헥토르의 시신이 짐승의 먹이가 되지 않고 특별히 손상되지 않은 상태로 돌아와 장례 의식을 치를 수 있는 것만으로도 다행이라 생각한다.

마지막으로 헬레네가 선창하는데 헥토르에 대한 고마움을 표현한다. 그녀는 파리스와 함께 스파르타에서 트로이로 왔던 시점으로 돌아가서 이야기를 시작한다. 제6권에서 헥토르가 잠시 성안에 들어왔을 때 헬레네는 헥토르를 매우 신뢰하고 있다는 인상을 주었다. 트로이에서 특히 프리아모스와 헥토르는 다른 트로이인들이 헬레네를 비난할 때면 오히려 그녀에게 상냥하고 친절하게 대해 주었던 것으로 보인다(24.762-775). 헬레네는 헥토르의 인품에 대해 전해 준다. 헥토르는 헬레네에게 악담이나 모욕적인 언사를 전혀 하지 않았다. 사실 트로이 전쟁이 일어나고 그리스 동맹군이 10년이나 공격하는 상황에서 누구라도 헬레네를 비난할 수 있다. 그렇지만 헥토르는 한 번도 헬레네를 비난한 적이 없었던 것이다. 물론 파리스가 메넬라오스와 대결하다가 전쟁터에서 도망쳤을 때는 그에게 비난을 퍼부었지만, 다른 사람에게는 그러지 않았던 것 같다. 이제 아무도 자신을 위로하거나 보호해줄 사람이 없어진 헬레네는 불행을 견디기 힘들 것이다.

헬레네는 자신이 트로이로 온 지 '20년'이 되었다고 말한다 (24.765).[67] 트로이 전쟁이 10년 동안 이루어졌다고 하니 헬레네가 트로이로 오고 나서 바로 그리스 동맹군이 결성된 것은 아닌 듯하다. 제1차 트로이 원정군이 결성되었지만 처음에는 트로이로 가는 길을 잘못 알아 다른 곳에서 전쟁하다가 되돌아왔다고 한다. 제2차 트로이 원정대가 결성된 것은 헬레네가 떠난 지 10년째였다. 헬레네는 전쟁터에서 도망친 파리스에게 실망하면서 점차 자기 선택에 회의를 느끼는 것으로 보인다. 더욱이 여기에는 나오지 않지만 파리스가 죽은 후 헬레네는 그의 다른 형제 데이포보스에게 넘겨진다. 파리스가 없다면 트로이는 헬레네에게 아무 의미가 없다. 따라서 오뒷세우스가 트로이 성벽에 신상을 찾기 위해 들어왔을 때 오히려 도와주었던 것으로 나온다. 트로이를 지키는 가장 중요한 성물은 아테나 여신상인 팔라디온이다. 그것은 제우스가 도시 국가를 세워도 좋다는 징표로 하늘에서 던

호메로스의 일리아스,
신들의 전쟁과 인간들의 운명을 노래하다

져 준 성물이다. 트로이를 지켜 준 성물 팔라디온은 수많은 복제품들 속에 섞여 있었다. 오뒷세우스가 트로이성으로 들어가 진짜 팔라디온을 찾아올 수 있도록 도운 인물이 바로 헬레네이다.[68]

『일리아스』의 마지막 장면은 헥토르의 장례 의식으로 장식되어 있다. 프리아모스는 장례 의식을 치르는 동안 공격하지 않겠다는 아킬레우스의 약속을 믿었다. 그래서 헥토르의 시신을 화장할 장작들을 밖에서 해 오라고 명령하니 트로이인들이 수레를 가지고 나가 9일 동안 수많은 장작들을 날라 왔다. 10일째 시신을 장작더미에 올려놓고 화장을 했다. 트로이인들은 헥토르의 흰 뼈를 주워 모아 황금 항아리에 담고서 흙구덩이에 넣고는 그 위로 큰 돌들을 쌓아 올려 봉분을 만들었다. 그런 후에 프리아모스왕의 궁전에서 장례 음식을 함께 나누어 먹었다.

『일리아스』 총 24권은 서로 긴밀하게 연결되어 있다. 특히 제1권과 제24권은 작품의 시작과 끝으로 수미상관을 이룬다. 제1권을 중심으로 한다면 제24권의 이야기 순서가 조금 변형되지만 기본 줄거리의 핵심 요소가 유사하게 보인다. 그리하여 제1권과 제24권이 서로 상응하도록 만들어진 듯하다. 다만 제1권이 갈등과 분쟁으로 시작한다면 제24권은 타협과 화해로 마무리된다.

	제1권	제24권
1	크뤼세스가 자신의 딸 크뤼세이스의 몸값을 치르기를 원하나 아가멤논이 거절함	프리아모스가 자신의 아들 헥토르 시신의 몸값을 치르기를 원하자 아킬레우스가 동의함
2	아킬레우스와 아가멤논의 격렬한 논쟁	아킬레우스와 프리아모스의 우호적 대화
3	테티스가 아킬레우스와 이야기한 후 아들의 명예를 높여 달라 청원하자 제우스가 동의함	테티스가 아킬레우스와 이야기할 때 헥토르의 시신을 돌려주고 몸값을 받으라는 제우스의 권고를 전달함
4	테티스와 제우스	제우스와 테티스
5	신들 간 논쟁	신들 간 논쟁

헥토르가 죽은 후 파트로클로스의 장례식 3일과 신들 간의 논쟁이 9일 동안 지속되었다. 3과 9라는 숫자가 자주 반복되는데, 고대 그리스에서 숫자 9는 '많음'을 의미하기도 한다. 헤파이스토스가 올림포스에서 바다로 떨어지는 데 9일 밤과 낮이 걸렸다고 한다. 제1권에서 그리스 진영에 역병이 돌았던 날도 9일 동안이었고(1.53-54), 제24권에서 신들이 헥토르의 시신을 두고 논쟁한 날들도 9일이었다(24.107). 제24권에서 헥토르가 죽은 후 '12'일(3일+9일)째 아침에 아폴론의 문제 제기와 헤라의 논박을 지켜보며 제우스가 제3의 대안을 제시한다. 또한 제24권에서 아킬레우스는 프리아모스에게 헥토르의 시신을 내어 주고 11일 동안 장례식을 치르게 하고, '12'일째부터는 필요에 따라 전쟁을 개시할 수 있다고 말한다.

사랑하는 자식들을 잃은 프리아모스를 위로하고 식사를 대접하기 위해 아킬레우스는 옛이야기를 가져온다. 테베의 암피온의 왕비 니오베는 자식이 많다고 자랑하면서 단 2명의 자식만 있는 레토를 조롱했다. 레토의 위대한 자식들 아폴론과 아르테미스는 분노하여 니오베의 12명의 자식들을 죽인다. 아폴론은 니오베의 6명의 아들을 활로 쏴 죽였고, 아르테미스는 니오베의 6명의 딸을 쏴 죽였다. 호메로스는 니오베의 이야기를 훨씬 흥미롭게 소개한다. 니오베의 죽은 자식들은 피투성이가 되어 9일 동안이나 방치되어 있었다. 제우스가 테베의 시민들을 모두 돌로 변하게 만들었기 때문에 시신을 묻어 줄 사람이 하나도 없었다. 드디어 10일째가 되어 신들이 시신들을 묻어 주자 울다 지친 니오베도 허기를 느끼게 되었다.

니오베 이야기는 프리아모스의 이야기와 유비적이다. 여기서 니오베의 자식들이 모두 죽은 후 시신을 묻어 줄 사람이 없어 방치되어 있었던 사실과 헥토르의 시신이 아킬레우스에 의해 방치되어 있던 사실이 유사하다. 더욱이 니오베가 자식을 잃고 아무것도 먹지 못한 채 통곡을 했던 것과 같이 프리아모스도 아무것도 먹지 못했을 것이라 추론된다. 그래서 아킬레우스는 프리아모스에게 식사를 권하며 12명의 자식을 한번에 잃은 니오베도 9일이 지나 허기를 느꼈는데 프리아모스도 식사를 해야 한다고 설득한다. 니오베는 오만으로 인해 벌을 받는 인물의 전형이지만 자식 잃은 어머니의 슬픔과 비탄의 대표적 사례로도 이야기된다. 지금은 시퓔로스의 산속 암벽 사이에 돌로 변한 니오베가 여전히 눈물을 흘리며 신들이 내린 고통을 되새기고 있다고 한다 (24.603-617).

『일리아스』의 시작과 끝은 독특하게 구성되어 있다. 트로이 전쟁의 가장 뛰어난 영웅은 아킬레우스다.『일리아스』의 첫 장면은 아킬레우스의 분노로 시작한다. 그것은『일리아스』전체의 내용이며 원리로서 모든 부분을 지배한다. 실제로 이야기는 아킬레우스의 분노로 시작하여 분노로 끝난다. 처음에 아킬레우스의 분노는 아가멤논을 향해 있었다. 아가멤논이 분노의 대상이자 복수의 대상이었다. 그러나 파트로클로스의 죽음을 계기로 아킬레우스의 분노는 헥토르로 향하게 되었다. 아가멤논에 대한 분노보다 헥토르에 대한 분노가 훨씬 더 컸기 때문에 분노의 대상이 바뀐 것이다. 결국 아킬레우스의 분노는 헥토르를 죽음에 이르게 한 후에야 끝이 났다. 그래서 마지막 이야기인 헥토르의 장례 의식은『일리아스』전체의 정체성을 확인해 주는 것으로 보인다.

사실 대부분의 사람들은 『일리아스』의 끝 장면은 아킬레우스의 죽음이나 트로이 함락이 되어야 할 것이라고 막연히 예상한다. 그러나 『일리아스』의 마지막 부분은 아킬레우스가 아닌 헥토르의 이야기로 끝난다. 트로이의 왕 프리아모스가 아킬레우스에게 간청하여 아들 헥토르의 시신을 되찾아 장례 의식을 치르는 것으로 막을 내린다. 왜 호메로스가 이러한 결말을 선택했는지에 대해 여러 가지 설이 있다. 『일리아스』의 분량을 보면 트로이 전쟁 시작부터 끝 장면까지 모두 섭렵할 수 있으리라는 기대를 하게 된다. 그렇지만 전체 내용은 트로이 전쟁이 시작되고 9년이 지난 어느 날로 설정되어 있다. 물론 트로이 전쟁 9년째의 어느 날로부터 과거로 돌아가 전쟁의 시작부터 9년째에 이르기까지 주요 사건들을 회상하며 전체 내용을 소개하는 방식이기는 하다. 그렇지만 호메로스는 9년째 어느 날 사건을 중심으로 이야기를 전개했기 때문에 9년째 어느 날의 사건으로 이야기를 마무리하는 것이 이상하지 않다.

　그렇지만 왜 호메로스가 『일리아스』의 마지막 장면을 헥토르의 장례 의식으로 끝냈는지는 검토해 볼 수 있다. 『일리아스』의 처음 1권 1절은 "분노를 노래하소서, 여신이여, 펠레우스의 아들 아킬레우스의 분노를"로 시작하고, 마지막 24권 804절은 "이렇게 그들은 말을 길들이는 헥토르의 장례를 치렀다"로 끝난다. 다시 말하자면 '아킬레우스'의 이름으로 시작하여 '헥토르'의 이름으로 끝난다. 여기서 헥토르의 이름 앞에 "말을 길들이는"이라는

호메로스의 일리아스,
신들의 전쟁과 인간들의 운명을 노래하다

상투어는 일반적으로 트로이인을 일컬을 때 붙는 표현이다. 헥토르에게는 수많은 호칭이 있지만, 마지막에 쓰인 트로이인을 대표하는 "말을 길들이는"이라는 명칭은 대표성이 있다. 헥토르는 트로이군의 최고 전사이자 영웅이다. 호메로스는 헥토르의 죽음이 상징적으로 트로이의 몰락을 예고하는 것이나 마찬가지라 생각했을 가능성이 높다. 실제로 트로이 함락에서 중요한 역할을 했던 것은 오뒷세우스가 기획한 '트로이 목마'이다. 그만큼 트로이인을 상징적으로 드러내는 것은 바로 '말'이라 할 수 있다. 따라서 말을 길들이는 헥토르의 장례 의식은 트로이의 장례 의식을 상징한다. 따라서 호메로스는 굳이 트로이 함락 장면으로 마지막을 장식할 필요는 없었던 것이다. 만약 그렇게 할 필요가 있었다면 트로이 전쟁 발단 장면부터 시작하는 편이 더 일관성이 있어 보일 것이다.

더욱이 『오뒷세이아』는 트로이 전쟁이 끝나고 그리스 동맹군의 귀향을 다루고 있다. 그것은 트로이 함락과 관련된 이야기를 화두로 시작한다. 『오뒷세이아』의 첫 장면은 "말씀하소서, 무사 여신들이여, 트로이의 신성한 도시를 함락시킨 후에 여러 곳을 떠돌아다닌 많은 계책을 가진polytropon 사람에 대해"(1.1-2)로 시작한다. 『오뒷세이아』 제1권을 보면 올륌포스 신들의 회의 장면에서 아테나 여신이 오뒷세우스가 귀향하지 못하고 떠돌아다니게 된 이유를 설명하며 도움을 요청하고 있다. 사실 『일리아스』가 아킬레우스의 이야기라면 『오뒷세이아』는 오뒷세우스의 이야기라고 할 수 있다. 트로이 함락 마지막 순간에 가장 결정적 역할을 했던 인물은 오뒷세우스이다. 그는 트로이 건국의 신성한 물건 팔라디온을 트로이성에서 훔쳐 내어 왔고, 트로이 전쟁의 발단이 된 파리스를 죽게 만든 화살을 가진 필록테테스Philoctetes를 찾기 위해 렘노스로 향했으며, 그리스군이 전쟁을 포기하고 돌아간 것으로 속이기 위해 트로이 목마를 기획했던 인물이다.『오뒷세이아』가 트로이 전쟁 후 그리스 동맹군의 귀환과 관련되어 있는 만큼 여기에는 트로이 함락 이야기가 포함될 수밖에 없다. 따라서『일리아스』가『오뒷세이아』의 트로이 함락과 귀환 이야기와 중복되지 않기 위해서는 자연히『일리아스』는 트로이 함락이 예견되는 지점에서 끝나는 것이 타당성이 있어 보인다.

다시 말하지만 호메로스의『일리아스』는 트로이 전쟁의 최고 영웅 아킬레우스의 죽음으로 끝나지 않는다. 물론 우리는 트로이 전쟁에서 아킬레우스가 죽는다는 것을 알고 있다. 그렇지만 아킬레우스가 죽는다고 트로이 전쟁이 끝나는 것이 아니다. 아무리 트로이 전쟁에서 가장 위대한 영웅이라 할지라도 아킬레우스의 죽음이 모든 것을 끝내 버리지는 않는다. 그 이후에도 전쟁은 계속된다. 우리는 '아킬레우스의 죽음'이라는 사건을 통해 트로이 전쟁이 막바지로 치닫고 있음을 감지할 수 있다. 그리스인의 사고방식에서는 당연히 트로이 전쟁의 발단이 된 파리스의 죽음이 파국을 예상하게 할 것이다. 하지만 여전히 아킬레우스가 없는 트로이 전쟁은 상상조차 할 수 없다. 단순하게는『일리아스』

가 아킬레우스의 이야기라면 트로이 함락 전에 파리스에게 죽은 이야기로 끝내야 하지 않을까 하고 생각해 볼 수 있다. 그러나 아킬레우스의 죽음은 트로이 전쟁의 승리를 예견하기에는 너무 암울한 주제였음이 틀림없다. 따라서 트로이 전쟁의 승리를 암시하는 트로이 최고의 전사 헥토르의 장례 의식이 가장 적절한 주제로 선택되었을 가능성이 높다. 아킬레우스는 불멸하는 영웅이다. 『일리아스』에서 아킬레우스가 죽는 장면이 삽입된다면 그리스의 승리를 축하하는 노래라기보다는 영웅 아킬레우스의 죽음을 기념하는 노래로 기억되었을 가능성이 높다.

I. 그리스 진영

1. 아킬레우스

아킬레우스는 펠레우스와 테티스 여신의 아들로 뮈르미도네스 민족의 시조인 아이아코스의 손자이다. 트로이 전쟁에서 가장 뛰어난 전사이자 신적 영웅으로 명성을 떨쳤다. 테티스 여신이 아들을 불멸의 존재로 만들기 위해 스튁스강에 담갔지만 발뒤꿈치만 닿지 않아 치명적 약점이 되었다. 켄타우로스 케이론에게 맡겨져 영웅으로 조련되었고 의술과 음악 등에 뛰어났다. 아킬레우스가 단명할 운명임을 알고 그의 부모는 트로이 전쟁에 보내지 않으려 했다. 스퀴로스섬의 뤼코메데스왕에게 보내 여장을 하여 숨어 지내게 했지만 오뒷세우스에게 발각되어 참전하게 된다. 이때 뤼코메데스왕의 딸 데이다메이아와 결합하여 네오프톨레모스를 낳았다. 아킬레우스가 트로이 전쟁에서 파리스의 화살에 발뒤꿈치를 맞아 죽은 후에 그리스군의 승리를 위해 네오프톨레모스가 참전하게 된다.

2. 아가멤논

트로이 전쟁에서 그리스 동맹군의 총사령관으로 활약한다. 당대 그리스 지역에서 가장 강력한 도시 국가였던 뮈케네의 왕이기도 했다. 아가멤논은 동생 메넬라오스의 요청으로 트로이 전쟁에 동맹군을 모아 출정했다. 그러나 아울리스항에서 바람이 불지 않아 트로이로 출발하지 못하다가 첫째 딸 이피게네이아를 희생 제물로 바치고 떠나게 된다. 아내 클뤼타임네스트라는 메넬라오스의 전쟁에 딸을 희생시켰다고 비난했다. 결국 트로이 전쟁이 끝난 후 돌아오자마자 아가멤논은 클뤼타임네스트라에 의해 살해된다. 아가멤논의 자식들인 오레스테스와 엘렉트라는 아버지 아가멤논의 복수를 위해 어머니 클뤼타임네스트라를 살해한다. 이로 인해 오레스테스는 복수의 여신 에리뉘에스에게 추격당하고 광기에 사로잡혀 미치게 되어 아가멤논 집안은 비극으로 끝난다.

3. 메넬라오스

아가멤논의 동생으로 스파르타의 왕이며 헬레네의 남편이다. 메넬라오스는 형 아가멤논을 통해 구혼하여 헬레네와 결혼하고 스파르타의 왕이 되었다. 트로이의 파리스 왕자가 스파르타를 방문했다가 헬레네와 사랑에 빠져 함께 트로이로 갔다. 파리스가 헬레네를 납치했다는 전승도 남아 있다. 『일리아스』 제3권에서 첫 번째 전투의 일대일 대결에서 메넬라오스는 트로이 전쟁의 발단이 되는 파리스와 싸워 승기를 잡았으나, 파리스가 아프로디테의 도움으로 빠져나가자 분통을 터트린다. 더욱이 제4권에서 트로이의 판다로스가 쏜 화살에 맞아 죽을 위기에 봉착하기도 하지만 아테나 여신의 도움으로 생명을 구하게 된다. 트로이가 멸망할 때까지 살아남아 헬레네를 포로로 데리고 스파르타로 돌아간다.

4. 오뒷세우스

이타케의 라에르테스왕의 아들로 페넬로페와 결혼했다. 헬레네의 구혼자들 중 한 사람이었지만, 구혼 당시 스파르타의 왕이었던 튄다레오스에게 헬레네가 남편을 선택한 이후에 벌어질 갈등을 없앨 방법을 조언했다. 모든 구혼자에게서 헬레네의 남편이 갖는 권리를 지켜 주겠다는 맹세를 받도록 한 것이다. 보답으로 튄다레오스는 오뒷세우스가 동생 이카리오스의 딸 페넬로페와 결혼할 수 있도록 도와주었다. 페넬로페는 매우 현명한 여인이어서 전쟁이 끝나고 돌아오지 않는 오뒷세우스를 기다리며 구혼자들로부터 이타케를 지켰다. 오뒷세우스와의 사이에는 아들 텔레마코스가 있다. 오뒷세우스는 『일리아스』 제2권에서 아킬레우스가 참전하지 않겠다고 선언한 후 아가멤논에 의해 벌어진 대혼란을 수습하여 큰 공헌을 했다. 제9권에서는 아가멤논의 사절단으로 아킬레우스를 설득하여 다시 참전시키려고 노력했다. 제10권에서는 디오메데스와 함께 야간에 트로이 진영을 정찰하다가 돌론을 통해 정보를 얻어 큰 공헌을 세웠다. 나중에 트로이 목마를 만들어 트로이 함락에 결정적 역할을 했다.

호메로스의 일리아스,
신들의 전쟁과 인간들의 운명을 노래하다

5. 아이아스

아이아스는 텔라몬의 아들로 살라미스의 왕이다. 아킬레우스의 사촌으로 그리스 진영에서는 아킬레우스 다음으로 강력한 전사였다. 키나 덩치가 다른 사람보다 훨씬 커서 우뚝 솟아 보일 정도였고 탑같이 생긴 거대한 청동 방패를 갖고 다녔다. 『일리아스』제7권에서 헥토르가 일대일 대결을 제안했을 때 그리스 진영의 대표로 뽑혀 헥토르와 결투하여 우세를 보였다. 이후 헥토르가 직접 대결을 피할 만큼 두려워했던 존재였고, 아킬레우스를 대신하여 맹활약을 보여 주었다. 제17권에서 메넬라오스와 함께 사투를 벌여 파트로클로스의 시신을 그리스 진영으로 가져갔다. 트로이 전쟁에 참전했던 오일레우스의 아들 아이아스와 구별하여 '큰 아이아스'라고 불리거나 '텔라몬의 아들 아이아스'라고 불린다. 아킬레우스가 죽은 후 그의 유명한 무구를 두고 오뒷세우스와 겨루었다. 아이아스는 아킬레우스 다음으로 훌륭한 전사이지만 언변이 뛰어난 오뒷세우스에게 무구를 빼앗기게 되자, 분노로 인해 정신 착란을 일으킨 후 수치심으로 자결한다.

6. 디오메데스

튀데우스의 아들로 아르고스의 왕이다. 그는 함선 80대를 끌고 트로이 전쟁에 참전했다. 특히 아킬레우스가 아가멤논과 다투고 참전하지 않을 때 아킬레우스를 대신해 대활약을 하게 된다. 『일리아스』 제5권에서 아테나 여신의 도움으로 신들을 볼 수 있는 능력을 잠시 얻게 되어 아레스와 아프로디테에게 부상을 입히고 트로이군을 도륙하였다. 그리스 최고 영웅이자 제우스의 아들인 헤라클레스를 제외하고 올림포스 신들을 공격한 유일한 인간이라 말해진다. 그렇지만 곧 인간으로서 한계를 인정하고 아레스로부터 물러나 아폴론에게 순종하는 자제력과 절제력을 보여 주었다. 디오메데스는 아가멤논의 수치스러운 짓에 대한 비난도 서슴지 않았으나 아가멤논이 전의를 잃었을 때 용기를 북돋아 함께 싸우기도 했다.

7. 네스토르

넬레우스의 아들로 펠로폰네소스반도 남서부에 있는 퓔로스 Pylos의 왕이다. 그리스군에서 가장 나이가 많은 인물로 아가멤논이 가장 신뢰하는 사람이다. 네스토르는 그리스군에게 조언을 아끼지 않는 현명한 인물로 등장한다. 그렇지만 네스토르의 조언이 항상 좋은 결과를 가져온 것만은 아니었다. 『일리아스』 제1권에서 네스토르는 아가멤논과 아킬레우스가 서로 싸우자 아가멤논에게 브리세이스를 뺏지 말라고 하고, 아킬레우스에게는 아가멤논에게 대항하지 말라고 중재하였다. 제2권에서 네스토르는 한편으로 아가멤논의 행동을 비판하면서도 그리스군이 전쟁터로 나가도록 독려하였다. 또한 제9권에서는 아가멤논 사절단을 구성하여 아킬레우스를 설득하려 시도했고, 제11권에서는 파트로클로스에게 아킬레우스 대신에 무구를 갖추고 전쟁에 나가라고 권했다.

8. 파트로클로스

메노이티오스의 아들로 어릴 때 친구를 죽이게 되어 펠레우스왕에게 맡겨졌고 아킬레우스와 함께 자라났다. 아킬레우스보다 나이가 많아 조언자 역할을 하였으며 아킬레우스의 연인이었다. 『일리아스』 제17권에서 그리스군이 함선까지 밀려오고 주요 영웅들이 부상당해 위기에 봉착하자 아킬레우스에게 호소하여 무구를 빌려 입고 나갔다가 헥토르에게 살해된다. 헥토르가 파트로클로스가 입은 아킬레우스의 무구를 벗겨 내는 동안에, 메넬라오스가 아이아스와 함께 파트로클로스의 시신을 되찾아 돌아온다. 파트로클로스의 죽음을 계기로 아킬레우스는 아가멤논과 화해하고 다시 전쟁에 뛰어든다.

9. 브리세이스

뤼르넷소스의 왕 브리세우스의 딸이다. 아킬레우스가 뤼르넷소스를 함락할 때 그녀의 부모와 형제들을 모두 죽였다. 브리세이스는 아킬레우스에게 명예의 선물로 주어졌다. 『일리아스』 제1권에서 아가멤논이 아킬레우스와 싸우면서 브리세이스를 데려가겠다고 한 것으로 보아 아킬레우스가 매우 소중하게 여긴 인물임이 틀림없다. 더욱이 제9권에 가면 아킬레우스는 브리세이스를 자신의 아내라고까지 하면서 아가멤논을 비난한다. 제19권에서 아가멤논은 아킬레우스와 화해하면서 브리세이스를 돌려준다.

10. 포이닉스

엘레온의 아뮌토르왕의 아들로 어머니의 요청으로 아버지가 사랑하는 첩을 먼저 취했다. 그러자 아버지 아뮌토르는 복수의 여신 에리뉘에스를 불러 포이닉스에게 자식이 없게 해달라고 저주를 퍼부었다. 이 때문에 포이닉스는 아킬레우스의 아버지 펠레우스왕이 지배하는 프티아로 망명한다. 포이닉스는 아킬레우스를 자식같이 생각하였고, 아킬레우스도 포이닉스를 아버지처럼 생각했던 것으로 보인다.『일리아스』제9권에서 아가멤논 사절단의 일원으로 함께 가서 아킬레우스를 설득하였다. 트로이에서 귀향하는 도중에 죽어 아킬레우스의 아들 네오프톨레모스가 묻어주었다고 전해진다.

11. 칼카스

그리스 진영의 가장 강력한 예언자로 아르고스 출신으로 알려져 있다. 처음에 트로이 전쟁을 하기 위해 그리스 동맹군이 아울리스에 집결했을 때 출항에 필요한 바람이 제대로 불지 않았다. 칼카스는 그리스 총사령관인 아가멤논이 딸 이피게네이아를 아르테미스 여신에게 바쳐야 한다고 예언하였다. 이때부터 이미 아가멤논과는 사이가 좋지 않았던 것으로 보인다. 더욱이『일리아스』제1권에서 그리스 진영에 역병이 돌자 아킬레우스가 대책회의를 소집하여 칼카스에게 신탁을 물었다. 이때에도 칼카스는 아가멤논이 크뤼세이스를 돌려주지 않으려 아폴론 사제를 모욕했고 결국 아폴론 신을 분노하게 만들어 역병이 창궐했다고 말했다. 그 외에도 트로이의 아이네이아스가 전쟁에서 살아남아 도시국가를 세울 것이며 그리스인들이 그를 죽이지 못할 것이라 예언했다. 칼카스는 다른 예언자가 자신의 죽음을 잘못 예언하자 웃다가 죽었다고 전해진다.

12. 이도메네우스

미노스의 손자로 크레테의 왕이다. 아가멤논의 주요 조력자로 나온다. 『일리아스』 제11권에서 신적인 의사인 마카온이 부상당하자 이도메네우스는 네스토르가 마카온을 구출하도록 도왔다. 제13권에서는 트로이의 아이네이아스와 맞대결을 하였지만 서로 큰 부상을 입히지는 못했다. 이도메네우스는 전면전에서 다수의 그리스 전사들을 조력하며 자주 등장한다. 그는 트로이가 함락할 때까지 살아남아 귀향했다. 그러나 바다에서 큰 풍랑을 만나 위기에 처했을 때 포세이돈 신에게 자신의 배와 선원들을 구해 준다면 귀향했을 때 그가 첫 번째로 보게 되는 생명체를 희생 제물로 바치겠다고 약속했다. 그런데 그가 처음 만난 건 바로 그 자신의 아들이었고, 어쩔 수 없이 아들을 희생 제물로 바쳤다. 이 일로 다른 신들이 분노해서 크레테에 역병을 보냈다. 결국 크레테인들은 이도메네우스를 추방하기로 결정했고 그는 이탈리아 남부로 건너갔다가 소아시아의 콜로폰에서 죽었다고 한다.

II. 트로이 진영

1. 프리아모스

트로이 전쟁 당시 트로이의 왕으로 라오메돈의 아들이다. 프리아모스는 약 50명의 아들을 낳았다고 전해지는데 헥토르를 비롯하여 파리스, 데이포보스, 헬레노스, 팜몬, 안티포스, 힙포누스, 폴뤼도로스, 트로일로스 등이 있다. 그 외에도 아폴론의 사랑을 받은 유명한 예언녀 카산드라와 아킬레우스 무덤의 희생 제물이 된 폴뤽세나 등 딸도 있었다. 『일리아스』 제22권에서 프리아모스는 트로이성 밖에 남은 헥토르에게 아킬레우스가 공격하기 전에 성안으로 들어오라며 눈물겨운 설득을 하지만, 결국 아들이 눈앞에서 살해되어 끌려가는 모습을 보게 된다. 그는 성 밖까지 아들의 시신을 쫓아가다 제지당한다. 제24권에서는 홀로 그리스 진영에 들어가 아킬레우스에게 눈물로 호소하여 헥토르의 시신을 돌려받아 돌아온다. 그러나 트로이 전쟁이 끝날 무렵 프리아모스는 아킬레우스의 아들인 네오프톨레모스에 의해 살해되는데, 이는 장남 헥토르가 아킬레우스에 의해 살해당한 것을 연상시킨다.

2. 헤카베

트로이 전쟁 당시 프리아모스의 왕비로 프뤼기아의 공주였다. 그녀는 프리아모스와의 사이에서 헥토르, 파리스, 카산드라, 폴뤼

호메로스의 일리아스,
신들의 전쟁과 인간들의 운명을 노래하다

도로스, 폴뤼크세나 등 많은 자식들을 낳았다.『일리아스』제6권에서 헤카베는 잠시 트로이 성안으로 돌아온 헥토르의 부탁으로 아테나 여신에게 희생 제의를 바친다. 제22권에서 프리아모스와 함께 헥토르를 성안으로 들어오게 하기 위해 눈물로 호소했다. 제24권에서는 헥토르의 장례 의식에서 안드로마케 다음으로, 자식 잃은 슬픔으로 비탄에 빠져 호곡했다. 전쟁 도중에 수많은 아들들이 죽어 나가는 것을 지켜보았고, 전쟁이 끝난 후에는 딸들과 며느리들이 그리스군의 노예로 끌려가는 것을 보았다. 헤카베 자신은 오뒷세우스의 노예로 배정되었으나 저주를 퍼붓다가 개로 변했다고도 하고, 자식들의 죽음을 보고 미쳐 갔다고도 한다.

3. 헥토르

트로이의 왕 프리아모스와 헤카베의 장남으로 트로이의 최고 전사이다. 트로이와 트로이인들의 보호자로서 프리아모스가 가장 사랑하는 아들이었다. 안드로마케와 결혼하여 아스튀아낙스를 낳았다.『일리아스』제3권에서 파리스가 메넬라오스와 결투하는 장면과 제6권에서 메넬라오스와의 결투에서 사라진 파리스를 트로이 성안에서 만나는 장면 등에서 헥토르는 파리스의 비겁한 행동에 시종일관 분통을 터트린다. 제우스의 뜻에 따라 헥토르는 아킬레우스가 없는 그리스군을 함선이 있는 곳까지 밀어붙이며 승기를 잡아 갔다. 제16권에서 아킬레우스의 무구를 빌려 입고 출정한 파트로클로스를 죽이고 만다. 제19권에서 아가멤논과 화해하고 다시 참전한 아킬레우스에게 제22권에서 비참하게 죽임을 당해 그리스 진영으로 시신이 끌려간다. 제24권에서 프리아모스왕이 아킬레우스를 찾아가 눈물로 호소하여 시신을 되찾아 장례 의식을 치르는 것으로 이야기가 끝난다.

4. 안드로마케

킬리키아의 테베 출신으로 에에티온왕의 딸이다. '안드로마케'라는 이름은 '남자의 전쟁'이라는 의미를 가졌다. 트로이 전쟁 중에 아킬레우스에 의해 부모와 형제를 모두 잃었다. 헥토르의 아내로 아들 아스튀아낙스를 낳았지만 남편과 자식 또한 모두 잃게 된다. 『일리아스』 제6권에서 안드로마케는 잠시 트로이 성 안에 들어온 헥토르를 만나 회포를 풀지만 불안한 마음을 감추지 않는다. 헥토르에게 전략적으로 유리한 곳을 알려 주며 성 밖으로 나가지 말고 그곳에 머물라고 호소한다. 그렇지만 헥토르가 다시 성 밖으로 나가자 다른 여인들과 함께 통곡한다. 제24권 헥토르의 장례 의식에서 안드로마케가 호곡을 하며 비통한 마음으로 애도하는 장면이 나온다. 트로이 전쟁이 끝난 후 아킬레우스의 아들 네오프톨레모스의 노예로 끌려가게 된다.

5. 파리스

트로이의 왕 프리아모스와 헤카베의 둘째 아들이다. 스파르타에 여행을 갔다가 메넬라오스왕의 아내 헬레네와 함께 트로이로 돌아와서 트로이 전쟁의 발단이 된다. 신화적으로 제우스는 테티스 여신을 사랑했지만, 그녀가 아버지보다 더 강한 아들을 낳을 것이라는 예언이 두려워 테티스를 인간 펠레우스와 결혼시킨다. 이 결혼식에 초대받지 못한 불화의 여신 에리스가 '가장 아름다운 자에게'라는 글자를 새긴 황금 사과를 보내 여신들 간 갈등을 일으켰다. 제우스는 이에 대한 판정을 파리스에게 미루고, 파리스는 아프로디테를 선택하여 가장 아름다운 여인 헬레네와 사랑에 빠지게 된다.

6. 헬레네

스파르타의 왕 튄다레오스와 레다의 딸이다. 제우스가 레다와 결합하여 낳은 딸이라고도 전해진다. 뮈케네의 아가멤논의 아내인 클뤼타임네스트라와 쌍둥이 자매이며, 디오스쿠로이라 불리는 카스토르와 폴뤼데우케스라는 쌍둥이 형제가 있다. 스파르타를 방문한 트로이 왕자 파리스와 사랑에 빠져 도피했다고 전해지기도 하고 납치되었다고도 한다. 당대 가장 아름다운 여인이라 불리며 트로이 전쟁의 발단이 되었다. 『일리아스』에 등장하는 헬레네는 파리스의 아내로서 트로이 성안에서 살기 때문에 일반적으로 '트로이의 헬레네'라고 불린다. 트로이 전쟁 중에 트로이인들에게 비난을 받고 자신의 선택을 후회하였지만 프리아모스와 헥토르는 그녀에게 친절하게 대해 준 것으로 나온다. 트로이 전쟁이 끝나고 다시 메넬라오스와 함께 스파르타로 돌아온다.

7. 아이네이아스

아프로디테와 앙키세스의 아들로 헥토르와 친척이다. 트로이 왕가 계보에 따르면, 아버지 앙키세스의 할아버지와 프리아모스 왕의 할아버지는 모두 트로스의 아들들로 형제지간이다. 따라서 아이네이아스는 트로이 왕족이었다. 트로이군에서는 유일하게 아프로디테 여신의 아들로 그리스군의 아킬레우스와 비교된다. 『일리아스』 제5권에서 아이네이아스는 디오메데스의 공격을 받아 죽을 지경이 되었는데 아프로디테가 나타나 보호해 주고 아폴론이 구출해 준다. 제20권에서 다시 참전한 아킬레우스와 맞붙었다가 죽을 지경이 되자 그리스 편이었던 포세이돈이 나서서 구출해 준다. 『일리아스』에서 아이네이아스는 특별히 신들의 보호를 받는 것으로 보인다. 트로이 전쟁이 끝난 후 아이네이아스는 트로이 유민들을 이끌고 지중해를 방랑하다가 이탈리아에 정착하는데 베르길리우스의 작품을 통해 로마 민족의 시조가 된다.

8. 사르페돈

제우스와 라오다미아의 아들로 뤼키아의 왕이다. 다른 전승에서는 제우스와 에우로페의 아들로 나오며 미노스와 라다만토스를 형제로 두고 있다. 트로이 전쟁에 출정한 사르페돈은 에우로페의 아들 사르페돈의 손자로 추정된다. 『일리아스』 제5권에서 사르페돈은 전의를 상실한 헥토르를 비난하면서도 용기를 북돋아 주고, 제12권에서는 글라우코스에게 함께 싸우자면서 유명한 전쟁 노래를 말하고 있다. 제16권에서 사르페돈은 아킬레우스의 무구를 입은 파트로클로스에게 살해당한다. 제우스는 사르페돈의 예견된 죽음에 애통해하였지만, 헤라의 설득으로 곧 그것을 수용하게 된다.

9. 카산드라

프리아모스왕과 헤카베 왕비의 딸로 예언 능력을 가지고 있다. 카산드라에 관한 유명한 이야기는 비교적 많이 알려져 있지만, 『일리아스』에서는 단지 두 부분에서만 언급된다. 제13권에서 호메로스는 프리아모스왕의 딸들 중에서 카산드라를 "가장 아름다운 딸"이라 말한다. 이것은 카산드라에게 청혼했던 오트뤼오네우스가 살해된 사건을 말하면서 언급된다. 또한 제24권에서 프리아모스와 늙은 전령이 아킬레우스에게서 헥토르의 시신을 돌려받고 무사히 그리스 진영을 빠져나와 트로이성을 향해 울면서 수레를 끌고 돌아오는 장면에 등장한다. 카산드라는 마침 트로이 성벽 위에 있다가 프리아모스의 행렬을 발견하고 트로이인들에게 헥토르를 보라고 외쳤다. 트로이 전쟁이 끝난 후 아가멤논은 카산드라를 전리품으로 받아 뮈케네로 귀향하지만, 이피게네이아의 죽음에 복수하기 위해 기다렸던 클뤼타임네스트라에 의해 둘 다 살해된다.

10. 판다로스

뤼카온의 아들로 트로이의 귀족이다. 트로이 전쟁에서 파리스
와 같이 뛰어난 궁수로 활약한다. 『일리아스』 제3권에서 메넬라
오스가 일대일 대결 뒤 파리스를 끌고 그리스 진영으로 가는 도
중에 파리스가 갑자기 사라져서 승패를 가릴 수 없게 되었다. 이
때 아테나 여신의 사주로 판다로스가 메넬라오스에게 활을 쏜다.
하지만 아테나 여신의 보호로 메넬라오스는 치명상을 입지는 않
는다. 이로 인해 전쟁은 잠시 소강상태에 빠졌다가 다시 트로이
군과 그리스군의 전면전이 시작된다. 판다로스는 디오메데스를
죽이려고 창으로 공격했지만 역부족이어서 비참하게 살해되고
만다.

11. 글라우코스

힙폴로코스의 아들이자 벨레로폰의 손자로 뤼키아의 장수이
다. 사르페돈과는 막역한 친구이자 동료였다. 『일리아스』 제6권
에서 글라우코스가 디오메데스와의 만남에서 자신이 벨레로폰의
손자라고 소개하자, 디오메데스는 자신의 할아버지 오이네우스
가 벨레로폰을 손님으로 맞이하여 20일이나 대접했다고 말하고
는, 선물을 교환하고 우정을 지속하자고 다짐한다. 사르페돈이 파
트로클로스에게 치명상을 입고 마지막을 부탁했을 때, 글라우코
스는 부상당한 상태였지만 아폴론에게 기도하여 치유를 받고 사
르페돈의 시신을 보호했다. 나중에 아이아스에게 죽임을 당한다.

호메로스의 일리아스,
신들의 전쟁과 인간들의 운명을 노래하다   .

12. 폴뤼다마스

판투스의 아들로 트로이군의 지휘관이다. 트로이 전쟁 중에 폴뤼다마스는 매우 신중한 전략을 제안한다.『일리아스』제12권에서 그는 그리스군 방벽에서 전투할 때 독수리의 전조를 보고 공격을 망설이지만 헥토르는 밀고 나간다. 제13권에서는 헥토르가 자신의 충고를 무시하자 그에게 지휘관들을 소집하여 함께 의논해 보라고 제안한다. 제18권에서도 일단 퇴각하여 파트로클로스가 죽었으니 아킬레우스가 어떻게 움직일지를 트로이 성벽에서 지켜보자고 하지만 헥토르는 즉각 거부한다. 결국 헥토르는 트로이성으로 되돌아오지 못하고 아킬레우스에 의해 죽임을 당하게 된다.

주요 민족의 계보

I. 그리스 동맹군

1. 헬레네 민족의 계보

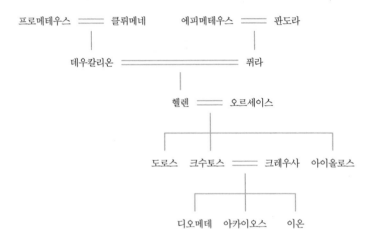

도로스 도리아인들 — 크레테, 펠로폰네소스반도, 그리스 북부, 소아시아 남부, 로도스섬
아이올로스 아이올리아인들 — 그리스 북동쪽, 소아시아 북부, 레스보스섬
아카이오스 아카이아인들 — 아카이아, 펠로폰네소스반도 중북부
이온 이오니아인들 — 펠로폰네소스반도 북부, 아티카, 소아시아 연안(이오니아 지역)

호메로스의 일리아스,
신들의 전쟁과 인간들의 운명을 노래하다

2. 다나오스인들의 계보

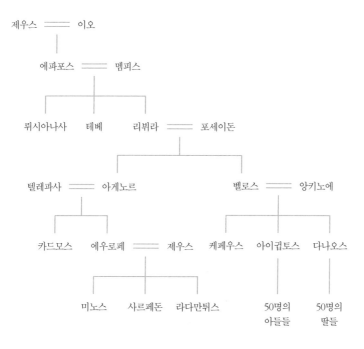

3. 뮈케네 왕조의 계보

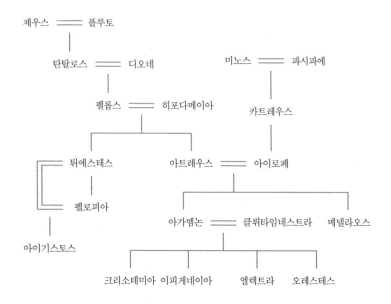

호메로스의 일리아스,
신들의 전쟁과 인간들의 운명을 노래하다

4. 스파르타 왕조의 계보

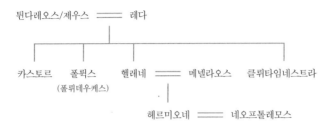

뛴다레오스/제우스 ══ 레다

카스토르 폴뤽스 헬레네 ══ 메넬라오스 클뤼타임네스트라
(폴뤼데우케스)

헤르미오네 ══ 네오프톨레모스

5. 아킬레우스의 계보

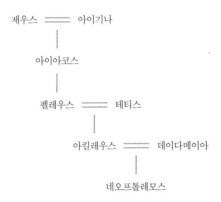

제우스 ══ 아이기나

아이아코스

펠레우스 ══ 테티스

아킬레우스 ══ 데이다메이아

네오프톨레모스

II. 트로이 동맹군

1. 다르다노스인들의 계보

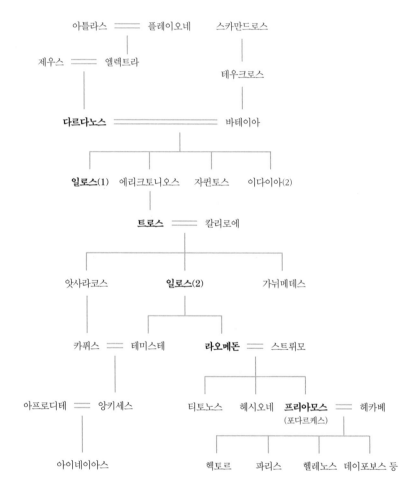

호메로스의 일리아스,
신들의 전쟁과 인간들의 운명을 노래하다

1 Herodotos, *Historiai*, 2. 117.

2 Plato, *Apologia*, 40a.

3 Plato, *Politeia*, 595b-c.

4 헤르만 프랭켈, 김남우·홍사현 옮김, 『초기 희랍의 문학과 철학 1』, 아카넷, 2011, 14쪽.

5 같은 책, 15쪽.

6 Barry B. Powell, *Homer*, Blackwell Publishing, 2004, p. 37.

7 피에르 비달나케, 이세욱 옮김, 『호메로스의 세계』, 솔, 2004, 56쪽.

8 같은 책, 57쪽.

9 Hesiod, *Theogonia*, 915. 제우스는 므네모쉬네와 결합하여 클레이오, 에우테르페, 탈레이아, 멜포메네, 테르프시코레, 에라토, 폴륌니아, 우라니아, 칼리오페 등 모두 9명의 무사 여신들을 낳았다.

10 무사 여신들에 대한 좀 더 자세한 설명은 다음을 참조하시오. 장영란, 제4장 "놀이와 예술의 탄생", 『호모 페스티부스: 영원한 삶의 축제』, 서광사, 2018.

11 Joy Connolly, "Ten Reasons to Read Homer, The Classical World", *Paedagogos* Vol. 103, No. 2, Johns Hopkins University Press, 2010, p. 233.

12 장영란, "『일리아스』의 아가멤논 사절단과 오뒷세우스의 설득의 원리", 『세계문학비교연구』 57권, 2016, 242쪽, 주 7.

13 Joy Connolly, "Ten Reasons to Read Homer, The Classical World", *Paedagogos* Vol. 103, No. 2, Johns Hopkins University Press, 2010, p. 234.

14 '제우스의 뜻'은 트로이 전쟁의 원인으로 제기되는 가이아 여신의 불평을 제우스가 들어주려 하던 뜻이라고 말해지기도 한다. 그래서 제우스는 헬레네를 낳았고 테티스를 인간 펠레우스와 결혼시켜 아킬레우스를 낳았다고 한다(Cypria, fr. 1.7: Kirk, p. 53). 그렇지만 모든 일이 제우스에 의해 일어난다고 해석해야 한다고 주장하기도 한다. cf. Mark W. Edwards, *Homer: Poet of the Iliad*, Johns Hopkins

University Press, 1987, p. 175.

15 『일리아스』에 등장하는 아폴론에 대한 표현들은 매우 다양하다. 포이보스라 부르는 명칭이 가장 일반적이다(1.38). 포이보스는 '빛나는 자'라는 뜻으로 태양신을 지칭할 때 사용하는 별칭이다. 그리스 초기에 아폴론은 활을 들고 등장하기 때문에 '은빛 활'의 신 아폴론과 '멀리 쏘는'(1.14; 20) 아폴론이라 불린다. 제1권에서 아폴론은 스민테우스^Smintheus^라고 불리는데 스민토스^sminthos^는 쥐를 의미한다. 옛날 로도스섬에서 아폴론과 디오뉘소스를 위한 스민테이아^Smintheia^라 불리는 축제가 있었는데, 이 신들이 어린 포도나무를 파괴하는 쥐들을 죽였기 때문이라고 전해진다.

16 Aeschylus, *Agamemnon*, 225.

17 ibid., 1381–1385.

18 고대 그리스인들을 청원을 할 때 가능한 한 턱과 무릎을 만지는 제의적인 태도를 취한다. 일단 무릎을 잡고 필요 시 무릎이나 손에 키스를 하기 위한 것이다. 특히 고대인들은 턱과 무릎이 특별히 생명력이 집중된 위치라고 생각했다. cf. G. S. Kirk, *The Iliad: A Commentary 1: Books 1-4*, Cambridge University Press, 1985, p. 107.

19 Hesiod, *Theogonia*, 928.

20 오케아노스와 테튀스의 아들로 스카만드로스 또는 크산토스라고도 불린다. 트로이를 관통하는 강의 신이다. 트로이 전쟁 후반에 아킬레우스가 파트로클로스의 복수를 위해 아가멤논과 화해하고 다시 전쟁에 참여하게 되었다. 이때 아킬레우스는 크산토스강에서 수많은 트로이인을 죽여 강이 넘쳐나게 만들었다. 분노한 크산토스 신은 아킬레우스를 죽이려고 세 번이나 공격했고 헤라가 급파한 헤파이스토스 신에 의해 제압되었다.

21 그레고리 나지, 우진하 옮김, 『고대 그리스의 영웅들』, 시그마북스, 2015, 42쪽.

22 장영란, "아리스토텔레스의 분노의 적절성 문제와 『일리아스』의 사례", 『문화와 융합』 40권 4호(통권 54호), 2018, 20–21쪽 참조.

23 그리스인들은 회의를 할 때 왕홀을 잡고 말했다. 그것은 왕의 권위를 나

타낸다. 그리스 사회에서는 누군가 공식 석상에서 발언하고 싶으면 먼저 왕홀을 잡는 관례가 있다. 여기 등장하는 왕홀은 헤파이스토스가 제작하여 제우스에게 바쳤으나 아르고스의 살해자인 헤르메스에게 넘겨졌다. 다음으로 헤르메스는 펠롭스에게 주었고, 펠롭스는 자신의 아들 아트레우스에게 전했고, 나중에 아트레우스가 동생 튀에스테스에게 넘기자, 튀에스테스는 아트레우스의 아들 아가멤논에게 다시 물려주었다.

24 장영란, 『좋은 삶이란 무엇인가』, 서광사, 2018, 31-35쪽.

25 Apollodoros, *Bibliotheca*, 3.13.3., J. G. Frazer(trans.), *The Library*, 2 Vols., Loeb Classical Library, Harvard University Press, 1921.; Karl Kerenyi, *The Heroes of The Greeks*, Thames and Hudson, 1959, pp. 311-314.

26 Hyginus, *Fabulae*, 92.

27 그리스 신화에 유명한 두 개의 이데산이 있다. 이데산은 라틴식으로 이다(Ida)산이라고도 불린다. 하나는 크레테의 이데산으로 제우스가 출생하자마자 크로노스의 눈을 피해 레아가 그를 숨겨 두었던 산이다. 다른 곳은 트로이 지역의 이데산이다. 여기는 제우스가 트로이의 왕자이자 미소년이었던 가뉘메데스를 납치한 곳이기도 하고, 트로이 전쟁 중에 제우스 신단이 있던 곳이기도 하다.

28 Karl Kerenyi, *The Gods of the Greeks*, Thames and Hudson, 1951, p. 315.

29 Martha Krieter-Spiro, *Homer's Iliad the Basel Commentary* Book III, De Gruyter, 2015, p. 93.

30 장영란, 제1장 4절 "신들도 먹고 마시는가", 『장영란의 그리스 신화』, 살림, 2005.

31 트로이 프리아모스왕의 아버지 라오메돈이 철옹성인 트로이 성벽을 지을 때 신들이 참여했다. 아폴론과 포세이돈은 라오메돈을 시험하기 위해 인간의 모습으로 변신하여 트로이 성벽을 세웠는데 라오메돈이 부당하게 임금을 주지 않았다. 그리하여 아폴론은 트로이에 역병을 보내고 포세이돈은 바다 괴물을 보내어 복수했다. 라오메돈은 바다 괴물에게 자신의 딸 헤시오네를 바쳐야 한다는 신탁을 받고 헤라클레스에게 도움을 청해 겨우 바다 괴물을 물리칠 수 있었다. 그러나 이번에

도 라오메돈이 보상하지 않자 헤라클레스가 트로이를 공략하여 함락시킨 것이었다.

32 여기서도 사르페돈이 치명상을 입었는데도 살아난 것은 제우스의 보호 때문이라고 설명하고 있다. 고대 그리스에서 참나무는 제우스의 신성한 나무이다.

33 스텐토르는 그리스군의 전령으로 다른 사람 50명 정도에 맞먹는 엄청나게 큰 목소리를 가지고 있다고 말해진다.

34 호메로스는 제14권에서 포세이돈이 소리를 지를 때 9천 명이나 1만 명에 맞먹는 소리를 질렀다고 한다(14.148-149). 고대 그리스에서 9천 명이나 1만 명은 상징적으로 엄청나게 큰 수를 말한다. 가령 헤파이스토스가 올림포스에서 렘노스 섬으로 떨어지는 데 9일 밤과 9일 낮이 걸렸다는 것은 엄청나게 오랫동안 떨어졌고 매우 멀다는 것을 의미한다. 또한 제1권에서 아가멤논이 아폴론의 진노를 진정시키기 위해 크뤼세스를 돌려주고 헤카톰베, 즉 소 100마리를 바치는 제의를 치렀다고 하는 경우도 실제로 100마리라기보다는 엄청 많은 희생 제물을 바쳤다는 의미이다.

35 '파이안'이라는 이름은 의술의 신 아폴론의 별칭 중의 하나이기도 하다. 아폴론과 독립적인 파이에온 또는 파이안에 대한 더 자세하고 구체적인 논의는 없다. 올림포스에서 파이안의 정확한 지위는 불분명하지만 단지 구전 전통에서는 이 문제에 대해 별다른 이의 없이 수용되는 것으로 보인다. cf. G. S. Kirk & Mark W. Edwards, *The Iliad: A Commentary 5: Books 17-20*, Cambridge University Press, 1991, p. 103.

36 인간의 오만, 즉 hybris에 대한 자세한 논의는 다음을 참조하시오. 장영란, 『장영란의 그리스 신화』, 살림, 2005, 320-324쪽.

37 Homeros, *Odysseia*, 11.305-320.

38 장영란, 제7장 "인간의 비극적 운명을 슬퍼하다", 『장영란의 그리스 신화』, 살림, 2005, 343-345쪽.

39 장영란, 제1장 5절 "죽음 이후의 보상과 처벌", 『죽음과 아름다움의 신화와 철학』, 루비박스, 2015, 62-72쪽.

40 Arthur W. H. Adkins, *Merit and Responsibility*, Oxford University Press, 1960, p. 52.

41 아가멤논의 사절단으로 포이닉스, 큰 아이아스, 오뒷세우스가 선발되었

고, 전령으로는 오디오스와 에우뤼바테스가 선발되었다.

42 호메로스는 아킬레우스가 아버지의 집에서 오뒷세우스와 네스토르를 맞이하였고 펠레우스가 아킬레우스를 더 이상 잡아 둘 수가 없어 트로이 전쟁에 내보냈다고 한다.

43 Donna F. Wilson, *Ransom, Revenge, and Heroic Identity in the Iliad*, Cambridge University Press, 2002, p. 87.

44 헤르만 프랭켈, 김남우·홍사현 옮김, 『초기 희랍의 문학과 철학 1』, 아카넷, 2011, 115쪽 주 26.

45 Plato, *Lesser Hippias*, 370d.

46 오뒷세우스와 비교하여 포이닉스의 연설 후 아킬레우스가 덜 완고해졌다는 점은 충분히 수용할 수 있는 입장이다. cf. Barry B. Powell, *Homer*, Blackwell Publishing, 2004, p. 87.

47 『일리아스』 제9권 아가멤논 사절단과 아킬레우스의 대화에 나타나는 수사학적 논의는 다음 논문들에 구체적으로 전개되어 있으니 참조하시오. 장영란, "『일리아스』의 아가멤논 사절단과 오뒷세우스의 설득의 원리", 『세계문학비교연구』 57권, 2016; 장영란, "아리스토텔레스의 설득의 원리로서 파토스와 포이닉스의 사례", 『동서철학연구』 90권, 2018.

48 Martin Mueller, *The Iliad*, second edition, Bloomsbury, 2009, p. 103.

49 아마 호메로스는 방벽 전체가 한 조각인 것처럼 생각했던 듯 보인다. 그러나 나무가 아니라 돌로 된 것은 이렇게 무너지기가 불가능하다. cf. G. S. Kirk & Bryan Hainsworth, *The Iliad: A Commentary 3: Books 9-12*, Cambridge University Press, 1993, p. 359.

50 2명의 아이아스는 큰 아이아스와 작은 아이아스를 말한다. 이들은 형제나 친척 관계는 아니고 단지 이름이 같을 뿐이다. '큰' 아이아스는 텔라몬의 아들로 아킬레우스 다음으로 강력한 그리스 영웅이다. 그는 엄청난 체격에 탑 같은 방패를 들고 다닌다. 이에 비해 '작은' 아이아스는 오일레우스의 아들로 체격이 작아서 붙여진 명칭이다. 작은 아이아스와 관련된 언급은 별로 나오지 않지만 나중에 트로이

성이 함락되었을 때 신성한 아테나상을 붙들고 있던 카산드라를 끌어내어 불경죄를 저질러 귀향길에 죽임을 당한다.

51 Martha Krieter-Spiro, *Homer's Iliad the Basel Commentary* Book XIV, De Gruyter, 2018, p. 235.

52 그리스 서사시에서는 신을 보았을 때 영웅은 별로 놀라는 것 같지 않으며, 주변 사람들은 별로 상관하지 않는다. cf. G. S. Kirk & Richard Janko, *The Iliad: A Commentary Book 4: Books 13-16*, Cambridge University Press, 1991, p. 253.

53 장영란, 『좋은 삶이란 무엇인가』, 서광사, 2018, 10-11쪽.

54 같은 책, 27쪽.

55 같은 책, 28쪽.

56 같은 책, 83-89쪽.

57 더 자세한 논의는 에릭 R. 도즈, 주은영·양호영 옮김, 『그리스인들과 비이성적인 것』, 까치, 2002, 제1장을 참조하시오. 수치 문화라는 주장에 대해 아직 논란의 여지는 있지만 상당히 설득력 있게 다루고 있다.

58 Douglas L. Cairns, *Aidos: The Psychology and Ethics of Honour and Shame in Ancient Greek Literature*, Clarendon Press, 1993, p. 95.

59 사실 아킬레우스와 아가멤논의 갈등은 끝이 보이지 않았었다. 아가멤논의 불경한 행동으로 인한 아폴론의 진노뿐만 아니라 아가멤논의 수많은 불공정한 행동으로 인한 아킬레우스의 분노가 한꺼번에 폭발했기 때문이다. 트로이 전쟁 9년 동안 쌓인 분노를 즉각 해결할 방법은 없었다. 파트로클로스의 죽음이 발단이 되어 불공정성과 불형평성 등이 수없이 많았기 때문이다. 그렇지만 파트로클로스가 살해된 후에 아킬레우스는 아가멤논에게 갈등의 구체적 원인을 제시했다. 아가멤논이 문제를 해결할 단초를 제공한 셈이다.

60 G. S. Kirk & Mark W. Edwards, *The Iliad: A Commentary 5: Books 17-20*, Cambridge University Press, 1991, p. 266.

61 ibid., pp. 284-285.

62 Martin Mueller, *The Iliad*, second edition, Bloomsbury, 2009, p.

102.

63 그리스 신화의 죽음관과 영혼의 제의에 대해서는 다음을 참조하시오. 장영란, 『죽음과 아름다움의 신화와 철학』, 루비박스, 2015, 20-26쪽.

64 아테나 여신은 아레스뿐만 아니라 아폴론과의 대결에서도 항상 승리를 이끈다. 아폴론이 파트로클로스의 장례 경기에 참여하여 디오메데스를 방해하니 아테나가 참여하는 것으로 나온다. 디오메데스는 이미 제5권에서 아테나 여신이 특별히 보호하던 영웅이라는 사실을 보았다.

65 장영란, 『죽음과 아름다움의 신화와 철학』, 루비박스, 2015, 20-26쪽.

66 『일리아스』의 트로이 전쟁의 발단과 관련된 세부적인 논의는 다음 논문을 참조하시오. C. J. Mackie, "*Iliad 24* and The Judgement of Paris", *Classical Quarterly* 63, 2013, pp. 1-16.

67 여기서 20년이라는 숫자의 의미와 계산 방법에 대해서는 학자들마다 약간씩 차이는 있다. 20년이라는 숫자와 관련하여, 첫째 오랜 세월을 강조하는 표현으로 정확히 20년이라기보다 20년에 가까운 심리적 시간을 의미하는 것으로 볼 수 있다. 『일리아스』 외에 『오뒷세이아』에서도 트로이 전쟁 참전 10년과 귀향 10년을 합하여 오뒷세우스는 20년 동안 고향에 돌아오지 않았다(19.221-224). 둘째 트로이 전쟁과 관련된 사건들을 종합해 보면 20년은 현실적 시간에 근접한 것으로 보인다. 1) 파리스와 헬레네의 트로이로의 여행, 2) 아카이아 군대의 소집 기간, 3) 뮈시아로의 원정 실패, 4) 네오프톨레모스의 성장 등을 합치면, 트로이 전쟁 10년 외에 추가 10년을 산정할 수 있다. cf. Claude *Brugger, Homer's Iliad the Basel Commentary* Book XVI, De Gruyter, 2017, p. 272.

68 Apollodoros, *Bibliotheca*, 5.13., J. G. Frazer(trans.), *The Library*, 2 Vols., Loeb Classical Library, Harvard University Press, 1921.

참고 문헌

김준서, "『일리아스』에서의 로베: '영웅적 분노'의 양면성", 『서양고전학연구』 54권 2
   호, 2015.

김헌, "아킬레우스의 분노와 제우스의 뜻", 『서양고전학연구』 11권, 1997.

이준석, "분노의 서사시, 연민의 서사시 『일리아스』", 『가톨릭철학』 31권, 2018.

이태수, "호메로스의 인간관", 『희랍라틴문학연구』, 성균관대학교출판부, 1993.

장영란, "『일리아스』의 아가멤논 사절단과 오뒷세우스의 설득의 원리", 『세계문학비
   교연구』 57권, 2016.

_____, "아리스토텔레스의 설득의 원리로서 파토스와 포이닉스의 사례", 『동서철학
   연구』 90권, 2018.

_____, "아리스토텔레스의 분노의 적절성 문제와 『일리아스』의 사례", 『문화와 융
   합』 40권 4호(통권 54호), 2018.

_____, 『신화 속의 여성, 여성 속의 신화』, 문예출판사, 2001.

_____, 『장영란의 그리스 신화』, 살림, 2005.

_____, 『죽음과 아름다움의 신화와 철학』, 루비박스, 2015.

_____, 『좋은 삶이란 무엇인가』, 서광사, 2018.

_____, 『호모 페스티부스: 영원한 삶의 축제』, 서광사, 2018.

_____, 『영혼이란 무엇인가』, 서광사, 2020.

정준영, "『일리아스』에서 영웅적 자아의 아이도스와 행위패턴", 『서양고전학연구』
   33권, 2008.

_____, "서사적 지평에서 바라본 호메로스적 아테", 『서양고전학연구』 48권, 2012.

Adkins, Arthur W. H., *Merit and Responsibility*, Oxford University Press, 1960.

_____, "'Honour' and 'Punishment' in the Homeric Poems", *BICS* 7, 23–32,
   1960.

_____, "Homeric Values and Homeric Society", *JHS* 91, 1–14, 1971.

_____, "Values, Goals, and Emotions in the *Iliad*", *CPh* 77, 292–326, 1982.

호메로스의 일리아스,
신들의 전쟁과 인간들의 운명을 노래하다

Alles, Gregory D., "Verbal craft and religious act in the *Iliad*: The dynamics of a communal centre", *Religion*, Vol. 18(4), 1988.

Apollodoros, *Bibliotheca*, J. G. Frazer(trans.), *The Library*, 2 Vols., Loeb Classical Library, Harvard University Press, 1921.

_____, *The Library of Greek Mythology*, Keith Aldrich(trans.), Coronado Press, 1975.

_____, *The Library of Greek Mythology*, Robin Hard(trans.), Oxford University Press, 1997.

Apollodoros & Hyginus, *Apollodorus' Library and Hyginus' Myths: Two Handbooks of Greek Mythology*, R. Scott Smith & Stephen M. Trzaskoma(trans.), Hackett Publishing, 2007.

Aristotle, *Aristotle De Anima*, R. D. Hicks(trans.), Cambridge University Press, 1907.

_____, *Aristotle's De Anima*, W. D. Ross(ed.), Clarendon Press, 1961.

_____, *Aristotle's De Anima*, D. W. Hamlyn(trans.), Clarendon Press, 1968.

_____, On *Rhetoric*, George Kennedy(trans.), Oxford University Press, 1991.

Benner, Allen Rogers, *Selections from Homer's Iliad*, Irvington Publishers, 1903.

Beye, Charles. R., *Ancient Epic Poetry, Homer, Apollonius Virgil*, Cornell University Press, 1993.

Bloom, Harold(ed.), *Aeschylus' The Oresteia*, Chelsea House Publishers, 1988.

_____, *Sophocles' Oedipus Rex*, Chelsea House Publishers, 1988.

Boardman, John, *Athenian Red Figure Vases of Sicily and South Italy*, Thames and Hudson, 1989.

_____, *Greek Art*, Thames and Hudson, 1985.

_____, *Greek Sculpture: The Classical Period*, Thames and Hudson, 1985.

_____, *Athenian Red Figure Vases, Archaic Period and Classical Period*, Thames and Hudson, 1975.

_____, *Athenian Black Figure Vases*, Thames and Hudson, 1974.

Bowra, C. M., *Tradition and Design in the Iliad*, Clarendon Press, 1930.

Brann, Eva T. H., *Homeric Moments*, Paul Dry Books, 2002.

Braswell, B. K., "Mythological Innovation in the *Iliad*", *The Classical Quarterly* 21, 16 – 26, 1971.

Bremmer, Jan N., *Greek Religion*, Oxford University Press, 1994.

Brugger, Claude, *Homer's Iliad the Basel Commentary* Book XVI, De Gruyter, 2018.

_____, *Homer's Iliad the Basel Commentary* Book XXIV, De Gruyter, 2017.

Brunschwig, Jacques, "Aristotle's Rhetoric as a 'Counterpart' to Dialectic", *Essays on Aristotle's Rhetoric*, Amelie Oksenberg Rorty(ed.), 34 – 55, University of California Press, 1996.

Burian, Peter(ed.), Directions in *Euripidean Criticism*, Duke University Press, 1985.

Burkert, Walter, *Greek Religion*, Basil Blackwell, 1985.

_____, *Homo Necans*, University of California Press, 1983.

Cairns, Douglas L., *Aidos: The Psychology and Ethics of Honour and Shame in Ancient Greek Literature*, Clarendon Press, 1993.

Carpenter, Thomas H., *Art and Myth in Ancient Greece*, Thames and Hudson, 1991. [한국어판: 토머스 H. 카펜터, 『고대 그리스의 미술과 신화』, 김숙 옮김, 시공사, 1998.]

Clarke, Michael, "Manhood and heroism", *The Companion to Homer*, Robert Fowler(ed.), Cambridge University Press, 2004.

Claus, D., "Aidos in the Language of Achilles", *TAPA* 105, 1975.

Clay, J. S., *The Wrath of Athena: Gods and Men in the Odyssey*, Princeton, 1983.

Collins, L., *Studies in Characterization in the Iliad*, Athenaeum, 1988.

Conford, F. M., *From Religion to Philosophy*, 1912. [한국어판: F. M. 콘퍼드, 『종교에서 철학으로』, 남경희 옮김, 이화여자대학교출판부, 1995.]

_____, *Principium Sapientiae: The Origins of Greek Philosophical Thought*, Cambridge University Press, 1951(1971).

Connolly, Joy, "Ten Reasons to Read Homer, The Classical World", *Paedagogos* Vol. 103, No. 2, Johns Hopkins University Press, 2010.

Coray, Marina, *Homer's Iliad the Basel Commentary* Book XIX, De Gruyter,

2016.

_____, *Homer's Iliad the Basel Commentary* Book XVIII, De Gruyter, 2018.

Davies, Malcom, "Agamemnon's Apology and the Unity of the *Iliad*", *The Classical Quarterly*, Vol. 45, No. 1, 1995.

Dietrich, B. C., *The Origins of Greek Religion*, Walter de Gruyter, 1974.

Dodds, Eric. R., *The Greeks and the Irrational*, University of California Press, 1951. [한국어판: 에릭 R. 도즈, 『그리스인들과 비이성적인 것』, 주은영·양호영 옮김, 까치, 2002.]

Donlan W., "Reciprocities in Homer", *Classical World*, Vol 75, No. 3, 1982.

_____, "The Politics of Generosity in Homer", *Helios* 9, 1982.

_____, "The Social Groups of Dark Age Greece", *Classical Philology* 80, 1985.

_____, "The Unequal Exchange between Glaucus and Diomedes in Light of the Homeric Gift-Economy", *Phoenix* 43, 1989.

_____, "Political Reciprocity in Dark Age Greece: Odysseus and His hetairoi", *Reciprocity in Ancient Greece*, Oxford University Press, 1998.

Dover, K. J., *Greek Popular Morality: in the time of Plato and Aristotle*, Hackett Publishing Company, 1994.

_____, *Greek and the Greeks*, Basil Blackwell, 1987.

Dowden, K., *The Uses of Greek Mythology*, Routledge, 1992.

Dumezil, G., *Archaic Roman Religion,* 2 Vols, Philip Krapp(trans.), The University of Chicago Press, 1970.

Easterling, P. E., "Greek poetry and Greek religion", *Greek Religion and Society*, Cambridge University Press, 1985.

Edmunds, L.(ed.), *Approaches to Greek Myth*, Johns Hopkins University Press, 1990.

Edwards, M. W., *Homer: Poet of the Iliad*, Johns Hopkins University Press, 1987.

Euripides, *Cyclops*, *Alcestis*, *Medea*, David Kovacs(trans.), Harvard University Press, 1994.

_____, *Children of Heracles*, *Hippolytus*, *Andromache*, *Hecuba*, David Kovacs (trans.), Harvard University Press, 1995.

_____, *Suppliant Women, Electra, Heracles*, David Kovacs(trans.), Harvard University Press, 1998.

_____, *Trojan Women, Iphigenia among the Taurians, Ion*, David Kovacs(trans.), Harvard University Press, 1999.

_____, *Bacchae, Iphigenia at Aulis, Rhesus*, David Kovacs(trans.), Harvard University Press, 2002.

_____, *Medea*, D. L. Page(ed.), Clarendon Press, 1955.

_____, 『에우리피데스 비극』, 천병희 옮김, 단국대학교출판부, 1998.

Felson, Nancy & Laura M. Slatkin, "Gender and Homeric epic", *The Companion to Homer*, Robert Fowler(ed.), Cambridge University Press, 2004.

Finley, J. H., *Homer's Odyssey*, Harvard University Press, 1979.

Frankel, Hermann, *Early Greek Poetry and Philosophy*, Moses Hadas & James Willis(trans.), Harcourt Brace Jovanovich, 1975. [한국어판: 헤르만 프랭켈, 『초기 희랍의 문학과 철학 1·2』, 김남우·홍사현 옮김, 아카넷, 2011.]

Frankfort, Henri, *Before Philosophy: The Intellectual Adventure of Ancient Man*, Penguin Books Ltd, 1949.

Furley, D. J., *The Greek Cosmologists*, Cambridge University Press, 1987.

_____, *Two Studies in the Greek Atomists*, Princeton University Press, 1967.

Gantz, Timothy, *Early Greek Myth*, Johns Hopkins University Press, 1993.

Gerson, L. P., *God and Greek Philosophy*, Routledge, 1994.

Gill, Christopher, *Personality in Greek Epic, Tragedy, and Philosophy*, Clarendon Press, 1996.

Goldhill, Simon, *Reading Greek Tragedy*, Cambridge University Press, 1986.

Graves, Robert, *The Greek Myths*, Penguin Books, 1992.

Greene, W. C., *Moira: Fate, Good, and Evil in Greek Thought*, Harvard University Press, 1963.

Griffin, Jasper, *Homer on Life and Death*, Clarendon Press, 1980.

Guthrie, W. K. C., *A History ob Greek Philosophy*, Cambridge University Press, 1965.

_____, *The Greeks and Their Gods*, Methuen & Co. LTD., 1950.

_____, *Orpheus and Greek Religion*, Princeton University Press, 1993.

Hainsworth, Bryan, *The Iliad: A Commentary 3: Books 9-12*, Cambridge University Press, 1993.

Harrison, Jane Ellen, *Prolegomena to the Study of Greek Religion*, Merlin Press, 1980.

Havelock, E. A., *The Greek Concept of Justice*, Harvard University Press, 1984.

Herodotos, *Historiai*, 4 Vols., Jeffrey Henderson(trans.), Harvard University Press, 1925.

Hesiod, *Theogony*, M. L. West(ed.), Clarendon Press, 1966.

_____, *Theogony and Works and Days*, M. L. West(ed.), Oxford University Press, 2009.

Hogan, James C., *Aeschylos: A Commentary on The Complete Greek Tragedies*, The University of Chicago Press, 1984.

Homeros, *Homeri Opera*, David B. Munro & Thomas W. Allen(eds.), Oxford University Press, 1920.

_____, *The Iliad*, 2 Vols., A. T. Murray(trans.), Harvard University Press, 1924.

_____, *The Odyssey*, 2 Vols., A. T. Murray(trans.), Harvard University Press, 1919.

_____, *The Odyssey*, Albert Cook(trans.), Norton & Company, 1974.

_____, 『오뒷세이아』, 천병희 옮김, 단국대학교출판부, 1996.

_____, 『일리아스』, 천병희 옮김, 단국대학교출판부, 1996.

_____, *The Homeric Hymns and Homerica*, Hugh G. Evelyn-White(trans.), Harvard University Press, 1914.

Hussey, E., *The Presocratics*, Duckworth, 1972.

Jensen, Minna S., "Phoenix, Achilles and a Narrative Pattern", *Balcanica* Vol. 34, 2005.

Karp, A. J., "Homeric Origins of Ancient Rhetoric", *Arethusa* 10(237-58), 1977.

Kearns, Emily, "The Gods in the Homeric epics", *The Companion to Homer*, Robert Fowler(ed.), Cambridge University Press, 2004.

Kennedy, G. A., *On Rhetoric: A Theory of Civic Discourse*, Oxford University Press, 2006.

Kerenyi, Karl, *The Heroes of The Greeks*, Thames and Hudson, 1959.

_____, *The Gods of the Greeks*, Thames and Hudson, 1951.

Kirk, G. S., *The Iliad: A Commentary 1: Books 1-4*, Cambridge University Press, 1985.

Kirk, G. S. & Bryan Hainsworth, *The Iliad: A Commentary 3: Books 9-12*, Cambridge University Press., 1993.

Kirk, G. S. & Richard Janko, *The Iliad: A Commentary 4: Books 13-16*, Cambridge University Press., 1991.

Kirk, G. S. & Mark W. Edwards, *The Iliad: A Commentary 5: Books 17-20*, Cambridge University Press., 1991.

Kirk, G. S. & Nicholas Richardson, *The Iliad: A Commentary 6: Books 21-24*, Cambridge University Press., 2003.

Kitto, H. D. F., *Greek Tragedy*, Methuen, 1970.

Knox, B., *The Heroic Temper*, University of California Press, 1966.

Krieter-Spiro, Martha, *Homer's Iliad the Basel Commentary* Book III, De Gruyter, 2015.

_____, *Homer's Iliad the Basel Commentary* Book IV, De Gruyter, 2020.

_____, *Homer's Iliad the Basel Commentary* Book XIV, De Gruyter, 2018.

_____, *The Greeks*, Penguin Books, 1957. [한국어판: H. D. F. 키토, 『그리스 문화사』, 김진경 옮김, 탐구당, 1994.]

Mackie, C. J., "*Iliad* 24 and The Judgement of Paris", *Classical Quarterly* 63, 2013.

Martin, R. P., *The Language of Heroes: Speech and Performance in the Iliad*, Cornell University Press, 1989.

McCoy, Marina B., *Wounded Heroes*, Oxford University Press, 2013.

Michelini, A. N., *Euripides and the Tragic Tradition*, The University of Wisconsin Press, 1987.

Morris, Ian & Barry B. Powell(eds.), *A New Companion to Homer*, Brill, 1997.

Mourelatos, A. P. D.(ed.), *The Pre-socratics, A Collection of Critical Essays*, Anchor Press, 1974.

Mueller, Martin, *The Iliad*, second edition, Bloomsbury, 2009.

Nagy, Gregory, *The Ancient Greek Hero in 24 Hours*, Harvard University Press, 2013. [한국어판: 그레고리 나지, 『고대 그리스의 영웅들』, 우진하 옮김, 시그마북스, 2013.]

Nilsson, M. P., *The Mycenaean Origin and Greek Mythology*, California University Press, 1972.

Nussbaum, M. C., *The Fragility of Goodness: Luck and Ethics in Greek Tragedy and Philosophy*, Cambridge University Press, 1986.

Onians, R. B., *The Origins of European Thought*, Cambridge University Press, 1954.

Otto, W. F., *The Homeric Gods*, W. W. Norton & Co., 1979.

Pausanias, *Description of Greece*, W. H. S. Jones(trans.), Harvard University Press, 1918.

Plato, *Plato's Meno*, R. S. Bluck(trans.), Cambridge University Press, 1961.

_____, *The Symposium of Plato*, Robert Gregg Bury(ed.), Cambridge University Press, 1932.

_____, *Plato's Symposium*, Stanley Rosen(ed.), Yale University, 1987.

_____, *Plato's Phaedo*, R. Hackforth(trans.), Cambridge University Press, 1955.

_____, *The Republic of Plato*, James Adam(ed.), Cambridge University Press, 1902.

_____, 『국가』, 박종현 옮김, 서광사, 1997.

_____, *Plato's Phaedrus*, R. Hackforth(trans.), Cambridge University Press, 1972.

Powell, Barry B., *Homer*, Blackwell Publishing, 2004.

Raglan, Lord, "The Hero", *In Quest of the Hero,* Otto Rank(etc.), Princeton University Press, 1983.

Reinhardt, Karl, *Sophocles*, Basil Blackwell, 1979.

Reyes, G. Mitchell, "Sources of Persuasion in the *Iliad*", *Rhetoric Review*, Vol. 21, No. 1, 2002.

Richardson, N. J., "Early Greek Views about Life after Death", *Greek Religion and Society*, P. E. Easterling & J. V. Muir(eds.), Cambridge University

Press, 1985.

Rohde, E., *Psyche: The Cult of Souls and Belief in Immortality among the Greeks*, W. B. Hillis(trans.), Harper Torchbooks, 1966.

Segal, Erich(ed.), *Oxford Readings in Greek Tragedy*, Oxford University Press, 1983.

Segal, Robert A.(ed.), *Philosophy, Religious Studies, and Myth*, Garland Publishing, INC., 1996.

Setlman C., *The Twelve Olympians*, Crowell, 1960.

Snell, Bruno, *The Discovery of the Mind,* Thomas G. Rosenmeyer(trans.), Harvard University Press, 1953. [한국어판: 브루노 스넬, 『정신의 발견: 서구적 사유의 그리스적 기원』, 김재홍 옮김, 까치, 1994.]

Solmsen F., *Hesiod and Aeschylus*, Cornell University Press, 1995.

Sophocles, *Antigone*, R. Jebb(ed.), Cambridge University Press, 1959.

_____, *Oedipus Tyrannus*, R. Jebb(ed.), Cambridge University Press, 1958.

_____, *Electra*, R. Jebb(ed.), Cambridge University Press, 1952.

_____, *Ajax, Electra, Oedipous Tyrannus*, Hugh Lloyd-Jones(trans.), Harvard University Press, 1994.

_____, *Antigone, The Women of Trachis, Philoctetes, Oedipous at Colonus*, Hugh Lloyd-Jones(trans.), Harvard University Press, 1994.

_____, *Fragments,* Hugh Lloyd-Jones(trans.), Harvard University Press, 1996.

_____, 『소포클레스 비극』, 천병희 옮김, 단국대학교출판부, 1998.

Sourvinou-Inwood, Christiane, '*Reading' Greek Death*, Clarendon Press, 1995.

Stoevesandt, Magdalene, *Homer's Iliad the Basel Commentary* Book VI, De Gruyter, 2016.

Strelka, Joseph P.(ed.), *Literary Criticism and Myth*, The Pennsylvania State University Press, 1980.

Tyrrell, William Blake & Frieda S. Brown, *Athenian Myths and Institutions*, Oxford University Press, 1991.

Vermeule, Emily, *Aspects of Death in Early Greek Art and Poetry*, University of California Press, 1979.

Vernant, J. P., *Mortals and Immortals*, F. I. Zeitlin(ed.), Princeton University Press, 1991.

_____, *Myth and Thought among the Greeks*, Routledge & Kegan Paul, 1983.

_____, *Les origines de la pensee grecque*, Presses Universitaires de France, 1981. [한국어판: 장 피에르 베르낭, 『그리스 사유의 기원』, 김재홍 옮김, 자유사상사, 1993.]

_____, & P. Vidal-Naquet, *Myth and Tragedy in Ancient Greece*, J. Lloyd(trans.), Brighton, 1981.

Vidal-Naquet, P., *Le Monde d'Homère*, Perrin, 2002. [한국어판: 피에르 비달나케, 『호메로스의 세계』, 이재욱 옮김, 솔, 2004.]

West, M. L., *The Orphic Poems*, Clarendon Press, 1983.

Wilson, Donna F., *Ransom, Revenge, and Heroic Identity in the Iliad*, Cambridge University Press, 2002.

Wood, Michael, *In Search of the Trojan War*, New York New American Library, 1987. [한국어판: 마이클 우드, 『트로이, 잊혀진 신화』, 남경태 옮김, 중앙 m&b, 2002.]

찾아보기

호메로스의 일리아스,
신들의 전쟁과 인간들의 운명을 노래하다

주니어클래식 16

호메로스의 일리아스,
신들의 전쟁과 인간들의 운명을 노래하다

2021년 10월 12일 1판 1쇄

지은이 장영란

기획 이권우
편집 이진, 이창연, 홍보람
디자인 김민해
제작 박홍기
마케팅 이병규, 양현범, 이장열
홍보 조민희, 강효원

인쇄 천일문화사
제책 J&D바인텍

펴낸이 강맑실
펴낸곳 (주)사계절출판사 | 등록 제406-2003-034호
주소 (우)10881 경기도 파주시 회동길 252
전화 031)955-8588, 8558
전송 마케팅부 031)955-8595 편집부 031)955-8596
홈페이지 www.sakyejul.net | 전자우편 skj@sakyejul.com
블로그 skjmail.blog.me | 트위터 twitter.com/sakyejul | 페이스북 facebook.com/sakyejul

ⓒ 장영란 2021

ISBN 979-11-6094-760-1 44890
ISBN 978-89-5828-407-9 44080(세트)